KNAUR

Über die Autorin:

Heike Abidi, Jahrgang 1965, studierte Sprachwissenschaften und arbeitet heute als freiberufliche Werbetexterin und Autorin. Sie lebt mit Mann, Sohn und Hund in der Nähe von Kaiserslautern. Wenn Sie mehr über Heike Abidi erfahren möchten, besuchen Sie ihre Website: www.abidibooks.de

HEIKE ABIDI

Wahrheit wird völlig überbewertet

Roman

Knaur Taschenbuch Verlag

Wenn Ihnen dieser Roman gefallen hat und Sie auf der Suche sind nach ähnlichen Büchern, schreiben Sie unter Angabe des Titels »Wahrheit wird völlig überbewertet« an: frauen@droemer-knaur.de

Besuchen Sie uns im Internet:
www.knaur.de

FSC
www.fsc.org
MIX
Papier aus verantwortungsvollen Quellen
FSC® C083411

Originalausgabe Februar 2013
Knaur Taschenbuch

Ein Unternehmen der Droemerschen Verlagsanstalt
Th. Knaur Nachf. GmbH & Co. KG, München

Redaktion: Antje Winkler
Umschlaggestaltung: ZERO Werbeagentur, München
Umschlagabbildung: Gettyimages / Jean Pierre Gauzere
Satz: Adobe InDesign im Verlag
Druck und Bindung: CPI – Clausen & Bosse, Leck
Printed in Germany
ISBN 978-3-426-51209-8

2 4 5 3 1

Kapitel 1

Kuh oder Zicklein

Tag 326 vor meinem vierzigsten Geburtstag fängt schon gut an. »Du blöde Kuh!«, beschimpfe ich mein Gegenüber. Verstört schaut es mich aus dem schonungslosen Ganzkörperspiegel meines Schlafzimmers an. Sie müssen zugeben: ein Bild des Elends. Da stehe ich in Unterwäsche, die so verwaschen und unerotisch ist, dass ich nur hoffen kann, heute keinen Unfall zu erleiden und eventuell von Ersthelfern entkleidet zu werden. Oder wenn, dann wenigstens von unattraktiven Ersthelfern, um deren Desinteresse es nicht schade wäre.

Verzweifelt begutachte ich das Brandloch, das meinen bis eben noch hocheleganten Hosenanzug jetzt verunstaltet. Die Leute, die sich die Warnsprüche auf Zigarettenpackungen ausdenken, sollten lieber auf solche Gefahren hinweisen: »Rauchen kann Ihr Business-Outfit schon vor dem Meeting zerstören!« Das wäre mit Sicherheit viel abschreckender als dieser lästige Gesundheitskram.

»Verdammter Mist!«, fluche ich weiter. Was soll ich jetzt bitte schön anziehen? Vielleicht Jeans und Tunika, meine übliche Bürokluft? Unmöglich, heute ist »Welttag des feinen Zwirns«, wie Rolf gestern noch betont hat. Rolf Segmüller ist nicht nur Visionär, Choleriker, Spaßvogel und Nervensäge in einer Person, sondern vor allem mein Chef. In der Marketingabteilung der Feronia-Versicherung gilt, was Rolf anordnet. In Sachen Dresscode ist sein Standpunkt sehr pragmatisch.

»Tragt meinetwegen, worauf ihr Bock habt. Mir egal, ob ihr hier im Strandkleid auftaucht oder im Pyjama. Aber wenn Besuch kommt, wird was Anständiges angezogen. Damit das klar ist!«

Nun, heute ist so ein Tag. Denn auf der Agenda steht um 10.30 Uhr ein Meeting mit den Leuten unserer Werbeagentur. Zwar tanzen die garantiert in Turnschuhen und zerrissenen Jeans an, aber Kreative haben eben Narrenfreiheit.

Ich dagegen habe ein Problem: Der einzige Hosenanzug, der mir wirklich steht, ist hinüber. Dahingerafft von einer harmlosen Morgenzigarette. Jetzt bleibt mir nichts anderes übrig, als mich in ein Modell zu zwängen, das vielleicht vor sieben Jahren modern war. Inzwischen haben wir uns weiterentwickelt, die Mode und ich. Sie zu ihrem Vorteil, ich weniger …

Wenigstens der Hosenknopf geht problemlos zu. Die Jacke sitzt dagegen recht stramm, aber wenn ich sie offen trage, fällt das vielleicht nicht allzu sehr auf. Ich frage mich, warum sich mein jüngeres Ich jemals für einen flaschengrünen Hosenanzug entschieden hat. Das einzige Shirt, das farblich dazu passt, ist das schwarze mit der – Achtung, Katalogdeutsch! – raffinierten und schmeichelnden Unterbrustraffung. Die leider die Aufmerksamkeit auf meinen Bauch lenkt. Seit wann gehört der eigentlich zu meinen Problemzonen? Bis vor kurzem kämpfte ich nur gegen die unerwünschten Energiespeicher an Gesäß und Oberschenkeln – doch neuerdings tun sich im Kampf gegen das Gewicht täglich weitere Nebenschauplätze auf.

Ich soll nicht so unzufrieden und überkritisch sein? Sie haben gut reden! Wahrscheinlich tragen Sie Größe S oder wenigstens M, nicht XL mit Tendenz zu XXL. Und mein aktuelles Gewicht könnte man nur dann als ideal bezeichnen, wenn ich etwa zwei Meter neunundachtzig groß wäre. Grob geschätzt. Natürlich wiege ich mich nicht. Ich lasse mir doch den Tag nicht von einem ordinären Haushaltsgerät verderben!

Beim kritischen Blick in den Spiegel denke ich an Urömchens Lebensweisheit: »Bis zum Alter von vierzig Jahren muss eine Frau sich entschieden haben, ob sie Kuh oder Zicklein sein will.« Das sagte sie, als sie mit über neunzig Lenzen für das Seniorensportabzeichen trainierte – rank und schlank wie eh und je. Diese Gene hat sie leider nur an meine Schwester Johanna weitergegeben. Dafür bekam ich ihr idyllisches Häuschen am Stadtrand, ihr dunkelgrünes und herrlich nostalgisches Wählscheibentelefon und ihren Mitbewohner Barnabas – einen verrückten, aber liebenswerten Graupapagei.

Tja, wenn das Leben so verliefe, wie ich es mir erträume, dann wäre ich Friederike Engelbrecht, die glücklich verliebte, erfolgreiche Karrierefrau und Mutter zweier wohlgeratener Wunschkinder. Und ich hätte eine Hammerfigur! Tatsächlich aber bin ich Friederike Engelbrecht, die einsame, kinderlose Singlefrau mit dem dringenden Verdacht, dass ihr Mindesthaltbarkeitsdatum in Kürze abläuft. Und eindeutig »Kuh«. Nicht »Zicklein«.

Wenn ich ehrlich bin, macht mir das Älterwerden momentan mehr Sorgen als das Dicksein. Das ist mir letztes Wochenende klargeworden, als Johanna zum Teetrinken hier war. Zwischen Kirschstreusel und Biskuitrolle – deren Kalorien sie offenbar schon beim Kauen vollständig verbrennt – fragte sie mich unvermittelt: »Wie feierst du eigentlich deinen Vierzigsten?«
Das hat mich, offen gestanden, für einen Moment aus der Fassung gebracht. Nicht dass ich mir meines Alters nicht bewusst wäre. Aber wenn ich demnächst anfange, runde Geburtstage auf besondere Weise zu feiern, dann kann ich mich ebenso gut mit Tante Margarethe und ihrer Tigeraugenkette-Perlenohrring-Riege verbünden. Du lieber Himmel! Wenn mir je ein

Geburtstagsgast ein umgedichtetes Ständchen singt, ein humoristisches Gedicht zu meinen Ehren vorträgt oder einen eigens einstudierten Sketch aufführt, springe ich aus dem Fenster. Oder leere auf einen Zug die Erdbeerbowle, die bei solchen Anlässen, wie jeder weiß, unvermeidlich ist.

»Ich weiß noch nicht, ob ich überhaupt feiere«, habe ich meiner Schwester geantwortet, »ist ja noch ein Weilchen hin bis Februar.« Aber im tiefsten Herzen ist die Entscheidung längst gefallen. Ich denke gar nicht daran, etwas in dieser Richtung zu planen! Als ob es ein freudiger Anlass wäre, die Jugend endgültig hinter sich gelassen zu haben.

Das hat Johanna zwar ebenfalls, aber immerhin ist sie seit vierzehn Jahren glücklich mit ihrem Rechtsanwaltsgemahl verheiratet, hat zwei liebreizende Töchter, zwei bezaubernde Söhne und ein kugelrundes Babybäuchlein. Es fällt mir schwer, das zu sagen und dabei neidlos zu wirken, aber: Ihre einundvierzig Jahre sieht man der heiligen Johanna kein bisschen an. Sie hat ein Figürchen wie ein Teenie. Und eine Gesichtshaut, die so glatt ist wie ein Babypopo. Na ja, schließlich verwendet sie für beides dieselbe Creme …

Johanna ernährt sich erschreckend vernünftig, hat kein einziges Laster, ist eine vorbildliche Mutter und nebenbei auch noch als Übersetzerin erfolgreich. Mir gegenüber erwähnt sie regelmäßig die »biologische Uhr« und fragt in dem Kontext auch jedes Mal scheinbar beiläufig nach meinem »Liebesleben«. Wen wundert es, dass meine Laune sinkt, sobald wir uns länger als zwanzig Minuten unterhalten? Meine Laune sinkt sogar jetzt – bei der bloßen Erinnerung an unser Gespräch über meinen bevorstehenden runden Geburtstag.

Bald bin ich vierzig, einsam, fett und allein, stelle ich fest und greife nach meiner Zigarettenschachtel. Wenigstens haben Glimmstengel keine Kalorien. Zum Rauchen gehe ich in den winzigen Garten hinterm Haus, der von einer mit Wildrosen bewachsenen Mauer eingesäumt ist.

Barnabas folgt mir nach draußen. Hocherhobenen Hauptes stolziert er hin und her, steuert schließlich den alten Kirschbaum an, stellt sich daneben und hebt ein Bein. Ganz zweifellos ist er davon überzeugt, ein Hund zu sein. Dieser Papagei ist eindeutig übergeschnappt! Oder senil. Wahrscheinlich Letzteres. Immerhin ist er so alt wie Methusalem. Und das war er auch schon, als er noch Urömchen gehörte. Urömchen ihrerseits hat ihn vor Jahren von einer Freundin übernommen, die nach dem Tod ihres Mannes in ein Heim zog und das Vogelvieh dorthin nicht mitnehmen durfte. Seitdem spricht Barnie kein Wort mehr. Früher soll er ziemlich redselig gewesen sein. Momentan bellt er höchstens oder knurrt Gorbatschow an, wie jetzt gerade.

»Bist du still!«, schimpfe ich ihn aus. »Gorbatschow ist immerhin unser Gast.«

Barnie interessiert sich nicht die Bohne für Etikette. Drohend watschelt er auf den getigerten Kater meiner Freundin Carla zu, der seit ein paar Wochen bei uns wohnt. Eigentlich ein forscher Geselle, aber vor Barnabas hat er erstaunlicherweise einen Heidenrespekt.

Ich drücke meine Kippe aus, jage Barnie zurück ins Haus und wünsche Gorbatschow eine frohe Mäusejagd. Dann mache ich mich auf den Weg ins Büro. Seit mein Autoradio den Geist aufgegeben hat, ist die Fahrt quer durch die Stadt zum Feronia-Gebäude noch langweiliger als zuvor. Ich sollte es dringend reparieren lassen!

Früher brauchte ich auf dem Weg zur Arbeit kein Radio – da saß Carla Berthold neben mir. Sie wohnte gerade mal zwei Straßen weiter. Obwohl wir in derselben Firma arbeiteten und

fast immer zusammen fuhren, telefonierten wir fast täglich miteinander. Nicht zu vergessen die regelmäßigen Weiberabende mit DVDs, etwas zu viel Prosecco, tütenweise Erdnüssen und einer zünftigen Ration Zigaretten. Und alle vier Wochen unser Beauty-Samstag, bei dem wir uns Feuchtigkeitsmasken ins Gesicht schmierten, gegenseitig die Wimpern färbten und Carla mir die Haarspitzen schnitt. Ich hasse Friseurbesuche! Leider ist all das momentan nicht drin, denn Carla macht ihren Lebenstraum wahr: ein Sabbatical.
»Einfach mal für ein Jahr aussteigen aus dem Alltagstrott«, hat sie mir vorgeschwärmt. Und dann gefragt: »Warum kommst du nicht einfach mit nach Sydney?«
Ja, warum bin ich nicht einfach mitgekommen?
Weil ich ein verdammter Feigling bin, lautet meine zerknirschte Antwort. Ich bin einfach nicht so mutig wie Carla. Die große, sportliche, vom vielen Walken braungebrannte Carla mit der frechen schwarzen Kurzhaarfrisur – meine beste Freundin. Statt die Kundenzeitung der Feronia-Versicherung zu texten, versucht sie also seit gut zwei Monaten, australischen Schülern Deutsch beizubringen. Nebenbei macht sie großartige Fotos, lernt surfen, ist regelmäßiger Gast der Oper von Sydney und allem Anschein nach rundum glücklich.
Leider beschränkt sich unser Kontakt zurzeit auf regelmäßige E-Mails und, wegen der Zeitverschiebung, ganz seltene Telefonate. Sie fehlt mir. Verdammt! Warum in aller Welt muss Carla sich gerade jetzt selbst verwirklichen – ohne mich?

Auf dem Feronia-Parkplatz treffe ich EDV-Rüdiger. Er kettet gerade sein prähistorisches Mofa an den Fahrradständer. Als ob irgendwer an diesem Zeitlupenzweirad interessiert wäre!
»Hallo Friederike!«, ruft er mir fröhlich zu und winkt mit beiden Händen. Niemand kann mit beiden Händen winken, ohne

dass es albern aussieht. Auf EDV-Rüdiger trifft dieses Naturgesetz in besonderem Maße zu. Denn Rüdiger Klein ist ungefähr so männlich wie der Junge auf der Zwiebackpackung, nur mit etwas fettigeren Haaren und unreinerer Haut. Dass er noch bei Muttern lebt und sich mittags von mitgebrachten Stullen ernährt, ist für sein Image auch nicht gerade förderlich. Dabei ist er im Grunde ein ganz Netter. Eigentlich. Aber im Büro nimmt ihn niemand richtig ernst – es sei denn, es geht um Computerprobleme. Denn die löst er im Handumdrehen. Dafür sind ihm alle dankbar. Jedoch nicht so dankbar, dass sich daraus ein Date mit einer Kollegin ergäbe …

Ich habe, ehrlich gesagt, etwas Mitleid mit Rüdiger. Vor allem seit damals, als er sich bei der Weihnachtsfeier dermaßen die Kanne gab, dass er nicht mehr heimfahren konnte. Der Gute verträgt einfach nichts. Insbesondere keinen Ouzo. Ich nahm den Unglücksraben in jener Dezembernacht kurzerhand mit zu mir nach Hause und hielt ihm die Speischüssel bis zum Morgengrauen.

Gemeinsam mit dem letzten Mann, der je eine Nacht in meinen vier Wänden verbracht hat, betrete ich also den Fahrstuhl. EDV-Rüdiger drückt die Drei und die Fünf. In der dritten Etage sind Controlling, IT und allgemeine Verwaltung untergebracht, in der fünften Marketing und Pressestelle. Verstohlen betrachte ich unser Spiegelbild. Was für ein erbärmliches Paar: Rüdiger in unvorteilhaft quergestreiftem Shirt und viel zu weiten Cordhosen, die Haare wie immer ungewaschen, auf der Stirn ein fetter Pickel. Und ich? Sehen Sie selbst … Schick ist anders. Und dünn sind an mir nur meine rotblonden, halblangen Fusselhaare.

Der Fahrstuhl hält im dritten Stock.

»Dann mach's mal gut«, murmelt EDV-Rüdiger und huscht davon.

In der nächsten halben Minute habe ich Zeit, über mein trostloses Privatleben nachzudenken, das in letzter Zeit – um nicht zu sagen: in den letzten Jahren – in Sachen Romantik herzlich wenig zu bieten hatte. Was bleibt mir also anderes übrig, als all meine Energie in die Arbeit zu stecken?

Doreen ist bereits da und hat schon Kaffee gekocht. Als Rolfs Assistentin stehe ich zwar in der Hierarchie eine Stufe über der Chefsekretärin, doch es wäre äußerst unklug, sie das spüren zu lassen. Seit über fünfzehn Jahren gilt Doreen als die Einzige, die Rolf Segmüller bändigen kann. Ihr gegenüber gibt sich unser von der Midlife-Crisis geplagter und zuweilen cholerischer Marketingleiter handzahm und liebenswürdig. Doreens Vorschläge werden gehört, ihre Kritik zaubert ihm nachdenkliche Falten auf die Stirn. Und deshalb führt in dieser Abteilung der Feronia-Versicherung kein Weg an Doreen Caspary vorbei!

Als sie mich bittet, ihr beim Vorbereiten der Häppchen für das Meeting zu helfen, sage ich daher weder »Sorry, hab noch dringende E-Mails zu schreiben«, noch frage ich, warum sie nicht einfach ein paar Snacks aus der Kantine ordert. Sondern greife zum Messer und betätige mich widerstandslos als Küchenhilfe. Und das, obwohl ich dabei mit so widerlichen Dingen wie Schinken und Salami in Berührung komme …

Ja, auch wenn Sie bisher dachten, alle Vegetarier seien hager und drahtig: Ich bin das lebende, rundliche Gegenbeispiel! Wahrscheinlich bin ich die am wenigsten ausgemergelte Vegetarierin dieses Planeten. Schließlich sind auch Schokolade, Käsenudeln und Torte rein vegetarisch.

»Was wollen die Agenturfritzen denn schon wieder bei uns?«, fragt Doreen in ihrer unnachahmlich direkten Art. Respekt vor blumigen Berufsbezeichnungen wie »Creative Director«,

»Account Executive« oder »Global Planning Manager« ist ihr fremd.
»Motivauswahl für die neue Kampagne«, antworte ich knapp, denn ich muss mit meiner Atemluft haushalten. Wie immer, wenn mir Wurstaroma direkt in die Nase steigt, hilft nur konsequentes Luftanhalten gegen den Brechreiz.
»Die neue Kampagne, ha!«, schnaubt Doreen abschätzig und bläst eine weinrote Haarsträhne, die sich aus ihrer kunstvoll aufgetürmten Hochsteckfrisur gelöst hat, aus der Stirn.
Etwas an ihrem Ton lässt mich aufhorchen. Denn obwohl sie kreativen Ideen generell kritisch gegenübersteht, schwingt in ihrem »Ha!« noch eine versteckte Botschaft mit, die mir gar nicht gefallen will. Und ich habe mich nicht getäuscht.
»Rolf glaubt nicht dran«, verkündet sie mein Todesurteil, ohne mit der Wimper zu zucken.
Sie müssen wissen: Die neue Kampagne ist auf meinem Mist gewachsen! Erstmals hat die Agentur eine Idee umgesetzt, die ich gemeinsam mit dem Kreativteam entwickelt habe. Ich trage dafür die Verantwortung – und war mir eigentlich bis vor zehn Sekunden absolut sicher, dass Rolf voll dahintersteht.
»Woher willst du das wissen?«, bohre ich nach.
Doch Doreen gibt ihre Quellen niemals preis. Ihre ganze Macht innerhalb der Abteilung basiert auf der Tatsache, dass sie alles – wirklich alles! – weiß, aber niemandem verrät, woher. Wenn sie sich überhaupt dazu äußert, dann mit dunklen Andeutungen, die den Anschein erwecken, niemand als sie selbst spinne im Hintergrund die Fäden. Tatsache ist, dass ihre Kontakte bestens sind und sie über ein hervorragendes Gehör verfügt. Das Gerücht, sie habe früher für den Geheimdienst gearbeitet, halte ich jedoch für übertrieben.
In diesem konkreten Fall tippe ich auf eine eher simple Erklärung: Offenbar hat sie ein Telefonat zwischen Rolf Segmüller

und einer unbekannten, aber garantiert wichtigen Person belauscht, im Verlaufe dessen er sich kritisch über die *»Aber wenigstens«*-Kampagne geäußert hat.
Typisch! Wenn das Ganze einschlägt wie eine Bombe, was ich hoffe, schreibt er sich den Erfolg natürlich selbst auf die Fahnen, so viel ist klar. Und falls nicht, hat er einen Sündenbock: Friederike Engelbrecht, seine zukünftige Ex-Marketingassistentin – mich. Na wunderbar!
Natürlich ist die Kampagnen-Idee etwas gewagt. Aber dass ihretwegen mein Job in Gefahr geraten könnte, hätte ich nie gedacht. So kann man sich irren. Ich sitze also sozusagen auf dem Schleudersitz. Halt, ich muss mich korrigieren: Ich sitze in einem unmodernen, etwas zu engen flaschengrünen Hosenanzug und einem problemzonenbetonenden Shirt auf dem Schleudersitz. Im Grunde kann es also nur noch aufwärtsgehen …

Kapitel 2

Aber wenigstens

Die Agenturfritzen, wie Doreen das Kreativteam nennt, obwohl es zu zwei Dritteln aus Frauen besteht, kommen wie immer zu spät. Ohne es auszusprechen, vermitteln sie damit die subtile Botschaft: »Pünktlichkeit ist was für Spießer, ihr armseligen Sachbearbeiter. Wir kommen gerade aus einem ultrawichtigen Brainstorming, das wir eigens für dieses popelige Meeting unterbrochen haben. Seid wenigstens dankbar. Aber wenn ihr unsere wertvolle Zeit lieber mit nutzlosen Diskussionen über Tugenden verplempern wollt, nur zu. Ihr wisst ja, was eine Kreativstunde kostet!«
Für gewöhnlich signalisieren Rolfs finsterer Blick und seine zusammengekniffenen Lippen eine passende Antwort, die mit »Agenturen gibt es wie Sand am Meer« beginnt, die er aber aus gutem Grund nie ausspricht. Denn die Leute von »Urschrey-Werbung« sind schlicht und ergreifend verdammt gut. Die letzten Kampagnen waren wahnsinnig erfolgreich und haben Rolf am Jahresende jeweils einen fetten Bonus eingebracht.
Eigentlich hatte ich gehofft, dass sich das in diesem Jahr wiederholt – und für mich ebenfalls ein Stück vom Kuchen abfällt. Vielleicht sogar eine Beförderung zur Projektleiterin? Das wäre ein kleiner Traum.

Thilo, Kreativdirektor und Mitgeschäftsführer von Urschrey-Werbung, packt fast provozierend langsam die mitgebrachte Technik aus. Umso flinker schließt Kontakterin Nina das Note-

book an unseren Beamer an, während Texterin Mirjam gedankenverloren in ihrem Notizbuch blättert.
Doreen stellt wortlos Kaffeekannen sowie die Platten mit den Kanapees auf den Tisch und verschwindet grußlos. Unsere Praktikantin Sarah versorgt die Anwesenden mit Getränken – kein leichter Job im Umgang mit verwöhntem Agenturvolk (»Habt ihr keinen braunen Zucker? Und Sojamilch? Dann lieber ein Mineralwasser, aber medium – und mit Zitrone, aber ungespritzt muss sie sein. Wenn keine Biozitronen da sind, dann doch lieber einen Tee. Gibt's Earl Grey?«).
Rolf – heute natürlich im Armani-Anzug – taucht erst nach weiteren fünf Minuten auf. Ich würde Urömchens Haus drauf verwetten, dass er uns aus Prinzip hat warten lassen, nicht wegen eines »Telefonates mit Übersee«, wie er behauptet. Wer soll denn das bitte glauben? »Übersee« sagt man ja wohl nur noch in alten Filmen. Außerdem ist in Amerika jetzt noch tiefste Nacht.
Statt einer wortreichen Begrüßung beschränkt sich Rolf auf eine monarchische Bitte-loslegen-Geste, die zum Ausdruck bringen soll, dass auch seine Zeit kostbar ist.
Mirjam startet die Präsentation mit einer Zusammenfassung der konzeptionellen Grundidee. Zwar kennt die mit Ausnahme unserer Praktikantin schon jeder, aber um nachher die bestmögliche Motivauswahl treffen zu können, ist es »von zentraler Bedeutung«, wie sie betont, den Kerngedanken noch einmal bewusst zu machen.
»Kein Mensch entscheidet sich aus rein sachlichen Erwägungen für eine Versicherung. Nicht Vernunft, Weitsicht oder Besonnenheit sind die Motivation, sondern pure Angst«, deklamiert Mirjam und stiefelt dabei mit ihrem entzückenden Strickminikleid auf und ab.
Ich nicke. Das sind exakt meine Worte. So habe ich vor gut

einem Monat das Brainstorming mit den Agenturleuten eröffnet.

»Angst aber ist negativ«, fährt Mirjam fort. Die Praktikantin schreibt eifrig mit. »Deshalb haben wir die Angst gewissermaßen umgedreht in Optimismus. Die Devise lautet: Wenn schon etwas passiert, dann will man doch möglichst ungeschoren aus der Sache rauskommen. Oder, um die Kampagne auf den Punkt zu bringen: *Aber wenigstens* gibt es einen Lichtblick.«

Rolf zieht die Stirn in Falten. Doreen hatte recht – er ist nicht mit Überzeugung bei der Sache.

»Bringen wir damit die Verbraucher nicht erst auf negative Gedanken?«, wendet er ein.

»Gut, dass du das fragst«, greift Thilo seine Vorbehalte geschickt auf und kontert: »Da stellt sich die Frage, wie man ›negative Gedanken‹ überhaupt definiert.«

Rolf gibt sich nicht die Blöße, das auszusprechen, was ihm spontan in den Sinn kommt, nämlich: »Na negative eben, du Schnösel.« Nach sieben Jahren im Unternehmen kann ich in Rolfs Gesicht lesen wie in einem Buch. Wozu bei seiner ausgeprägten Mimik allerdings auch nicht viel gehört.

Als Zeichen seiner Entschlossenheit krempelt Thilo die Ärmel seines Designerhemdes hoch, das lediglich durch ein aufgedrucktes Markenlabel von einem Altkleidersammlungsmodell zu unterscheiden ist.

»Nichts ist so negativ wie Angst. Da kommt unsere Botschaft doch viel besser rüber – nämlich, einem Schadensfall noch eine positive Seite abzugewinnen. Und diese positive Seite heißt: Feronia.«

Rolf ist noch immer nicht überzeugt: »Rufen wir damit nicht indirekt zum Versicherungsbetrug auf?« Im Geiste raufe ich mir die Haare. *Rolf!* Unglaublich, wie kompliziert er manchmal denkt.

»Aber nein«, widerspricht Mirjam, »ganz im Gegenteil: Wir zeigen Fälle, die in ihrer Authentizität im ersten Moment erschrecken – und damit natürlich auch Aufmerksamkeit erregen. In Kombination mit der Headline provozieren wir sozusagen ein kollektives Aufatmen: *Zum Glück gibt es Feronia!*«

»Am besten schauen wir uns jetzt gemeinsam die Layoutentwürfe an und diskutieren dann weiter«, schlägt Nina vor.

Das ist das Startsignal für Thilo. Er rückt seine schwarze Nickelbrille zurecht, die – wie ich von Doreen weiß – Fensterglasstärke hat und ihm lediglich einen intellektuellen Touch verleihen soll, und startet die Präsentation. Das erste Motiv zeigt die Rückansicht einer vierköpfigen Familie, die auf die Überreste eines bis auf die Grundmauern niedergebrannten Einfamilienhauses blickt. Darüber steht in großen, grünen Lettern: *»Aber wenigstens hat das neue Haus einen größeren Garten«*. Darunter prangt das filigrane Logo des Versicherungskonzerns und unser Slogan: *»Feronia – Glück im Unglück«*.

Ich bin begeistert. Ganz großes Kino! Auch Sarah, die Praktikantin, ist ganz angetan. Nur Rolf findet das Ganze »irgendwie so na ja«.

Aha. Es lebe die Meinungsfreiheit.

Thilo lässt sich kein bisschen beirren und fährt ungerührt mit seiner Präsentation fort. Das nächste Motiv zeigt ein Kind, das parkende Autos verschönert, indem es mit einem spitzen Stein hübsche Muster in den Lack ritzt. Dazu heißt es passenderweise: *»Aber wenigstens haftet auch jemand für unaufmerksame Eltern«*.

Alle lachen – außer Rolf. »Das ist inhaltlich nicht ganz korrekt«, wendet er ein. »Unaufmerksame Eltern – ein gefährliches Stichwort. In solchen Fällen prüft unsere Schadensregu-

lierung ganz genau nach. Wenn Eltern die Aufsichtspflicht verletzt haben, haften wir nämlich nicht.«
Ich versuche, die Situation zu retten: »Im Detail wird an den Aussagen natürlich weitergefeilt, und am Ende prüft sowieso die Rechtsabteilung. Auch wenn einzelne Formulierungen jetzt noch nicht endgültig sind: Ich finde die Entwürfe *großartig!* Gibt es noch weitere Motive?«
Ja, gibt es. Eine Großmutter, die einem Polizisten den Stinkefinger zeigt (*»Aber wenigstens kann sie sich die besten Anwälte leisten«*), eine Ballerina mit Gipsbein (*»Aber wenigstens reicht das Krankentagegeld für einen Urlaub am Schwanensee«*) und ein nicht mehr ganz taufrischer Schönling, der im Spiegel entsetzt ein graues Haar entdeckt (*»Aber wenigstens sieht seine Altersvorsorge prima aus«*).
Ist das genial, oder was? Offen gestanden platze ich fast vor Stolz auf meine Idee. Und wie die Agentur das umgesetzt hat – einfach »emotional, außergewöhnlich, überzeugend«, schwärme ich. Was als Statement definitiv seriöser rüberkäme, wenn nicht im gleichen Augenblick mein Magen laut knurren würde … So ist es nur Signal für einen kollektiven Lacher und eine kleine Pause.

Rolf verschwindet kurz, angeblich wegen eines weiteren wichtigen Telefonates. Wahrscheinlich ruft er sein »Spatzl« an, die dritte Frau Segmüller, die maximal halb so alt ist wie er und ihm gehörig den Kopf verdreht hat. Carla nennt das den »Berlusconi-Effekt«.
Ich sichere mir unauffällig ein mit Käse und Ei belegtes Kanapee, bevor mir die Nichtvegetarier das Futter streitig machen können, reiche die Platte weiter und beiße dann herzhaft in das vorhin mit viel Liebe von mir selbst zubereitete Häppchen. Verdammt, schmeckt das gut! Und was ich heute für einen ge-

sunden Appetit habe. Wahrscheinlich, weil mir diese unsägliche Klamottenkatastrophe heute Morgen keine Zeit zum Frühstücken gelassen hat. Sonst esse ich vor der Arbeit zwei bis drei Nutellabrötchen. Tagsüber reichen mir meist ein Apfel und ein Joghurt. Dann bilde ich mir ein, mich gesund zu ernähren und auf dem besten Weg in ein schlankeres Leben zu sein … Was auch stimmen würde, wenn ich gleich nach Feierabend schlafen ginge – anstatt dann noch Schokolade, Kekse, Chips, Backofenpommes, Pizza und Pudding in mich hineinzustopfen. Wenn ich wenigstens weniger Prosecco trinken würde. Und mehr Sport treiben. Mehr jedenfalls als null. Im Grunde verbringe ich neunzig Prozent meiner Lebenszeit im Sitzen: am Schreibtisch, im Auto, auf dem Sofa. Nur beim Rauchen stehe ich draußen. Wäre mein Leben als Nichtraucherin also ungesünder?
Zum Glück scheinen die anderen keinen großen Hunger auf Fleischloses zu haben. Generell interessieren sie sich mehr für die Kampagnenmotive, genauer gesagt: die Bildsprache, die Anmutung der Szenen und die Auswahl der *Locations.* Beim Zuhören erfahre ich, dass das Casting für die Models schon läuft – die Layoutfotos sind selbstverständlich nur Platzhalter. Ich nicke eifrig und verrate niemandem, dass ich die vorläufigen Schnappschüsse eigentlich schon richtig professionell fand. Man lernt eben nie aus. Um noch mehr Insiderinformationen zu erfahren, frage ich, ob ich beim Shooting – ja, auch Heidifernsehen bildet! – dabei sein darf.
Erfreulicherweise begrüßt Thilo das sogar ausdrücklich: »Klar, du gehörst ja zum Kreativteam. Ich lass dir gleich einen Flug nach Berlin mitbuchen.«
Wow. Wie sich das anhört: »Ich fliege zum Fotoshooting nach Berlin.« Klingt das nicht irre beeindruckend?
Als ich das dritte Kanapee verputze, passiert es: Eine Scheibe

Ei rutscht mir vom Gouda und landet auf meinem schwarzen Shirt.
»Oooops«, quiekt Nina und reicht mir eilig eine Serviette.
Ich bedanke mich und bin bemüht, das Ganze mit Humor zu nehmen. Mit spitzen Fingern picke ich das Ei von dem Kegel, der mein Bauch ist, und versuche dann, den Fleck mit der Serviette wegzutupfen. Vergebens.
Dass mir alle bei dieser zum Scheitern verurteilten Aktion zusehen, ist alles andere als angenehm. Selbst Rolf, der inzwischen wieder in den Besprechungsraum zurückgekehrt ist, beäugt mein Tun kommentarlos. Kurzerhand verdecke ich den Fleck, indem ich die Hände über dem Leib falte und verkünde, dass ich mich unheimlich auf unser Baby freue.
»Wie schön! Wann ist es denn so weit?«, fragt Thilo freundlich.
Ich starre ihn an. Hat er mir nicht eben den Produktionsplan erläutert? Shooting im Mai, Produktion im Juni, Pressekonferenz zum Kampagnenstart im Juli.
»Na, im Sommer, natürlich«, antworte ich wie aus der Pistole geschossen.
Leider wird mir eine Zehntelsekunde zu spät klar, dass wir gerade *nicht* die Kampagne diskutieren. Sondern meine Figur. Und dass es in diesem Zusammenhang ziemlich ungeschickt von mir war, das Projekt »unser Baby« zu nennen. Ungefähr eine Milliarde Mal ungeschickter war es natürlich, »im Sommer« zu sagen.
Grundgütiger!
Ich und schwanger … Ich habe ja noch nicht mal einen Partner. Oder wenigstens eine Affäre. Oder eine Besenkammer.
Doch gesagt ist gesagt. Was nun geschieht, erscheint mir wie in einem schlechten Film. Schlechter als *Angriff der Killertomaten* und *Catwoman* zusammen! Ich werde beglückwünscht,

umarmt und betrachtet wie ein Weltwunder. Vor allem starren alle ungeniert auf meine nicht vorhandene Taille, die jetzt natürlich keine Problemzone mehr ist, sondern heilige Brutstätte.

Ninas Frage, ob ich denn sehr unter Übelkeit zu leiden hätte, beantworte ich wahrheitsgemäß mit »Ja, sehr« – denn tatsächlich ist mir gerade furchtbar schlecht. Ich möchte im Boden versinken! Oder wenigstens rufen: »Halt, Leute, war alles nur ein Missverständnis!«

Doch dann sagt Thilo: »Steht dir gut, das Babybäuchlein!« – und macht damit einen Rückzug für den Moment unmöglich. Sonst würde das jetzt richtig peinlich …

Endlich gelingt es mir, das Gespräch zurück auf die Kampagnenmotive zu bringen. Wie durch ein Wunder wird meinen Vorschlägen jetzt viel mehr Aufmerksamkeit geschenkt als sonst. Verleiht mir der neue Status als Arterhalterin etwa eine ungeahnte Macht? Selbst Rolf scheint sich für *»Aber wenigstens«* zu erwärmen. Jedenfalls hat er aufgehört, seine völlig an den Haaren herbeigezogenen Gegenargumente vorzubringen. Stattdessen hält er sich vornehm zurück, beobachtet und hört interessiert zu.

Wer Rolf Segmüller kennt, weiß, dass das nicht unbedingt etwas Positives zu heißen hat. Möglicherweise reift in ihm ein schlagkräftiges Argument, mit dem er gleich alles zunichtemachen wird. Nicht auszuschließen wäre auch, dass er bald eine eigene Idee aus dem Hut zaubert, die zwar einfach unfassbar platt ist, am Ende aber realisiert wird – der Kunde ist eben König.

Als nichts von alldem geschieht, werde ich unruhig. Wahrscheinlich malt Rolf sich schon aus, wie die Kampagne zum Mega-Reinfall wird und er dann seine Ich-wusste-es-von-Anfang-an-Nummer abziehen kann …

Für einen Moment kreuzen sich unsere Blicke. Seiner ist ausgesprochen nachdenklich. Ob er wohl gerade überlegt, welche Folgen meine »Schwangerschaft« für die Arbeit in der Abteilung hat? Wann ich in Mutterschutz gehe, ob und wie lange ich Erziehungsurlaub nehme, wie die Aufgaben umverteilt werden müssen, wer mich vertreten könnte?
Da kommt mir ein Gedanke, der mir ein breites Grinsen ins Gesicht zaubert: »*Aber wenigstens* könnte er mir dann nicht kündigen …«

Kapitel 3

Gebenedeit

Auch das längste Meeting hat ein Ende. Endlich! Die Kreativen verstauen ohne große Eile ihre Technik, Sarah räumt umständlich Tassen und Gläser ab, Rolf verabschiedet sich mit den Worten: »Wir sehen uns!« – eine Drohung? –, und ich verschwinde unauffällig auf die Toilette. Erschöpft lasse ich mich auf den geschlossenen Klodeckel sinken und raufe mir die Haare. Was habe ich da nur angerichtet?

Gewiss bin ich nicht das erste Big Girl, das die Wann-ist-es-denn-so-weit-Frage zu hören bekommt. Wäre ich cool, hätte ich nur gegrinst und geschwiegen. Oder so getan, als hätte ich nichts gehört. Offenbar bin ich ziemlich uncool. Fett, alt und uncool. Es ist ein Elend!

Ich lasse mir kaltes Wasser über die Handgelenke laufen. Was gegen körperliche Überhitzung hilft, kann sicher auch bei fieberhaftem Grübeln nicht schaden. Was soll ich jetzt nur tun? Was? WAS?

Auf ewig kann ich mich schlecht in der Toilette versteckt halten. Nach einer Viertelstunde klopft es draußen an der Tür.

»Geht es dir gut?«, fragt Sarah. Wie süß, dass sie sich um mich sorgt.

»Alles in Ordnung«, antworte ich, »bin gleich da.«

Ich lausche, ob Sarahs Schritte sich entfernen – was nicht der Fall ist. Als ich aufschließe, steht sie vor mir.

»Herr Segmüller möchte dich sprechen«, teilt sie mir mit. »Sofort.«

Au Backe!

Das kann nichts Gutes heißen. Dass Rolf mit Kindern wenig am Hut hat, ist allgemein bekannt, und als Abteilungsleiter sind ihm schwangere Mitarbeiterinnen ein Greuel. Was er aber mehr hasst als alles andere, ist, angelogen und hintergangen zu werden …

Sarah arbeitet zwar erst seit letztem Montag in unserer Abteilung, aber sie ist nicht auf den Kopf gefallen und hat den Ernst der Botschaft erfasst, die sie mir zu überbringen hat. Ich empfange Mitleidssignale – von einer Praktikantin!

Tiefer kann man kaum sinken. Oder doch?

Auf dem Weg zu Rolfs Büro begegnet mir Doreen.

»Er wartet schon ungeduldig«, warnt sie mich. Ist ja gut. Wenn hier heute ein Wettbewerb stattfindet, wer Friederike Engelbrecht am meisten verängstigt, wird das ein Kopf-an-Kopf-Rennen!

Rolf steht am Fenster und schaut hinaus in den verregneten Aprilnachmittag. Sein Rücken wirkt vorwurfsvoll. Ich liebäugele kurz mit dem Gedanken, einfach abzuhauen, doch da dreht Rolf sich um, und die Chance ist vertan.

Ich muss ihm sofort reinen Wein einschenken!

»Rolf, hör zu, ich hätte das …«

Doch Rolf unterbricht mich: »Klar, du hättest es mir zuerst unter vier Augen sagen sollen. Aber wenn Thilo schon so direkt fragt …«

Ich fasse es nicht. Rolf lächelt milde!

Ich wusste ja nicht, worauf er mit seiner Frage hinauswill – im ersten Moment dachte ich, er spricht von der Kampagne, will ich sagen.

Doch weiter als »Ich wusste ja …« komme ich nicht, denn Rolf fällt mir schon wieder ins Wort. Und nicht nur das: Er legt mir dabei sanft – sanft! – die Pranke auf meine Schulter.

»Verstehe. Du weißt es noch nicht so lange. Das passiert häufiger, als du vielleicht denkst. Lange Zeit ahnt man nichts, und plötzlich erfährt man, dass man die Hälfte schon hinter sich hat.«

Ich kapiere kein Wort. Wovon in aller Welt redet Rolf da? Ist er spontan zum Kummerkastenonkel mutiert – oder hat er einfach nur völlig den Verstand verloren?

»Lass mich raten«, plaudert er weiter, »sechzehnte Woche. Stimmt's?«

»Ähm«, ist alles, was mir dazu einfällt. Doch mehr ist auch nicht nötig, denn Rolf deutet mein Gestammel als Zustimmung. Ich habe das Gefühl, mein Chef befindet sich gerade auf einem anderen Planeten. Vermutlich in einer Galaxie, in der gerade Weihnachten und Pfingsten auf ein Datum fallen, nach seiner feierlichen Miene zu urteilen.

»Du bist die Erste, die es erfährt«, verkündet er fast flüsternd. »Wir sitzen in einem Boot!«

Alles klar. Er ist übergeschnappt. Endgültig!

Jetzt greift Rolf in seine Anzugtasche und zieht seine Geldbörse hervor. Er öffnet sie und zeigt mir ein Foto. »Das ist Valentin«, seufzt Rolf verzückt. »Er kommt auch im Sommer.«

Da endlich fällt bei mir der Groschen. Das ist ein Ultraschallbild. Rolf wird Vater!

»Oh. Oooh!«, fällt mir dazu nur ein. »Glückwunsch! Das ist ja, ähm, großartig!«

Ich lüge wie gedruckt. Es ist nicht großartig, sondern ein Desaster. Jeder weiß, wie sich Rolf um seine Nachkommen aus erster und zweiter Ehe gekümmert hat. Nämlich kein bisschen! Jetzt, mit knapp fünfzig und einer jungen Drittgattin namens Charlene, entdeckt er plötzlich seine väterlichen Instinkte? Ausgerechnet jetzt, wo ich das Missverständnis aufklären will?

»So ein irrer Zufall«, jubelt Rolf, »nun kennen wir uns schon so lange, arbeiten seit Jahren zusammen, und plötzlich werden wir Eltern. Vielleicht liegen Charlene und du sogar gleichzeitig im Kreißsaal? Wahnsinn!«
Oh, ja. Wahnsinn trifft es ziemlich gut.
Allein der Gedanke daran, gemeinsam mit Rolfs brasilianischem Sambaweibchen, das er letztes Jahr nach einem Karnevalsevent quasi vom Fleck weg geheiratet hat, zu hecheln und zu pressen, verursacht bei mir einen akuten Schwächeanfall. Bevor ich umfalle, schiebt mir Rolf mit bewundernswertem Reflex seinen Schreibtischstuhl unter den Allerwertesten. Grinsend, mit einem Gesichtsausdruck, der sagt: »Eine meiner leichtesten Übungen – solche Rettungsaktionen bin ich gewohnt.«
Was er tatsächlich sagt, ist: »Warte, ich bringe dir ein Glas Wasser. Das tut gut.«
Ich nicke matt und trinke folgsam.
Dann fängt Rolf Segmüller an zu träumen: Er predigt das Hohelied der Liebe, beschwört die Vereinbarung von Beruf und Familie, spricht von Work-Life-Balance und Wertewandel. Ja, er umreißt sogar ein erstaunlich ausgefeiltes Konzept, wie ein Feronia-Betriebskindergarten aussehen könnte. Wie lange er darüber wohl schon nachdenkt? Ich schweige und ahne, dass das der Beginn einer wunderbaren Katastrophe ist …
»Ich fühle mich nicht gut«, stöhne ich. »Aber gleich geht's wieder, garantiert.«
»Unsinn – du hast heute genug geleistet. Wie du die Urschrey-Leute unter Druck gesetzt hast! Die fressen dir echt aus der Hand!«
Meint er wirklich mich? Ich bin sprachlos.
»Du gehst jetzt mal schön nach Hause und legst dich hin. Die ersten Monate sind körperlich unglaublich anstrengend. Glaub

mir, ich habe vollstes Verständnis für dich. Wir kriegen das hin!«
Wie in Trance verlasse ich das Chefbüro, schwebe zurück zu meinem Platz, fahre den PC herunter und schnappe meine Tasche.
»Hat er dich gefeuert?«, fragt Doreen, unverblümt wie immer.
»Nein, er hat mir nur den Rest des Nachmittags freigegeben.«
Doreen ist sichtlich pikiert, einmal nicht den Durchblick zu haben.
»Und du bist wirklich schwanger?«, bohrt sie nach und schielt dabei auffällig nach meinem Bauch.
»Sieh doch selbst«, antworte ich, bevor ich mich aus dem Staub mache, bevor ich noch größeres Unheil anrichte …

Auf dem Parkplatz will ich spontan nach einer Zigarette greifen. Doch dann geht mein Blick nach oben zu den Fenstern der fünften Etage und ich glaube, Rolfs Silhouette zu erkennen. Nachdem es ein gigantischer Kampf war, gegen seinen Willen einen Raucherraum in unserer Abteilung durchzusetzen, würde ihm der Anblick einer schwangeren Raucherin unweigerlich das Herz zerreißen. Mit anderen Worten: Ich wäre geliefert!
Also überstehe ich noch weitere drei Minuten, bis sich die Schranke des Feronia-Parkplatzes hinter meinem Wagen schließt und ich mich in den nachmittäglichen Stadtverkehr einfädele. Selten hatte ich eine Dosis Nikotin so nötig wie jetzt!
Als ich zwanzig Minuten und fünf Glimmstengel später in meine Einfahrt einbiege, ist die Sicht in meinem Wagen deutlich eingeschränkt. Verdammte Sucht. Vielleicht sollte ich wirklich aufhören? Kleiner Scherz …

Ein wildes Bellen dringt an mein Ohr, als ich die Haustür aufschließe. Barnabas, mein Papagei, nimmt seine Rolle als Wachhund sehr ernst. Sein Gekläffe klingt erstaunlicherweise täuschend echt.

»Na, du verrückter Vogel«, begrüße ich ihn wie üblich und kraule ihn sanft am Köpfchen. Dann werfe ich meine Tasche in die Ecke und verfluche mein Schicksal.

»Was bin ich doch für eine begriffsstutzige Gans!«

Barnabas bellt eine Antwort, die sicher nicht sehr schmeichelhaft wäre, hätte ich sie verstanden. Denn dass die Namen von Vogelkollegen als Schimpfwörter herhalten müssen, dürfte ihm wenig gefallen.

Dennoch folgt er mir dicht auf den Fersen ins Schlafzimmer und setzt sich oben auf den Rahmen des Standspiegels. Ich muss raus aus diesen unbequemen Klamotten! Doch zuerst betrachte ich mich von allen Seiten – noch kritischer als heute früh. Und entscheide zähneknirschend, dass Thilo absolut keine Schuld trifft. Ich sehe wirklich aus wie im vierten Monat! Aber ich hätte die Sache unbedingt richtigstellen sollen. Zumindest Rolf gegenüber.

»Wie konntest du nur so saublöd sein, eine Schwangerschaft zu erfinden?«, frage ich mein Spiegelbild vorwurfsvoll.

»Du bist gebenedeit«, antwortet eine heisere Stimme aus dem Nichts.

Was war das? Ein Einbrecher? Oder spukt es etwa in Urömchens Haus?

Ich wage kaum, mich zu bewegen. Was recht unbequem ist, weil ich gerade dabei bin, mit einem Fuß aus dem Hosenbein zu schlüpfen. Sind da irgendwo im Haus Schritte zu vernehmen?

Nichts. Nur Stille. Jetzt höre ich sogar schon Gespenster! Kein Wunder, nach diesem Tag …

»Ich glaube, ich werde noch verrückt«, murmele ich und schlüpfe endgültig aus der flaschengrünen Anzughose.
»Selig sind die Barmherzigen«, ertönt es postwendend. Diesmal klang es noch näher! Und so unheimlich: heiser, metallisch, unmenschlich.
»Verdammt, wer spricht da?«, rufe ich todesmutig in den leeren Raum hinein.
»Du sollst nicht fluchen, verflixt«, antwortet eine Stimme in meinem Spiegel. Nein, falsch: eine Stimme *auf* meinem Spiegel. Erleichtert lache ich auf: Barnabas! Er hat seine Sprache wiedergefunden. »Mensch, hast du mir einen Schrecken eingejagt«, tadele ich ihn sanft. »War aber auch höchste Zeit, dass du zu reden anfängst. Immerhin bist du ein Papagei, kein Hund!« Woraufhin Barnie entrüstet kläfft …

Den Rest des Nachmittages verbringe ich in der Badewanne und auf dem Sofa, wobei eine Großpackung weiße Schokolade dran glauben muss. Gegen Abend entscheide ich, dass es sowieso nicht mehr drauf ankommt, und bestelle mir eine vegetarische Pizza mit allem plus Artischocken. Warum bei »allem« die Artischocken nicht schon dabei sind, wird wohl für immer Giovannis Geheimnis bleiben. Aber ganz gleich, wie sie heißt: Seine Pizza ist die beste weit und breit! Und Sie können mir glauben, dass ich viele probiert habe.
Er liefert mir eine große Flasche Lambrusco dazu, den ich nicht mag, weil er eigentlich zu süß ist, aber ich habe vergessen, Prosecco einzukaufen, und Enthaltsamkeit ist an einem Tag wie diesem keine Option. Nachdem ich die Pizza verputzt und zwei Gläser Wein intus habe, beschließe ich, mein Herz auszuschütten. Normalerweise hätte ich längst mit Carla geredet! Jetzt bleibt mir nichts anderes übrig, als ihr eine E-Mail zu schreiben.

Wie soll ich nur anfangen? Mit Rolfs plötzlich erwachten Vatergefühlen? Mit der Eischeibe, die mir vom Brötchen mitten auf den Bauch gefallen ist? Oder mit Thilos Frage? Ich kann mich nicht entscheiden und beschließe daher kurzerhand, ganz einfach chronologisch vorzugehen – beginnend mit dem Brandloch in meinem figurschmeichelnden Hosenanzug heute früh.

Oder sollte ich sagen: gestern früh? Es ist schon nach Mitternacht, als die E-Mail an Carla endlich fertig ist und ich auf »Abschicken« klicke. Ich fühle mich erleichtert, zugleich auch unsäglich müde – und eindeutig nicht mehr ganz nüchtern. Zum Glück sind es nur ein paar Schritte ins Badezimmer und dann ins Bett.

Sofort beginne ich zu schweben. Ich fliege durchs Zimmer und dann zum Fenster hinaus in die dunkle, aber angenehm warme Frühlingsnacht. Wie kann das sein?

»Dein Bauch ist ein eingebauter Heißluftballon«, erklärt Barnabas, der neben mir herfliegt. Merkwürdigerweise spricht er mit Rolfs Stimme, die ziemlich tief, aber zugleich näselnd klingt. Doreen kommt mir auf einem fliegenden Teppich entgegen, die roten Haare wehen wild durch die Luft.

»Aber wenigstens bist du gebenedeit«, ruft sie mir fröhlich zu.

»Nein, nein, das kommt doch alles nur von der Pizza«, wehre ich verlegen ab, während ich immer höher in den Nachthimmel aufsteige.

»Giovanni ist also der Vater?«, fragt Barnabas mit Rolfs Stimme. Auf einer Wolke sitzt die heilige Johanna auf einem Thron aus Watte und verkündet: »Herzlichen Glückwunsch, Sie werden Mutter einer Tochter mit allem und Artischocken. Sie sollten Sie Calzone nennen!« Dann lösen sich die Wolke, der

Thron, der Flug durch die Nacht und überhaupt der ganze Traum mit einem lauten Scheppern in nichts auf.

Ich schrecke in meinem Bett hoch. Was ist das für ein Radau? Erst nach der siebten Wiederholung wird mir klar, dass es mein Telefon ist. Wie konnte ich diesen nervigen Drrrrrinnnng-Ton jemals für angenehm nostalgisch halten? Andererseits – mitten in der Nacht ist wohl jeder Klingelton unangenehm. Wer wird schon gern aus den Träumen gejagt? Selbst wenn es Alpträume sind, in denen aufgeblähte Leiber zum Flugobjekt werden …
Müde strecke ich den Arm aus und ertaste das Telefon, das auf dem Nachttisch liegt.
»Hmm«, ist alles, was ich sagen kann.
»Ricky! Du verrückte Nudel! Sag, dass du dir das alles ausgedacht hast!«, sprudelt es an mein Ohr.
»Carla? Weißt du, wie spät es ist?«
»*Sure, Darling:* Es ist Viertel nach zehn am Vormittag. Genau der richtige Zeitpunkt, um eine Freundin anzurufen und ihr den Kopf zu waschen«, antwortet Carla.
Ich unterdrücke ein Gähnen. »Also Viertel nach eins in der Nacht bei uns. Ist etwas passiert, oder macht es dir einfach Spaß, mich aufzuwecken?«
»Das müsstest du wohl selbst am besten wissen, mein lieber Scheinschwangerschatz!«
Oh. Ja, stimmt. Jetzt fällt mir alles wieder ein: der Brandfleck. Der unvorteilhafte Hosenanzug. Das Meeting. Thilos Frage. Meine unüberlegte Antwort. Rolfs Begeisterung. Mein feiger Abgang …
»Was hätte ich denn tun sollen?«, verteidige ich mich.
»Na was wohl: die Wahrheit sagen. Was sonst?«
»Ja, hätte ich vielleicht. Aber nun ist es zu spät. Wie komme ich aus dieser Nummer wieder raus?«

»Oh, armes Hascherl«, lacht Carla mich aus, »dann erfindest du eben eine Fehlgeburt. Kommt ja in den ersten Schwangerschaftswochen sehr häufig vor.«

»Ich fürchte, meine Scheinschwangerschaft ist schon weiter fortgeschritten.«

»Wie weit?«

»Sechzehnte Woche – glaubt Rolf. Mein Wissensstand stammt noch aus der Zeit, in der man mit neun Monaten gerechnet hat.«

»Aber Rolf hat doch auch keine Ahnung in diesen Dingen.«

»Hast du 'ne Ahnung! Er ist voll zum Fachmann mutiert. Bei dem, was er übers Kinderkriegen weiß, könnte er glatt eine Mütterberatung aufmachen. Du würdest ihn nicht wiedererkennen!«

»Dann bleibt dir nichts anderes übrig, als zu behaupten, du hättest das Ganze erfunden, weil dein Kinderwunsch so übermächtig geworden ist, dass er den Verstand ausgeschaltet hat.«

»Und du meinst, das nimmt er mir ab? Ich und Kinderwunsch …«

»Lasset die Kindlein zu mir kommen«, krächzt Barnabas von der Gardinenstange aus dazwischen und erschreckt mich damit fast zu Tode.

»Hast du Herrenbesuch?«, fragt Carla neugierig.

»Ja, zwei Herren sind da: Barnie und dein Gorbatschow …«

»Oh, mein Gorbie! Du musst ihn knuddeln und ihm ausrichten, dass ich ihn ganz doll vermisse.«

»Wenn's sein muss …« Gorbatschow pflegt mich zu kratzen, wenn ich ihm zu nahe komme. Es sei denn, ich öffne eine Futterdose. Dann werde ich als Dienerin voll akzeptiert.

»Hat er Barnabas noch nicht aufgefressen?«, will Carla wissen. Eher ist es ja der ängstliche Gorbatschow, der vor dem grantigen Papagei flüchtet, nicht umgekehrt. Soll ich also jetzt ihr Weltbild zerstören? Ich tue es nicht.

»Bisher konnte sich Barnie immer noch rechtzeitig vor ihm retten. Und zum Glück kann Gorbatschow nicht fliegen ...«, behaupte ich.

Das war die erste Lüge des heutigen, noch jungen Tages. Der damit genauso anfängt, wie der alte aufgehört hat: jenseits der Wahrheit.

Kapitel 4

Jetzt oder nie

Ich erwache davon, dass *The Mamas and the Papas* behaupten, alle Blätter seien braun und der Himmel grau. Wie in aller Welt wollen sie das erkennen, mitten in der Nacht? »Das müssen Halluzinationen im Drogenrausch sein«, murmele ich und hebe ächzend den Kopf, um einen Blick auf die digitale Uhr des Radioweckers zu werfen. Es ist halb sieben. Fühlt sich aber an wie halb vier. Maximal.

»Viel zu früh«, stöhne ich und lasse mich zurück in die Kissen plumpsen.

»Wir wissen nicht Tag noch Stunde«, kreischt es direkt neben meinem linken Ohr. Vor Schreck fahre ich hoch und sitze aufrecht im Bett, mit klopfendem Herzen und weit aufgerissenen Augen.

»Guten Morgen, liebe Sorgen«, schnarrt die metallische Stimme weiter, und erst jetzt entdecke ich den Redner: Barnabas thront auf meinem Bücherregal und ist offensichtlich hellwach.

Ich jetzt natürlich auch – denn so ein mittelschwerer Adrenalinausstoß lässt der morgendlichen Schläfrigkeit keine Chance.

»Du bringst mich noch ins Grab«, werfe ich dem verdutzten Papagei vor, der daraufhin beleidigt schweigt. Als er nur bellte, war er weniger anstrengend. Habe ich tatsächlich ernsthaft gehofft, dass er seine Sprache wiederfindet? Man sollte sich seine Wünsche wirklich gut überlegen. Sie könnten in Erfüllung gehen …

The Mamas and the Papas verkünden, der Priester liebe die

Kälte und noch so einiges mehr, wovon man so an einem trüben Wintermorgen in Kalifornien träumt, wenn man weder von einem verrückten Papagei noch von einem scheppernden Radiowecker aufgeweckt wird. Wetten, dass ich den Song für den Rest des Tages nicht mehr aus dem Kopf kriege?

Und dann ist da ja noch diese andere Sache. Oder war etwa alles nur ein verrückter Traum? Ich fahre den Computer hoch und lese während des Frühstücks noch einmal meine E-Mail an Carla. Und die ist über jeden Zweifel erhaben. Da ich selbst nach übermäßigem Alkoholgenuss nicht zu derartig absurden Phantasieanfällen neige und mir darüber hinaus Carlas nächtlicher Anruf noch sehr deutlich in Erinnerung ist, muss es wohl leider wahr sein:

Ich bin scheinschwanger!

»Weiß gar nicht, was schlimmer wäre – wirklich in anderen Umständen zu sein oder wegen dieser Lüge gefeuert zu werden und ab morgen umständehalber arbeitslos zu sein«, frage ich mich laut und ziehe nachdenklich an meiner Morgenzigarette.

»Du bist gebenedeit«, kommentiert Barnabas meine Frage. Er ist mir in den Garten gefolgt und hebt gerade wieder sein Bein, um gegen den Kirschbaum zu pieseln. Wahrscheinlich hält er sich jetzt für einen sprechenden Hund.

»Du wiederholst dich, mein Freund«, sage ich, »und unrecht hast du außerdem. Ich bin nur fett.«

Tja, das hätte ich mal lieber gestern zu Thilo sagen sollen! Dann hätte ich jetzt eine große Sorge weniger …

»Sieben fette Jahre, sieben magere Jahre, jawoll«, ist alles, was Barnabas dazu einfällt. Was mich an die Fütterung meiner beiden Raubtiere erinnert. Gorbatschows Schale fülle ich mit seinem Lieblingsfutter, das ich ihm jedoch, anders als in der Fern-

sehwerbung, ohne Petersiliengarnierung und Eskimoküsschen serviere, Barnabas bekommt seine Körner und frisches Wasser. Während ich die Tiere füttere, wird mir klar: Carla hat absolut recht. Ich muss das Missverständnis aufklären, je eher, desto besser. Aber Carla hat auch gut reden: Sie sitzt am anderen Ende der Welt, genießt ihr Sabbatical und hat wahrscheinlich keine schwierigere Entscheidung zu treffen als die zwischen Surfen und Golfen. Die Glückliche!

Um Viertel nach acht stecke ich im täglichen Innenstadtstau und nähere mich dem Feronia-Hochhaus und damit dem Unausweichlichen: dem Moment, in dem ich Rolf reinen Wein einschenken muss. Wie in aller Welt soll ich das bloß anstellen?
»Rolf, es tut mir leid«, probiere ich laut, wie ich meine Beichte eröffnen werde, aber dann gerate ich sofort ins Stocken – genau wie der Verkehr. Schon wieder stehe ich an einer roten Ampel. Ausnahmsweise bin ich heute nicht sauer darüber, sondern genieße den gnädigen Aufschub, den mir die rote Welle verschafft.
Zurück zu meiner Rede: Der Anfang war gar nicht mal so schlecht, oder?
»Rolf, es tut mir leid«, wiederhole ich in Ermangelung einer besseren Idee. Das spricht sich jedenfalls gut. Sehr rhythmisch. Auf die Ohrwurm-des-Tages-Melodie von *California Dreaming* beginne ich zu summen: »Rolf, es tut mir leid, was ist nur geschehn, hast dich zu früh gefreut, doch ich steh nicht auf Weh'n …«
Du liebe Zeit. Rolf würde mich nicht nur feuern, sondern auch in eine Nervenheilanstalt einliefern lassen, wenn ich ihm das vorsänge!
Grün. Ich fahre weiter, obwohl ich am liebsten wenden würde. Vielleicht könnte ich im Büro anrufen und behaupten,

meine Morgenübelkeit sei schlimmer denn je? Oder Urlaub nehmen und Carla in Sydney besuchen. Oder einfach auswandern … Irgendwohin. Am besten nach Kalifornien, wo nur in diesem einen Lied der Himmel grau ist – in allen anderen scheint permanent die Sonne, und es regnet nie. Klingt das nicht verlockend?

Aber fürs Auswandern fehlt mir der Mut. Und Carla wäre imstande, mir die australische Tür vor der Nase zuzuschlagen, wenn sie erführe, dass ich gekniffen habe. Denn was sie von mir erwartet, hat sie mir heute Nacht unmissverständlich mitgeteilt: »Die Wahrheit sagen. Was sonst?«

Die Wahrheit und nichts als die Wahrheit. Ja, wer aus Kollegen und Freunden erbarmungslose Feinde machen will, kann es damit gern mal versuchen. Ein halber Tag genügt, und Sie sind der unbeliebteste Mensch weit und breit!

Das fängt schon beim »Alles klar?« des Parkplatzwächters an, das ich fröhlich mit: »Jepp, Tony, alles klar« beantworte, um dann winkend durch die Schranke zu fahren. Wer weiß, ob er sie mir je wieder öffnen würde, wenn ich wahrheitsgemäß geantwortet hätte: Gar nichts ist klar, Tony, und überhaupt – frag nicht so dämlich. Als ob du wirklich wissen wolltest, wie es mir geht! Du interessierst dich doch sowieso nur für die schmierigen Pornoheftchen, die du da unter deinem Tresen versteckst …

Als Nächstes läuft mir Doreen über den Weg.

»Um halb zehn hat Rolf ein Meeting mit dir eingetragen. Weißt du darüber Bescheid?«

»Bis eben nicht, aber danke für die Info, Doreen«, lächele ich sie an und denke: Es wurmt dich wohl, du neugieriges Tratschweib, dass du nicht die geringste Ahnung hast, worum es geht. Zum Glück kann Doreen keine Gedanken lesen, sonst hätte ich sie mir soeben zur Feindin gemacht. Keine gute Idee, wenn

man in dieser Abteilung überleben will. Aber das wird mir höchstwahrscheinlich eh nicht gelingen. Was auch immer Rolf in einer guten halben Stunde mit mir besprechen möchte, nach meinem Geständnis wird es Schnee von gestern sein.
Eine potthässliche violette Keramikvase mit apricotfarbenen Nelken schmückt meinen Arbeitsplatz. Wie ausgesprochen passend – Friedhofsblumen zur Beerdigung meiner Karriere. Wer war denn so weitblickend?
Mit hochrotem Kopf kommt EDV-Rüdiger unter meinem Schreibtisch hervorgekrochen und murmelt etwas von wegen Datensicherung. Verlegen richtet er sich auf, deutet mit einer vagen Geste zuerst auf meinen Bauch und dann auf die Blumen, um mir danach seine wie immer schwitzig-feuchte Hand zu reichen.
»Ähm, Glückwunsch auch, Friederike. Das ist ja eine freudige, äh, Nachricht.«
Fast bin ich ein wenig gerührt. »Danke dir, wäre doch nicht nötig gewesen«, antworte ich ziemlich phantasielos und entziehe ihm – schroffer, als er es verdient hat – meine Hand.
Zum Glück klingelt in diesem Augenblick Rüdigers Handy und beendet gnädigerweise die peinliche Situation. Er wird zu einem technischen Notfall in der Kundenbetreuung gerufen. Nachdenklich schaue ich ihm hinterher. Ich weiß gar nicht, was scheußlicher ist – die Vase, die Nelken oder Rüdigers ausgebeulte, kackbraune Cordhose, denke ich.
Ja, die Wahrheit kann grausam sein, vor allem zu Menschen wie EDV-Rüdiger. Deshalb spare ich sie heute auch ganz exklusiv auf für jemanden, der mein Mitleid nicht braucht: Rolf Segmüller, meinen künftigen Ex-Chef.
Um fünf vor halb zehn verschwinde ich noch mal auf der Toilette, dann trete ich meinen letzten Gang durch die heiligen Hallen der Feronia-Versicherung an.

Was sein muss, muss sein.
Es ist nicht gerade einfach, ernst und würdevoll zu wirken, wenn Rolf einen strahlend wie ein Honigkuchenpferd begrüßt, während Doreen mit beleidigter Miene hereinrauscht, um frischen Tee mit Rosinenbrot zu servieren und bei ihrem dramatischen Abgang die Tür etwas fester zuzuschlagen, als es sich eigentlich gehört hätte. Fast muss ich auflachen, als mir meine Rolf-es-tut-mir-leid-Version von *California Dreaming* wieder einfällt. Vor allem die Zeile »Ich steh nicht auf Weh'n« geht mir nicht aus dem Kopf und hindert mich daran, etwas Vernünftiges zu sagen.
»Greif zu, greif zu, du musst jetzt für zwei essen«, ermuntert mich Rolf und schenkt mir eine Tasse Tee ein.
»Ist bekömmlicher als Kaffee«, erklärt er und verzichtet offensichtlich aus purer Solidarität ebenfalls auf seinen heißgeliebten Espresso.
»Rolf, es tut …«, beginne ich, doch mein Chef scheint sich neuerdings einen Sport daraus zu machen, meine angefangenen Sätze für mich zu vollenden: »Ich weiß, die Tatsache, dass du guter Hoffnung bist, sollte in unserer Abteilung eigentlich keine Rolle spielen. Schließlich sind wir hier alles Profis.«
Ähm. Ja. Sollte keine Rolle spielen. Das ist schon mal ein prima Anfang. Wenn wir jetzt noch die Sache mit der guten Hoffnung – wer sagt so was heute überhaupt noch? – streichen könnten, wäre das noch viel professioneller, oder?
Natürlich sage ich nichts davon. Sondern nippe stattdessen an meinem Tee. Er schmeckt grauenhaft. Nach Heu, bitteren Kräutern und getrockneten Kuhfladen. Aber immerhin gewährt er mir und meiner Beichte ein paar wertvolle Sekunden Aufschub. Dann nehme ich erneut Anlauf.
»Es tut mir wirklich leid …«
»Aber das muss es nicht, Friederike, das muss es ganz und gar

nicht. Kein Mensch wirft dir vor, dass deine Arbeit unter der Schwangerschaft leidet. Man könnte fast sagen, das Gegenteil ist der Fall.«

Das Gespräch geht in eine Richtung, die mehr als seltsam ist. Langsam habe ich das Gefühl, dass wir statt eines Dialogs zwei völlig unterschiedliche Monologe führen, Rolf und ich. Vermutlich schaue ich, als mir das dämmert, ziemlich töricht aus der Wäsche – das Rosinenbrot vor den bereits geöffneten Mund haltend, unfähig, hineinzubeißen oder wenigstens die Speiseluke wieder zu schließen.

Nun wäre eigentlich der Augenblick gekommen, an dem ich mit der Wahrheit herausrücken müsste. Jetzt oder nie!

Andererseits: Was versucht Rolf mir gerade auf ziemlich umständliche Weise mitzuteilen? Vielleicht sollte ich mir das einfach noch eben anhören, bevor ich mir mein eigenes Grab schaufele. Auf ein paar Minuten wird es ja wohl kaum ankommen – jedenfalls nicht im Angesicht der Ewigkeit.

Ich lächele Rolf also aufmunternd zu, nicke leicht und beiße dann herzhaft in das Rosinenbrot. Verdammt, ist das lecker! Als ob ich damit ein Startsignal abgefeuert hätte, springt Rolf auf, breitet mit bühnenreifer Geste die Arme aus und fragt mich dann, ob ich Lust habe, Projektleiterin zu werden.

Ich verschlucke mich beinahe an einer Rosine und bin gezwungen, sie mit dem grauenvollen Tee hinunterzuspülen. Als ich fertig bin mit dem Husten, Keuchen und Tränenabwischen, wiederholt Rolf seine Frage: »Na, wie sieht's aus? Könntest du dir vorstellen, eigenverantwortlich ein Projekt zu leiten?«

Ich habe mich also nicht verhört. Projektleiterin! Davon träume ich schon seit Jahren!

»Na, und ob ich mir das vorstellen kann!«, antworte ich, ohne zu zögern.

»Perfekt«, nickt Rolf zufrieden, »für diese Aufgabe gibt es nämlich keine bessere Besetzung als eine Schwangere.«
Verflixt! Wahrheit oder Pflicht? Runter vom Schleudersitz und rauf auf den Projektleitersessel?
»Her damit!«, strahle ich Rolf dann an, der es gar nicht abwarten kann, mich mit den Eckdaten des Projektes vertraut zu machen. Was ich gestern nicht zu hoffen gewagt hätte, ist heute plötzlich Realität. Ich muss nichts weiter tun, als die Schwangerschaftsposse weiterzuspielen – wenigstens noch eine Weile. Wäre es nicht furchtbar dumm, das Missverständnis gerade jetzt aufzuklären und das Schicksal mit Füßen zu treten, das es ausnahmsweise einmal gut mit mir meint?

Um elf Uhr muss Rolf zu einem Termin. Auf dem Weg hinaus nimmt er sich noch die Zeit, Doreen ein paar bemerkenswerte Anweisungen zu geben: Sie möge mir helfen, den Schreibtisch leer zu räumen, meine Sachen zu packen und alles aus dem Großraumbüro hinüber in mein neues »Projektleiter-Office« zu transportieren. Schließlich dürfe ich in meinem Zustand nichts Schweres heben.
Wenn Doreen Caspary Feuer spucken könnte, wäre jetzt der Zeitpunkt gekommen, die 112 zu wählen. Denn das bisher unbesetzte, aber von allen heiß begehrte Einzelbüro, das vom Großraumbüro durch gläserne Schallschutzwände abgetrennt ist, hat sie sich seit Jahren für allerlei Zwecke unter den Nagel gerissen. Inoffiziell natürlich. Hier sortiert sie Kopien, lagert Büromaterial und führt Telefonate, die nicht jeder mithören soll. Damit ist es nun wohl vorbei.
Allein um diesen Augenblick des Triumphes zu erleben, hat es sich gelohnt, meine Notlüge von gestern noch ein klein wenig beizubehalten. Und natürlich wegen meiner neuen Aufgabe! Ich kann es gar nicht erwarten, Doreen davon zu berichten.

Selbstverständlich nicht sofort. Genüsslich lasse ich sie zappeln und warte, bis sie vor Neugier fast platzt.
Nach scheinbar endlosen drei Minuten ist es so weit. »Seit wann befördert Rolf denn Schwangere?«, presst sie hervor.
»Seit er umständehalber eine Projektleiterin mit dieser speziellen Qualifikation sucht«, pariere ich gut gelaunt und berichte Doreen – natürlich unter dem Siegel der Verschwiegenheit, denn das Projekt ist noch topsecret – von der »Pränatal-Police« für werdende Eltern und ihre ungeborenen Kinder.
»Was für ein erbärmlicher Käse«, urteilt Doreen gnadenlos. Womit sie den Nagel auf den Kopf trifft. Aber für mich ist dieser Käse nun mal die Chance meines Lebens.
Kurz vor der Mittagspause ist alles an Ort und Stelle. Ich sitze auf meinem superbequemen Projektleiterstuhl, fahre meinen PC hoch und schaue währenddessen nachdenklich aus dem Fenster.
Die Wahrheit wird völlig überbewertet. Genau wie David Beckham, Andrew-Lloyd-Webber-Musicals und Dornfelder.

Kapitel 5

Ein bisschen schwanger

Mittwoch, 21.12 Uhr MEZ
Ricky252@online.de an CarlaBerthold@sydneyhome.com
Thema: Yesssss!!!

Liebe Carla,
was für ein Tag! Du errätst nie, was heute alles passiert ist. Nicht nur, dass ich von einem Gute-Laune-Ohrwurm geweckt wurde und einen Blumenstrauß auf meinem Schreibtisch vorfand … Nein, das war erst der Anfang!
Das Beste ist: Rolf hat mich befördert. Ich bin jetzt Projektleiterin! Ist das ein Hammer, oder was?
Womöglich noch großartiger aber ist, dass ich das gläserne Büro bekommen habe. Ganz allein für mich und mein Projekt. Doreen hat vielleicht ein Gesicht gezogen, das hättest du sehen sollen :) Als Rolf sie bat, mir beim Umzug zu helfen, ist sie fast explodiert.
Aber genug von Doreen. Ich bin viel zu happy, um mich über sie aufzuregen … Ab sofort bin ich ganz allein für das neue, supergeheime »Projekt Pränatal-Police« verantwortlich. Na, bist du beeindruckt?
Ja, du hast recht, darauf sollten wir anstoßen! Schade für dich, dass Prosecco vorm Frühstück nicht allzu empfehlenswert ist. Wir holen das nach, sobald du zurück bist, okay? Und heute trinke ich ein Gläschen für dich mit.
Glückliche Grüße nach Down Under von deiner Ricky

Donnerstag, 6.49 Uhr Sydney Ortszeit
CarlaBerthold@sydneyhome.com an Ricky252@online.de
Thema: Und deine Beichte?

Meine liebe Friederike,
vermutlich sollte ich dir zu deinem Erfolg gratulieren. Ich weiß, du träumst seit Jahren von dieser Beförderung. Jetzt bist du also Projektleiterin.
Doch lese ich irgendwo auch nur eine einzige Zeile über dein Geständnis? Wolltest du Rolf nicht beichten, dass du *keineswegs* schwanger bist?
Irgendwie seltsam, aber es fällt mir schwer zu glauben, dass Rolf dich auf dieses Bekenntnis hin befördert hat. Und dass dein Projekt rein zufällig »Pränatal-Police« heißen soll ...
Gehe ich also recht in der Annahme, dass du dir deinen großartigen Karrierekick mit einer fetten Lüge erschlichen hast, *my Darling*?
Was DENKST du dir dabei eigentlich? Denkst du überhaupt etwas?
Leicht verwirrte und verdammt strenge Grüße von deiner Carla

Mittwoch, 22.09 Uhr MEZ
Ricky252@online.de an CarlaBerthold@sydneyhome.com
Thema: Die Angeklagte ist unschuldig

Menno, Carla, musst du immer so gnadenlos sein?
Zu meiner Verteidigung:
1. Habe ich jemals behauptet, schwanger zu sein? Nein! Man kann mir höchstens vorwerfen, eine Frage, die ich

völlig missverstanden habe, mit den Worten »im Sommer« beantwortet zu haben. Seit wann ist das verboten?

2. Nicht nur einmal, sondern mehrmals habe ich versucht, das Missverständnis aufzuklären. Was kann ich dafür, dass Rolf mich nicht zu Wort kommen lässt? Ist ja wohl kaum meine Schuld, wenn mir niemand zuhört ...
3. Die Beförderung war längst überfällig. Niemand in der Abteilung ist dafür besser qualifiziert als ich. Mir eine andere Kollegin vor die Nase zu setzen, nur weil die zufällig schwanger ist, wäre pure Diskriminierung!

Gib's zu, Carla: Ich bin vollkommen schuldlos. Das Ganze ist mir irgendwie ... zugestoßen.
Vielleicht hat es das Schicksal einfach mal gut mit mir gemeint. Was hältst du von dieser Theorie?
Einen wunderschönen Morgen wünscht dir Ricky

Donnerstag, 7.21 Uhr Sydney Ortszeit
CarlaBerthold@sydneyhome.com an Ricky252@online.de
Thema: Plädoyer

Okay, Ricky, du argumentierst mit Logik? Ich bin beeindruckt von deinem Plädoyer. Die Beweisführung ist überzeugend, ehrlich. Freispruch in allen Punkten!
Natürlich hast du nie wirklich gelogen. Und die Aufklärung des Missverständnisses wurde dir in der Tat mehr als schwer gemacht. Kein Zweifel, dass du als Projektleiterin einfach an der Reihe warst – ob schwanger oder nicht. Das Ganze ist nichts anderes als ein phantastischer Glücksfall für dich!
Apropos phantastisch: Hast du Lust auf ein Märchen? Mir fällt da nämlich gerade eins ein, das dir sicher gefallen wird:
Es war einmal eine Prinzessin namens Ricky, die ging zu ih-

rer Bank, um etwas von dem sagenhaft wenigen Geld abzuheben, das sie verdiente. Verträumt stand sie in der Reihe der Wartenden und schaute sich in der Kundenhalle um. Sie war in warmen, beruhigenden Farben gestaltet und wirklich sehr behaglich eingerichtet. An den meisten Bankschaltern standen sogar prächtig blühende Topfpflanzen, um den Menschen ein Lächeln ins Gesicht zu zaubern.

Moment – wirklich nur an den meisten? Prinzessin Ricky schaute genauer hin und stellte fest, dass sie sich getäuscht hatte: Die Topfpflanzen waren tatsächlich »überall«, wie sie erstaunt vor sich hin murmelte.

Doch dann geschahen seltsame Dinge! Prinzessin Ricky war nämlich, ohne dass sie es bemerkt hatte, schon an der Reihe – und der Kassierer nahm ihr Vor-sich-hin-Gemurmel für bare Münze, sprich: Er hielt es für eine Aufforderung. Da er aber nicht »überall« verstanden hatte, sondern »Überfall!«, geriet er in Panik, stopfte rasch lauter Tausenderscheine in eine Tasche und überreichte sie zitternd Prinzessin Ricky. Die wehrte zwar überrascht ab, doch ihr leise dahingehauchtes »Aber nein, aber nein« wurde erneut missverstanden. Und so füllte der verängstigte Kassierer noch einen zweiten Beutel mit Scheinen.

Wie in Trance verließ Prinzessin Ricky die Bank. Niemand verfolgte sie. Zu Hause zählte sie die Beute. Es war unvorstellbar viel Geld. Ihr wahnsinniger Papagei rief: »Du bist reich!«, und das klang ihr wie Musik in den Ohren. Ja, sie war jetzt reich. Na und? Waren das nicht jede Menge Drogenbarone, Immobilienhaie und Waffenfabrikanten ebenfalls? Hatte sie selbst nicht ein viel reineres Gewissen als die? Außerdem hatte sie wirklich lange genug am Hungertuch genagt. Es war höchste Zeit, dass das Schicksal es einmal gut mit ihr meinte. Sie sah nicht ein, was daran verkehrt sein sollte!

Doch etwas hatte Prinzessin Ricky nicht bedacht: Videoüberwachung. Fingerabdrücke. Zeugenaussagen. Ihr Schicksal war besiegelt, bevor sie nur einen einzigen Euro ausgeben konnte. Und wenn sie nicht auf Bewährung raus ist, sitzt sie noch immer hinter schwedischen Gardinen …
Allerliebste Grüße von deiner Carla

Mittwoch, 22.38 Uhr MEZ
Ricky252@online.de an CarlaBerthold@sydneyhome.com
Thema: Einspruch, Euer Ehren!

Liebe Carla,
es gibt keine Tausendeuroscheine!
Grüße von Ricky

Donnerstag, 7.46 Uhr Sydney Ortszeit
CarlaBerthold@sydneyhome.com an Ricky252@online.de
Thema: Gewissen

Das war ein Gleichnis, liebste Ricky! Ich bin zwar etwas in Eile, weil ein Saal voller australischer Kinder danach giert, von mir den Unterschied zwischen dem temporalen und dem konsekutiven Gebrauch der Konjunktion »wenn« zu erfahren, aber dein Seelenleben hat natürlich Vorrang! Deshalb nehme ich mir eben die Zeit, dir ein paar Gewissensfragen der ernsthaftesten Sorte zu stellen:

- Beförderung, eigenes Projekt, neues Büro – womit feiert man so etwas spontan? Genau! Mit einer Zigarette im heiß erkämpften Raucherzimmer. Na? Wie kommt das bei den

Kollegen so an, wenn man als Schwangere qualmt?

- Okay, schauen wir weiter in die Zukunft: Willst du dir in den nächsten Wochen einen Bierbauch antrinken? Wie verträgt sich das mit deinem Ziel, bis zu deinem Vierzigsten rank und schlank zu sein?
- Und wie willst du eines schönen Tages Rolf erklären, dass alles nur ein Irrtum war? Denn das ist unumgänglich, wie du weißt! Es sei denn, du schaffst es, in ziemlich genau 24 Wochen ein Kind zu gebären …
- Und was hast du nach diesem Gespräch beruflich so vor?

Vielleicht fallen dir die Antworten darauf im Traum ein :)
Goodnight wünscht dir deine Carla
PS: Lass dir bloß nicht einreden, du müsstest für zwei essen!

Mittwoch, 23.11 Uhr MEZ
Ricky252@online.de an CarlaBerthold@sydneyhome.com
Thema: Grammatik :)

Ha, erwischt, Carla!
Die Konjunktion »wenn« leitet niemals einen Konsekutivsatz ein, sondern höchstens einen Konditionalsatz.
Hoffentlich liest du diese Mail noch, bevor du aufbrichst, wissensdurstigen jungen Australiern deutsche Grammatikmärchen zu erzählen :)
Viel Spaß in der Schule! Ricky

Donnerstag, 8.14 Uhr Sydney Ortszeit
CarlaBerthold@sydneyhome.com an Ricky252@online.de
Thema: Nicht kneifen!

Aber Ricky! Jetzt wirst du kleinlich. Und schindest Zeit ... Traust dich wohl nicht, über meine Fragen nachzudenken? Also, *Sweetheart,* ich erwarte deine Antworten, sobald ich zurück bin. Bis dann, deine Carla
PS: Wenn du wieder kneifst, bin ich sauer! Ist das nicht ein ausgezeichnetes Beispiel für einen Konditionalsatz?

Mittwoch, 23.37 Uhr MEZ
Ricky252@online.de an CarlaBerthold@sydneyhome.com
Thema: Vorläufig schwanger

Liebe Carla,
herzlichen Glückwunsch – dein Konditionalsatzbeispiel ist wirklich vom Feinsten. Bevor du aber tatsächlich sauer auf mich wirst und die Peitsche auspackst, sollst du deine Antworten bekommen, du olle Sklaventreiberin ;)
Was die Zigarettenfrage betrifft: Tja, du kennst mich wirklich verdammt gut ...
Nachdem heute Mittag mein Büro eingeräumt, der PC angeschlossen und mein Puls wieder im Normalbereich war, fehlte mir nur eines zum puren, ungetrübten Glück: eine Kippe.
In der Mittagspause verschwand ich kurz in die Apotheke, um Nikotinpflaster zu besorgen. Und für den Fall, dass mich jemand von den Kollegen dabei beobachtet hätte, kaufte ich noch gleich etwas Schwangerschaftskompatibles: Tabletten gegen Sodbrennen. Denn das ist das einzige Medikament, von dem ich weiß, dass werdende Mütter es nehmen dürfen – und das auch permanent tun.
Ich muss, wie es aussieht, noch viel lernen über das Thema Kinderkriegen. Alles, was mir dazu einfällt, sind pure Kli-

schees: Morgenübelkeit, Lust auf saure Gurken, Sodbrennen, Rückenschmerzen, Watschelgang, Nestbautrieb. Von der heiligen Johanna weiß ich, dass die Hälfte davon zumindest nicht auf alle Schwangeren zutrifft: Saure Gurken mochte sie noch nie, übel war ihr selten, und was die Fortbewegung betrifft, so schwebt sie in ihren Schwangerschaften eher, als dass sie watschelt. Wahrscheinlich verleihen ihr die mütterlichen Hormone Auftrieb.
Zurück zu meiner Suchtbewältigung: Solltest du jemals auf die Idee kommen, das Rauchen aufzugeben und dafür Nikotinpflaster zu benutzen, dann solltest du auf keinen Fall am gleichen Abend vor lauter Gier kettenrauchend ein halbes Päckchen konsumieren. Das ist ganz und gar nicht empfehlenswert! Steht auch in der Packungsbeilage der Pflaster. Und das sagt dir auch jeder Notarzt, den du anrufst, weil du plötzlich Herzrasen bekommst …
Ich habe also ab sofort die Wahl: den Tag irgendwie ohne Nikotin überstehen und abends alles nachholen oder aber – mit oder ohne Pflaster – wirklich aufhören. Meinem Baby zuliebe: dem Projekt!
In ein paar Tagen kann ich dir schreiben, wie ich mich entschieden habe. Jedenfalls in Sachen Zigarettenproblematik. Was die andere Sache betrifft: Du hast natürlich vollkommen recht. Früher oder später werde ich auffliegen. Aber ich hoffe einfach mal, dass es eher später als früher passieren wird und mir unterdessen noch rechtzeitig eine geniale Erklärung einfällt.
Bis dahin bin ich einfach noch ein bisschen schwanger ;)
Liebe Grüße von deiner Friederike
PS: Mach dir mal bloß keine Sorgen darüber, wie ich einen schwangeren Bauch vortäusche. Das liegt mir im Blut ;)

Donnerstag, 19.21 Uhr Sydney Ortszeit
CarlaBerthold@sydneyhome.com an Ricky252@online.de
Thema: Gaga

Meine liebe, verrückte Ricky!
Du willst das wirklich durchziehen? Ich kann's nicht fassen.
Das ist der nackte Wahnsinn!
Sicher, dass die Beförderung zur Projektleiterin der einzige Grund dafür ist? Oder schwelt da tief unter der Oberfläche ein geheimer Kinderwunsch?
Wie auch immer: Du kannst dich auf meine Unterstützung verlassen, soweit mir das möglich ist. Wenn du schon einen dermaßen irrwitzigen Plan verfolgst, dann brauchst du eine Kopilotin, die dich mit Vernunft und Distanz berät. Und mehr Distanz als nach Sydney findest du wohl kaum ;)
Allerliebste Grüße von deiner Carla
PS: Küsschen an Gorbatschow!
PPS: »Ein bisschen schwanger« gibt's nicht. Höchstens »scheinschwanger und ein bisschen gaga« …

Kapitel 6

Brut und brut de brut

Newton durchschaute einst rein zufällig die Gesetze der Schwerkraft, nur weil er einen Apfel vom Baum fallen sah. Kolumbus entdeckte ganz aus Versehen Amerika, als er sich eigentlich auf dem Weg nach Indien wähnte. Und ich verdanke die wunderbarste Veränderung meines Lebens seit Erfindung der TV-Fernbedienung einem simplen Missverständnis: Schon knapp zwei Wochen lang bin ich jetzt scheinschwanger, und es geht mir großartig dabei!

Vorbei die Zeiten, in denen Rolf Segmüller seine Midlife-Crisis an mir ausließ, indem er mich wegen jeder Kleinigkeit übelgelaunt anknurrte. So als sei ich ein unerwünschter Störenfried statt seiner topqualifizierten Assistentin. Seit er meine Größe-46-Plauze für einen Babybauch hält, ist er mir gegenüber der reinste Heilige: rücksichtsvoll, liebenswürdig, aufmerksam und voll des Lobes für jede Kleinigkeit, die ich vollbringe.

Neuerdings kommt er sogar mehrmals täglich zu mir rüber, um sich nach meiner geschätzten Meinung zu diesem und jenem zu erkundigen. Dies und jenes betrifft dabei meistens sein aktuelles Lieblingsprojekt – die Einführung eines Betriebskindergartens. Er hat sich sogar schon in der Rechtsabteilung nach den gesetzlichen Voraussetzungen dafür erkundigt. Nachdrücklich!

Alles, was mit Brut und Aufzucht der kommenden Generation zu tun hat, stimmt den werdenden »späten Vater« Rolf Segmüller milde und frohgemut. Dafür dürfen die lieben Kolle-

gen, die zurzeit mit Fortpflanzung weniger am Hut haben, seine üblichen Launen erdulden.
Doch sind sie mir deswegen böse? Kein bisschen, wie ich erstaunt feststelle. Im Gegenteil: EDV-Rüdiger, der fast täglich Opfer von Rolfs beißendem Humor wird, verhält sich mir gegenüber ausgesprochen fürsorglich. Permanent versorgt er mich mit köstlichen Schokoriegeln, Malzkaffee und frischen Blumen. Wenn er sich unbeobachtet glaubt, wirft er mir sogar treuherzig-gütige Blicke zu, die mir zunehmend unheimlich werden – und die, wenn ich nicht aufpasse, Doreens Gerüchteküche anheizen. Zurzeit ist sie vollends damit beschäftigt, herauszufinden, wer der Kindsvater ist. Wie ich von Sarah weiß, wettet die Mehrheit meiner Kollegen auf künstliche Befruchtung mittels eines Samenspenders. Unfassbar: Traut man mir nicht mal einen One-Night-Stand zu? Fehlte gerade noch, dass man EDV-Rüdiger für den Erzeuger hält! Ich hoffe nur, dass noch niemand seine Liebesgaben beobachtet hat …
Zwar steht mein Schreibtisch nicht mehr im Großraumbüro, doch auch Glaswände bieten leider keine echte Privatsphäre, weshalb ich Rüdiger gestern ziemlich barsch mitgeteilt habe, ich sei allergisch gegen Schnittblumen und bekäme Sodbrennen von Malzkaffee. Er reagierte ziemlich verschreckt und fragte prompt, ob das Baby dadurch Schaden nähme – als ob ich so etwas wüsste! Jedenfalls beschränken sich seine rituellen Gaben an die Göttin der Mutterschaft seitdem auf Pralinen. Da es sich um meine absolute Lieblingssorte handelt und er sie stets dezent in einer Plastiktüte verpackt abliefert, bringe ich es nicht übers Herz, diese Naschwerk-Opfer auch noch zu stoppen. Es muss ja keiner erfahren, woher die Pralinen kommen.
Selbst Tanja und Gesine, die vergangenen Montag aus dem Urlaub zurückkamen und sofort von Doreen über die neuesten Entwicklungen informiert wurden, sind kein bisschen eifer-

süchtig auf meine Beförderung. Höchstwahrscheinlich halten sie mein Schicksal – nämlich die Aussicht auf mehr Arbeit, mehr Verantwortung und mehr Leibesfülle – für nicht besonders erstrebenswert. Viel lieber behalten sie ihren ruhigen Job in der PR-Abteilung und vor allem ihre Topmodelfiguren, mit denen sie den männlichen Kollegen gern den Mund wässrig machen. Allen voran Lutz, dem Pressesprecher der Feronia-Versicherung, unter dessen Maßanzügen sich eine gestählte Bodybuilder-Gestalt verbirgt. Ein Fakt, der mir persönlich eher lächerlich als reizvoll erscheint, meine körperbewussten Kolleginnen aber um den spärlichen Rest ihres Verstandes bringt. Offenbar genau um den Teil, der für einen guten Kleidergeschmack zuständig wäre: Die winzigen Tops und knallengen Jeans, die Tanja zu tragen pflegt, hätten höchstens meinem etwa elfjährigen Ich gepasst. Und die kurzen Röcke, Gesines Markenzeichen, sind nicht viel breiter als ein Gürtel …
Ich dagegen habe aufgehört, bei der morgendlichen Kleiderauswahl auf eine halbwegs schmale Silhouette zu achten. Im Gegenteil: Je unvorteilhafter ein Kleidungsstück sitzt, je deutlicher es also meine natürlichen Rundungen zur Geltung bringt, desto besser! Bequem ist angesagt und erweist sich in der Kantine als enormer Vorteil. Denn wenn kein Hosenbund für Magendrücken sorgt, schmeckt der Nachschlag gleich noch mal so gut …
Die kritischen Kein-Wunder-dass-du-so-aussiehst-Blicke, die man mir sonst zuwirft, wenn ich beim Essen genussvoll zulange, gehören der Vergangenheit an. Wenn man mal von Lydia, der Kantinenleiterin mit der blonden Turmfrisur, absieht, deren rrrrrrollendes R auf einen osteuropäischen Migrationshintergrund schließen lässt. Sie ist die Einzige, die mich neuerdings eher unfreundlich behandelt. Wahrscheinlich steckt ein unerfüllter Kinderwunsch dahinter.

Tja, damit muss sie wohl allein klarkommen. Ich habe anderes zu tun, und das nicht zu knapp. Mit Hilfe von Sarah, deren Praktikum um weitere vier Wochen verlängert wurde und die Rolf zu meiner Projektassistentin ernannt hat, habe ich inzwischen einen ausführlichen Projektplan entwickelt sowie eine lange To-do-Liste erstellt: Auf der Agenda stehen Meetings mit unserer Produktentwicklung, den Feronia-Juristen, einem Marktforschungsprofi und unseren Agenturkreativen.
Welche Sorgen und Hoffnungen werdende Mütter bewegen, recherchiere ich in den einschlägigen Schwangerschaftsforen, auf die ich im Internet stoße. Dort logge ich mich, relativ wahrheitsgemäß, als *S. Schwangerschatz* ein und lese mit wachsendem Erstaunen, welche Themen von werdenden Müttern durchgehechelt werden.
Für mich persönlich habe ich allerhand Fragen aufgelistet, zu denen ich als Schwangere eine Meinung haben sollte:

- Fruchtwasseruntersuchung – ja oder nein?
- Geplanter Kaiserschnitt oder Hausgeburt in der Wanne?
- Wegwerfwindeln oder Ökorecyclingwindeln zum Waschen?
- Stillen oder Flasche?
- Impfen oder nicht impfen?

Und das ist, wie ich erschrocken feststelle, erst der Anfang. Außerdem gilt es natürlich, den schwangeren Leib in möglichst bequeme und zugleich vorzeigbare Textilien zu hüllen, ein heimeliges Kinderzimmer einzurichten, allerhand Babyutensilien – vom Buggy bis zum Autositz – anzuschaffen, über die Dauer der Babypause nachzudenken, nach deren Ende die Kinderbetreuung zu organisieren und natürlich die große Frage nach dem Namen zu beantworten!

An die sich als Nächstes gleich diejenige anschließt, ob das Geschlecht des Nachwuchses eine Überraschung bleiben soll oder ob man es vorher erfahren möchte – warum auch immer. Nicht wenige Mütter scheinen mit den Rollenklischees schon vor der Geburt anfangen zu wollen, indem sie das Babyzimmer für ein Mädchen im rosa-weißen Prinzessinnenstil einrichten, während ein Knabe sich auf einen maskulinen Traum in Blau und Gelb mit frechen Saurier-, Fußball- oder Rittermotiven freuen darf.
Um Himmels willen! Wie schaffen es all die vielen Frauen, die *tatsächlich* ein Kind erwarten, diese Flut von Entscheidungen zu treffen? Sind es die Hormone, die sie dazu befähigen? Oder wächst frau mit ihren Aufgaben – und ihrem Taillenumfang? Wenn das so ist, werde auch ich das garantiert hinkriegen. Denn sowohl der Berg zu erledigender Aufgaben als auch meine Körperdimensionen haben in den letzten Tagen deutlich zugenommen.
»Das kann so nicht weitergehen«, hat mir mein Spiegelbild heute früh beim Anziehen zugerufen. »Aber mir schmeckt's nun mal so gut – so ganz ohne schlechtes Gewissen«, antwortete ich mir selbst, was Barnabas mit einem lakonischen *»Sehet und schmecket, Kameraden«* kommentierte. Man könnte wirklich glauben, er hätte früher einem Militärpfarrer gehört oder in einer Spelunke gelebt, in der Mönche und Seefahrer gleichermaßen verkehren. Wie auch immer er das macht, ist mir zwar ein Rätsel, aber Tatsache ist: Barnie hat mal wieder den Nagel auf den Kopf getroffen. Denn seit ich – vorübergehend – mit dem Rauchen aufgehört habe, ist mein Appetit wahrhaft gesegnet.
Ich muss höllisch aufpassen, wenn ich nicht wirklich so viel zunehmen möchte wie echte Schwangere. Andererseits bin ich nicht leistungsfähig, wenn ich mir jeglichen Genuss versage.

Immerhin verzichte ich schon auf meine täglichen zwanzig Glimmstengel.
Verdammt, ich vermisse die Zigarettenpausen und die netten Gespräche mit den Kollegen im Raucherzimmer. Eben bin ich sogar reflexartig aufgesprungen, als Tanja das übliche Signal dafür gab: Sie wirft dann immer ihre Marlboro-light-Packung in die Luft und klatscht dreimal in die Hände, bevor sie sie wieder auffängt. Fast hätte ich »Super Idee, Tanja, ich brauch jetzt dringend ein Kippchen!« gerufen, doch dann fiel mir gerade noch rechtzeitig ein, dass ich dieses Laster ja meinem ungeborenen Kind zuliebe aufgegeben habe. Ich bog also ab zur Toilette, während die anderen lachend und scherzend in Richtung Raucherzimmer verschwanden …
Seufzend lasse ich mich hier auf den geschlossenen WC-Deckel sinken. Eine erfundene Schwangerschaft ist deutlich anstrengender, als ich es mir jemals hätte vorstellen können!

Auf dem Weg zurück in mein »Projektleiter-Office« winkt mich Rolf zu sich herein, weil er »ein, zwei Dinge mit mir besprechen« will. Ich bin zu verdutzt, um rechtzeitig »Um Himmels willen, nein!« schreien zu können, als er mir eine Tasse seines widerlichen Kuhfladentees einschenkt. Ob der vielleicht mit vier Würfeln Zucker einigermaßen genießbar ist?
Eigentlich erwarte ich einen weiteren visionären Vortrag zum Thema »Familienfreundlicher Arbeitsplatz Feronia-Versicherung«, doch dann überreicht mir Rolf einen dicken Umschlag der Deutschen Bahn.
»Ich habe mir erlaubt, die Flugtickets nach Berlin gegen ICE-Fahrkarten einzutauschen«, erklärt Rolf mit dieser väterlich sanften Stimme, die man neuerdings immer häufiger von ihm zu hören bekommt. Sie klingt zwar angenehmer als sein übli-

ches Macho-Gebrüll, aber was er mir da gerade mitteilt, ist ganz und gar nicht nach meinem Geschmack. Die Anreise per Bahn ist nicht nur mega-uncool, sondern kostet mich auch viel zu viel Zeit!

»Och nö, damit bin ich ja ewig unterwegs«, protestiere ich bestürzt. Der Flug dagegen dauert bloß eine knappe Stunde.

»Das wohl«, gibt Rolf zu, »aber in deinem Zustand ist das Fliegen einfach zu riskant. Ich könnte das nicht mit meinem Gewissen vereinbaren.«

Na großartig! Warum muss Rolf ausgerechnet jetzt sein Gewissen entdecken, statt der leichtfertige und skrupellose Typ zu bleiben, für den ich ihn all die Jahre gehalten habe? Und wer darf es nun ausbaden? Friederike Engelbrecht, das Mutterschiff der Feronia-Marketingabteilung …

Einen Moment lang denke ich darüber nach, dass genau jetzt der richtige Augenblick für ein Geständnis gekommen sein könnte: *Ich bin gar nicht schwanger, Rolf, ich war es nie, und wenn das Schicksal es gut mit mir meint, werde ich es auch nie sein.*

Doch ich zögere zu lange, und dann ist die Gelegenheit vorüber. Denn Rolf wendet den effektivsten aller Chef-Tricks an: Er fragt mich um Rat!

»Nächsten Monat steht unser jährlicher Ausflug an. Ich habe mich noch nicht endgültig für ein Ziel entschieden – vielleicht kannst du mir einen Tipp geben?«

O ja, das kann ich sehr gern tun! Vielleicht gelingt es mir damit, das Schlimmste zu verhindern?

Alles, bloß nicht wieder so ein Abenteuer wie letztes Jahr, als Rolf uns zum Snowrafting geschleppt hat. Glauben Sie mir: Es ist nicht sonderlich entspannend, in aller Herrgottsfrühe aufzustehen, mit dem Omnibus nach Österreich kutschiert zu werden, dort im Schlauchboot eine halsbrecherisch steile

Schneepiste herunterzurasen und dann nach einem deftigen Imbiss den ganzen weiten Weg wieder zurückzufahren …
Noch schlimmer war es im Jahr davor, als wir ein Survival-Training absolvieren mussten, damit die Gruppendynamik gestärkt würde. Was dann auch tatsächlich der Fall war – gemeinsam zitternd am Krankenhausbett von Doreen, die dort mit einer Pilzvergiftung eingeliefert werden musste. Hoffentlich sind seine Pläne diesmal weniger spektakulär.
»Was steht denn zur Auswahl?«, frage ich, das Schlimmste befürchtend.
Nicht zu Unrecht, wie Rolf mir eröffnet: »Ich dachte an ein Teambuilding-Incentive in einem Kletterpark …«
Du liebe Zeit! Das ist ja grauenhafter als erwartet.
»… oder vielleicht an eine Wein- und Sektprobe in Straßburg.«
»Wow, super Idee!«, rufe ich begeistert und schwärme: »Straßburg ist einfach wunderschön, und ein erstklassiger Crémant d'Alsace brut de brut ist noch viel besser als jeder Prosecco.«
»Wäre auch mein Favorit gewesen«, lächelt Rolf zufrieden, »und ich bin froh, dass du ebenfalls dafür bist. Wo du doch nicht allzu viel davon haben wirst.«
Ähm. Wieso nicht?
»Also, mir fiele es wirklich schwer, Verzicht zu üben, während alle anderen sich die guten Tropfen schmecken lassen«, fährt Rolf ungerührt fort.
Verzicht üben? VERZICHT? Bei einer Wein- und Sektprobe? Das muss jetzt wirklich ein schlechter Scherz sein …
»Ach, übrigens«, fragt Rolf mit Unschuldsmiene, »hast du schon mal am Steuer eines Kleinbusses gesessen?«
Genau in diesem Augenblick wird mir klar, dass es ganz und gar keine spaßige Angelegenheit ist, ein Scheinschwangerschatz zu sein.

Kapitel 7

Mutter Courage

Ich hätte es ahnen müssen, dass heute kein guter Tag wird. Schon als ich vom idiotischsten Hit aller Zeiten geweckt wurde: *Live Is Life.* Logisch, dass er sich in meinem Gedächtnis eingenistet hat, um mich den ganzen Tag über zu quälen. Ständig fallen mir der Dumpfbacken-Rhythmus, der geistlose Text und die banale Melodie dieses Bierzelt-Ballermann-Skihütten-Songs ein, der wahrscheinlich von einer Horde Besoffener gegrölt nicht viel schlimmer klingt als im Original.

Ja, Sie verstehen ganz richtig: *Live Is Life* ist nicht gerade mein Lieblingslied! Und doch passt es *perfekt* zu meiner Stimmung, als ich am späten Nachmittag den Feronia-Parkplatz verlasse, um mich in den zähfließenden Feierabendverkehr einzufädeln. Grimmig trommele ich mit den Händen aufs Lenkrad und singe mir meine Wut aus dem Leib. Mit leicht verändertem, nicht ganz salonfähigem Text – den ich Ihnen an dieser Stelle lieber ersparen möchte. Dabei ignoriere ich die belustigten Blicke der Verkehrsteilnehmer, die auf den Spuren links und rechts von mir darauf warten, dass die Ampel Grün zeigt. Von denen ist gewiss auch keiner gezwungen, auf sämtliche Bequemlichkeiten und Genussmittel zu verzichten, nur um im Büro mehr denn je arbeiten zu dürfen. Ohne Gehaltserhöhung, versteht sich. Ha! Rolf lacht sich bestimmt ins Fäustchen. Da hat er eine Dumme gefunden, die nicht nur schuftet wie ein Esel, sondern auch die Chauffeurfrage löst. Mit einer Horde angeschickerter Kollegen hinter mir darf ich demnächst durstig den Heimweg aus

Straßburg antreten. Weil ich ja sowieso nüchtern bleiben muss.
Aber heute muss ich gar nichts, beschließe ich. Deshalb werde ich mir einen lasterhaften Abend gönnen: mit Schampus, Flammkuchen, Vanilleeis und einem ganzen Päckchen Zigaretten!

Nach einem kurzen Abstecher zum Lebensmittelhändler meines Vertrauens ist es schon Viertel nach sechs, als ich voller Vorfreude auf ein paar genussreiche Stunden in die Einfahrt biege. Schon bevor ich die Haustür aufschließe, höre ich den Radau: Barnabas' Bellen, Gorbatschows hungriges Maunzen, Westernhagens *Ich bin froh, dass ich kein Dicker bin* (hab ich wirklich vergessen, das Radio auszuschalten?) und das schrille Klingeln des Telefons. Ich stelle die Tasche mit den Einkäufen hinter der Haustür ab, versuche mit einem autoritären »Schhhhht!« die Tiere zu beruhigen und erreiche gerade noch rechtzeitig das Telefon.
»Du bist ja doch da! Ich wollte gerade auflegen«, begrüßt mich Carla. Kurz überschlage ich, wie spät es bei ihr in Sydney jetzt sein muss: Viertel nach drei in der Nacht!
»Leidest du unter seniler Bettflucht oder spätpubertärer Vergnügungssucht?«, begrüße ich sie grinsend.
»Letzteres. Ich komme gerade von einer ziemlich genialen Beachparty. Schließlich bin ich nicht schwanger und darf so unvernünftig sein, wie ich will«, kichert Carla, offenbar leicht angesäuselt.
»Schön, dich zu hören«, sage ich und höre selbst, wie verzagt sich meine Stimme anhört. Sofort ist Carla wieder ernst.
»Alles in Ordnung mit dir?«
»Alles bestens. Wenn man davon absieht, dass Rolf einen Flug für zu riskant hält, weshalb er meine Berlintickets in Bahn-

fahrkarten umgetauscht hat. Und dass ich immer fetter werde, weil Futtern das einzige Laster geblieben ist, dem ich frönen darf. Und dass unser Betriebsausflug erstmals kein Abenteuerevent wird, sondern eine Wein- und Sektprobe. Bei der ich praktischerweise als Fahrerin eingeplant bin …«

»Gütiger Himmel!« Carla ist ehrlich erschüttert. »Du musst die Sache abbrechen, sofort.«

»Hätte ich heute auch fast getan«, gebe ich zu. »Aber die richtige Gelegenheit für eine Beichte ist vorüber. Rolf wird sich belogen und betrogen fühlen. Das wäre mein Ende bei Feronia!«

»Bist du von allen guten Geistern verlassen, Ricky? Werd endlich vernünftig!«

Typisch Carla. Selbst nach der feuchtfröhlichsten Fete behält sie ihren glasklaren Verstand und ihre Besonnenheit.

»Und vernünftig wäre welche Lösung, deiner Meinung nach?«

»Meine Güte, lass dir was einfallen. Es gibt in allen Phasen einer Schwangerschaft Komplikationen, nicht nur in den ersten Wochen. Geh zum Hausarzt, erzähl ihm was von beunruhigenden Ohrgeräuschen, lass dich krankschreiben und komm dann in zwei Wochen wieder zurück ins Büro. Rauchend wie ein Schlot – und nicht mehr schwanger.«

»So etwas zu erfinden bringt Unglück!«

»Unsinn«, antwortet Carla, »nur zwei Dinge bringen Unglück: Aberglaube. Und eine Schwangerschaft vorzugaukeln.«

»Mir fällt schon noch eine andere Lösung ein. Und jetzt gönne ich mir erst einmal eine Überdosis Lebensqualität«, antworte ich, Carlas Rat ignorierend.

»Na, dann Prösterchen! Und ich gönne mir eine Mütze Schlaf«, verabschiedet sich Carla.

Nachdenklich lege ich auf.

»Lügen haben dicke Bäuche«, murmele ich vor mich hin, wor-

aufhin Barnie kräht: *»Du sollst nicht falsch Zeugnis reden, Sapperlot«.*
Na, wenigstens hat einer in diesem Haus immer auf alles eine passende Antwort parat …
Ich heize den Backofen vor, lege den vegetarischen Flammkuchen aufs Blech, verstaue die Eiscreme im Gefrierfach, öffne die Zigarettenpackung und will gerade den Sekt kalt stellen, als das Telefon erneut klingelt. Vor Schreck entgleitet mir die Flasche und zerschellt auf den Küchenfliesen. Ich stehe mitten in einem See aus Crémant d'Alsace und unzähligen Glassplittern!
Mein erster Gedanke gilt den Ladenöffnungszeiten. Es wäre gerade noch Zeit, zum Händler um die Ecke zu laufen und eine weitere Flasche zu kaufen (oder aber zum Billigsupermarkt mit den verlängerten Öffnungszeiten zu fahren und eine Flasche minderwertigen Fusel zu erstehen – besser als nichts). Aber das schaffe ich nur, wenn ich das Chaos erst später beseitige. Und wenn ich nicht ans Telefon gehe!
Meine Neugier siegt. Vielleicht ist Carla der perfekte Ausweg aus meiner verfahrenen Situation eingefallen?
»Friederike, ein Glück, dass du da bist. Ich hab Karten für *Mutter Courage,* und Magdalena hat Fieber!«
Es ist nicht Carla. Sondern die heilige Johanna. Für einen Moment glaube ich, *Mutter Courage* sei ihr selbstverliehener Ehrentitel und »Magdalena hat Fieber« hieße das Kindermusical, in dem ihre vier Nachkommen sämtliche Hauptrollen spielen. Doch dann fällt mir ein, dass Magdalena ihre Babysitterin ist.
Meine Schwester erwartet offenbar gar keine Antwort, sondern fährt ohne Pause fort: »Wenn du einspringen könntest, schaffen Burkhardt und ich es gerade noch rechtzeitig ins Theater, bevor die Vorstellung beginnt. Er hat mir die Karten zu Weihnachten geschenkt … Bist du so lieb?«
Ich bin nicht lieb. Ganz und gar nicht. Vielmehr bin ich stink-

sauer, enttäuscht, erbost, kurz vorm An-die-Decke-Gehen – aber außerdem zu gut erzogen, um das zu sagen, was ich wirklich denke: Mir doch egal, dann bleibt ihr eben zu Hause. Warum soll nur bei mir immer alles schiefgehen und niemals bei dir?

»Ich bin in zehn Minuten da«, antworte ich stattdessen und ernte dafür von Johanna ein glückliches: »Du bist ein Schatz!«

In Windeseile fege ich die Scherben zusammen, damit sich Gorbatschow nicht daran verletzt, wische den köstlichen Sekt auf, um den es einfach jammerschade ist, schalte den Backofen aus, wickele den noch gefrorenen Flammkuchen in Folie, lege ihn ins Eisfach und mache mich auf den Weg in eines der spießigsten, langweiligsten und eintönigsten Neubaugebiete der Stadt.

»Sophie-Louise und Leon-Marcel schlafen schon«, begrüßt mich meine ausgehfertige Schwester, deren Babybauch in dem schmal geschnittenen, strassbesetzten kleinen Schwarzen hinreißend aussieht. Kunststück, wenn man mit Audrey-Hepburn-Figur geboren ist.

»Klara-Marie und Simon-Pascal putzen gerade die Zähne. Du musst sie nur ins Bett bringen und ihnen eine kurze Gutenachtgeschichte vorlesen, dann kannst du es dir vor dem Fernseher gemütlich machen. Ach ja, und wenn du Hunger hast: Im Kühlschrank steht noch etwas Auflauf.«

Dann hupt auch schon mein Schwager Burkhardt, der inzwischen die Familienkutsche aus der Garage geholt hat und jetzt zur Eile mahnt.

»Wir sind gegen elf zurück. Und danke noch mal, du bist unsere Rettung!«

Eine Sekunde später bin ich allein. Beziehungsweise allein mit vier Kindern unter zehn! Ein Blick in die Kinderzimmer der beiden Kleinsten verrät mir, dass Johanna recht hat: Sie schlummern schon friedlich. Sehr gut! Im Badezimmer fallen mir die siebenjährige Klara-Marie und der neunjährige Simon-Pascal um den Hals.

»Hurra, Tante Fritz ist da«, grölt mein Neffe, der diesen Spitznamen letzte Weihnachten erfunden hat und ihn seitdem bei jeder sich bietenden Gelegenheit benutzt.

»Hallo S.-P., ich freu mich auch, dich zu sehen«, gebe ich grinsend zurück und begrüße dann auch Klärchen mit einer Umarmung.

»Und jetzt ab ins Bett!«

Man kann sagen, was man will, meine Neffen und Nichten sind einfach entzückend und wunderbar erzogen. Das hat die heilige Johanna ganz hervorragend hingekriegt. Auch wenn mich die bloße Anzahl ihrer Sprösslinge zuweilen nervös macht …

Nach der traditionellen Vorlesegeschichte, ohne die in diesem Hause offenbar niemand einschlafen kann, wünsche ich eine gute Nacht und lösche das Licht. Erfreulicherweise gibt es kein Protestgeheul. Die Jugend von heute ist auch nicht mehr das, was wir mal waren!

Das Knurren meines Magens beantwortet die Frage, was ich als Nächstes tun soll. Ich folge dem Lockruf des Kühlschranks – und stelle entgeistert fest, dass es sich bei dem angepriesenen Auflauf um eine Kreation aus Hirse, Sprossen, Körnern und Rosenkohl handelt. Und das haben die Kinder freiwillig gegessen? Kaum zu fassen! Ich verziehe zwar das Gesicht, aber nach dem Motto »Der Hunger treibt's rein« mache ich mir einen Teller voll in der Mikrowelle warm. Zum Glück entdecke ich in der Speisekammer noch eine Packung geriebenen Parmesan, ohne den ich mich nicht hätte überwin-

den können, den Teller auch leer zu essen. Trotz des Magenknurrens. Dieser Auflauf ist die Fortsetzung des Kuhfladentees mit anderen Mitteln!
Erschöpft lümmele ich mich auf das bequeme Sofa, um ein wenig zu verdauen. Eine Zigarette und ein Ramazzotti – das wäre jetzt himmlisch! Aber erstens sind derart ungesunde Genussmittel in diesem Haushalt tabu, und zweitens wäre ich nun wirklich eine erbärmliche Babysitterin, wenn ich mich hier meinen Süchten hingäbe, statt hellwach und nüchtern zu bleiben, wie es sich gehört.
Rolfs Worte klingen mir in den Ohren: Verzicht üben. Pffff … Jetzt muss ich sogar außerhalb meiner Rolle als Scheinschwangere solide leben. Bei Gesundheitsfutter und Mineralwasser statt Flammkuchen und Schampus! Kein Wunder, dass es hier nichts Anständiges gibt – schließlich ist Johanna permanent schwanger und weiß wahrscheinlich gar nicht mehr, dass man jenseits von Gravidität und Stillzeit auch mal über die Stränge schlagen darf.
Ruckartig setze ich mich auf: Aber natürlich! Johanna ist die Schwangere schlechthin. Wenn es irgendwo Informationen zu diesem Thema gibt, dann hier …

Ein Blick in die Kinderzimmer verrät mir, dass meine Nichten und Neffen tief und fest schlafen. Dennoch schleiche ich wie eine Indianerin auf dem Kriegspfad, als ich Johannas Arbeitszimmer ansteuere, den Ort, der mir der perfekte Ausgangspunkt für meine Fallstudien zu sein scheint. Auf ins Reich der Fruchtbarkeit!
Oh, was für eine Goldgrube: Ich finde ganze Regale voller Fachliteratur, DVDs, Fotoalben und außerdem Johannas Schwangerschaftstagebücher, die ich natürlich nicht anrühre. Tagebücher sind privat!

Andererseits …
Ach, Unsinn, das hier ist schließlich ein Notfall! Passagen, die zu privat sind, kann ich ja einfach überspringen. Und so lese ich, was mein Schwesterherz als werdende Mutter alles für notierenswert gehalten hat: nämlich jeden Gemütszustand, jede Kindsregung, jeden Glücksmoment und jede mütterliche Sorge. Die nächsten zwei Stunden verbringe ich damit, diese Bibliothek der Fortpflanzung fieberhaft durchzuackern und eifrig die wichtigsten Details zu notieren. Wussten Sie eigentlich, dass in der Schwangerschaft nicht nur der Bauch zunimmt, sondern auch die Brüste praller werden und das Kopfhaar an Fülle gewinnt? Ich muss unbedingt einen Push-up in meiner Größe auftreiben und mir einen neuen Haarschnitt zulegen, der mehr Volumen suggeriert.
Schließlich stecke ich – fast ohne schlechtes Gewissen – ein Buch mit dem Titel »Alles, was werdende Mütter wissen müssen« in meine Tasche. Nur ausgeliehen.
Nach kurzer Überlegung nehme ich auch die BBC-Dokumentation über die Entwicklungsstufen des ungeborenen Lebens mit und schließlich auch eines von Johannas Baby-Tagebüchern. Ich entscheide mich für das, in dem sie ihre erste Schwangerschaft dokumentierte, als Simon-Pascal unterwegs war. Als ich es kurz durchblättere, fällt mir ein Ultraschallbild entgegen.
Zwar würde ich behaupten, dass darauf eine weit entfernte Galaxie bei sehr schlechtem Wetter zu sehen ist, aber der Ausdruck belegt eindeutig, dass das hier ein Fötus in der 17. Woche sein soll. Sogar das Datum steht drauf und Johannas Nachname.
Witzig, damals hieß sie noch Engelbrecht, genau wie ich – noch nicht Weißgerber. Burkhardt und sie haben erst kurz vor S.-P.s Geburt geheiratet, im Sommer vor neun Jahren.

Mit zusammengekniffenen Augen betrachte ich das Ultraschallbild und stelle fest, dass man nur zwei simple Kleinigkeiten verändern müsste, um daraus ein perfektes Dokument meiner eigenen Scheinschwangerschaft zu zaubern: Man macht bei der Jahreszahl aus der 2002 eine 2011 und beim Namen der Patientin aus »Engelbrecht, J.« ein »Engelbrecht, F.«. Was mit Tipp-Ex, dünnem Filzer, einer ruhigen Hand und einem Kopierer nun wirklich kein Problem darstellt!

Kapitel 8

Wenn möglich, bitte wenden!

Je mehr Hindernisse du überwindest, desto unwahrscheinlicher wird deine Umkehr« – sprachen weder Konfuzius noch Barnabas, der verrückte Papagei. Sondern schrieb neulich meine Freundin Carla, die während ihres Sabbaticals offenbar zur Glückskekstexterin mutiert ist.

Natürlich ist nicht ganz abzustreiten, dass zumindest ein Funken Wahrheit in ihrem Unken steckt: Ich steuere mit Vollgas geradewegs hinein in eine Katastrophe – denn nach und nach habe ich sämtliche guten Gelegenheiten, ein reumütiges Geständnis abzulegen, ungenutzt verstreichen lassen.

Inzwischen schreiben wir den 18. Mai, Tag 283 vor meinem vierzigsten Geburtstag. Laut Drehbuch befinde ich mich dicke im fünften Monat, doch noch immer ist mir keine Erleuchtung gekommen bezüglich der Frage, wie ich in wenigen Wochen ein Neugeborenes aus dem Hut zaubern soll.

Stattdessen konzentriere ich mich voll und ganz auf meine beiden Projekte: die Sache mit der Pränatal-Police und natürlich meine Scheinschwangerschaft. Wobei es nicht ganz so einfach ist, die beiden Baustellen sauber voneinander zu trennen. Nun ja, schließlich bin ich ja auch nur dank meinem Bauch zur Projektleiterin geworden. Und dass ich bei der Recherche zu den Bedürfnissen, Gedanken und Wünschen der Zielgruppe ganz nebenbei auf Input für mein privates Lügengebilde stoße, liegt eben einfach in der Natur der Sache.

Kennen Sie beispielsweise die lange Liste der möglichen Schwangerschaftsbeschwerden? Von wegen morgendliche

Übelkeit, Sodbrennen und Watschelgang: Das ist nur die harmlose Spitze des Eisbergs! Das gruselige Spektrum reicht von Atemnot bis Zahnfleischbluten, wie ich bei der Lektüre von Erfahrungsberichten in einschlägigen Onlineforen voller Entsetzen feststellen musste.

Flugs wähle ich mir die fünf Wehwehchen aus, die mit meinem ohnehin vorhandenen Profil am besten kompatibel sind. Denn natürlich brauche ich zwecks Glaubwürdigkeit meinen eigenen Leidenskatalog.

Erstens: Übelkeit. Muss sein, der Klassiker.

Zweitens: Essgelüste – die mit Abstand angenehmste aller Nebenwirkungen!

Drittens: Wadenkrämpfe. Sind übrigens sehr praktisch, wenn man hin und wieder unangenehmen Situationen entfliehen möchte. Was allerdings eine gewisse schauspielerische Grundbegabung voraussetzt.

Viertens: Rückenschmerzen. Wer hat die nicht?

Und fünftens: Sodbrennen. Mein Dauerproblem. Kein Wunder, wenn man wie ich Pizza, Käse und Cremespeisen am liebsten mit Espresso oder Prosecco runterspült.

Ich bin zufrieden mit dieser Auswahl: Sie ist glaubwürdig, unspektakulär und entspricht genau meinem genusssüchtigen Wesen. Aus purem Aberglauben werde ich dagegen lieber nicht vorgeben, an so unschönen Dingen wie Hämorrhoiden, Blähungen, Krampfadern, Vergesslichkeit oder Durchfall zu leiden. Denn ich traue es dem Schicksal zu, dass es meine dreisten Lügenmärchen sonst gnadenlos mit exakt diesen Symptomen bestraft …

Carla findet meinen individuellen Symptomekatalog übrigens ganz und gar nicht genial. »Du erstellst dir allen Ernstes ein Schwangerschaftsbeschwerdenprofil? Das ist ja wohl völlig übergeschnappt, Ricky«, schrieb sie mir neulich. Und nach-

dem ich ihr in meiner gestrigen Abendmail die Sache mit dem gefälschten Ultraschallbild gestanden habe, ist nun die Zeit reif für ein weiteres nächtliches Telefonat.
Wobei Carlas Anruf natürlich bloß *meinen* Schlaf unterbricht – sie selbst sitzt hellwach auf ihrer australischen Terrasse beim gemütlichen Frühstück, bestehend aus Schoko-Bananen-Porridge, einem Long Black Coffee und Toast mit Vegemite – jenem ominösen Hefeextrakt-Brotaufstrich, um den in Down Under ein regelrechter Kult getrieben wird. Das müssen Sie sich mal auf der Zunge zergehen lassen: Hefeextrakt! Gruselig …
Doch Carla hat mich eben nicht aus dem Tiefschlaf gejagt, um mit mir ihre Ernährungsgewohnheiten durchzusprechen. Sondern um sich nach meinem Geisteszustand zu erkundigen:
»Hast du noch alle Kokosnüsse an der Palme?«, dringt ihre erschreckend muntere Stimme an mein Ohr, auf dem ich bis vor wenigen Augenblicken noch gelegen habe. Zwar befinde ich mich vorübergehend in einem etwas benebelten Zustand, denn nachts um halb drei bin ich üblicherweise nicht auf ein Kreuzverhör vorbereitet, doch meiner bestechenden Argumentation hat Carla wenig entgegenzusetzen:
»Wenn ich etwas durchziehe, dann richtig«, nuschele ich in den Hörer. Weil mir die Vokale so kurz nach dem Aufwachen für gewöhnlich zäh am Gaumen kleben, klingt das Ganze eher so: »Wnn ch ws durchzieh dnn rchtch.« Deshalb lange ich nach der Mineralwasserflasche, die neben dem Bett steht, und nehme einen kräftigen Schluck, um mein verklebtes Sprechwerkzeug durchzuspülen. Das hilft: Die Kohlensäure aktiviert meine Fähigkeit, den Mund weiter als bloß einen Zentimeter zu öffnen und einigermaßen menschlich zu artikulieren.
»Die Sache mit dem Ultraschallbild dient der Glaubwürdigkeit meiner Schwangerschaft – und es hat funktioniert.«

Das hat es wahrhaftig! Schließlich bin ich auch verdammt raffiniert vorgegangen: Nach Feierabend, als außer mir und dem Putzgeschwader niemand mehr in der Abteilung arbeitete, kopierte ich das Original, manipulierte die Jahreszahl, änderte mit Tipp-Ex und Filzer auch das J für Johanna in ein F für Friederike und schickte mir das Resultat per Fax nach Hause, wo ich noch einen Uraltapparat mit Thermopapier in Betrieb habe – genau wie die Drucker an den Ultraschallgeräten in den gynäkologischen Praxen. Nun musste ich nur noch mit Cutter und Lineal bewaffnet das richtige Format zuschneiden und das Beweisstück meiner baldigen Mutterschaft zwischen zwei Brockhaus-Bänden glatt pressen. Fertig ist die Laube!

»Wenn ich ein Navigationsgerät wäre, würde ich sagen: Wenn möglich, bitte wenden«, kommentiert Carla trocken. Sie hofft allem Anschein nach immer noch, mich zu einem Geständnis bewegen zu können.

Aber sie ist nun mal kein Navi – und die wahrscheinlich letzte Wendemöglichkeit habe ich gestern hinter mir gelassen, als ich in der Mittagspause das Meisterwerk meiner Fälscherkunst zückte und meine Kolleginnen dazu brachte, spitze Schreie des Entzückens auszustoßen.

»Friederike, wie großartig«, rief Tanja und riss mir das Ultraschallbild aus der Hand, »ich erkenne das Köpfchen. Wie süß, es hat deine Stupsnase!« Was mich gleich zweifach verwirrte, denn erstens habe ich, ganz objektiv betrachtet, eine ziemlich gerade Nase, und zweitens hatte ich das, worin Tanja ein süßes Köpfchen zu identifizieren glaubte, bislang für das Hinterteil gehalten.

Statt einer Antwort lächelte ich verklärt, was meinem Antlitz einen mütterlichen und über allen Dingen schwebenden Ausdruck verleihen sollte. Ich habe diesen Blick übrigens stunden-

lang vor dem Badezimmerspiegel geübt, begleitet von Barnabas' *»Du bist gebenedeit«*-Rufen.
Sogar Doreen schaute sich das Bild an, lange und intensiv. Dann zog sie ihre Lesebrille hervor und inspizierte alles so genau, dass ich für einen Moment fürchtete, sie hätte mich durchschaut. Dabei versuchte sie nichts weiter, als das Geschlecht zu bestimmen. Sie tippte auf »Mädchen«, woraufhin mich alle bestürmten, zu verraten, ob sie damit richtig läge. Blitzschnell galt es, eine Entscheidung zu treffen: Sollte ich Doreen recht geben, lieber widersprechen und behaupten, einen Jungen zu erwarten, oder geheimnisvoll tun und mich in Andeutungen ergehen? Ich entschied mich für Variante D und behauptete: »Keine Ahnung, das Geschlecht des Babys soll eine Überraschung werden.« Vielleicht wäre die Sache mit den geheimnisvollen Andeutungen doch besser gewesen, denn für den Wunsch nach einer Überraschung fehlte meinen Kolleginnen nun wirklich jegliches Verständnis. Man müsse doch »vorbereitet sein«, hieß es einmütig. Ein Argument, das sich mir nicht erschließt: worauf vorbereitet? Darauf, aus was für einer Körperöffnung das Neugeborene (angenommen, es gäbe eins) uriniert? Denn was Einrichtung und Ausstattung betrifft, so sind die Zeiten von Rosa und Hellblau doch wohl vorbei. Hoffe ich zumindest!
»Aber dann musst du zwei Namen in petto haben«, sagte Gesine, »hast du denn schon Ideen?«
Namen! Du liebe Zeit, daran hatte ich noch nicht gedacht. Ist es im fünften Monat nicht noch etwas früh für dieses Thema? Ich probierte es diesmal mit mysteriösem Getue, was den Eindruck erwecken sollte, ich hätte mich diesbezüglich bereits entschieden, wolle aber noch nichts verraten.
Während ich also schweigend mein Dessert, Mangoquark mit Karamellsoße, löffelte, wurde ich mit Namensvorschlägen

bombardiert, die nebenbei so allerhand über die Fernsehgewohnheiten meiner geschätzten Kolleginnen verrieten. So schlug Doreen, die sich in die Es-wird-garantiert-ein-Mädchen-Theorie verbissen hatte, Anna vor. Ich wusste schon immer, dass sie ein heimlicher Telenovela-Junkie ist!
Tanja, die bekanntlich auf Castingshows steht, brachte Rebecca und Patrick ins Spiel, während Gesine – ganz im Trend des Bundesdurchschnitts – für Linus und Julia plädierte.
Mit all diesen Details schmücke ich nun also meinen nächtlichen Bericht, was nicht nur Carlas Telefonkosten gehörig in die Höhe treibt, sondern auch ihre Laune steigen lässt. Vegemite-Brote und dazu der Exklusivreport einer scheinschwangeren Irren, besser kann ein australischer Morgen nicht laufen!
Carla findet, ich solle mich am besten gleich für einen Phantomnamen entscheiden, damit das Projekt »Baby« wenigstens einen Arbeitstitel bekommt, und schlägt vor, meinen hypothetischen Nachwuchs Fred Nurk oder Jane Citizen zu nennen – »klingt auf jeden Fall besser als die deutschen Pendants Max und Erika Mustermann!«
»Und um Klassen besser als Otto und Ottilie Normalverbraucher«, lache ich. »Aber wir brauchen eine geschlechtsneutrale Variante.«
»Was hältst du von Mocky«, fragt Carla, »von *mock pregnancy* für scheinschwanger?«
Passt perfekt, finden Sie nicht auch? Mocky hat so etwas Niedliches! Ich bin sofort einverstanden.
»Ich eröffne die Sitzung, meine Herren«, kommentiert Barnie von der Gardinenstange meines Schlafzimmerfensters aus.
»Thema verfehlt, mein Lieber«, lache ich und bin sehr erleichtert, dass Barnie mit seiner Äußerung diesmal so richtig danebenliegt. Auf Herrenbesuch bin ich heute wirklich nicht eingestellt.

Gut gelaunt beenden wir unser Telefonat. Ich lege auf und werfe einen Blick auf die Digitalanzeige meines Radioweckers: Es ist drei Uhr und vierzehn Minuten mitteleuropäischer Zeit. In der Nacht. Eine Uhrzeit, zu der sonst außer Hebammen, Taxifahrern oder Kleinganoven kaum jemand wach ist. Und jetzt also auch eine scheinschwangere Betrügerin.

Kapitel 9

Vorsicht, unbemanntes Flugobjekt

Halb vier. Eigentlich sollte ich längst wieder tief und fest schlummern. Doch offenbar haben das lange Gespräch und das viele Gegackere meinen Biorhythmus auf Tagesmodus geschaltet. Und so liege ich noch immer mit offenen Augen da und starre in die Dunkelheit. Draußen fährt ein Auto vorbei. Seine Scheinwerfer zaubern durch die Ritzen des Rollladens ein Lichtmuster, das mit deutlich höherer Geschwindigkeit als den vorgeschriebenen dreißig Stundenkilometern über meine Schlafzimmerdecke huscht und dann lautlos verschwindet.

Vielleicht sollte ich mir die BBC-Dokumentation über die Entwicklungsstufen des ungeborenen Lebens, die ich bei Johanna stibitzt habe, ein weiteres Mal anschauen? Lieber nicht, entscheide ich. Sonst träume ich womöglich noch vom verzweifelten Wettlauf der Samen zum Ei, von sich teilenden Zellhaufen, von Mutterkuchen, Nabelschnüren und Embryonen, die mit ihrer durchscheinenden Haut, ihren unfertigen Gesichtchen und ihren überdimensional großen Köpfen eher an Außerirdische erinnern denn an die rotwangigen, nach Milch duftenden und buddhagleichen Exemplare, wie sie meine Schwester auszubrüten pflegt. Außerdem wühlt mich das Happy End dieser Dokumentation – die Geburt – jedes Mal über alle Maßen auf. Ich kann es nicht leiden, wenn mich ein Film zu Tränen rührt. Ich komme mir dann vor wie eine kindische Heulsuse oder, was schlimmer ist, eine gefühlsduselige alte Jungfer. Womöglich bin ich schon auf dem besten Wege, eine zu werden?

Bei nächster Gelegenheit muss ich die DVD unbedingt zurückschmuggeln. Genauso das Buch, Johannas Tagebuch und das Ultraschallbild, das ich so erfolgreich kopiert habe.
Ächzend drehe ich mich auf die andere Seite und versuche wieder einzuschlafen. Aber daran ist nicht zu denken. Stattdessen beginne ich zu grübeln. Über dies und das. Zum Beispiel über den Zielgruppen-Fragebogen der Pränatal-Versicherung, den ich unbedingt noch an meiner privaten Testperson, der heiligen Johanna, ausprobieren will. Morgen muss ich sie anrufen. Ich werfe das zweite Kissen, auf dem seit Jahren (seit Uli, um genau zu sein) kein männliches Haupt mehr geruht hat, im hohen Bogen auf den Boden.
Nicht aus Wahnsinn oder Frust, sondern weil sich diese Gedankenstütze bewährt hat. Wenn ich das Kissen morgen (besser gesagt: heute) früh neben dem Bett liegen sehe, weiß ich, dass ich mich unbedingt an etwas Wichtiges erinnern sollte. Beispielsweise daran, dass keine Kaffeemilch mehr im Haus ist, dass ich noch ein Geburtstagsgeschenk besorgen muss oder dass ich das Katzenklo sauber machen sollte. Oder in diesem Fall eben mein Schwesterherz anrufen. Der Trick besteht darin, das Kissen nicht aufzuheben, bis ich mich wieder darauf besinne, was mir da des Nachts eingefallen ist. Klappt erstaunlich gut, können Sie gern ausprobieren!
Vielleicht sollte ich die Methode patentieren lassen. Und als Friederike-Engelbrecht-Gedächtnistrick vermarkten: »Denn fliegende Kissen sind die besten Gedankenfänger!«
Okay, okay, ich darf wohl annehmen, dass es ein Thema gibt, das Sie weit mehr interessiert als mein alberner Kissenspleen, richtig? Eigentlich wollte ich ja nie wieder darüber reden, aber nun, da ich Uli schon erwähnt habe …
Der Uli also. Uli war mein Studienfreund und Mitbewohner. Dann wurde er mein Teilzeitlover. Bald darauf mein Lebens-

abschnittsgefährte. Danach mein Verlobter. Und schließlich mein Beinahe-Bräutigam …

Ich hatte schon mein Brautkleid – einen Traum aus weißer Spitze mit tiefem Rückenausschnitt und einem Schnitt, der sogar mich einigermaßen wohlproportioniert wirken ließ. Uli kaufte sich einen schicken hellgrauen Anzug, dazu ein himmelblaues Hemd und eine silbergraue Krawatte mit blauen kleinen Herzen darauf. Wir waren ein großartiges Paar!

Doch dann bekam ich kalte Füße.

Ja, Sie haben ganz richtig gelesen. *Ich* bekam sie – nicht er. Immerhin ließ ich ihn nicht am Traualtar stehen. So etwas passiert natürlich nur in Hollywoodschinken. Nein, ich war so anständig, die große, tränenreiche Szene um immerhin zwei Tage vorzuverlegen. Zu knapp zwar, um den Burgkeller zu stornieren, in dem wir feiern wollten. Auch zu spät, um das Catering abzusagen. Aber gerade noch rechtzeitig, um beim Standesamt anzurufen und die Trauung zu canceln, den Pfarrer abzubestellen, die Gäste auszuladen und Ulis Herz zu brechen.

Fragen Sie mich nicht, was damals, vor inzwischen fast neun Jahren, mit mir los war. Denn das haben schon alle anderen getan: meine Schwester, meine Freunde, meine Verwandten, nicht zu vergessen Uli selbst. Ich kannte ihn schon seit Jahren und glaubte, ihn innig zu lieben. Auf jeden Fall liebte er mich, sogar über alle Maßen. Was sich darin äußerte, dass er mir Frühstück ans Bett brachte, mich auch ganz ohne Anlass mit Blumen, Schmuck und CDs beschenkte, mir täglich Komplimente machte, meine Karriere unterstützte, sogar meine Figur erotisch und mein dünnes Haar verführerisch fand. Er war perfekt!

Was damals in mich gefahren ist, weiß ich bis heute nicht genau. Doch als ich diese Krawatte sah mit ihrem Dekor aus lauter kleinen blauen Herzen, diesen Inbegriff der Geschmacklosigkeit … Da *wusste* ich einfach, dass ich ihn unmöglich heira-

ten konnte. Jedenfalls nicht, ohne geradewegs in mein Unglück zu rennen. Denn eines war klar: Ein echter Traumtyp würde eine dermaßen hässliche Krawatte nicht einmal anfassen!
Uli trug es mit Fassung. Ein paar Tage lang ließ er den Kopf hängen. Dann kam er mit einem geliehenen Anhänger vorgefahren und packte wortlos sein Hab und Gut zusammen. Als wir uns verabschiedeten, sagte er: »Zum Glück habe ich mir nun doch nicht *Friederike* auf den Oberarm tätowieren lassen. Sollte eigentlich mein ganz persönliches Hochzeitsgeschenk für dich sein.«
Ich nicke zustimmend. »Wirklich gut, dass du darauf verzichtet hast. Würde dich jetzt unheimlich einschränken bei der Suche nach einer Partnerin, die weniger wankelmütig ist als ich.«
Er lachte etwas zu laut, ich ebenso, dann umarmten wir uns kurz, und er fuhr mit knatterndem Auspuff davon. Während ich ihm hinterherschaute, dachte ich urplötzlich an Cornelius Rademacher, den beliebtesten Jungen früher in der Schule, für den ich jahrelang geschwärmt hatte, ohne auch nur im Geringsten von ihm beachtet worden zu sein. Oh, wie habe ich damals gelitten! Ich konnte mich also einigermaßen hineinversetzen in den armen Uli, doch jetzt auch ein wenig in den unnahbaren Cornelius.
Zwei Jahre später las ich in der Zeitung die Anzeige: »Wir haben uns getraut: Uli Stankowski und Juliane Stankowski geborene Sonntag«. Nun bekommt also diese Juliane Blumen und Schmuck und CDs. Mir bleibt ein überzähliges Kissen. Und der unerfüllte Wunsch nach einem Partner mit erlesenem Krawattengeschmack, einer Familie und ein wenig Zärtlichkeit.

Ich drehe mich auf die andere Seite. So ist es bequemer. Doch für eine hundertprozentig gemütliche Liegeposition fehlt mir jetzt das zweite Kissen zum Einkuscheln. Mist! Zu spät. Vielleicht sollte ich mir irgendwann ein drittes Kissen anschaffen. Eins, um den matten Schädel darauf zu betten, eins für mein Wohlbehagen und eins zum Rauswerfen. Oder ich sollte mir angewöhnen, nachts einfach zu schlafen, statt zu grübeln und mit Heimtextilien um mich zu werfen. Reicht es nicht, wenn mir die Dinge, die ich nicht vergessen darf, morgens beim Zähneputzen einfallen?

Ich rufe mich selbst zur Ordnung: Hör auf, dich jetzt sogar schon vor Sonnenaufgang mit deinem Job zu beschäftigen! Oder willst du etwa zum Workaholic mutieren?

Vielmehr sollte ich dringend mal überdenken, ob die Vorteile, die ich neuerdings als Projektleiterin genieße, wirklich die Mühen und Opfer einer Scheinschwangerschaft wert sind! Und da ich eh wach bin, kann ich das ebenso gut gleich jetzt erledigen.

Also: Da ist zunächst einmal die Habenseite mit dem schicken eigenen Büro, der Assistentin, dem spannenden neuen Aufgabenbereich, der hohen Verantwortung und dem inzwischen ebenfalls deutlich gestiegenen Verdienst.

Rolf Segmüller hat mich vorletzte Woche zu sich gerufen, um mir die frohe Botschaft zu verkünden.

»Achthundert Euro Gehaltserhöhung, außerdem flexiblere Arbeitszeiten und fünf Tage mehr Urlaub. Na, wie klingt das?«, strahlte er mich an.

Ich musste zugeben, dass sich das verdammt großartig anhörte, und dankte artig. Er lobte mein Engagement überschwenglich und sagte, meine Leistung sei jeden Cent wert. Ich widersprach nicht, sondern fragte nur, ob ich das schriftlich haben könne, um es – mit seiner Unterschrift versehen – rahmen und über meinem Schreibtisch aufhängen zu können. Was er für einen ausgesprochen gelungenen Scherz hielt. Rolf lachte dröhnend und bot mir leutselig eine Tasse seines grauenhaften

Kuhfladentees an. Zum Glück bewahrte mich ein Meeting mit den Leuten aus der Marktforschung, das unmittelbar bevorstand, vor diesem Geschmackserlebnis.
Hoch lebe die Marktforschung!

Barnabas bellt. Der Zeitungsbote. Schon vier Uhr. Ich stehe auf und hole mir das Kissen wieder zurück. Behaglichkeit geht vor. Jedenfalls wenn man eine Enddreißigerin ist. Und überhaupt: Ich werde auch ohne diese Gedankenstütze an den Anruf denken – immerhin steht er ganz oben auf meiner To-do-Liste. Außerdem habe ich ja jetzt Sarah, die Praktikantin, die mich an alles Wichtige erinnert.
Um müde zu werden, lese ich ein paar Seiten in einem historischen Roman, der von einer wackeren Kräutersammlerin mit hüftlangen Zöpfen und wunderschöner Alabasterhaut handelt, die auf der Flucht vor brandschatzenden Horden so allerhand Belangloses erlebt. Ich werde nicht müde, sondern gelangweilt, und lösche das Licht wieder.
Ein Lkw fährt in rasantem Tempo vorbei und bringt die Kristalle von Urömchens Kronleuchter zum Klirren, der seit geschätzten sechzig Jahren an dieser Decke hängt. Ich quäle mich erneut aus dem Bett und schlurfe zur Toilette.
Gehört nächtlicher Harndrang zu den typischen Nebenwirkungen einer Scheinschwangerschaft, oder verdanke ich meinen Ausflug aufs stille Örtchen der Tatsache, dass ich während meines Telefonats mit Carla die komplette Wasserflasche ausgetrunken habe? Vermutlich ist Letzteres der Fall, wobei ich inzwischen auch nicht mehr schockiert wäre, wenn beides ein bisschen zuträfe. Gibt es nicht auch Phantomschmerzen? Neulich las ich in Johannas »Alles, was werdende Mütter wissen müssen«-Buch, dass sogar werdende Väter dicke Bäuche bekommen – aus purer Solidarität.

Barnabas begleitet mich zurück ins Schlafzimmer und kräht: *»Guten Morgen, liebe Sorgen«.* Schläft dieser närrische Vogel eigentlich nie?
»Still, Barnie, es ist noch lange nicht Morgen«, versuche ich ihn, etwas barscher als nötig, zum Schweigen zu bringen. Er verkrümelt sich in die Küche, jedoch nicht ohne mir noch ein beleidigtes *»Selig sind die Sanftmütigen«* mit auf den Weg zu geben. Besserwisser!
Völlig erledigt von dieser Anstrengung, lasse ich mich wieder in die Kissen sinken. Kann man gleichzeitig erschöpft und hellwach sein? Früher hätte ich behauptet, das sei unmöglich. Früher hätte ich aber auch während des nächtlichen Telefonates mit meiner besten Freundin ein Glas Wein (oder zwei) gezecht, kein harntreibendes Mineralwasser. Und auf dem Rückweg von der Toilette wäre ich gewiss nicht schnurstracks in Richtung Bett geschlappt, sondern hätte einen Umweg zum Kühlschrank gemacht.
Was ist nur los mit mir?

Damit kommen wir zum nächsten Vorteil meines Zustandes: die Sache mit der hemmungslosen Völlerei. Anfangs dachte ich noch, die Lizenz zum Futtern würde mir in dieser Posse die größte Freude bereiten. Doch kaum darf ich guten Gewissens naschen, Nachschlag holen und für zwei essen, verliere ich nach und nach das Interesse daran. Ja, wirklich!
Woher dieser Sinneswandel kommt? Zumindest zum Teil mag das an Lydia liegen, der rotwangigen Feronia-Kantinenleiterin. Sie erkennen sie an ihrer platinblonden Haarpracht, die sie zu einer dieser Hochfrisuren toupiert, wie sie Ende der Sechziger modern waren.
»Grooooßä Porrrrtion, biddäschän«, dröhnte sie neulich mittags und klatschte mir mit schwarz funkelnden Augen und be-

ängstigender Heftigkeit Püree, Sauerkraut und Tofubratwürste auf den Teller.

Habe ich der Frau etwas angetan?

Ich kann mich jedenfalls nicht daran erinnern, jemals mehr mit ihr gesprochen zu haben als die üblichen Kantinenfloskeln an der Essensausgabe: Man bittet um einen Beilagensalat, man lehnt die Pfeffersoße dankend ab, man fragt nach einem zweiten Dessert … Nichts, was eine Kantinenleiterin, die rabiatere Gäste gewohnt sein dürfte, in Rage bringen sollte. Oder ist sie vielleicht neidisch auf die Umstände, in denen mich zu befinden ich vorgebe?

Wirklich beängstigend, wozu ein unerfüllter Kinderwunsch Menschen treiben kann! Honigsüße Freundlichkeit dagegen lässt Lydia ausgerechnet EDV-Rüdiger angedeihen. Wahrscheinlich weckt er ihren Mutterinstinkt. Mir gegenüber ist sie ungefähr so liebenswürdig wie eine Wärterin im Frauenknast. Und das wirkt sich ausgesprochen dämpfend auf meine Essgelüste aus …

Doch es sind ja nicht allein Lydia und ihr schwelender Groll: Mein schwindender Appetit hat auch damit zu tun, dass so viel Leckeres tabu ist! Köstlichkeiten wie Muscheln, Rohmilchkäse, Tatar, Mayonnaise-Sandwiches, Zimt, Bitter Lemon, Salami und – wegen der Salmonellengefahr – sogar Cremespeisen mit rohen Eiern gehören zur schwarzen Liste der Schwangeren! Um ein Haar wäre ich vom Schreibtischstuhl gekippt, als ich neulich beim Recherchieren darauf stieß. Dabei betrifft mich als Vegetarierin sowieso nur ein kleiner Teil dieser Verbote. Alle anderen habe ich mir längst selbst auferlegt.

Aber ausgerechnet Camembert, Brie, Romadur … Und vor allem Bayrische Creme! Weinschaum! Zitronencreme! Tiramisu! All meine Lieblingsdesserts sind plötzlich tabu. Ich hätte heulen können.

Fast wäre es mir lieber gewesen, ich hätte diese Details nie erfahren. Aber nun, da ich sie kenne, bringe ich es nicht übers Herz, sie zu ignorieren. Zumal mehr als die Hälfte der Belegschaft intensive Erfahrungen mit Brut und Aufzucht der nächsten Feronia-Generation zu haben scheint. Was würden sie von mir denken, wenn ich vor ihren Augen so verwerfliche Dinge wie Rohmilchkäse oder Mousse au Chocolat äße und damit demonstrierte, dass meine Leibspeisen mir wichtiger sind als das Wohlbefinden meiner Leibesfrucht?

Also verkneife ich mir alles, was auch nur im Entferntesten dem ungeborenen Leben schaden könnte. Natürlich auch Kaffee, mein einstiges Lebenselixier, schwarzen Tee und sogar Kakao, der, wie mir Bärbel, eine sehr aufmerksame Kollegin aus dem Controlling, kürzlich zuraunte, ebenfalls Koffein enthält. Hätte ich mir nach dem Abendessen den gewohnten Espresso gegönnt, könnte ich meine Schlaflosigkeit wenigstens darauf schieben. Doch seit Wochen habe ich nichts Koffeinhaltiges mehr angerührt, ebenso wenig Alkohol oder Tabakwaren.

Zunächst übte ich nur im Büro Verzicht. In den ersten Tagen meiner Scheinschwangerschaft schaffte ich es nach Feierabend kaum bis um die nächste Straßenecke, so groß war die Gier nach allem Verbotenen … Vom Feronia-Parkplatz bis zum Supermarkt in meinem Viertel hatte ich meistens schon drei Zigaretten gequalmt. Im Laden dann versorgte ich mich mit Nachschub an Kippen, Prosecco und Tiramisu. Und in den eigenen vier Wänden holte ich dann alles nach, was ich mir tagsüber versagen musste. Doppelt und dreifach!

Doch dann kam der Tag, an dem ich um ein Haar EDV-Rüdiger in den Einkaufswagen gerannt wäre – mit Zabaione, Brie, Rotwein und einer Stange Zigaretten im Korb! Zum Glück erkannte ich sein schräges Pfeifen, noch bevor ich ihn – und er mich – sehen konnte. Ein vorsichtiger Blick um die Ecke des

Süßwarenregals bestätigte meinen Verdacht: Wer da im Nebengang mit gespitzten Lippen eine höchst individuelle Version von *Ich küss die Lippen der stolzesten Frau'n* intonierte, war Rüdiger Klein, wie er leibte und lebte. Deutlich zu erkennen an der ausgebeulten Uraltcordhose und dem von Mutter Klein selbstgestrickten Pullunder in Giftgrün. In seinem Einkaufswagen befanden sich zwei große Gläser Mixed Pickles, drei Tüten Vollmilch, ein Päckchen Haferflocken, eine Tüte mit Äpfeln, ein Würfel Hefe und fünf Packungen meiner Lieblingspralinen. Ich möchte wetten, dass alles außer den Pralinen auf dem Einkaufszettel stand, den Mutti ihm mitgegeben hatte und den er nun akribisch abarbeitete.

Ich wartete den Augenblick ab, in dem EDV-Rüdiger eine Familienpackung Toilettenpapier aus dem Regal zog und mit einem Bleistift den entsprechenden Punkt auf dem Zettel abhakte, um hinter seinem Rücken vorbeizuhuschen und ungesehen in Richtung Ausgang zu verschwinden. Ohne Zigaretten, ohne Kaffee, ohne Prosecco und ohne Cremespeise. Ich ließ meinen Wagen einfach stehen und machte mich aus dem Staub. Keine Heldentat, ich weiß. Aber im Notfall reagiere ich eben wie ein verschrecktes Fluchttier: Ich türme.

An jenem Abend beschloss ich, dass es zu gefährlich ist, ein Doppelleben zu führen. Es ist ohnehin schon anstrengend genug, eine Schwangerschaft zu mimen! Aber es wird wesentlich einfacher, wenn man rund um die Uhr in dieser Rolle bleibt. Natürlich könnte ich »verbotene« Genussmittel in Onlineshops bestellen oder in der Nachbarstadt einkaufen. Aber was, wenn plötzlich unangemeldeter Besuch vor der Tür stünde und mich Tanja, Gesine oder Bärbel, meine neue Bekannte aus dem Controlling, überführten?

»Was tust du deinem armen ungeborenen Kind nur an!«, würden sie mit enttäuschten Gesichtern sagen und anklagend auf

den vollen Aschenbecher, die leere Sektflasche und die Kaffeeflecken auf meinem Tisch deuten. Was für ein Alptraum … Nein, lieber folge ich brav dem ungeschriebenen Skript meines Ein-Frau-Laienspiels und lebe halbwegs gesund.
Schweren Herzens verzichte ich jetzt schon seit drei Wochen auf meine Leibspeisen. Viel schwieriger kann auch ein Schweigegelübde kaum sein …
Ich leide wie ein Hund – jedenfalls tat ich das zu Anfang. Inzwischen habe ich mich halbwegs daran gewöhnt. Denn das Ganze dient ja einem guten Zweck: meiner Karriere. Und meinem Seelenheil. Dann muss ich wenigstens nicht bei jedem Klingeln des Postboten erschrocken zusammenzucken, nicht permanent atemerfrischende Bonbons lutschen, die Wohnung mit geruchsneutralisierenden Sprays einnebeln und verstohlen im Morgengrauen mein Leergut entsorgen. Stattdessen bin ich einfach ich selbst: eine vorbildliche Scheinschwangere!
Als ich Carla vorhin gestand, dass ich vorübergehend nicht mehr rauche und auf Alkohol verzichte, hat sie das übrigens mehr schockiert als alles andere. Für einen kurzen Moment war sie fast eifersüchtig auf Mocky. Doch dann fiel ihr ein, dass gar kein Baby existiert, und sie musste zugeben, dass eine kleine Genussmittelpause dem allgemeinen körperlichen Wohlergehen kaum schaden kann. Wie um ihre ketzerische Aussage zu neutralisieren, zündete sie sich daraufhin sofort eine *Brandon* an, eine der unzähligen australischen Billigzigaretten, die sie täglich konsumiert. Mit welchem Genuss sie den ersten Zug tat und den Qualm in die ozonlochgeschädigte Atmosphäre der Südhalbkugel ausblies, war auch in knapp siebzehntausend Kilometern Entfernung nicht zu überhören …
Im Hintergrund rauschte der Ozean. Möwen schrien, in der Ferne tutete ein Frachter. Mal ganz ehrlich: Mit wem würden Sie eher tauschen wollen – mit Carla oder mir?

Bei mir rauscht nur die defekte Heizung, die ich dringend reparieren lassen müsste. Was das Schreien und Tuten betrifft, übernimmt das Barnabas in Personalunion. Außerdem bellt er, quält mich mit frommen Sprüchen und beschimpft mich zuweilen.
Aber bedenken Sie die Gefahren, denen Carla ausgesetzt ist: zum Beispiel die gefährlichen Riffhaie, die jeden Tauchgang, jedes Surftraining, jede Schnorchelstunde zum Kamikaze-Unternehmen machen. Und berücksichtigen Sie auch die Sache mit den vielen giftigen Spinnen, Quallen und Schlangen, die Australien bevölkern. Nicht zu vergessen die Skorpione, die Leistenkrokodile, die angriffslustigen Riesenameisen und die schädlichen UV-Strahlen …
Das einzige Damoklesschwert, das über meinem erschöpften Haupte schwebt, ist im Vergleich vollkommen harmlos: Was kann schon passieren, wenn herauskommt, dass mein Bauch einfach nur aus subkutanem Depotfett besteht? Mit dem Biss einer Todesotter wird es Rolfs Wutausbruch wohl kaum aufnehmen können. Hoffe ich doch sehr.
»Er wird mich nach allen Regeln der Kunst auseinandernehmen«, sage ich laut in die Dunkelheit hinein. Sie antwortet mit krächzender Stimme: *»Du sollst nicht falsch Zeugnis reden, Kamerad«*.
Und für einen winzigen Augenblick wünsche ich, mein Verstand, mein Kummer und überhaupt mein ganzer Wortschatz seien so begrenzt wie der eines Papageien.

Kapitel 10

Bauch – verzweifelt gesucht

Kommen wir also zur Negativseite meiner kleinen Bilanz: den Nachteilen meines großzügigen Umgangs mit der Wahrheit. Doch was heißt hier negativ? Wer sagt, dass Verzicht an sich ein Übel darstellt?

Als ich neulich den Kleinbus voller schnarchender oder zumindest schwächelnder Kolleginnen und Kollegen über die nächtliche Autobahn aus Straßburg zurückchauffierte, war ich regelrecht dankbar dafür, nüchtern zu sein! Denn offen gestanden war ich das bisher noch niemals nach einer Weinprobe.

Während meine Fahrgäste über Drehschwindel, Übelkeit und Kopfschmerzen klagten, steuerte ich den Feronia-Kleinbus putzmunter durch die Nacht.

Unter normalen Umständen hätte ich garantiert zu denjenigen gehört, deren betrüblichen Anblick Lutz, unser Pressesprecher im Kleiderschrankformat, mit süffisantem Grinsen auf die Speicherkarte seiner Kamera bannte. Offenbar verträgt er nicht nur mehr als eine Horde finnischer Veteranen, sondern hat auch einen besonders schrägen Humor. Es würde mich nicht wundern, wenn er aus diesen delikaten Betriebsausflugs-Schnappschüssen einen Lichtbildervortrag basteln und zum peinlichen Höhepunkt der nächsten Weihnachtsfeier machen würde.

Meinem Bauch sei Dank werde ich dabei als Einzige recht passabel aussehen. Zwar fett, aber weder verkatert noch mit offenem Mund schlafend oder sonst wie derangiert.

Selbst die Tatsache, dass ich vorigen Monat zum Fotoshooting der *»Aber wenigstens«*-Kampagne mit dem Zug anreisen musste, entpuppte sich am Ende eher als Glücksfall denn als Nachteil. Denn während ich in meinem bequemen Erste-Klasse-ICE-Abteil saß, gepflegt einen Salatteller mit Räucherlachs zu mir nahm und dabei einen wunderbar kitschigen Liebesroman las, gerieten Thilo und die anderen Leute von Urschrey-Werbung nebst Models und Fototeam aufgrund einer Schlechtwetterfront über Thüringen in üble Turbulenzen und waren leichenblass, als ihr Flieger endlich in Berlin landete.

Es bleibt einem schon einiges erspart, wenn man gesegneten Leibes ist!

Dass man als werdende Mutter außerdem auf Tauchgänge, Leistungssport und Solariumbesuche verzichten sollte, engt mich jetzt nicht wirklich in meiner Freizeitgestaltung ein. Vorsichtshalber dehne ich diese Einschränkung aber auf Leibesertüchtigung im Allgemeinen aus und habe fortan eine prima Ausrede vor meinem eigenen Gewissen, wenn ich allwöchentlich das Aerobictraining verpasse.

Nicht, dass mich dort jemand vermissen würde. Wenn Sie die Aerobicfrauen nach einer gewissen Friederike Engelbrecht fragen, ernten Sie höchstwahrscheinlich nichts als erstaunte Blicke und irritiertes Schulterzucken. Die durchtrainierten Powersportlerinnen müssten schon ein außergewöhnlich gutes Gedächtnis haben, um sich an mich zu erinnern: Es ist nämlich so, dass ich mich vorletzten Januar im Eifer meines Im-neuen-Jahr-wird-alles-besser-Entschlusses im Sportverein meines Stadtviertels angemeldet und sogar an zwei schweißtreibenden Übungseinheiten teilgenommen habe.

Damals hatte ich wirklich und wahrhaftig vor, von nun an ein sportlicheres, gesünderes, schlankeres Leben zu führen. Zu diesem Zweck investierte ich sogar in eine funkelnagelneue

Sporttasche, ein fesches Stirnband, ein Paar modische Hallenturnschuhe, zwei nicht zu enge Trainingshosen und gleich fünf sogenannte Funktionsshirts.
Aber die bodenlose Sehnsucht nach meiner Couch war einfach stärker als der gute Vorsatz. Und leider genügt es nicht, beim gemütlichen Faulenzen auf derselben eines dieser Funktionsshirts zu tragen, um fitter und schlanker zu werden. Schade eigentlich, denn das wäre nun wirklich eine Funktion nach meinem Geschmack!
Jedenfalls bezahle ich seitdem halbjährlich meinen Mitgliedsbeitrag in Höhe von vierundzwanzig Euro und quäle mich jeden Mittwochabend mit der Entscheidung, ob ich zum Training gehen soll oder nicht. Oder besser gesagt: Ich plage mich damit, eine einigermaßen plausible Ausrede zu erfinden, auf die ich selbst hereinfalle. Bisher ist es mir noch immer gelungen, mein Gewissen zu beruhigen. Künftig kann ich also selbst darauf verzichten. Aerobic – das ist nichts für werdende Mütter!
Ich schwitze ohnehin mehr als genug … Wahrscheinlich liegt das an meiner viel zu dicken Bettdecke. Langsam wird es Zeit für das dünnere Sommerbettzeug. Denn auch heute verspricht es wieder ein sonniger Frühlingstag zu werden. Inzwischen taucht die zaghafte Helligkeit der Morgendämmerung, die durch die Spalte des Rollladens dringt, mein Schlafzimmer in ein diffuses Zwielicht. Ich erkenne die Umrisse meines Kleiderschrankes, des großen Standspiegels und der Kommode, auf der sich ungelesene Bücher neben getragenen Klamotten stapeln.
Ein Blick auf die Uhr verrät mir, dass es zwanzig vor fünf ist.
»Zeit zum Aufstehen«, verkünde ich seufzend und schwinge die Beine aus dem Bett.
»Wir wissen nicht Tag noch Stunde«, gibt Barnie schnarrend zurück, womit er diesmal eindeutig unrecht hat.

Eine halbe Stunde später bin ich geduscht, geföhnt, geschminkt und – in einen flauschigen Bademantel gehüllt – dabei, ein frisch aufgebackenes Brötchen mit Honig zu vertilgen. Wie schön, einmal nicht in letzter Sekunde aufzustehen und in Hektik auszubrechen, sondern den Tag in aller Gemütsruhe und voller Genuss zu beginnen!
Um Viertel vor sechs bin ich fertig mit Frühstück und Behaglichkeit. Ich habe den Kräutertee ausgetrunken, alles weggeräumt, das Geschirr gespült und die Zähne gründlich geputzt. Jetzt könnte ich bügeln (Antrag abgewiesen, Euer Ehren), Zeitung lesen (aber das kann ich ebenso gut im Büro erledigen) oder meinen Kleiderschrank ausmisten.
In Ermangelung verlockenderer Alternativen und weil ich mir selbst geschworen habe, nichts Neues mehr zu kaufen, bevor ich Platz dafür geschaffen habe, entscheide ich mich für Letzteres.
Ein Fach leere ich mit einem Handgriff: Diese verfilzten Strickpullis würden sich höchstens noch für Gartenarbeit eignen. Ebenso gut kann man dabei aber etwas Hübscheres tragen. Sehen die Rosen schneidenden, Strohhut tragenden, versonnen lächelnden Ladys in romantischen Pilcher-Verfilmungen etwa aus wie auf der Flucht? Wohl eher nicht. Das weiß sogar ich, eine bekennende Pilcher-Film-Hasserin! Also stopfe ich die unförmigen Produkte meiner einige Jahre zurückliegenden Leidenschaft für die Strickerei in einen großen Plastiksack.
Als Nächstes rangiere ich die uralten Bundfaltenhosen und die Oberteile aus der Man-trägt-jetzt-kürzer-Phase aus. Sie sind zwar noch so gut wie ungetragen, haben mir aber noch nie wirklich gestanden und nehmen daher weiten Blusen, schmeichelnden Tuniken und locker fallenden Schwangerschaftshängerchen nur unnötig Platz weg.

Der Kleidersammlungssack füllt sich zusehends, ich krame aus der Küchenschublade einen weiteren hervor. Als Nächstes sind die T-Shirts dran. Viele davon sind hoffnungslos verwaschen und eingelaufen. Weg damit! Es lichtet sich erfreulich im Schrank. Ich nehme mir vor, mich am Wochenende mit einer Shoppingtour zu belohnen. Ich könnte ein paar bequeme Jeans mit hohem Stretchanteil gebrauchen, außerdem einen schicken Gehrock und ein paar Blusen. Ach ja, und natürlich Ersatz für meinen ehemaligen Lieblingshosenanzug, den ja inzwischen ein Brandloch verunstaltet.
Soll ich also das altmodische flaschengrüne Ensemble, mit dem das ganze Schwangerschaftstheater seinen Lauf genommen hat, entsorgen? Im Grunde schon. Es hat ausgedient. Andererseits – das gute Stück war ziemlich teuer damals. Ich beschließe, es wenigstens noch ein einziges Mal anzuprobieren, um mich davon zu überzeugen, wie unmöglich ich darin aussehe …
Rasch streife ich den Bademantel ab, ziehe frische Unterwäsche an und schlüpfe hinein in den viel zu engen Hosenanzug. Moment. Sagte ich eben viel zu eng? Ja, er hat gewaltig gespannt neulich. Sie erinnern sich doch auch, oder? Jetzt allerdings sitzt er sehr bequem, fast locker.
»Warum geht der Knopf auf einmal spielend zu? Und warum ist das Teil eher einen Hauch zu weit als zu eng?«, frage ich laut mein verblüfftes Spiegelbild.
»Sieben fette Jahre, sieben magere Jahre, jawoll«, kommentiert Barnabas, und ich könnte schwören, dass er dabei grinst.
Du lieber Himmel: Ich habe abgenommen!
Nein, das kann nicht stimmen, da muss ein Irrtum vorliegen. Ich zerre meine *Hose der Wahrheit* aus dem Schrank – eine Jeans, die mir nach der letzten Fastenkur vor zwei Jahren einmal kurzzeitig gepasst hat, aber schon zwei Wochen später er-

neut zu eng wurde und seither nie wieder zuging. Von Zeit zu Zeit – meist nach qualvollen Abmagerungsprojekten – probiere ich sie an. Doch bisher war keine Diät so erfolgreich, dass ich die Hose der Wahrheit wieder hätte tragen können.
Ich werd verrückt: Der Hosenknopf ist zu! Ich kann mich sogar hinsetzen – und dennoch weiteratmen!

Das muss ich erst einmal verdauen. Bei einer Morgenzigarette im Garten … Nein, halt – ich rauche ja gar nicht mehr. Und ich habe auch kein Notfallpäckchen mehr im Haus für besondere Situationen wie diese, die eine Ausnahme gerechtfertigt hätten. Aber heißt es nicht, wer aufhört zu rauchen, nimmt unweigerlich zu? Sollte ich also nicht eigentlich dicker geworden sein statt dünner? Oder hat der Verzicht auf Prosecco, Tiramisu, Camembert und all die anderen Schlemmereien, die ich zurzeit von meinem Speiseplan gestrichen habe, so dramatische Auswirkungen?
Sieht ganz danach aus. Wahnsinn!
Ich öffne die Tür zum Garten. Wenn ich schon nicht mehr qualme, kann ich doch wenigstens die Morgensonne genießen. Gorbatschow, der die Nacht mit Mäusejagen verbracht hat, kehrt nach getaner Arbeit heim und rollt sich rechtschaffen müde unter der Küchenbank zusammen, während Barnie hocherhobenen Hauptes und leise bellend in Richtung Kirschbaum schreitet, um dort das Bein zu heben und so zu tun, als sei er ein Hund, der sein Morgengeschäft erledigt.
Ich kann es noch immer nicht fassen: Der flaschengrüne Hosenanzug ist mir zu weit, die Jeans der Wahrheit passt, ich bin dünner geworden! Und das nach all den fruchtlosen Abmagerungskuren, mit denen ich mich seit Jahren, ach was, seit Jahrzehnten herumschlage. Bei der Kartoffeldiät habe ich damals kein Gramm abgenommen, bei der Sauerkrautdiät kam ich

vom WC nicht mehr herunter, die Kohlsuppendiät ging mir schon nach zwei Tagen auf die Nerven, und mit Trennkost nahm ich sogar drei Kilo zu!
Doch nun das: Mein Bauch schrumpft, anstatt zu wachsen ... Eigentlich sollte ich froh und glücklich sein. Stattdessen bin ich verdutzt, verwirrt, verzagt: Was nun? Nie im Leben gelingt es mir, ohne den gewohnten Stau am mittleren Ring – allein durch schlechte Haltung und ungünstig geschnittene Kleidung – einen Babybauch vorzutäuschen! Immerhin ist bald die Zeit gekommen, in der man mehr als nur einen Hauch von Bäuchlein sehen sollte ...
Verdammt! Da sehnt man sich jahrelang danach, ein paar Kilo abzuspecken, und dann passiert es zum ungünstigsten Moment aller Zeiten.
Vielleicht weiß Carla Rat. Mit dem bewährten »Es gibt Futter«-Ruf locke ich Barnie zurück ins Haus, schließe ab und fahre meinen Computer hoch, um ihr von der neuesten dramatischen Entwicklung zu berichten. Noch bevor ich das Mailprogramm starte, kommt mir eine ganz andere Idee: Wer sagt, dass ein unechter Babybauch aus Fleisch und Blut beziehungsweise aus körpereigenen Energiespeicherzellen bestehen muss?
Ich googele nach Alternativen – und werde bei einem Onlineversand für Schaufensterpuppenbedarf fündig: Bauchprothesen aus glasfaserverstärktem Kunststoff, umhüllt von hautsympathischem Stoff und mit Klettverschluss-Umschnallbändern. Stückpreis: fünfundzwanzig Euro plus Versand. Ich wähle drei Größen aus (sechster, siebter und achter Monat), gebe meine Adress- und Kontodaten ein und klicke auf »Okay«.
»Sind Sie sicher, dass Ihre Bestellung vollständig ist? Drücken Sie auf den Ja-Button oder kehren Sie zurück zur Produktüber-

sicht«, lese ich laut die Botschaft vor, die im Dialogfenster erscheint.

»Bereuet und kehret um, ihr Schurken«, krächzt Barnabas, doch ich lasse mich davon nicht im Geringsten beeindrucken.

»Nix da, du irrer Vogel!«, protestiere ich. Denn wie Carla schon sagte: Es ist viel zu spät zur Umkehr.

Alleralleraллerspätestens seit … jetzt!, grinse ich, klicke voller Elan auf »Ja« und schicke die Bestellung endgültig ab. Mit einem rundum guten Bauchgefühl, wie man es nur in besonderen Augenblicken erlebt. Wenn einem beispielsweise die Lösung für ein verzwicktes Problem eingefallen ist. Oder wenn man ein abhandengekommenes Speckröllchen kein bisschen vermisst. Oder – in ganz seltenen Glücksmomenten – wenn beides auf einmal geschieht.

Kapitel 11

Mocky's Premiere

Als ich ein Kind war, genügte ein neuer Tintenkiller, und ich sprang morgens gleich nach dem Weckerklingeln aus dem Bett – voller Elan und ohne mich, wie sonst, noch dreimal umzudrehen. Ein neues Mäppchen konnte meine Vorfreude auf den neuen Schultag ins Unermessliche steigern, und ein neues Heft gab mir jedes Mal das Gefühl, einfach alles sei möglich. Die Welt stünde mir offen, und es begänne eine neue, makellose Zeitrechnung – ohne Eselsohren, ohne Tintenkleckse, ohne Durchgestrichenes und Drübergeschriebenes. Zwar dauerte diese Schönschriftära meist nur bis zur dritten Stunde, und im tiefsten Inneren ahnte ich das auch schon vorher, doch das wunderbare Gefühl des Neuanfangs war jedes Mal wieder beflügelnd.

Nie wieder habe ich so empfunden wie damals als Elfjährige. Bis heute. Denn heute ist der Tag, an dem etwas viel Aufregenderes als ein Tintenkiller oder ein neues Schreibheft Premiere feiert: nämlich *Mocky,* mein nagelneuer Glasfaser-Umschnallbauch in Größe »6. Monat«. Der eine neue Phase meiner Scheinschwangerschaft einläutet und aus einer kleinen Schwindelei einen waschechten Betrug macht.

Aber, Euer Ehren, das ist Notwehr!

Als gestern das Päckchen geliefert wurde, war ich so gespannt, als handelte es sich um einen druckfrischen Harry-Potter-Band, von dessen Existenz außer mir keiner etwas ahnte. Hastig riss ich die Verpackung auf, legte mir das Teil an und befestigte es mit den Klettbändern. Dann zog ich einen langen, weiten Pullover über und betrachtete mich feierlich im Spiegel: Eindeutig – ich sah schwangerer aus denn je! Vor allem, als ich leicht ins Hohlkreuz ging und die Hände vor dem Mocky-Bäuchlein faltete.

»Jawoll, ich bin gebenedeit, Kamerad«, imitierte ich Barnie mit krächzender Stimme, der darauf mit beleidigtem Gebell antwortete.

Am gleichen Abend noch fuhr ich, mit Bauch im Rucksack und sämtlichen Antennen auf Alarm gestellt, in ein ausgesprochen hässliches, aber gutsortiertes Einkaufszentrum, das ein paar Kilometer außerhalb der Stadt liegt. Soweit ich weiß, pflegt keiner meiner Kollegen dort einzukaufen und vor allem auch meine Schwester Johanna nicht, die so ungefähr die letzte Person wäre, der ich bei meiner heutigen Mission begegnen wollte. Um sicherzugehen, dass mich niemand von weitem an meinem rotblonden Haarschopf erkennt, versteckte ich meinen Pferdeschwanz unter einer dieser Schirmmützen aus Cord, die an allen anderen immer unglaublich trendy wirken und nur mir nicht zu stehen scheinen. Doch gestern diente sie zur Tarnung, nicht als Modeaccessoire.

In einem Laden namens *Baby & Belly,* der neben Buggys, Erstlingsausstattung, Kleinkinderklamotten und Autositzen auch preiswerte Umstandsmode führt, deckte ich mich ein mit weiten Shirts, langen Blusen und modischen Tuniken, unter denen Mocky wunderbar Platz hat und perfekt zur Geltung kommt.

Und dann machte ich eine Entdeckung, die mein Leben komplett verändern wird: *Schwangerschaftshosen!* Ein wahres Gottesgeschenk mit einem gigantisch breiten Gummibund, der vom Schambein bis weit über den Nabel reicht und wie eine flexible, schützende Haut den kompletten Bauch bedeckt. Nichts zwickt, nichts spannt, die Hose – übrigens Größe 44, nicht mehr 46 – sitzt wie angegossen. Mein Hintern sieht darin sogar einigermaßen wohlgeformt aus, nur eben ein paar Zentimeter zu umfangreich. Doch das Allerbeste ist, dass mir diese Wunderhosen dank dem elastischen Gummi auch ohne künstlichen Bauch passen. Warum nur hat man mir diese nobelpreiswürdige Erfindung bisher verschwiegen? Handelsübliche Stretchhosen sind im Vergleich die reinste Ritterrüstung, was den Tragekomfort angeht …

Da muss man erst scheinschwanger werden, um den größten Clou in der Geschichte der Mode ausfindig zu machen!

Die Jeans für wachsende Bäuche waren zwar nicht ganz billig, aber ich nahm sie gleich in drei Farben: Hellblau, Schwarz und Lila. Vor lauter Begeisterung hätte ich um ein Haar den Rucksack mit Bauch in der Umkleidekabine vergessen. Auf dem Weg zur Kasse fiel er mir ein, und ich kehrte auf dem Absatz um. Glücklicherweise kam ich einer übelgelaunten werdenden Mutter mit angsteinflößenden Gesichtspiercings und angriffslustiger Miene um eine Schrittlänge zuvor, als sie mit einer schwarzen Jeanslatzhose ausgerechnet in meiner Kabine verschwinden wollte. Im normalen Leben gehe ich Konfrontationen mit aggressiv wirkenden Mitmenschen lieber aus dem Weg, doch seit ich in der Parallelwelt meiner Scheinschwangerschaft lebe, wachsen mir ungeahnte Kräfte. Hätte die Piercingfrau Widerstand geleistet, ich glaube, ich hätte meine Kabine und damit meinen Rucksack mit Mocky darin verteidigt wie eine Löwin ihr Junges! Doch meine grimmige Entschlossenheit genügte offenbar zur Abschreckung. Leise fluchend drehte die Piercingfrau ab und machte sich auf die Suche nach einer anderen freien Umkleide. Ich schnappte meinen Rucksack mit der wertvollen Ladung und sah gerade noch rechtzeitig, bevor ich wieder hinausstürmte, wer gerade an mir vorbei in Richtung Kasse lief: mein Schwager Burkhardt.

Himmel! Was, wenn der mich hier erwischt? Mit einem Berg Umstandsklamotten über dem Arm und einem Kunstbauch im Rucksack? Nicht auszudenken!

Was mach ich hier eigentlich? Bin ich noch ganz bei Trost?

Aus einem sicheren Versteck beobachtete ich, wie er einen Babyautositzbezug mit Bärchenmuster bezahlte, außerdem einen hautfarbenen Still-BH und ein großes Paket Wegwerfwindeln für Neugeborene. Die Niederkunft von Kind Nummer fünf steht zwar erst in einigen Wochen an, aber die heilige Johanna ist gern perfekt vorbereitet. Ob sie aber ahnt, dass ihr Göttergatte die Einkäufe hier im verabscheuungswürdigen Konsumtempel tätigt, statt in einem nachhaltigen Laden für biodynamisch Bewusste und politisch Korrekte?

An der Kasse konnte ich nicht widerstehen. Nicht Süßigkeiten verlockten hier, nein: Die Quengelware in Läden wie diesem besteht aus unerträglich goldigen Babyschühchen, putzigen Kuschelbärchen und niedlichen Rasselchen. Darauf kommt's nun auch nicht mehr an, dachte ich und griff verzückt zu. Ohne einen Gedanken daran zu verschwenden, was ich mit dem ganzen Kram überhaupt anfangen will. Ich war im Kaufrausch!

Meine Kreditkarte jedenfalls glühte vom hemmungslosen Einsatz, als ich wenig später drei prall gefüllte Einkaufstüten zum Parkplatz schleppte. Und meine Wangen ebenso – vor Begeisterung.

Heute bin ich, voller Erwartung und Vorfreude auf den ersten Auftritt im neuen Outfit, noch vor dem Wecker wach. Es ist Freitag, der 27. Mai – Tag 274 vor meinem vierzigsten Geburtstag. Ein perfekter Tag liegt vor mir. Jedenfalls weist alles darauf hin: meine Hochstimmung, das schöne Wetter und das eigentümliche Bauchkribbeln, das ich nur verspüre, wenn etwas

Außergewöhnliches bevorsteht. Ich wette mit mir selbst, dass genau in diesem Moment garantiert einer meiner absoluten Lieblingshits gespielt wird, schalte das Radio ein – und habe mich nicht geirrt: *Tell me lies, tell me sweet little lies,* fordern mich Fleetwood Mac auf, und ich falle gut gelaunt in den Gesang mit ein. Ziemlich schräg und mit heiserer Morgenstimme zwar, aber voller Inbrunst. Denn genau das habe ich heute vor – mein nettes, kleines Lügenmärchen weiterzuspinnen.

Ich entscheide mich für die lilafarbene Jeans, unter der sich Mocky verheißungsvoll wölbt. Darüber trage ich eine Tunika in Schwarz mit petrolfarbenen Rauten aus sanft fließendem Jersey. Mein 6.-Monat-Bäuchlein ist so auffällig unauffällig darunter verborgen, dass ich mir am liebsten selbst applaudieren würde. Die Haare, die trotz Schaumfestiger und Rundbürste traurig wie Sauerkraut herunterhängen, stecke ich mit ein paar Klämmerchen hoch. Demnächst sollte ich unbedingt das Projekt »neue Frisur« in Angriff nehmen. Ob man es durch irgendeinen Trick hinbekommt, meine Zotteln fülliger wirken zu lassen?

»Kommt auf einen Versuch an«, finde ich.

»Suchet, und ihr werdet finden, Sapperlot«, bestätigt Barnabas, der nichts weiter zu suchen scheint als sein Futter. Ich fülle nicht nur seinen Fressnapf, sondern spiele auch für Gorbatschow den Dosenöffner, bevor ich mir selbst einen großen Obstsalat mit Joghurt und Haferflocken zubereite.

»Du deckst mir, Potzblitz, den Tisch vor den Augen meiner Feinde«, zitiert Barnabas seine ganz private Variante des 23. Psalms. Dieser Vogel und seine Sprüche – ein echtes Phänomen! Gorbatschow, der als Einziger weit und breit als »Feind« in Frage käme, fühlt sich nicht angesprochen und leert unbekümmert seinen Napf. Dann gähnt er, streckt sich lang, springt behende auf die Fensterbank und macht es sich dort gemütlich.

An jedem anderen Morgen hätte ich den faulen, genusssüchtigen Kater um sein Dolce Vita beneidet, doch heute bin ich zu gespannt auf die Wirkung meines Mocky-Bauches. Einen freien Tag könnte ich in diesem Zustand nicht wirklich genießen.

Als ich auf dem Feronia-Parkplatz vorfahre, kehrt sich die Neugier um in Besorgnis. Für einen Moment fürchte ich, dass die optische Veränderung zu offenkundig sein könnte. Der Glasfaserbauch wirkt im Vergleich zu dem, was ich bis gestern durch ungünstige Kleidung und schlechte Haltung versucht habe vorzuspiegeln, um Klassen fortgeschrittener. So als hätte ich über Nacht einen ganzen Schwangerschaftsmonat durchlebt. Das muss ja auffallen!

Mein Puls beschleunigt sich auf das Niveau eines Sprints (oder besser gesagt: eines Spießrutenlaufs), als mir klarwird, dass meine Enttarnung nur eine Frage der Zeit ist. Wer wird zuerst mit dem Finger auf mich zeigen und »Elende Betrügerin!« rufen? Wird es Muskelmann Lutz sein oder vielleicht Tanja? Gesine? Nicht zu vergessen die allwissende Doreen …

Eine halbe Stunde später bin ich sämtlichen Kollegen begegnet, habe mit den meisten ein paar Worte gewechselt und ihnen – unübersehbar, wie ich finde – mein Bäuchlein vorgeführt. Um es kurz zu machen: Sie alle haben mich zutiefst enttäuscht. Keiner hat den Unterschied bemerkt, höchstens ein wenig herzlicher gegrüßt, breiter gegrinst, freundlicher genickt. Niemand, nicht einmal EDV-Rüdiger, der mir im Fahrstuhl begegnet ist, durchschaut meine List.

Ist das ein Trick? Ein abgekartetes Spiel? Hat mich jemand aus der Abteilung gestern im Einkaufszentrum beobachtet und wird mich gleich vor versammelter Mannschaft bloßstellen?

Ich verbringe den Vormittag in erhöhter Alarmbereitschaft. Was meint Sarah, als sie mir einen »wunderschönen Tag« wünscht?

Und was Rolf, der behauptet, ich sähe »prima« aus? Harmloser Small Talk oder versteckte Botschaften?
Reiß dich zusammen, Friederike! Dein schlechtes Gewissen lässt dich langsam, aber sicher paranoid werden!
Als wir uns in der Mittagspause gemeinsam auf den Weg zur Kantine machen und noch immer keine Bemerkung fällt, in die man eine indirekte Anschuldigung hineininterpretieren könnte, wird mir klar, dass mich – wider jegliche Vernunft – wohl niemand auf Mocky ansprechen wird. Und wenn ich heute nicht so blendend gelaunt wäre, wäre ich fast sogar ein wenig enttäuscht. Ganz offenbar sehen meine Kollegen in mir nichts anderes als gestern: die schwangere Leiterin des Pränatal-Police-Projektes. Nur vielleicht ein wenig besser gekleidet.
Ich versuche, dem klassischen Image der umständehalber leicht Geschmacksverirrten gerecht zu werden, und treibe es bei der Menüwahl auf die Spitze.
»Einmal Bauernomelette ohne Schinken mit extra viel sauren Gurken, aber ohne Bratkartoffeln bitte, die machen mir Sodbrennen. Und zwei Portionen Tirami…, äh, nein, lieber rote Grütze.«
Um ein Haar hätte ich eines der Desserts von der Tabuliste bestellt. Puh! Das war knapp.
Mit versteinerter Miene knallt mir Lydia Teller und Schälchen aufs Tablett. Ich danke ihr wortlos mit meinem einstudierten mütterlichen Lächeln, balanciere das Tablett zu dem Tisch, an dem Doreen, Tanja und Gesine bereits ihre kalorienarmen Gemüsesuppen löffeln, und lasse es mir schmecken. Um ihre Erwartungen an meine skurrilen Gelüste zu erfüllen, verspeise ich die rote Grütze nicht als Nachspeise, sondern als Beilage. Schmeckt gar nicht mal so übel. Und bestätigt meine Kolleginnen in all ihren Vorurteilen über die bizarren Begierden werdender Mütter.

Den Nachmittag verbringe ich, wie so häufig, mit Recherche rund um die Zielgruppe »werdende Eltern«. Ich muss alles wissen, was sie bewegt. Inzwischen bin ich mindestens so gut informiert, wie ich es wäre, wenn mein Bauch echt wäre und mich das Thema rein privat interessieren würde: Stillbücher und Elternratgeber sind mir ebenso vertraut wie Vornamen-Trendlisten und Schwangerschaftsblogs. Die Ängste, Wünsche und Sorgen werdender Eltern, die ich in Tabellen und Listen übertrage, überzeugen mich mit jedem Tag mehr davon, dass die Pränatal-Police auf dem Markt einschlagen wird wie eine Bombe!

Ich bin gerade dabei, aus rein privaten Gründen und fast ganz ohne Gewissensbisse Johannas Tagebuch ein zweites Mal zu lesen und einige ihrer bezauberndsten Formulierungen, die ich in meinen aktiven Wortschatz zu übernehmen gedenke, in ein Vokabelheft zu übertragen, als das Telefon klingelt.

»Feronia-Versicherung, Ihr Partner für *no risk – more fun,* guten Tag, Sie sprechen mit Friederike Engelbrecht«, melde ich mich mit der vorgeschriebenen Leier, die sich die Kreativen von Urschrey-Werbung vor einer Weile als Standardformulierung aus den Fingern gesogen haben. Wahrscheinlich zwischen Lunch und Espresso, aber für ein so saftiges Honorar, als hätten sie darüber einen vollen Arbeitstag gegrübelt. In meinem nächsten Leben gehe ich in die Werbung, das können Sie mir glauben!

»Hallo Schwesterherz, ich dachte, du hast jetzt eine Vorzimmerdame, die deine Anrufe entgegennimmt. Du bist doch jetzt Projektleiterin, oder?«

Die heilige Johanna! Ausgerechnet …

Für einen kurzen Moment fühle ich mich ertappt. Fast hätte ich ihr Tagebuch in der Schreibtischschublade verschwinden lassen, doch als mir klarwird, dass sie natürlich nicht sehen

kann, was ich gerade tue, atme ich erleichtert auf und habe mich sofort wieder gefangen.
»Wie schön, dass du anrufst«, behaupte ich, ohne rot zu werden, »du hast recht, ich habe eine Assistentin, aber wer meine Durchwahl kennt, kommt direkt an meinem Apparat an.« Dass das im Grunde alle sind, mit denen ich beruflich und privat zu tun habe, verschweige ich lieber.
»Was verschafft mir die Ehre deines Anrufes? Ist was passiert?«, erinnere ich sie an die Tatsache, dass sie mich gerade in einem furchtbar wichtigen Projekt stört und das lieber nicht tun sollte ohne ein wichtiges Anliegen.
»Bist du noch daran interessiert, mich für dein Mütterprojekt zu verhören?«, fragt Johanna. »Ich hätte nämlich heute Zeit.«
»Super, so um halb vier? Das wäre in einer halben Stunde«, schlage ich vor. Den Fragebogen habe ich längst vorbereitet und ausgedruckt, um ihn mit der mütterlichsten aller Mütter durchzugehen.
Die Aussicht auf einen vorverlegten Feierabend lässt meine Laune weiter steigen. Und ich muss nicht einmal mein Gleitzeitstundenkonto belasten, denn das Gespräch mit Johanna zählt als Arbeitszeit!
»Halb vier ist mir ein bisschen zu früh. Da sitze ich noch mit Simon-Pascal und Klara-Marie an den Hausaufgaben. Außerdem muss ich Leon-Marcel um halb fünf von einem Kindergeburtstag abholen und Sophie-Louise eine halbe Stunde später aus der musikalischen Früherziehung.«
Und wieder habe ich etwas dazugelernt. Tatsächlich glaubte ich bis eben, Hausaufgaben stünden lediglich auf dem Stundenplan der Schüler. Oder überwachen nur gnadenlos tüchtige Kampfmütter wie Johanna, dass ihre Nachkommen fehlerlose Aufsätze, Rechenaufgaben und Sachkundeübungsblätter abgeben?

Ich schlage vor, Sophie unterwegs aufzugabeln und gegen Viertel nach fünf mitzubringen. Johanna zögert kurz und verkündet dann ihr Einverständnis.
»Fein, dann rufe ich in der Musikschule an und benenne dich als autorisierte Abholperson«, teilt sie mir mit.
Ich staune nicht schlecht. Woran verantwortungsbewusste Eltern heute denken müssen! Ohne Johannas Anruf würde man mich in der Musikschule garantiert für eine dreiste Entführerin halten. Zu gern wüsste ich, wie mein Schwesterherz mich dort beschreibt: *Sie erkennen die autorisierte Person an ihren rotblonden Spaghettihaaren, ihren leicht adipösen Körperdimensionen und der Tatsache, dass Sophie-Louise sie »Tante Fritz« nennt ...*
»Hast du es hinterher eilig?«, fragt Johanna beiläufig.
»Nein, gar nicht. Warum?«
Vielleicht will sie mich zum Essen einladen, denke ich. Doch dann erfahre ich, dass meine schwesterliche Anwesenheit aus einem etwas trivialeren Grund erwünscht ist: »Heute ist Partnerabend in der Schwangerschaftsgymnastik. Wenn du bis neun Uhr bei den Kindern bleiben würdest, könnte Burkhardt mich begleiten.«
Na, das hat sie ja fein ausgeklügelt!
Doch ich bin sofort einverstanden. Schließlich warte ich schon länger auf eine passende Gelegenheit, um das heimlich entwendete Schwangerschaftsinformationsmaterial auf seinen Platz zurückzulegen, bevor es vermisst wird.
Rundum zufrieden legen wir gleichzeitig auf. Das ist wohl, was man im Geschäftsleben eine Win-win-Situation nennt. Jeder haut den anderen übers Ohr und hält seinen eigenen Vorteil für den größeren ...

Kapitel 12

Ich hab die Haare schön

Manchmal muss man einfach entschlussfreudig sein. Nicht lange zögern, grübeln, zaudern. Sondern machen. Und heute bedeutet das: Feierabend machen!
So nutze ich also die Gunst der Stunde und verlasse mein Büro schon um kurz nach drei. Kaum habe ich das Telefonat mit Johanna beendet, marschiere ich in Rolf Segmüllers Büro und verkünde, dass ich gegen Abend ein intensives Zielgruppeninterview führen werde und diese Mehrarbeitszeit vorab abbaue – nämlich jetzt gleich.
Rolf begrüßt diese Idee sehr. »Überstunden sind nicht gut für dich in deinem Zustand. Du darfst dich nicht überfordern, sondern musst dich schonen«, doziert er.
Ich verspreche, genau dies zu tun, streiche dabei sanft über die Rundung unter meiner Tunika und lächele versonnen. So langsam beherrsche ich meine Mutterschaftsmimik aus dem Effeff. Der beunruhigende Gedanke daran, dass die Hölle los sein wird, wenn das hier alles herauskommt, würzt meinen Blick mit genau der richtigen Dosis Wehmut und Unnahbarkeit. Vielleicht könnte ich ja, sobald Rolf mich im hohen Bogen gefeuert hat, eine Schauspielkarriere anstreben?

Als ich wenig später vom Feronia-Parkplatz abbiege und mich in den fließenden Nachmittagsverkehr einfädele, überkommt mich jäh mein Fluchtinstinkt. Ich sollte einfach durchstarten und irgendwohin fahren, wo ich noch nie war und schon immer hinwollte. Barcelona vielleicht oder Kopenhagen …

Aber dann schaffe ich es nicht, Sophie-Lou um fünf an der Musikschule abzuholen. Mein Ausflugsziel sollte näher liegen. Die Eisdiele am Baggersee vielleicht, wo ich mir einen großen Erdbeerbecher mit Sahne gönnen könnte.

Oder das winzige Fachwerk-Eckhaus in einer schmalen Straße, durch die ich sonst nie komme – und das ich nur dank der Umleitung wegen einer Tagesbaustelle beim Rathaus in dieser Sekunde entdecke! Das grellbunte Ladenschild mit der Aufschrift *Gypsys Schneidhaus* fällt mir sofort ins Auge. Ein Friseurladen. Ein Wink des Schicksals!

Man muss die Zeichen der Vorsehung erkennen, wenn man ihnen begegnet: Die Zeit ist reif, meinem Spaghettihaar Fülle, Form und Volumen zu verpassen! Seit Carla, die mir bisher immer die Spitzen geschnitten hat, in Australien ist, hat niemand mehr Form in den fusseligen Wildwuchs auf meinem Schädel gebracht.

Spontan lege ich eine Vollbremsung hin, blinke und lenke nach links in die Einfahrt. Den wütend hupenden Mercedesfahrer hinter mir, der um ein Haar auf das Heck meines Wagens aufgefahren wäre, ignoriere ich souverän. Schwungvoll steige ich aus. Der Beinahe-Unfallgegner lässt die Scheibe auf der Fahrerseite herunter und plärrt mir mit rotem Kopf Beleidigungen zu. Ich hätte meinen Führerschein wohl in der Lotterie gewonnen und dergleichen – wobei ich jetzt bewusst das harmloseste Beispiel zitiere. Die anderen sind nicht unbedingt jugendfrei und bringen auf erstaunlich kreative Weise seine Zweifel an meinem Verstand zum Ausdruck. Ich gebe ein fröhliches »Alles Gute für Ihren Blutdruck!« zurück und betrete hocherhobenen Hauptes *Gypsys Schneidhaus.*

»Herzlich willkommen im Friseursalon deines Vertrauens«, begrüßt mich ein schrilles Wesen in roter Lederhose, weißem Rokokohemd und schwarzer Elvis-Tolle.

»Ich bin Gypsy, und du brauchst eine neue Frisur.«
Ist Gypsy ein Er oder eine Sie? Das kann ich dank großzügig aufgetragenem Lidschatten und Lippenstift auf den ersten Blick nicht eindeutig identifizieren.
Wo bin ich hier nur gelandet? Einen Moment lang ziehe ich eine stürmische Flucht in Erwägung. Doch Gypsy strahlt mich so herzerfrischend an, dass ich mich spontan willkommen fühle. Dies ist der wohl ungewöhnlichste Friseurladen, den ich je betreten habe: Von der Decke baumeln zahlreiche hölzerne Marionetten, die ihre besten Jahre bereits im letzten Jahrhundert lange hinter sich hatten und möglicherweise einen erstaunlichen Sammlerwert besitzen. Die Wände sind nicht, wie in den meisten Salons, mit edlen Frisurenpostern der einschlägigen Haarpflegeproduktthersteller geschmückt, sondern mit Tierfotos aus aller Welt tapeziert. Da kleben Koalas neben weißen Haien, Löwen neben schottischen Hochlandrindern und Kamele neben Ameisenbären. Den Weg zum Friseurstuhl bahne ich mir durch farbenprächtige Stehlampen, üppig wuchernde Topfpalmen und kopflose Schaufensterpuppen, die in Zwanziger-Jahre-Partykleider mit Fransen und Federboa gehüllt sind.
Gypsy, der, wie ich zu etwa siebzig Prozent sicher bin, ein Mann zu sein scheint, legt mir einen Frisierumhang mit psychedelischen Spiralmustern in verschiedenen Pink- und Lilatönen um und schaut mich fragend an. »Was schwebt dir so vor?«
»Irgendwas Flottes, Freches«, sage ich zu meiner eigenen Überraschung, »Hauptsache, die Haare wirken fülliger.«
»Hab da schon eine Idee«, teilt Gypsy mir mit, »gibst du mir freie Hand?«
Freie Hand – das klingt gefährlich.
Niemals!, denke ich.

»Klar, nur zu!«, höre ich mich sagen. Wider jegliche Vernunft, aber laut und deutlich.
»Du gefällst mir«, grinst Gypsy und zeigt mir seine blendend weißen Zähne, »und wenn du nicht guter Hoffnung wärst, würde ich gern auch mit Farbe arbeiten. Schade.«
»Kein Problem, der Bauch ist nicht echt«, entfährt es mir unwillkürlich.
Bin ich von Sinnen? Einem Wildfremden gegenüber mein größtes Geheimnis auszuplaudern!
»Cool«, sagt Gypsy, der wohl nicht allzu leicht zu schocken ist und mir zum Glück auch keine Fragen nach dem Sinn und Zweck meiner Maskerade stellt. »Dann setze ich ein paar Reflexe, die geben deiner Frisur optisch mehr Volumen.«
Dann überreicht er mir eine Auswahl an Zeitschriften, in der die klassischen Yellowpress-Blätter aber fehlen. Über misslungene Schönheits-OPs alternder Hollywoodstars, verhängnisvolle Affären lüsterner Adliger oder modische Verirrungen auf irgendwelchen roten Teppichen müsste ich mich wohl anderweitig informieren, wenn ich daran interessiert wäre.
Während ich in einer nicht mehr ganz aktuellen Ausgabe von *Spektrum der Wissenschaft* blättere, beginnt Gypsy, mein Haupthaar zu inspizieren: Er kämmt kreuz und quer, lässt einzelne Strähnen durch die Finger gleiten, begutachtet meinen Stirnhaaransatz sowie diverse Wirbel und führt mich dann zum Waschplatz. Die Shampoo-Massage wirkt wie eine Wellnessbehandlung. Hach! Danach vertiefe ich mich in einen Artikel zum Thema Elternschaft im Tierreich. Die Botschaft ist interessant und logisch zugleich: Je mehr Nachkommen eine Tierart produzieren kann, desto weniger eng ist die Beziehung zum einzelnen Jungtier und desto geringer die Bereitschaft der Erzeuger, sich für sein Leben einzusetzen. Klingt schräg? Ist aber so.
Wenn, wie bei Fischeltern, zur Familienplanung Millionen von

Fischeiern gehören, wird wohl kaum eine Trauerfeier veranstaltet, wenn ein paar tausend davon irgendwelchen Räubern zum Fraß fallen.
Nicht viel besser die Kängurumutter, die ihren Ruf als liebevolle Beschützerin ihrer Beutelbabys zu Unrecht genießt: Glauben Sie etwa, eine Kängurulady würde bremsen oder gar anhalten, nur weil eins ihrer Jungen unterwegs aus dem Beutel fliegt? Sie denkt nicht mal daran! Schließlich hat sie noch eine Handvoll weiterer Embryos übrig. Außerdem hat sie in das abhandengekommene Junge nur wenige Wochen ihrer Energie investiert. Kein großer Verlust.
Während ich mich in Sachen Reproduktionsbiologie weiterbilde und erstaunt registriere, dass man Kängurujungtiere in Australien *Joeys* nennt, tobt sich Gypsy mit Kamm und Schere, Farbmischungen und Kurpackungen, Föhn und Megarundbürste auf meinem Kopf aus. Schweigend und hoch konzentriert. Abgesehen von den rotblonden Strähnen, die zu Boden fallen, kann ich nicht mitverfolgen, was genau er da tut – denn an der Wand, auf die ich schaue, hängt kein Spiegel, sondern ein Kunstposter. Du lieber Himmel: Was, wenn ich gleich grüne Haare habe? Oder einen Irokesenschnitt? Wie konnte ich so verwegen sein, einem völlig Fremden freie Hand über meine Frisur zu geben? Aber gesagt ist gesagt – mir bleibt nichts anderes übrig, als zu bangen und abzuwarten.
Als Gypsy sein Werk für vollendet erklärt und mich vor einen deckenhohen Spiegel führt, bin ich schier sprachlos. Ich sehe aus, als habe die Göttin der Haarpracht mich gesegnet!
Wie bei der Präsentation eines wertvollen Kunstobjektes beschreibt mir Gypsy, wie er dieses erstaunliche Resultat gezaubert hat: »Deine Haare sind insgesamt etwa zehn Zentimeter kürzer als vorher und stumpf durchgestuft. Mit ein paar helleren und einigen dunkleren, rostbraunen Strähnen, die du

wahrscheinlich erst auf den zweiten Blick als solche wahrnimmst, habe ich Akzente gesetzt. Na, wie gefällt's dir?«
Ich bin von den Socken. »Das ist ein Meisterwerk!«, staune ich.
Gypsy strahlt zufrieden. Mission erfüllt.
»Ich bezweifele allerdings, dass ich selbst das nach dem Haarewaschen so hinkriege. Mit Lockenstab und Co. stehe ich auf Kriegsfuß.«
»Lockenstab? Völlig out. Wenn, dann sind Glätteisen angesagt. Aber davon rate ich ab. Alles, was du brauchst, ist eine dicke Rundbürste mit Naturborsten und etwas Schaumfestiger mit Pflegeessenzen. Einfach nach dem Waschen einmassieren, kopfüber anföhnen und dann mit der Rundbürste in Form bringen. Das schafft jeder. Auch du!«
Ohne dass ich ihn explizit dazu auffordere, packt Gypsy mir eine der fraglichen Bürsten und der Schaumdosen in eine Papiertüte, legt seine Visitenkarte dazu und kommt nun zum Geschäftlichen: »Was möchtest du zahlen?«
»Mit Kreditkarte, wenn's geht«, antworte ich.
»Klar geht das. Aber ich fragte nicht, *wie* du zahlen möchtest, sondern *was.*«
Ich bin irritiert. »Keine Ahnung, wie sind denn deine Tarife so?« Erfolglos schaue ich mich nach einer Preistabelle um.
Gypsy lacht. »Du liest wohl keine Zeitung? In *Gypsys Schneidhaus* gibt es keine festen Preise. Meine Kunden zahlen, was ihnen meine Arbeit wert ist.«
Das ist verrückt.
Verrückt, aber genial. Denn für Haarschnitt plus Strähnchen plus Schaumfestiger und Bürste hätte ich eigentlich etwa sechzig Euro für günstig, siebzig für angemessen und achtzig für hochpreisig gehalten. Doch nach einem weiteren Blick in den Spiegel, der mich aufs Neue begeistert, höre ich mich sagen: »Neunzig Euro. Ist das okay?«

Gypsy findet das ausgesprochen okay und fordert mich auf, jederzeit vorbeizukommen, wenn ich mit dem Frisieren nicht zurechtkomme. Zum Abschied geleitet er mich zur Tür.
Auf dem Weg zur Musikschule lege ich zu Hause noch einen Zwischenstopp ein, um DVD, Buch und Ultraschallbild in den Rucksack zu stopfen.
Als ich – es ist schon zehn vor fünf – wieder einsteigen und losfahren will, fällt mir auf, dass ich noch immer Mocky trage, meinen künstlichen Bauch, der heute seine mehr als erfolgreiche Premiere gefeiert hat. Hastig ziehe ich den Schlüssel wieder aus dem Zündschloss, steige aus und kehre zurück ins Haus, wo ich die Schwangerschaftsprothese ablege und die weite Tunika gegen einen schmaler geschnittenen Longpulli tausche. Die Umstandsjeans behalte ich an – aus Zeitnot, weil sie vom Pullover sowieso vollständig bedeckt wird. Und weil sie so unwiderstehlich bequem ist.
Auf der Weiterfahrt verursache ich erneut fast einen Unfall, und das nur, weil ich meine beeindruckende Haarfülle einen winzigen Augenblick zu lange im Rückspiegel bewundert habe … *Ich hab die Haare schön.* Aber meinen Verstand sollte ich deshalb doch lieber nicht verlieren!

Meine kleine Nichte sieht sofort, dass ich verändert aussehe.
»Du bist heute so wunderhübsch wie die Frau in den Kindernachrichten, Tante Fritz«, lobt sie und begrüßt mich mit einem saftigen Schmatzer. »Ich freu mich so, dass du heute Abend auf uns aufpasst. Liest du mir was vor?«
»Klar, ist gebongt«, verspreche ich und frage mich, seit wann Sophie-Louise schon weiß, wer heute Abend als Babysitter engagiert ist: Hat mich Johanna vielleicht schon vor unserem Telefonat angekündigt?
Obwohl es höchst einfach wäre, das herauszufinden, verzichte

ich darauf, eine Dreieinhalbjährige ins Kreuzverhör zu nehmen. Das käme mir in der Tat noch schäbiger vor, als ein Ultraschallbild zu fälschen. Und zu schäbigen Taten bin ich heute nicht aufgelegt.
Selbst Johannas Kommentar, etwas kürzer stünde mir besser und passe auch eher zu meinem Alter, kann meine gute Laune nicht trüben. Immerhin ist meine Schwester älter als ich. Und hat eine deutlich langweiligere Frisur – einen praktischen Kurzhaarschnitt, wie ihn viele Mütter kleiner Kinder bevorzugen, damit ihre ehemals männerbezirzende Mähne nicht, verschmiert von Brei, Karottengemüse und zermatschter Banane, zu einer schmerzhaft-demütigenden Mischung aus Haltegriff und Putzlappen für kleine Kinderhände wird. Kinderhände, die gnadenloser sind, als sie es sich vorgestellt hatte, bevor vor rund neun Jahren ihr Traum von Mutterschaft in Erfüllung gegangen ist.

Auch Klärchen, S.-P. und Klein Leon begrüßen mich ungestüm.
»Hurra, Tante Fritz ist da!«
Dann kommt Johanna mit einer großen Kanne Tee aus der Küche und spricht ein mütterliches Machtwort.
»Ab ins Spielzimmer mit euch!«, ordnet sie an und wendet sich dann an mich: »Magst du Tee?«
»Klar doch«, antworte ich – eine Sekunde bevor ich das unverwechselbare Aroma erkenne. Kuhfladentee! Johanna schreckt ja wirklich vor nichts zurück …
Während meine Schwester zwei von Kinderhand (aus eigener Herstellung) mit Porzellanfarben verschönerte Tassen mit dem wohl widerlichsten Aufgussgetränk aller Zeiten füllt, krame ich meinen Fragebogen aus der Tasche. In den letzten Wochen habe ich ihn – nach intensiven Recherchen über all das,

was werdende Eltern bewegt – gemeinsam mit den Marktforschern aus der vierten Etage entwickelt. Ich erkläre Johanna die Systematik:
»Zu jeder Aussage gibt es fünf Bewertungsmöglichkeiten – von *trifft voll zu* über *trifft weitgehend zu* bis *trifft eher nicht zu* und *trifft überhaupt nicht zu.* Und, falls keine dieser Varianten passt, noch die Kategorie *weiß nicht,* die du aber nur im Notfall ankreuzen solltest, denn damit können wir in der Auswertung natürlich wenig anfangen. Und dann gibt es noch die Möglichkeit für frei formulierte Anmerkungen, die uns mit Sicherheit enorm weiterbringen, was die endgültige Überarbeitung für die bundesweite Marktbefragung betrifft.«
Johanna vertieft sich hoch konzentriert in die Seiten des Fragebogens, dessen Themenschwerpunkte sich um die innere Einstellung, die Gefühle, Gedanken und auch Sorgen in den verschiedenen Phasen einer Schwangerschaft bewegen.
Ich bin einigermaßen stolz auf das Werk, das ich da zusammengestellt habe. Nun hoffe ich schwer, dass Johanna mir die Blätter nicht kopfschüttelnd vor die Füße wirft und voller Mitleid erklärt, für mich als Nichtmutter sei das zwar ein netter Versuch, aber leider weitab jeder Realität formuliert.
Doch nichts davon geschieht. Vielmehr setzt sie Kreuz nach Kreuz, kaut zwischendurch nachdenklich am Bleistift, schwankt zuweilen zwischen zwei Antwortmöglichkeiten, brütet über den Bemerkungen-Zeilen, verfasst tiefsinnige Statements – und nimmt unterdessen garantiert nichts wahr. Nicht, dass ich wie eine Lehrkraft während einer Klassenarbeit im Zimmer umherwandere. Und schon gar nicht, wie ich in einem besonders unbeobachteten Moment einen prächtig gedeihenden Gummibaum mit Kuhfladentee dünge. Oder aber vergifte, eventuell. Aber diese für den Gummibaum eher unangenehme Möglichkeit nehme ich in Kauf.

Er oder ich!
Für einen Moment gelingt es mir sogar, unbemerkt den Raum zu verlassen und in Johannas Arbeitszimmer zu schleichen. In aller Eile stelle ich dort das Buch für werdende Eltern ins Regal zurück, daneben ihr Baby-Tagebuch mit dem Ultraschallbild und die DVD mit der BBC-Dokumentation.
Sicherheitshalber suche ich auf dem Rückweg die Gästetoilette auf und betätige geräuschvoll die Wasserspülung, um meiner Abwesenheit einen akzeptablen Sinn zu verleihen.
Nach einer guten Viertelstunde ist Johanna fertig. Wir gehen ihre Antworten durch und vor allem ihre Kommentare.
»In den ersten Wochen denkt man wirklich nur: Hoffentlich hält die Schwangerschaft! Die einzige Sorge, die eine werdende Mutter bis zum Ende des dritten Monats quält, ist die Angst vor einer Fehlgeburt. Mal abgesehen von der elenden Übelkeit.«
Das ist wirklich interessant. »Und dann?«, will ich wissen.
»Dann kommen praktische Überlegungen: Wo soll das Kind zur Welt kommen, wie wollen wir es nennen, wer soll Pate werden, wie richten wir das Zimmer ein.«
»Also weniger Sorgen als vielmehr Fragen, zu denen Antworten zu finden sind. Nichts, bei dem eine Pränatal-Versicherung von Interesse wäre.«
»Absolut. Aber umso mehr im letzten Drittel der Schwangerschaft. In der Zeit des Nestbautriebs. Da wird der Bauch immer mehr zu dem, was bald ein neues Familienmitglied ist: ein Individuum, ein eigener Mensch. Ein Kind, das möglicherweise während der Geburt einen Schaden erleidet. Das sich hoffentlich gut entwickelt. Das um Himmels willen nicht krank ist, entwicklungsverzögert, behindert. Ein kleiner Mensch, dem ich ein gutes, glückliches Leben ermöglichen kann.«
So verletzlich hat Johanna noch nie gewirkt.

Ich schreibe mit wie eine Wahnsinnige. Was ich gerade erfahre, ist wertvoller als alles, was ich bisher gelesen habe. Damit wird klar, wo die Werbung für die Pränatal-Police ansetzen muss: nicht bei glücklich grinsenden Pärchen, die gerade einen positiven Schwangerschaftstest betrachten. Sondern bei den Hochschwangeren mit den dicken Bäuchen, die schon wissen, wie ihr Sprössling heißen wird, in welchem Bettchen er schlafen wird, welchen Kindergarten er einmal besuchen soll und welche Zukunft ihm dereinst offenstehen wird.

Nicht nur, weil diese Informationen so wichtig für mein Projekt sind, sondern auch, weil meine ach so perfekte Schwester mir gerade ihre schwache Seite gezeigt hat, tue ich etwas, was selten vorkommt: Ich nehme sie in den Arm und drücke sie fest.

Die Haustür, die gerade geöffnet wird und dann wieder energisch ins Schloss fällt, beendet diesen außergewöhnlichen Moment der schwesterlichen Innigkeit: Burkhardt. Ehemann, Vater, Ernährer, Rechtsanwalt, Schwager und Konsument im Vorstadt-Einkaufszentrum. Oder kurz gesagt: ein genervter Kerl Mitte vierzig mit Kohldampf und dünnen Haaren.

»Hallo Liebling«, begrüßt meine Schwester ihn liebevoll und strahlt den miesepetrigen Herrn Gemahl an, »wie schön, dass du so zeitig da bist. Heute ist Paarabend in der Schwangerschaftsgymnastik. Friederike bleibt bei den Kindern.«

Doch Burkhardt verzieht das Gesicht. »Nicht schon wieder. Sorry, Johanna, aber ich persönlich erinnere mich noch lebhaft an die letzten vier Geburten. Wie du atmen sollst, wie ich deinen Rücken massieren darf, was wann passiert – ich habe es nicht vergessen. Ich kann mein geburtsbezogenes Wissen jederzeit abrufen, auch mitten in der Nacht. Wenn es dir etwas bringt, bei jedem Kind wieder diesen dämlichen Kurs zu besuchen, bitte sehr. Aber ich bin müde, ich streike.«

Wow. So viel habe ich meinen werten Schwager noch nie am Stück reden hören. Johanna wohl auch nicht. Sie ist fassungslos. Aktiven Widerstand ist sie nicht gewohnt.
Johanna starrt Burkhardt an. Burkhardt schaut auf seine Füße. Ich an die Decke. Offenbar einen Moment zu lang. Denn als ich meinen Blick wieder schweifen lasse, wird mir klar, dass zwei Augenpaare in eine Richtung starren: auf mich.
»Hast du nicht vielleicht Lust, mich zu begleiten?«, fragt Johanna.
»Super Idee«, erklärt Burkhardt nickend. »Dann bleibe ich bei den Kindern und du, Johanna, bist nicht allein beim Paarabend.«
Wie bitte? Ich als Begleitperson beim Partnerabend der Schwangerschaftsgymnastik? Du liebe Zeit!
Andererseits: So eine Chance kommt so schnell nicht wieder. Die einzigartige Möglichkeit, in eine Geheimwelt hineinzuschnuppern, die mir ansonsten für immer verborgen bleiben würde. Immerhin steht für mich als Scheinschwangere auch bald die eine oder andere Bemerkung zum Thema Geburtsvorbereitung an. »Klar, ich bin dabei!«, sage ich.

Kapitel 13

Pottwalturnen

Gehörten Sie früher im Sportunterricht zu den Ersten, die in eine Mannschaft gewählt wurden? Oder durften Sie als Kapitän möglicherweise sogar selbst bestimmen, wem diese Ehre zuteilwurde? Schön für Sie! Nun, ich jedenfalls war diejenige, die bis zum Schluss dastand und mit verschämtem Blick in Richtung Hallenboden stumm darauf wartete, welches Team mich unter Murren aufnehmen würde. Zuweilen zog man mir sogar die dicke Astrid vor, die so unbeweglich war wie ein Ohrensessel. Denn wenn man, wie Astrid, rund und regungslos am Spielfeldrand herumstand, richtete man wenigstens keinen Schaden an.

Anders als ich.

Vor allem, wenn ich mich ganz besonders anstrengte, um zu beweisen, dass ich doch gar nicht so unsportlich war. So manches Mal stand ich meinen Mannschaftskameradinnen im entscheidenden Moment im Weg und verhinderte Torerfolge unseres Teams. Oder ich schoss Eigentore, machte Schrittfehler, beging Fouls, bescherte dem gegnerischen Team Freiwürfe, Siebenmeterwürfe und Strafecken. Ganz gleich, ob Handball, Volleyball, Basketball, Fußball oder Hallenhockey: Ich war ein hoffnungsloser Fall.

Dem Himmel sei Dank gehören die Schulsportstunden meines Lebens längst der Vergangenheit an. Ich habe sie wider Erwarten überlebt und hinter mir gelassen. Ohne jemals bewiesen zu haben, was für eine Sportskanone theoretisch in mir steckt …
Doch das muss nichts bedeuten: Noch ist nicht aller Tage

Abend. Immerhin bin ich erst neununddreißig! Und schaffte nicht gerade neulich ein Hundertjähriger einen Marathonlauf? In der Zeitung stand, er habe erst mit neunundachtzig zu laufen begonnen. Mir bleibt also noch viel Zeit!

Aber jetzt erst einmal Pottwalturnen, wie ich die Leibesertüchtigung werdender Mütter bisher im Stillen genannt habe. Aus Solidarität – und um im Kollegenkreis demnächst aus erster Hand von angeblichen Geburtsvorbereitungserlebnissen berichten zu können – werde ich selbstverständlich sämtliche Übungen höchstselbst mitmachen. Mit der Beweglichkeit brütender Kugelbauchweiber, die unter Ischiasbeschwerden, Hohlkreuz und Wassereinlagerungen in den Füßen leiden, werde ich es ja wohl locker aufnehmen können! Und dabei gleichzeitig ihr Verhalten studieren: Über welche Themen tauschen sie sich untereinander aus? Welche Schlüsselworte bringen ihre Augen zum Leuchten? Wann ziehen sie eher eine verzagte, sorgenvolle Miene? Mit anderen Worten: Ich spekuliere auf Insiderinformationen.

Ich fühle mich wie ein Zoologe, der die Möglichkeit bekommt, einen Tag lang in die Rolle des Doctor Doolittle zu schlüpfen und mit Tieren zu reden.

Schauen Sie selbst, wie sie gerade nach und nach watschelnd einmarschieren in den an Kuscheligkeit kaum zu überbietenden Gymnastikraum der Hebammenpraxis *Storchennest.*

Da ist zunächst die gertenschlanke Powerfrau mit maximal fußballgroßer Ausbeulung unter dem eleganten Trainingsgewand. Begleitet wird sie von einem schnöseligen Designerjeansträger mit randloser Brille und Pilotenarmbanduhr, auf die er jetzt schielt, als gelte es, gleich im Anschluss ein wichtiges Meeting zu erreichen. Maren und Arne. Die beiden würden eher in ein Loft oder einen kühlen Betonneubau mit Marmorböden und Möbeln aus Chrom und Leder passen als in die

Korkboden-Yogamatten-Textiltapeten-Puscheligkeit der Praxis. Kaum vorstellbar, dass ihr runzeliger Sprössling demnächst die Pinnwand der *Storchenküken* zieren wird. Leute wie Maren und Arne pflegen Pferd, Auto und Ferienhaus eher auf digitalen Datenträgern zu präsentieren als auf altmodischen Fotowänden.

Von ganz anderem Kaliber ist das nächste Paar, das mit einem lässigen »'n Abend zusammen« den Raum betritt: Mandy, eine üppige, braungebrannte Wasserstoffblondine, erscheint Arm in Arm mit ihrem goldkettchenbehängten Partner Mirko, der seinen trainingsgestählten Leib in ein etwas zu enges Muskelshirt gezwängt hat.

Oder die beiden, die sich für Partnerlook entschieden haben: Evelyn und Henning tragen dunkelblaue Trainingsanzüge und haben ernste Mienen aufgesetzt. Offenbar scheinen sie sich als Einzige der Bedeutung des Augenblicks bewusst zu sein. Ich tippe spontan auf Finanzbeamter und Realschullehrerin. Fächerkombination Religion, Erdkunde und Hauswirtschaft.

Der Raum füllt sich weiter, inzwischen sind es zwölf Paare.

Die heilige Johanna grüßt mit einem Nicken in die Runde, als wir den Gymnastikraum betreten, und wählt für uns die Matte zwischen dem Powerpärchen und den Partnerlook-Fans. Zwei der im Kreis angeordneten Yogamatten sind noch frei. Eine höchstwahrscheinlich für Marie, die Hebamme, von der mir Johanna die komplette Fahrt über vorgeschwärmt hat. Wahnsinnig sensibel sei sie, in höchstem Maße motivierend und einfach einzigartig! Ich bin sehr gespannt auf das so angepriesene Wunderweib.

Als die Herrscherin über Kreißsaal und Wochenbett jetzt den Raum betritt und uns alle mit leiser, professionell freundlicher Stimme begrüßt, bin ich fast enttäuscht. Ich hätte sie mir aufsehenerregender vorgestellt. Tatsächlich ist Marie klein,

schmal, blass und trägt ihr mittelbraunes Haar im Nacken zusammengebunden. Mit anderen Worten: Sie wirkt unspektakulär. Auf den ersten Blick jedenfalls.
Gerade hebt sie an, uns das Programm für den heutigen Abend vorzustellen, als Nachzüglerinnen eintrudeln und den letzten freien Platz in Beschlag nehmen: Eine davon sieht ganz fröhlich aus. Und eher unschwanger. Die andere trägt schwarze Umstandsklamotten, zieht eine mürrische Miene und ist ganz offensichtlich eine glühende Anhängerin der Körperschmuckbewegung. Schon auf den ersten Blick erspähe ich einen Nasen- und einen Augenbrauenring sowie diverse Tattoos bei der werdenden Mutter. Die mir vage bekannt vorkommt. Eine Erkenntnis, die mir ein mulmiges Gefühl in der Magengegend verursacht. Das sich enorm verstärkt, als ich sie mit einem Mal wiedererkenne: Es ist die Piercinglady aus dem Einkaufszentrum!
Vielleicht (hoffentlich!) erinnert sie sich nicht? Doch sie funkelt mich so wütend an, dass ich diese Hoffnung sofort begraben kann.
Da lässt mich ein Gedanke zusammenzucken: Hat sie mich dort mit oder ohne Mocky gesehen?
Für einen Augenblick halte ich vor Schreck den Atem an. Johanna mustert mich zweifelnd. »Geht es dir auch wirklich gut?«, raunt sie mir zu.
Ich nicke – und atme befreit auf, als mir einfällt, dass sich mein Kunstbauch *natürlich* im Rucksack befand, als ich der Piercingfrau in die Quere kam. Eben deshalb hatte ich sie ja überholt: um den vergessenen Rucksack mit dem wertvollen Inhalt zu retten.
Man stelle sich nur vor, er wäre gestohlen worden. Oder, noch schlimmer, dem Sicherheitsdienst des Einkaufszentrums in die Hände gefallen: *Verdächtiges Gepäckstück gesichtet. Sofort*

Laden evakuieren und Sprengstoffspezialeinheit anfordern ... Nicht auszudenken!
Marie begrüßt noch einmal die jetzt vollzählige Gruppe der werdenden Mütter mit Partner »beziehungsweise Partnerin« – wobei sie erst meiner Schwester und mir, dann Pia, der Piercingfrau, und ihrer Begleiterin zunickt. Den Gedanken, auch wir könnten für eines jener künstlich befruchteten gleichgeschlechtlichen Paare gehalten werden, finde ich ausgesprochen amüsant. Ausgerechnet die heilige Johanna, eine Spießerin vor dem Herrn!
Bevor ich dazu komme, mir weitergehende Gedanken über doppelt bemutterte Babys und die Dynamik der Gruppe zu machen, klatscht Marie überraschend resolut in ihre energischen Hebammenhände und erklärt den Ablauf des Abends: Zunächst stehen Atemübungen auf dem Programm, die dabei helfen sollen, die Wehen souveräner zu ertragen. Danach werden die Partner erfahren, wie sie ihre Frauen während der Geburt unterstützen können. Und am Ende wird geturnt. Wobei alle zum Mitmachen eingeladen sind. Ich nicke eifrig. Heute werde ich zum ersten Mal im Leben sportlich leistungsfähiger sein als meine Jugend-trainiert-für-Olympia-Schwester.

Die Atemübungen sind verstörend: Die Pottwale liegen auf dem Rücken nebeneinander und sollen in ihre *Flanken* atmen. Nicht nur in den Bauch, so wie in jedem besseren Kirchenchor, sondern bis in die Hüften und dann hinab ins Gesäß.
Ist es etwa das, was Johanna an Maries Methoden für revolutionär hält? Ich jedenfalls halte es für absurd: Haben Sie mal in Ihre Sitzfläche hineingeschnauft?
Ich schwöre, dass Johanna genau das gerade tut. Ihr Babybauch hebt und senkt sich, dass es eine wahre Pracht ist. Und sogar in der Steißregion ist Bewegung, ich schwöre!

Der Blondine gelingt es weniger gut, ihre Verdauungsorgane zur Sauerstoffaufnahme zu nutzen. Wozu auch? Wofür gibt es schließlich Bronchien, Zwerchfell und Lungenbläschen? Tapfer bemüht sich Mandy, beim Ein- und Ausatmen ihren Unterleib mit einzubeziehen. Dass ihr dabei ein zarter, fast lieblicher Darmwind entfleucht, überhört man geflissentlich.
Dann kommt die große Stunde der Partner: Mit angstgeweiteten Augen erfahren sie von Marie, warum es schlicht undenkbar ist, in der Stunde der Wahrheit zu kneifen.
»Früher durchstanden Frauen die Geburt allein, während die werdenden Väter vor dem Kreißsaal Kette rauchten. Heute ist die Entbindung ein unvergessliches Paarerlebnis, das aus der bisher gelebten Zweisamkeit eine echte Familie macht.«
Das Partnerlook-Gespann nickt synchron. Feierlich fassen sie sich an den Händen, als gelte es in wenigen Augenblicken, einander ihre Liebe durch einen Lauf über glühende Kohlen zu beweisen.
»Mit der Höchstleistung, die eine Frau vollbringt, wenn sie ein Kind zur Welt bringt, ist der Beitrag der Väter – und Partnerinnen – natürlich nicht vergleichbar«, fährt Marie leidenschaftlich fort. Zustimmendes Gemurmel von der heiligen Johanna. Deren schwangerschaftsbeseelte Miene wirkt für einen Moment regelrecht stolz, fast triumphierend.
»Aber du kannst einiges tun, um deine Partnerin zu unterstützen«, verkündet die Hebamme jetzt und lässt ihren eindringlichen Blick über die Herren der Schöpfung schweifen, die inzwischen Nerven zeigen: Dem Designerjeanstyp stehen die Schweißperlen der Anspannung auf der Stirn, der Goldkettchenkerl beißt sich auf die Unterlippe, sogar der Finanzbeamte im Trainingsanzug rutscht unruhig auf seiner Yogamatte hin und her. Nur die Freundin der Piercinglady bleibt locker und

fröhlich. Ganz nach dem Motto ihres T-Shirt-Aufdrucks »Frauenpower«.

»Und was genau kann ich tun?«, fragt der Trainingsanzug.

»Gute Frage«, lobt die Hebamme, »du kannst zunächst einmal *da sein* für deine Frau. Ihre Hand halten. Ihre Stirn kühlen. Sie anfeuern, loben, beruhigen.«

Was bin ich froh, weder ein werdender Vater zu sein noch tatsächlich schwanger. Einmal Kreißsaal und zurück muss wohl eine echte Grenzerfahrung sein. Nichts für mich!

Dem Muskelshirt ist das alles noch nicht handfest genug. Er fordert konkretere Arbeitsanweisungen. Und er bekommt sie.

»Beobachte Mandys Atmung, zähle mit, hilf ihr, im richtigen Rhythmus zu bleiben und so den Wehenschmerz besser zu ertragen. Massiere ihren Rücken. Lass sie deinen Arm grün und blau drücken während der Presswehen. Sei ein Mann angesichts des größten Naturwunders, das du dir nur vorstellen kannst!«

Oder meint sie vielleicht: Naturkatastrophe?

Der Designerjeansmann verdrängt lieber den Gedanken an die dramatischste Phase der Vaterwerdung und wendet sich dem glücklichen Danach zu.

»Worauf muss ich achten, wenn ich die Nabelschnur durchschneide?«

Marie lächelt. Ich erkenne einen Hauch Verachtung. Getarnt als Liebenswürdigkeit.

»Man wird dir eine Schere reichen, und du wirst sie durchtrennen. Keine Sorge, das schaffst du. Ist ein angeborener Reflex«, sagt sie todernst. Dann schaut Marie auf die Uhr und klatscht erneut in die Hände, als wolle sie eine Schar hypnotisierter Probanden aus ihrer Trance erlösen.

»Zum Abschluss noch ein paar gymnastische Übungen«, verkündet sie.

Pottwalturnen!

Eine Viertelstunde später sind alle in einem höheren Pulsbereich angekommen, und eine Person schnauft wie ein Walross: ich. Nach Jahren der Sportabstinenz bringen mich die sanften Herz-Kreislauf-Übungen außer Atem. Das Fußkreisen und die Stärkung der Brustmuskulatur ist anstrengender, als es aussieht, und das Schulterkreisen im Schneidersitz verursacht mir gleich zwei Krämpfe: einen im Fuß und einen im oberen Rücken. Müssten heute Abend zwei Mannschaften gewählt werden, um mit Schaumstoffklötzchen Hallenhalma zu spielen, würde ich mich nicht wundern, wenn man meinen Namen zuletzt aufriefe …

Muss ich erwähnen, dass Johanna sämtliche Übungen sorgfältig und mühelos absolviert?

Endlich ist die Tortur überstanden. Während Johanna mit Marie über das Thema Hausgeburt fachsimpelt – das ist doch hoffentlich nicht ihr Ernst! – und die Hebamme ihres Vertrauens dabei etwas von »Planschbecken im Wohnzimmer« und »Entbindung im Kreise der Großfamilie« äußert, trete ich zur Fotowand. Mehrere Dutzend Neugeborene schauen mich an. Neugierig, vorwurfsvoll, erbarmungslos. Wenige Tage oder gar nur Stunden sind sie erst alt, und doch scheinen sie mich und mein armseliges Leben auf Anhieb zu durchschauen.

Plötzlich erkenne ich auf einem der Fotos Klärchen, meine jüngste Nichte. Und ich erstarre. Denn mir wird bewusst: Diese Bäuche hier – aus ihnen werden einmal braungebrannte Blondinen, Designerjeansträger, Partnerlook-Fans, Schwestern und Brüder, Hebammen und Schwindlerinnen – wie ich. Wie aber wird meine Geschichte weitergehen? Was kommt nach dem größten meiner drei Mockys – dem dicksten Kunstbauch, wenn ich Rolf, Doreen und allen anderen bei Feronia einen Säugling präsentieren müsste? Eigentlich.

Doch das Dilemma beginnt schon lange vorher. Denn spätestens, wenn rein rechnerisch die Zeit des Mutterschutzes losgeht, müsste ich der Personalabteilung ein gynäkologisches Attest liefern. Woher nehmen, wenn nicht fälschen?

»Wollen wir uns auf den Weg machen, Schwesterherz?«, unterbricht Johanna meine Grübelei.

Ja klar, wollen wir. Sie wird schließlich zu Hause von einem liebenden Ehemann erwartet, mit dem sie noch einen Gute-Nacht-Kuhfladentee trinken wird, nachdem sie nach dem Rechten gesehen und den vier schlafenden Sprösslingen einen Kuss aufs Köpfchen gegeben hat.

Ich dagegen hänge trübsinnigen Gedanken nach und fühle mich ziemlich einsam, als ich eine halbe Stunde später meine Haustür aufschließe. Hier werde ich wohl alt werden – ganz allein. Eines Tages wird sich der Postbote wundern, warum der Briefkasten überfüllt ist. Er wird die Polizei rufen, wenn ich auch am dritten Tag in Folge auf sein Klingeln nicht öffne. Dann wird man mich finden. Dahingerafft von Herzeleid und Fettleibigkeit. Und man wird sich sehr, sehr wundern, wenn man künstliche Schwangerschaftsbäuche in mehreren Größen in meiner Kommode findet …

»Gegrüßet seist du, Kumpel!«, krächzt Barnabas mir entgegen, während Gorbatschow schmeichelnd um meine Füße streicht. Ich lache laut auf.

Einsam? Sagte ich eben, ich sei einsam?

Kapitel 14

Bauchgefühlschaos

Tag 264 vor meinem vierzigsten Geburtstag ist ein guter Tag. Mir gelingt einfach alles! Das fängt schon am Morgen an, als ich mich nach dem Duschen frisiere und urplötzlich den Dreh raushabe: Schaumfestiger, über Kopf föhnen, dann mit der dicken Rundbürste in Form bringen … Gypsy hat völlig recht: Das ist ein Kinderspiel!

Leider habe ich über zwei Wochen gebraucht, um genau das herauszufinden. Und so blieb es mir nicht erspart, vierzehn Tage lang mit einem elektrisierten Putzmopp auf dem Kopf ins Büro zu marschieren. Hocherhobenen Hauptes und getragen von der Gewissheit, dass meine neue Frisur einfach großartig ist. Theoretisch jedenfalls. Wenn mich jemand stylen würde, der es draufhat.

Nun, ab sofort habe ich es auch raus. Was bedeutet, dass sich Doreen, Tanja und Gesine ihre mitleidserfüllte Miene künftig sparen können. Ein Blick in den Spiegel verrät mir, dass ich umwerfend aussehe: Das Haar sitzt, Mocky ebenfalls, und die neue Sommertunika passt ganz hervorragend zu einer meiner inzwischen unverzichtbar gewordenen Gummibundhosen. Oliv und Lila, was für eine charmante Farbkombination!

Das nächste Highlight beschert mir Barnabas.

»Küss die Hand, schöne Frau«, begrüßt er mich, statt mir einen seiner frommen Flüche um die Ohren zu hauen. Das intensive Training der letzten Tage hat sich tatsächlich gelohnt. Und natürlich das eifrige Belohnen – oder Erpressen? – mit Kürbis-

kernen und Erdbeeren. Barnie ist ein Feinschmecker! Ein Feinschmecker mit deutlich verbesserten Manieren.

Auf dem Weg ins Büro habe ich grüne Welle. Okay, die meisten Ampeln sind gelb. Dunkelgelb. Doch ich flitze noch rasch durch und schaffe den ganzen Weg von zu Hause bis zum Feronia-Parkplatz, ohne ein einziges Mal anhalten zu müssen.

Noch ehe ich meine Bürotür hinter mir schließe, habe ich schon drei Komplimente kassiert: eins von EDV-Rüdiger, eins von Rolf, der neuerdings schon strahlt, wenn er nur Bäuche sieht, und das dritte – man höre und staune! – von Doreen. Sie lobt mein Outfit und bezeichnet meine Haartracht als »Hingucker«. Offenbar hat sie es inzwischen verkraftet, dass das gläserne Büro jetzt mir gehört. Ich nehme an, sie spekuliert auf Mutterschutz und Erziehungsurlaub, um ihr Reich zurückzuerobern.

Dann ruft mich Rolf zu sich ins Büro. Ich registriere sofort, dass etwas fehlt: das Kuhfladenaroma. Stattdessen bietet er mir, was ich nie zu hoffen gewagt hätte, einen köstlichen Rooibostee an. Dass ich das noch erleben darf!

Fröhlich verkündet mir Rolf, dass die *Aber-wenigstens*-Kampagne eingeschlagen ist wie eine Bombe! Es gibt ausnahmslos positives Feedback, die Zahl der Abschlüsse ist signifikant angestiegen, und die Umfrageergebnisse sind besser denn je.

»Gut gemacht, Friederike«, lobt er, »das bringt dir einen netten Bonus am Jahresende ein.«

Seit diesem Gespräch strahle ich über beide Ohren. Wie gesagt: Heute ist ein richtig guter Tag! Vielleicht mache ich, um ihn zu krönen, früher Feierabend und gehe ein bisschen shoppen? Oder aber ich statte Gypsy einen spontanen Besuch ab, um ihm zu demonstrieren, wie gut ich seine Stylingtipps inzwischen umsetzen kann. Bis dahin schaue ich grinsend aus dem Fenster, freue mich des Lebens und denke an kommenden Freitag. Dann nämlich steht das erste Meeting mit den Urschrey-Leuten an, um die Vermarktung der Pränatal-Police zu diskutieren. Der Erfolg der *Aber-wenigstens*-Kampagne gibt mir das nötige Selbstvertrauen, auch in diesem Fall einen eigenen Vorschlag einzubringen. Immerhin handelt es sich um *mein Baby* – und ich habe auch schon die ein oder andere Idee auf Lager …

Was meine Hochstimmung dann aber doch jäh unterbricht, ist das Klingeln meines Handys. Ich schaue aufs Display: die heilige Johanna. Darunter stehen die Uhrzeit – 14.17 Uhr – und das heutige Datum. Es ist Montag, der 6. Juni. Der Tag, an dem meine große Schwester zweiundvierzig wird.

Himmel, wie konnte ich das nur vergessen?

Ich habe Johanna versprochen, pünktlich um drei Uhr zum Nachmittagskaffee zu erscheinen. In 43 Minuten. Kann ich noch schaffen! Wenn ich mich sehr beeile. Doch wer weiß, welches Attentat Johanna jetzt auf mich vorhat? Womöglich darf ich Tante Agathe aus dem Seniorenstift abholen, noch rasch Brot im Bioladen besorgen oder etwa Kuhfladentee mitbringen.

»Grüß dich, Schwesterherz – und alles Gute!«, nehme ich munter das Gespräch an.

»Du musst mich retten«, fällt Johanna mit der Tür ins Haus, »es ist eine Katastrophe passiert: Die Buttercremetorte ist hin. Ich bin gestolpert und habe sie fallen lassen. Nichts mehr zu retten!«

Eine Katastrophe, aha. In meinen Augen gehören dazu mindestens Scherben, Verletzte, Feuer und das Technische Hilfs-

werk. Bei meiner Schwester dagegen genügt schon eine zerstörte Torte, um den Notstand auszurufen.
»Tja, dann reißt du eben eine Packung Kekse auf«, wäre jetzt *keine* passende Antwort. Denn wenn es um tadellos vorbereitete Familienfeste geht mit liebevoll arrangierter Tischdekoration und kunstvoll verzierten Torten, versteht meine Schwester keinen Spaß. Da will sie Perfektion ohne Kompromisse! Eine ruinierte Torte passt da nicht ins Bild. Schwesterliche Schadenfreude erst recht nicht.
»Du bist ja sicher schon unterwegs«, vermutet Johanna zu Unrecht, doch ich korrigiere sie nicht.
»Da kannst du doch rasch im *Café Sahne* vorbeifahren und eine neue Torte abholen, ja? Ich habe eben dort angerufen und eine reserviert.«
Mir bleibt nichts anderes übrig, als zuzusagen. Es ist schließlich ihr Geburtstag.
»Du bist ein Schatz«, jubelt die heilige Johanna, »aber bitte beeile dich, ja? Wenn du mit der Torte vor allen anderen Gästen ankommst, muss niemand von meinem Missgeschick erfahren.«
Na großartig. Und wie, bitte schön, soll ich das in einer guten halben Stunde hinbekommen? Mein Geschenk für Johanna liegt zu Hause im Regal. Doch wenn ich dort vorbeifahre, schaffe ich es unmöglich rechtzeitig zum *Café Sahne* und dann zu dem tristen Neubauviertel, an dessen Bevölkerungszuwachs Johanna und ihr Mann so eifrig mitwirken.
Da hilft nur eins: Ich muss improvisieren!
»Baue Überstunden ab, bis morgen früh«, rufe ich Doreen im Vorbeigaloppieren zu. Sie schaut mir mit offenem Mund hinterher. Bevor sie eine passende Antwort findet, fällt die Tür hinter mir ins Schloss und ich betrete mit wehenden Haaren den Fahrstuhl.

Es ist 14.26 Uhr, als ich den Wagen starte. Sieben Minuten später finde ich in unmittelbarer Nähe des Cafés einen Parkplatz. Vielleicht ist heute ja doch mein Glückstag?
Die Torte ist bereits eingepackt und abholbereit. Ich zahle und plaziere sie auf dem Beifahrersitz.
14.35 Uhr. Im Eilschritt überquere ich die Straße und betrete eines dieser kleinen, knuffigen Kaufhäuser, die erstaunlicherweise die Jahrtausendwende überlebt haben und noch nicht von hochmodernen Shoppingmalls vertrieben wurden. Hier gibt es alles – von Reißverschlüssen und Bilderrahmen bis hin zu Dessous oder Flachbildschirmen. Irgendwo zwischen Souterrain und drittem Obergeschoss ist garantiert auch ein perfektes Ersatzgeschenk für Johanna zu finden. Nur wo? Eins steht fest: Das *Vollwertkochbuch für gesunde Familien*, das zu Hause für sie bereitliegt, wird hiermit zum allerersten Weihnachtsgeschenk der Saison befördert.
14.37 Uhr. Ich entdecke die CD-Abteilung und greife spontan nach drei Scheiben mit der zurzeit angesagtesten Musik stimmgewaltiger Powerfrauen: der Französin Zaz, der Niederländerin Caro Emerald und der Britin Adele. Wenn Johanna diese großartige Musik nicht mag, ist ihr nicht zu helfen! In dem Fall behalte ich die CDs selbst und besorge ihr als Ersatz einen Entsafter. Oder einen Brotbackautomaten. Oder etwas noch Scheußlicheres, falls das überhaupt möglich ist.
Die Schlange an der Kasse ist kurz. Ich nehme noch rasch drei CD-Geschenkverpackungen mit Rosendekor dazu und bezahle. Als ich an der Jeansabteilung vorbei auf den Ausgang zuhaste, werfe ich einen beiläufigen Blick in einen Anprobespiegel – und bleibe abrupt stehen:
Du liebe Zeit! Der Bauch …
Ich habe ihn noch immer um.
Du liebe Zeit, das darf mir nicht noch einmal passieren. Doch

was nun? Mocky ausziehen, in einer Plastiktüte verstauen und im Kofferraum aufbewahren – alles kein Problem. Aber ohne den Kunstbauch wird meine Tunika aussehen wie ein Viermannzelt! So kann ich unmöglich auf einer Geburtstagsfeier aufkreuzen. Es sei denn …

Es ist 14.41 Uhr, als ich mich erneut an der Kasse anstelle. Die lustlos Kaugummi kauende Vierhundert-Euro-Kraft schaut mich an, als zweifele sie heftig an meinem Verstand, sagt aber lediglich »Zwölffuffzig«. Wortlos bezahle ich den breiten, elastischen Gürtel in einem Lilaton, der perfekt zu meiner Umstandsjeans passt und das unförmige Viermannzelt in ein figurschmeichelndes Longshirt verwandeln wird, sobald ich Mocky abgelegt habe.

Ich nehme mir nicht einmal die Zeit, das Wechselgeld in meinem Geldbeutel zu verstauen, sondern werfe es einfach in meine Handtasche. Dann reiße ich der blondierten Kassenaushilfe die Tüte mit Kassenzettel und Gürtel aus der Hand und marschiere ein zweites Mal im Stechschritt Richtung Ausgang.

Diesmal ist es nicht mein eigener Anblick im Spiegel, der mich erstarren lässt, sondern der einer Person, die das Talent besitzt, mir in den unmöglichsten Situationen über den Weg zu laufen: Pia, die schwangere Piercingfrau, lässt langsam die Sonnenbrille sinken, die sie eben anprobieren wollte, und starrt mich überrascht an. Zweifelnd blickt sie auf meinen Bauch, mustert stirnrunzelnd mein Gesicht und macht einen Schritt auf mich zu. Zweifellos hat sie mich erkannt. Und durchschaut?

Sie nähert sich. Noch liegen etwa zehn Meter Abstand zwischen uns. Ich muss sie aufhalten! Oder noch besser: ihr zuvorkommen. Sie davon überzeugen, dass ich definitiv *nicht*

Friederike Engelbrecht bin, die Umkleidekabineneroberin und Schwester der heiligen Johanna aus dem Pottwalturnen, sondern eine Doppelgängerin. Eine Doppelgängerin im siebten Monat.

14.45 Uhr. Noch fünf Meter trennen uns. An normalen Tagen würde ich im Erdboden versinken. Oder flüchten. Oder um Gnade und Verständnis flehen. Nicht jedoch heute: Glückstage zeichnen sich dadurch aus, dass einem im rechten Moment die rettende Idee einfällt:

Ich reiße meine Handtasche auf, greife nach meinem Handy und tue so, als nähme ich einen Anruf entgegen. Und zwar mit einer tiefen, rauhen Stimme, die eher an die von Barnabas erinnert denn an meine eigene. Und vor allem in einer Sprache, die Pia, die Piercingfrau, garantiert nicht versteht. Das weiß ich genau – weil ich sie mir nämlich just in diesem Moment ausdenke.

»Mocky?«, säusele ich, warte einen Moment ab, als lauschte ich der Antwort des imaginären Anrufers, und reagiere darauf dann mit einem heiseren Schwall auf Esperanto à la Friederike:

»Mocky natale, gürri-telli barnie. Noi, hoi, ultra.«

Pause. Die Piercinglady zögert.

»Subitella lila, cevapcici oliva. Feronia.«

Sie zuckt mit den Schultern und dreht ab.

Hat sie es gefressen? Ganz gleich, ob sie mich für wahnsinnig oder für eine baskische Muttersprachlerin hält: Ich tue so, als beachtete ich sie nicht, und marschiere schnurstracks an ihr vorbei – mit verruchter Reibeisenstimme und zum Abschied *»Benedei, Mocky-Soave«* hauchend. Und schon bin ich draußen.

Das war knapp!

Und jetzt: Nichts wie weg. Als ich meinen Wagen starte, ist es 14.47 Uhr. Nicht mehr viel Zeit. Einen guten Kilometer weiter halte ich auf einem Parkplatz hinter einer Hecke an, um mich heimlich in eine Nichtschwangere zurückzuverwandeln. Mocky wandert in eine der Einkaufstaschen, die ich zum Glück immer dabeihabe. Der Gürtel passt wie angegossen. Ich reiße noch schnell das Preisschild ab und fahre los – sämtliche Geschwindigkeitsbegrenzungen ignorierend …

Um 14.55 Uhr stößt Johanna die Haustür auf, entreißt mir mit einem unterdrückten Jauchzen die Tortenschachtel, haucht mir ein Küsschen auf die Wange, bezeichnet mich als »rettenden Engel« und verschwindet mit der verräterischen Verpackung in die Küche, noch bevor ich meine Glückwünsche loswerden kann. Wenig später balanciert sie im Watschelgang die hochkalorische, perfekte Kreation aus der Backstube des *Café Sahne* auf einer ihrer Villeroy-und-Boch-Kuchenplatten ins Wohnzimmer, wo die prächtige Kaffeetafel gedeckt ist. Die Buttercremetorte schließt die einzige noch vorhandene Lücke zwischen einer mehrstöckigen Mokkatorte und der Erdbeer-Biskuit-Rolle, für die Johanna berühmt ist. Wohingegen ich lediglich dafür berühmt bin, auf Festen dieser Art von jeder Tortensorte je ein ganzes Stück zu schaffen.

Doch in diesem Jahr muss ich die versammelte Gästeschar bitter enttäuschen: Nach zwei Stücken ist Schluss. *Rien ne va plus.*

Ich hab's nicht mehr drauf!

»Ich habe Tante Fritz besiegt«, jubelt Simon-Pascal mit vollem Mund, wofür er von Johanna einen tadelnden Blick und von seinen Geschwistern tosenden Applaus erntet. Ich bin eine faire Verliererin und gratuliere ihm herzlich, wofür mich Johanna ebenfalls böse anfunkelt.

Doch dann wechselt Madeleine, Johannas distinguierte Schwiegermutter, das Thema: »Friederike, Liebes, verrätst du dein Diät-Geheimnis?«

Ich bin perplex: Diät? Seit Wochen bin ich damit beschäftigt, runder auszusehen, als ich tatsächlich bin. Sieht man mir etwa schon an, dass ich – quasi aus Versehen – ein paar Kilo abgespeckt habe? Das muss an dem figurbetonenden Gürtel liegen.
»Tante Fritz wird immer dünner und Mami immer runder«, stellt Klärchen fest und bringt die komplette Kaffeetafel zum Lachen. Ich ergreife die Gelegenheit, aus dem Fokus der Aufmerksamkeit zu verschwinden, und helfe Johanna dabei, das schmutzige Geschirr abzutragen. Während Madeleine mit Tante Agathe ein Likörchen schlürft und die Kinder mit Großonkel Kunibert herumalbern, der zum einhundertsten Mal in der Geschichte der Familienfeste seinen Zaubertrick mit der verschwundenen Geldmünze vorführt, räume ich Teller und Tassen in die Spülmaschine. Johanna richtet derweil Mitnehmpäckchen für die Gäste und verstaut die übrigen Tortenreste dann in einem Frischhaltecontainer im Kühlschrank.
Beiläufig erkundige ich mich nach ihrem Befinden. Hat sie schon Senkwehen? Wird der Bauch ab und zu hart? Wie fühlt sich das an? Mein theoretisch angelesenes Wissen muss schließlich mit authentischen Erlebnisberichten unterfüttert werden, wenn ich meine Rolle als Scheinschwangere bis zum bitteren Ende durchziehen will.
Davon ahnt mein Schwesterherz natürlich nicht das Geringste. Ihrem mitfühlenden Blick entnehme ich, dass sie mein plötzlich erwachtes Interesse an der Mutterschaft auf eine ganz normale Torschlusspanik angesichts meines bevorstehenden vierzigsten Geburtstags zurückführt.
Lächerlich. Einfach lächerlich!

Nach dem Kaffeetrinken verschwinden die Kinder in ihren Zimmern, und Burkhardt, der zur Feier des Tages schon vor Sonnenuntergang nach Hause kommt, übernimmt freiwillig

den Seniorentransport: Tante Agathe muss um 17 Uhr zurück im Seniorenheim sein, und Großonkel Kunibert, auf den niemand wartet und der eigentlich lieber noch bleiben würde, wird bei dieser Gelegenheit ebenfalls hinauskomplimentiert.
»Damit Burkhardt nachher nicht noch einmal los muss«, erklärt Johanna.
Ich verkneife mir die Bemerkung, dass ich Großonkel Kunibert später sehr gern mitnehmen könnte, denn mir schwant, dass dieser Hinweis nicht besonders gut ankäme. Der leutselige Greis passt nicht zur feinen Gesellschaft, die jetzt zu Cocktails und Kanapees erwartet wird: Die Neubaugebiets-Nachbarn tragen ihre spitzen Nasen so hoch, dass ich für einen Moment die Seniorenriege beneide, der dieser Teil der Veranstaltung erspart bleibt. Doch als ich die sich wölbenden Bäuchlein unter den schmalen Etuikleidern sehe, beschließe ich, diese Chance auf Zielgruppenbeobachtung in freier Wildbahn nicht ungenutzt vorbeiziehen zu lassen.
Die Nachbarn zur Linken, der Oberstudienrat und die Kindergartenleiterin, sind als Einzige noch kinderlos. Sie schwärmen von Kreuzfahrten und Musicalreisen.
Währenddessen tauscht sich die Gattin des Notars von gegenüber mit der des Bauunternehmers von rechts nebenan über Frühförderung aus. Ich erfahre, dass Kinder eventuell klüger werden, wenn sie bereits im Mutterleib mit klassischer Musik und Fremdsprachen beschallt werden.
Die Männer plaudern derweil über neue, hochpreisige Automodelle und ihr Golfhandicap.
Johanna berichtet vom Pottwalturnen und dass ich sie am Partnerabend begleitet habe. Ich lächele dezent, als Johanna glucksend von der Partnerübung erzählt, bei der ich hinter ihr knien und zärtlich ihr Heck stützen musste, während sie den Oberkörper weit nach vorne dehnte.

Allgemeines Gelächter quittiert diesen aus meiner Sicht mäßig amüsanten Bericht. Ich selbst habe ganz andere Szenen dieses Abends in deutlich vergnüglicherer Erinnerung.
Als sich die Herren der Schöpfung einem exklusiven Single Malt zuwenden und die Damen sich über zuverlässige Babysitter, Gärtner und Putzperlen austauschen, muss ich innerlich grinsen. Die Szene erscheint mir dermaßen loriotesk, dass mich ein Satz wie »Meine Frau reitet jetzt halbtags« nicht wirklich wundern würde.
Dann erkläre ich meine Recherche für beendet. Ich kann diese Leute einfach nicht länger ertragen. Und so verschwinde ich unauffällig, um meinen Nichten und Neffen eine gute Nacht zu wünschen. Klärchen und Klein Leon schlafen schon, S.-P. verfasst gerade einen Tagebucheintrag über seinen historischen Sieg gegen mich beim Tortenwettessen, und Sophie überredet mich dazu, ihr eine Gutenachtgeschichte zu erzählen. Ich setze mich auf den Rand ihres Bettes und fabuliere eine wirre Story rund um eine Fee, die alle großen Leute in Topfpflanzen verwandelt, sobald sie zu streng zu Kindern sind oder langweilig daherreden über öde Erwachsenenthemen. Je langweiliger das Gerede, desto stacheliger die Pflanze.
Anstatt müde zu werden und einzuschlafen, muss Sophie darüber sehr lachen. Zum Glück ertappt mich die heilige Johanna nicht dabei, wie ich im Kinderzimmer für Gegacker anstatt für Ruhe sorge. Sonst würde sie mir Vorträge darüber halten, dass ich ihr Erziehungskonzept untergrabe, und das erspare ich Ihnen und mir lieber!
Überhaupt erspare ich uns den Rest dieser Feierlichkeit und beschließe, mich unauffällig aus dem Staub zu machen. Hier wird mich niemand vermissen – im Gegensatz zu Barnabas und Gorbatschow, den treuen Seelen, die mich gewiss schon

sehnsüchtig erwarten. Auch Tierliebe geht schließlich durch den Magen.

Bevor ich mich erheben kann, schlingt Sophie ihre zarten, kleinen Arme um meinen Hals. »Du wärst bestimmt eine Wucht als Mutter, Tante Fritz«, sagt sie, als sie mir einen Abschiedsschmatzer auf die Wange gibt. »Schade, dass du keine Kinder hast.«

Kapitel 15

Sunday Morning Call

Wenn man von sprechenden Bäuchen träumt, die einen quer durch Kaufhäuser, über Golfplätze und im Slalom um fleischfressende Topfpflanzen herum verfolgen, dann ist es eine wahre Wohltat, aufgeweckt zu werden! Auch wenn es unsanft ist – und das Ganze an einem Sonntagmorgen stattfindet …

Barnabas, der auf meinem Nachttisch thront und mir ins Ohr kläfft wie ein wild gewordener Terrier mit Appetit auf Briefträgerfilet, ist mir immer noch lieber als mein Alptraum.

Schweißgebadet öffne ich meine müden Augen wenigstens so weit, dass ich die Uhrzeit vom Display meines Radioweckers ablesen kann. Fünf Uhr fünfundfünfzig. Schnapszahl, denke ich und drehe mich zufrieden auf die andere Seite. Noch schöner, als sonntags ausschlafen zu dürfen, ist nur die bodenlose Gemütlichkeit, die einen bei der Erkenntnis überkommt, dass man liegen bleiben darf.

Ich lasse mich voller Genuss wieder in einen entspannten Halbschlaf sacken. Ein Glücksmoment, den ich ohne Barnies dämliches Gebell verpasst hätte. Ich sollte ihm wohl dankbar sein, dem närrischen Vogeltier … Warum er zur Abwechslung mal wieder gebellt hat, statt mich mit einem seiner derb-frommen Sprüche zu beglücken, werde ich wohl nie erfahren. Ich will jetzt nicht über das seltsame Verhalten meines Papageien grübeln, sondern schlafen. Einfach nur schlafen.

Von diesem frommen Wunsch ahnen Liam und Noel Galla-

gher natürlich nicht das Geringste. Und ich möchte wetten: Selbst wenn sie es täten, würde es sie einen Dreck kümmern. Im Gegenteil – gewiss wäre es ihnen ein diebisches Vergnügen, mich erneut aufzuwecken. *»Here's another Sunday morning call«*, dringt an mein Ohr. Haha. Wie ausgesprochen passend. Da hat aber ein Musikredakteur Humor bewiesen! Wütend darüber, dass es mit der Gemütlichkeit nun ein Ende hat, schalte ich den Radiowecker aus, obwohl ich den Oasis-Song eigentlich mag. Dabei drängt aus den hintersten Windungen meines Bewusstseins ein Gedanke in den Vordergrund: Moment – warum hat sich das Gerät überhaupt eingeschaltet, heute, am Sonntag?
Als mir klarwird, dass ich wohl höchstselbst gestern Abend die Weckautomatik aktiviert habe, entfährt mir ein Fluch, der auch den Gallagher-Brüdern zur Ehre gereicht hätte. (Und den ich daher hiermit zensiere. Stellen Sie sich an dieser Stelle einfach den deftigsten Kraftausdruck vor, den Sie so in Ihrem Repertoire haben.)
Das Ärgerlichste, wenn man selbst schuld ist: Es gibt noch nicht einmal einen Sündenbock, den man beschuldigen könnte …

Seufzend stehe ich auf, schlurfe in die Küche und schalte die Kaffeemaschine an. In diesem Moment klingelt das Telefon. Wer wagt es, um diese unchristliche Zeit bei mir anzurufen?
»Ricky, hey, du bist ja schon wach«, kichert es albern aus dem Telefonhörer. Carla!
»Nein, ich schlafe noch tief und fest, du sprichst mit meinem Anrufbeantworter«, scherze ich lahm.
Carla amüsiert sich königlich darüber und kann sich fast nicht beruhigen. Woraus ich messerscharf schließe, dass meine Freundin nicht ganz nüchtern ist. Rasch rechne ich aus,

wie spät es jetzt in Sydney ist: Viertel nach vier am Nachmittag. Eine rustikale Uhrzeit, um dermaßen angeschickert zu sein!

»Seit wann feierst du denn?«, frage ich gähnend. Möglicherweise ist in Australien inzwischen das klassische Sektfrühstück in Mode gekommen und wird von besonders Hartgesottenen bis zum frühen Abend ausgedehnt ...

»Seit gestern Abend«, kichert Carla. Sydney scheint ein Paradies für Lebenskünstler zu sein. »Wir hatten Barbie mit Verlängerung.«

»Barbie? Ein Puppenfest?«

»Scherzkeks. Barbie ist ein Barbecue. Hier in Oz wird alles abgekürzt. Chokkie ist Schokolade und Chrissie Weihnachten, Mozzies sind Moskitos und Oldies die Eltern.«

System verstanden. Die Aussies sind also die Schweizer der Südhalbkugel. Ich finde die australischen Kurzformen genauso schräg wie die der Eidgenossen, die »Grosi« sagen statt Großmutter, »Nati« statt Nationalmannschaft und »Ufzgi« statt Hausaufgaben. Wäre interessant zu erfahren, was man Down Under zu Müsli sagt.

»Fabelhafter Abend, grandioser Tag – das Einzige, was fehlt, ist meine beste Freundin«, fasst Carla ihr Wochenende zusammen. Ich fühle mich ein wenig geschmeichelt, dass sämtliche Attraktionen Australiens sie nicht vollends über unsere Trennung hinwegtrösten können.

Carlas blendende Laune färbt auf mich ab. Ich erzähle ihr, dass mir hier in good old Germany ein herrlicher Sommertag bevorsteht.

»Großartig, ein deutscher Sommersonntag«, schwärmt Carla mit einem winzigen Hauch von Heimweh in der Stimme. Oder bilde ich mir das bloß ein? Wahrscheinlich, denn schon ist sie wieder bester Laune und fragt aufgekratzt: »Na, was hast du heute vor? Schwimmbad, Baggersee, Altstadtfest, Picknick im Park?«

»Och nö«, antworte ich ausweichend, »ich mache es mir lieber im Garten gemütlich.«

Carla stutzt. »Im Garten? An einem Tag wie heute? Das ist jetzt nicht dein Ernst.«

Doch. Ist es. Zwangsläufig.

»Mir bleibt nichts anderes übrig«, verteidige ich mich, »man könnte mich sehen.«

»Ja und?«

»Du verstehst nicht ... Mit Bauch kommen Schwimmbad und Baggersee sowieso nicht in Frage. Ohne aber auch nicht: Was, wenn ich Doreen, Gesine, Tanja oder sonst jemanden aus der Feronia-Versicherung dort treffe? Umgekehrt ist es genauso: Nicht auszudenken, wenn ich *mit* künstlichem Babybauch übers Altstadtfest schlendere und dort der heiligen Johanna begegne ...«

Carla brüllt vor Lachen, als ich ihr zur Verdeutlichung meines Dilemmas schildere, wie ich neulich im Kaufhaus der Piercingfrau aus dem Pottwalturnen gegenüberstand und um ein Haar enttarnt worden wäre. Vor allem meine Rettung in letzter Sekunde durch das fingierte Telefonat in Nonsenssprache ist Quell ihrer Heiterkeit.

Ich seufze. So gern ich auch mit Carla plaudere – wenn sie in Kicherlaune ist, kann ich wohl kaum ernstzunehmende Tipps von ihr erwarten.

Na, immerhin amüsiert sich eine von uns beiden.

Doch dann schlägt Carla, beschwipst wie sie ist, ernstere Töne an.

»Wann machst du endlich Schluss mit dem Schmierentheater? Diese Schwangerschaftsprothese bringt kein Glück, glaub mir.«

»Prothese? Na hör mal, du redest von Mocky!«, empöre ich mich.
»Egal, wie du sie nennst, du reitest dich immer tiefer in diese Sache hinein. So langsam wird es Zeit, dir zu überlegen, wie du da wieder rauskommst«, fährt Carla ungerührt fort.
Sehr komisch! Soll ich etwa kündigen bei Feronia und bei Nacht und Nebel heimlich die Stadt verlassen? Ehrlich gesagt ist das die einzige Lösung, die mir einfällt.
Carlas Vorschläge dagegen sind von ganz anderem Kaliber: »Fehlgeburt, Totgeburt, Schwangerschaftsvergiftung – such dir was aus.«
»Unmöglich, das kann ich nicht tun. Ich käme mir vor wie eine Mörderin«, wehre ich entsetzt ab.
»Du sollst nicht töten, Sack Zement«, pflichtet Barnabas mir bei. Zum Dank für diese unerwartete Unterstützung belohne ich ihn mit einer großen, saftigen Erdbeere, die er gurrend verzehrt.
Carla lässt meine Einwände nicht gelten.
»Viel Zeit bleibt dir nicht mehr, bis das Spiel sowieso aus ist.« Dann rechnet sie es mir vor.
»Heute ist Sonntag, der 3. Juli. Rein rechnerisch müsste die Geburt deines erfundenen Kindes Anfang September stattfinden«, klärt sie mich auf. »Das sind gerade mal zwei Monate.«
Eben. Sie sagt es. Ganze zwei Monate. Das sind mehr als acht Wochen!
»Noch ewig Zeit«, behaupte ich. »Mir fällt schon noch rechtzeitig eine Lösung ein.«
»Pah!«, spottet Carla. »Dir fällt ja noch nicht einmal ein, wie du dir heute einen schönen Tag in der Stadt machen könntest, ohne in die Bauch-Bredouille zu kommen.«
Statt einen brauchbaren Vorschlag zu liefern, bricht sie wieder in einen Lachkrampf aus. Ich halte den Hörer ein wenig vom

Ohr entfernt, damit ich ihr Prusten nicht in voller Lautstärke abkriege, und warte, bis sie sich halbwegs beruhigt hat.
»Den Trick solltest du ausbauen«, japst Carla schließlich. Wahrscheinlich wischt sie sich gerade die Lachtränen von den Wangen.
Ich teile ihr mit, dass ich nicht die geringste Ahnung habe, wovon sie da redet.
»Na, von diesem Kauderwelsch-Trick neulich im Kaufhaus. Das ist es doch: Einfach so tun, als ob du nicht du selbst wärst.«
»Soll ich etwa durch die Lande laufen und in Phantasiesprache vor mich hin schwadronieren?«, frage ich zweifelnd. »Damit steigt die Wahrscheinlichkeit, dass man auf mich und meinen Bauch – oder Nicht-Bauch – aufmerksam wird, doch ins Unermessliche.«
»Unsinn, vergiss dein Esperanto fantastico«, erklärt Carla, »es geht darum, dich als eine andere auszugeben. Und wie macht man das für gewöhnlich?«
»Ähm – indem man sich verkleidet?«, rate ich.
»Exakt. Indem man sich verkleidet«, bekräftigt Carla.
Indem man sich verkleidet.
Das ist einfach genial! Dass ich darauf nicht längst schon gekommen bin …
»Carla, du klügste aller Freundinnen«, jubele ich, »du hast meinen Tag gerettet!«

Auf dem Dachboden steht Urömchens Faschingskiste, und wenn mich nicht alles täuscht, enthält die unter anderem mehrere Perücken, die einmal richtig teuer waren. Urömchen war eine leidenschaftliche Karnevalistin, und mit minderwertigen Billigprodukten hat sie sich nicht abgegeben.
Es ist nicht so einfach, die sperrige Kiste allein die steile Leiter

hinunterzubalancieren, als einzige Lichtquelle die Taschenlampe zwischen den Zähnen. Ich sollte hier oben dringend eine anständige Beleuchtung installieren lassen!
Zwanzig Minuten später bewundere ich meine Erscheinung im Spiegel. Die schwarze Langhaarperücke verwandelt mich in eine völlig fremde Frau! Mit Puder decke ich meine Sommersprossen ab. Dazu ein pinkfarbener Lippenstift, den ich im wirklichen Leben niemals wählen würde, und eine Sonnenbrille – schon bin ich zu hundert Prozent inkognito. Im Schrank hängt ein dunkelblaues Sommerkleid, das ich mir vor Jahren einmal im Versandhandel bestellt habe. Es ist noch ungetragen, weil es mir von Anfang an zu eng war. Doch statt es zurückzuschicken, behielt ich es in der Hoffnung, eines Tages schlank genug dafür zu sein. Was erfahrungsgemäß nie passiert. Doch immerhin habe ich in den letzten Wochen ein wenig abgespeckt – es kommt also auf einen Versuch an.
Das blaue Kleid passt wie angegossen. Mein alltägliches Ich sieht in dieser Farbe nicht übel aus, doch der Frau im Spiegel mit der schwarzen Mähne und dem kräftigen Lippenstift steht das intensive Blau um Längen besser!
Um mein Ebenbild vollends zu verfremden, schmücke ich meinen linken Oberarm noch mit einem Klebetattoo, das Sophie mir neulich geschenkt hat. Ein feuerspeiender Drache.
In diesem Aufzug würde selbst Carla mich nicht erkennen. Nur eben noch die Tiere versorgen, dann mache ich mich auf den Weg …
Während ich Gorbatschows Napf fülle und Barnies Körner richte, fällt mir ein, dass mich mein Auto verraten könnte. Ich sollte lieber mit der Straßenbahn fahren oder mit dem Fahrrad. Ja, warum eigentlich nicht? Urömchens bequemes Hollandrad steht im Schuppen. Ich müsste höchstens noch die Reifen aufpumpen, und schon kann's losgehen.

Eine Viertelstunde später steht das fahrtüchtige Vehikel im Garten. Ich muss lachen, als ich mich im Fenster spiegele. Schwarze Mähne, neues Kleid, ungewohntes Fahrrad – was für ein fremder Anblick! Eigentlich sollte ich davon ein Erinnerungsfoto machen und die Aufnahme dann an Carla mailen.
Gesagt, getan. Ich bringe erst meine Digitalkamera auf dem Fensterbrett in Position und dann mich selbst neben Urömchens Rad. Der Selbstauslöser ist aktiviert. Mit lauten Piepstönen signalisiert er den Countdown, ich grinse und winke, dann ist die Aufnahme im Kasten.
Im gleichen Moment klingelt erneut das Telefon. Typisch Carla! Sicher ist ihr noch eine abstrusere Idee eingefallen, die sie mir unbedingt mit auf den Weg geben will. Verrückte Nudel.
»Here's another Sunday morning call«, intoniere ich mehr schlecht als recht, während ich zur Telefonstation tänzele.
»Guten Morgen, Friederike, ich hoffe, ich habe dich nicht geweckt.«
Die heilige Johanna. Sie hat es wirklich raus, mich mit ihrem Timing für unerwartete Anrufe aus dem Konzept zu bringen.
»Kein Problem, ich bin längst wach«, antworte ich ein wenig ungeduldig. Wenn Johanna glaubt, ich stünde als Babysitter zur Verfügung, hat sie sich gewaltig getäuscht.
»Magdalena ist schon unterwegs, sie bleibt bei den Kindern«, verkündet meine Schwester seltsam atemlos, »aber Burkhardt schafft es wohl nicht pünktlich, er ist auf einer Fortbildung in München. Würdest du bitte schnell herkommen und mich begleiten?«
»Dich begleiten? Wohin denn?« Ins Theater, die Kirche, den Park?

»Ins Krankenhaus natürlich. In den Kreißsaal. Es geht los!«
Oh.
Ooooooh!
Oh, nein.
Auf keinen Fall. Das tue ich auf gar keinen Fall!
»Bin schon unterwegs.«

Kapitel 16

Das große Pressen

Ich brauche zehn Sekunden, um mir die Perücke vom Kopf zu reißen und mit einer Serviette den pinkfarbenen Lippenstift abzuwischen.

Weitere zehn Sekunden dauert die Suche nach meiner Handtasche, die alles enthält, was man so braucht als Zeugin einer Geburt: Traubenzucker, falls die Kräfte schwinden, Papiertaschentücher, um den Schweiß von der Stirn zu tupfen – oder die Tränen der Rührung aus den Augen –, und Bargeld, um den Krankenhauskiosk leer zu kaufen, falls es länger dauert. Ich bin also bestens gerüstet.

Johanna ist es sowieso. Ihr kleines Reiseköfferchen, das schon bei den ersten vier Kindern im Einsatz war, steht seit der fünfunddreißigsten Schwangerschaftswoche fertig gepackt bereit.

Schließlich kostet es mich weitere sieben Sekunden Überwindung, tatsächlich aufzubrechen.

Eine Geburt. Ich werde eine echte Geburt erleben!

Es ist nicht zu glauben, dass ich tatsächlich in mein Auto steige und losfahre, um Johanna abzuholen. Denn eigentlich ist es das Letzte, was ich jetzt tun will. Viel lieber möchte ich im *Café am Seerosenteich* frühstücken (oder wenigstens *irgendwo*), sonnenbaden, durch den Park schlendern, einen gemütlichen Sommersonntag verleben.

Was ich definitiv *nicht* möchte: Blut sehen, Schmerzensschreie hören, ohnmächtig werden.

Ich muss mich beruhigen. Schließlich bekomme nicht ich ein

Kind, sondern meine Schwester. Ich muss lediglich ihr Händchen halten, sie ans gleichmäßige Atmen erinnern und schließlich beim Pressen anfeuern. Dürfte nicht allzu schwierig sein. Eigentlich …

Als ich an der Hebammenpraxis *Storchennest* vorbeifahre, in der ich mit Johanna beim Pottwalturnen war, wird mir plötzlich klar, dass ich heute mehr übers Kinderkriegen lernen kann als aus jedem Buch: Alles, was ich in den nächsten Stunden beobachten werde, kann ich demnächst – in acht Wochen – als meine eigenen Erlebnisse ausgeben.

Dieser Gedanke tröstet mich fast über das verpasste Frühstück hinweg. Um den letzten Rest an Bedauern zu verjagen, halte ich noch rasch beim Bäcker an der Ecke an und lasse mir Croissants, Käsebrötchen und Nussplunder in großzügiger Anzahl einpacken.

»Sonntagsausflug?«, lächelt mich die Bäckereifachverkäuferin an, die das Pech hatte, die Wochenendschicht abbekommen zu haben.

»Sozusagen«, erwidere ich knapp und gebe ihr als Entschädigung für meine Wortkargheit einen Euro Trinkgeld.

Johanna ist so gut wie reisefertig. Ihre Tasche steht bereit, und sie ist dabei, noch rasch eine detaillierte Checkliste für den Babysitter zu schreiben. Gerade notiert sie das Rezept für den Sellerie-Dinkel-Auflauf, den sie nun leider nicht mehr selbst zubereiten kann, bevor das nächste hungrige Mäulchen das Licht der Welt erblickt. Einmal hält sie kurz inne, schließt die Augen und atmet in den Bauch – nein, in die Flanken.

»Eine Wehe?«, frage ich beunruhigt.

Johanna nickt. »Eine leichte.«

Gänsehaut! Es wird tatsächlich ernst. Da hilft es nichts, dass Johanna so tut, als wäre das Kinderkriegen eine Lappalie. Darauf falle ich nicht herein. Das wird gleich noch richtig, richtig krass, wetten?

Während der zwanzigminütigen Fahrt zur Klinik hat Johanna drei weitere Wehen. Sie behauptet, das sei alles noch nicht dramatisch. Während ich fieberhaft überlege, wie ich mich auf offener Straße wohl als Sturzgeburtshelferin bewähren würde, schreibt meine Schwester völlig unaufgeregt SMS-Nachrichten an Burkhardt, der inzwischen in einem Megastau zwischen München und Augsburg steckt.

In der Klinik wird die Mutter der Nation mit Handschlag begrüßt. Man kennt ihren Namen und den ihrer Kinder. Ich werde als Burkhardt-Ersatz kommentarlos hingenommen, woraus ich schließe, dass sich mein Schwager bei den bisherigen Entbindungen nicht gerade unentbehrlich gemacht hat. Was mich wiederum ziemlich beruhigt: Wenn der Kindsvater zur Geburt der Kinder eins bis vier eher wenig beigetragen hat, dann wird man auch von mir bei Nummer fünf nicht viel mehr als reine Anwesenheit erwarten.

Die Tür zum Kreißsaal fliegt auf, und Marie stürzt herein, die Hebamme. Sie umarmt die heilige Johanna inniglich und versichert ihr, dass zehn Tage vor dem errechneten Termin noch absolut im normalen Rahmen sei, sie solle völlig unbesorgt sein. Johanna *ist* unbesorgt – nämlich die Ruhe selbst. Ich habe fast den Eindruck, dass sie es ist, die Marie beruhigt, nicht umgekehrt. Ich selbst werde weitestgehend ignoriert. Was mir nicht unrecht ist.

Dann verschwindet Marie, um sich umzuziehen, und ich bin für einen Moment mit Johanna allein. In diesem Moment platzt ihre Fruchtblase …

Ich erfahre, dass auch dieses Ereignis »völlig natürlich« ist, und lasse mich rasch beruhigen. Zumal auch Marie wieder er-

scheint – jetzt in superhygienischer kreißsaaltauglicher Hebammenkleidung. Sie untersucht Johanna und stellt fest, dass das Köpfchen in startbereiter Position im Becken sitzt, was bedeutet, dass alles in Butter ist. Sie darf aufstehen und umherlaufen. Johanna verschwindet kurz hinter einem Paravent und zieht sich um. Anschließend hakt sie sich bei mir unter und schlägt einen langen Spaziergang vor: Die »Eröffnungsphase« der Geburt sei noch im Anfangsstadium, sie müsse sich bewegen. Dann fängt sie an, von *Muttermund, Geburtskanal* und *Austreibungsphase* zu sprechen – Vokabeln, die mir mehr Angst machen als die Aussicht auf eine Wurzelbehandlung … Ich tue so, als hörte ich zu, nicke ab und zu und löse im Kopf dabei leichte Multiplikationsaufgaben, um mich abzulenken. Ich darf jetzt nicht hyperventilieren.
Wir laufen Treppen. Wir laufen durch lange Gänge. Wir laufen durch den Park. Wir laufen ins Krankenhaus-Café und trinken einen Tee. Dem Himmel sei Dank gibt es hier keinen Kuhfladentee, was Johanna zutiefst bedauert, sondern nur die klassischen Sorten. Ich entscheide mich für Pfefferminz-, sie für Früchtetee. Seltsam, dass wir Schwestern sind: Ich hasse die Säure und den faden Geschmack des Früchtetees.
Nach einer Unendlichkeit – etwa einer Stunde – sind wir wieder an der Pforte des Kreißsaals. Marie untersucht Johanna erneut und verkündet das Urteil: »Sechs Zentimeter, immerhin.«
Johanna übersteht durch tiefe Atmung eine weitere Wehe und zeigt sich recht zufrieden mit Maries Mitteilung. Sechs Zentimeter scheint gar nicht so übel zu sein, wie es sich anhört. Marie empfiehlt uns, eine weitere Spazierrunde in Angriff zu nehmen.
Und wieder laufen wir über Treppen, Flure, Wege. Immer öfter bleibt Johanna zwischendurch stehen, umklammert wahl-

weise Treppengeländer, Getränkewagen, Rückenlehnen von Parkbänken oder meinen Arm, um eine Wehe wegzuatmen. Doch sobald der Spuk vorbei ist, verhält sich meine Schwester, als sei nichts geschehen. Sie ist eindeutig entspannter als ich.
Unser nächster Zwischenstopp im Kreißsaal wird unversehens zur Endhaltestelle. Und was soll ich sagen: Ich bin verdammt stolz auf Johanna! Sie verwandelt die helle, leicht sommersprossengesprenkelte Haut meines Armes zwar in ein Meer aus grün-blau-schwarzen Bluterguss-Inseln, aber das ist ihre einzige Entgleisung. Weder flucht sie noch schimpft sie, noch klagt sie über Schmerzen.
Und dann kommen die letzten Presswehen. Ich schreie wie eine Geistesgestörte »Du schaffst das!« und »Gib alles!« – und komme mir dabei nicht einmal bescheuert vor. Kreißsaal-Erlebnisse sind Grenzerfahrungen. Auch für das Begleitpersonal …
Marie verkündet, sie sähe bereits die Haare. Ich wage nicht, ihre Aussage zu überprüfen, sondern bleibe hinter Johanna stehen. Auf die Special Effects verzichte ich gern.
Und dann höre ich ein schmatzendes Geräusch, gefolgt von einem Ploppen und schließlich ein leises Quäken, das bald in kräftiges Babyplärren übergeht.
»Du hast einen gesunden Jungen geboren«, verkündet Marie mit bewegter Stimme.
»Willkommen in unserer Familie, Noah-Mattis«, sagt die heilige Johanna matt.
Ich registriere, dass Sturzbäche von Tränen über meine Wangen rinnen. Ich habe nicht geheult bei *Jenseits von Afrika,* auch nicht bei *Titanic* oder *Philadelphia.* Aber meinen kleinen Neffen begrüße ich mit Tränen der Rührung. Und als ich ihn im Arm halte, bin ich einfach nur verzückt.
Wenn ich eines Tages von der Geburt meines eigenen Mocky-

Babys erzählen werde, dann kann ich es – was ich nie für möglich gehalten hätte – als »wunderschönes Erlebnis« bezeichnen.

Zwei Stunden später ist Noah-Mattis' Leben bereits offiziell festgehalten. Es gibt ein Dokument, das seinen Gesundheitszustand direkt nach der Niederkunft bewertet. Er trägt ein Armbändchen, das ihn zweifelsfrei identifiziert. Und es gibt ein Protokoll, das sämtliche Informationen enthält, die direkt nach seiner Geburt registriert wurden: seine Größe, sein Gewicht, seinen Kopfumfang. Als ob nackte Zahlen das unfassbare Wunder des Lebens widerspiegeln könnten!

Irgendwann ist es so weit: Johanna, inzwischen hundemüde, wird zusammen mit Noah-Mattis in ihr Zimmer verlegt. Rooming-in heißt das Zauberwort.

Mein Zauberwort heißt: Pizzaservice. Ich verlasse die Station in der wilden Entschlossenheit, mich zu belohnen. Und wie sonst sollte eine Belohnung aussehen als kalorienreich?

Nun, eine Belohnung könnte auch dunkelhaarig aussehen, grauäugig und muskulös. *So wie Cornelius Rademacher …*

Cornelius Rademacher war der umschwärmteste Kerl im ganzen Jahrgang unserer Abiturklasse. Attraktiv, klug, sportlich. Ich war von der Unterstufe an permanent in ihn verknallt – doch er hat mich nie auch nur eines Blickes gewürdigt.

Als ob der Tag nicht schon aufregend genug gewesen wäre, sehe ich ihn ausgerechnet heute wieder – zum ersten Mal seit zwanzig Jahren. Im Klinikaufzug. Ich habe einen langen Tag als Begleitperson im Kreißsaal hinter mir und er eine Sonntagsschicht in der Kardiologie. Inzwischen ist er nämlich, wie mir sein Namensschild auf dem blütenweißen Kittel verrät, Oberarzt – und attraktiver als je zuvor.

Und ich? Müde, verschwitzt, abgespannt …
»Ricky? O Mann, wie lange haben wir uns nicht mehr gesehen.«
Er erkennt mich! Er kann sich sogar an meinen Spitznamen erinnern. Ein Tag voller Wunder, wirklich.
»Ich freue mich so sehr, dich wiederzusehen«, versichert mir Cornelius. Ein Statement, das mir noch vor zehn Jahren Schnappatmung verursacht hätte. Und das mich heute lediglich ein wenig panisch werden lässt. Innerlich. Äußerlich dagegen bin ich völlig ruhig. Für lebhaftere Gefühlsregungen fehlt mir ganz einfach die Kraft.
»Ich freue mich auch«, behaupte ich einigermaßen atemlos. Cornelius lächelt freundlich, präsentiert dabei seine umwerfend maskulinen Grübchen und gibt mir das Gefühl, dass er die letzten zwei Jahrzehnte überwiegend damit verbracht hat, dieser Begegnung entgegenzufiebern. Weil er mich attraktiv, interessant und einfach hinreißend findet.
»Wir sollten mal zusammen essen gehen«, sagt Cornelius.
Du liebe Zeit: Er schlägt ein Treffen vor. *Ein Date!* Dafür hätte ich damals in unserer Schulzeit einen Mord begangen … Oder wenigstens meine Seele verkauft.
»Okay«, antworte ich so unaufgeregt es mir möglich ist, »an mir soll's nicht liegen.«
Der Fahrstuhl hält an. Ich muss hier aussteigen. Cornelius fährt noch eine Etage tiefer zum Parkdeck. Lässig überreicht er mir eine elegante Visitenkarte und hält mir dann Kugelschreiber und einen Rezeptblock hin, damit ich ihm meine Telefonnummer notieren kann. Sicherheitshalber schreibe ich auch meine Handynummer dazu.
»Ich melde mich«, ist das Letzte, was ich von ihm höre, bevor sich die Fahrstuhltür schließt.
Ich könnte die ganze Welt umarmen!

Kapitel 17

Schwindelgefühle

Noah-Mattis, mein kleiner Neffe, ist das goldigste Baby aller Zeiten. Alles an ihm ist winzig, herzig, putzig.

Aber eines Tages wird er vielleicht ein Cordhosen-Nerd sein wie EDV-Rüdiger. Oder ein launischer Chef wie Rolf, der zwar ununterbrochen predigt, ich solle mich schonen, mir aber andererseits Berge von Arbeit aufbrummt, die nur mit Überstunden zu bewältigen sind. Oder ein Kerl wie Cornelius Rademacher. Der mir erst den Kopf verdreht und dann einfach nicht anruft …

Männer!

Fast drei Wochen sind vergangen seit unserer Begegnung im Klinikfahrstuhl. Genauer gesagt: neunzehn Tage. Und an jedem einzelnen habe ich darüber nachgedacht, was ich sagen würde, wenn er sich meldet. In den ersten Tagen malte ich mir aus, wie er mich ungeduldig zu einem baldigen Treffen drängen würde. Er würde ein Candle-Light-Dinner in einem der teuersten Restaurants der Stadt vorschlagen. Und obwohl ich nichts anderes vorhätte, würde ich so tun, als passte mir sein Terminvorschlag gar nicht. Ich würde ihn zappeln lassen. Als kleine Rache für all die Jahre, in denen ich damals als Schülerin für ihn schwärmte – und er mich keines Blickes würdigte.

Nachdem eine ganze Woche vergangen war, ohne dass Cornelius etwas von sich hören ließ, nahm ich eine geringfügige Korrektur meiner taktischen Pläne vor. Natürlich würde ich sofort zusagen. Man muss das Glück festhalten, wenn es einem begegnet.

Nach der zweiten Woche wäre ich auch bereit gewesen, sofort alles stehen und liegen zu lassen und mich mit Cornelius an der nächstbesten Imbissbude zu treffen, wenn er nur anriefe. Aber er ließ nichts von sich hören.
Was für eine Achterbahnfahrt der Gefühle! Erst pure Euphorie, weil ein absoluter Traumtyp wie Cornelius Rademacher sich mit mir treffen will. Dann Frust pur, weil er nicht anruft. Gehört er etwa zur Kategorie Herzensbrecher? Unmöglich, da bin ich mir sicher. Schließlich ist er Kardiologe, was rein technisch gesehen das genaue Gegenteil davon ist ...
Und so besteht mein Leben momentan aus Warten, Arbeiten und Versteckspielen. Ich verbringe die meiste Zeit im Büro. Wo sollte ich auch hin? Mit meinem Bauch lasse ich mich vorsichtshalber nirgendwo sonst blicken.
Ohne Bauch allerdings auch nicht.
Vorletztes Wochenende habe ich den Trick mit der Maskerade noch einmal ausprobiert, aber es hat sich nicht gut angefühlt. Was nur teilweise daran lag, dass ich unter der Perücke tüchtig schwitzte. Ich kam mir einfach vor wie eine Falschspielerin.
Carla lachte mich aus, als ich ihr davon erzählte. Schließlich sei ich tatsächlich nichts anderes als eine Betrügerin, stellte sie gnadenlos fest. Ich konnte dem nicht widersprechen.

Noch am gleichen Tag geschah es zum ersten Mal: Aus heiterem Himmel schien plötzlich alles um mich herum zu schwanken, sich zu drehen, mir den Boden unter den Füßen wegzuziehen. Ich fühlte mich wie auf einem Schiff bei Windstärke neun, doch tatsächlich befand ich mich auf einem Fußgängerüberweg zwischen dem Stadtpark und der belebten Einkaufsmeile. Bei jedem einzelnen Schritt kam es mir vor, als sackte ich ein, als wäre die Straße, die ich gerade überquerte, nicht

asphaltiert, sondern mit einer dicken, weichen Matratze bedeckt.
Nach ein paar Sekunden war der Spuk vorüber. Und ich hätte die Sache wahrscheinlich vergessen, wenn die Schwindelanfälle nicht mit unangenehmer Regelmäßigkeit wiederkehren würden. Anfangs nur zwei-, dreimal pro Woche. Dann täglich. Und heute hatte ich schon vier solche Attacken, die mich jedes Mal völlig unvermittelt treffen.
Die erste heute früh im Fahrstuhl.
Die zweite, als ich den Korridor in Richtung Toilette entlanglief. Da musste ich kurz innehalten und mich an der Wand abstützen.
Die dritte vorhin in der Kantine. Der Schwindel erfasste mich exakt in dem Moment, als ich Erika Schreiber erblickte, die Leiterin der Personalabteilung, die mir durch ihre Goldrandbrille schon mehrfach einen strengen Wo-bleibt-die-frauenärztliche-Bescheinigung-Blick zugeworfen hatte. Zum Glück war mein Tablett in dem Moment noch leer, sonst hätte ich mit Gemüse-Reis-Auflauf und Multivitamin-Buttermilch eine Riesensauerei auf dem Boden verursacht …
Ich verdrängte den beunruhigenden Gedanken an die offizielle Mitteilung über den voraussichtlichen Geburtstermin, den ich als Hochschwangere längst hätte abgeben müssen, und konzentrierte mich darauf, nicht aus den Latschen zu kippen. Was mit einiger Mühe gelang.
Das vierte Mal für heute überkam mich dieses Schwindelgefühl vor wenigen Augenblicken. Ich stand vor Rolfs Schreibtisch und war gerade dabei, ihm das Konzept vorzustellen, das ich gestern mit den Urschrey-Leuten zusammen entwickelt hatte, um die Pränatal-Police zu bewerben. Der Arbeitstitel lautet *»Aus purer Liebe«*.
Rolf schaute mich aufmerksam an. Dann deutete er mir mit

einer Geste an, fortzufahren. Ich begann, ihm unseren konzeptionellen Ansatz auseinanderzusetzen: »Menschen lieben ihre Kinder mehr als alles andere. Und das wollen sie beweisen, indem sie alles tun, um die besten Eltern der Welt zu sein. Wir sagen ihnen, was sie einen Tick besser macht als andere Väter und Mütter: Sie können ihre Babys dank der Pränatal-Versicherung schon früher beschützen und …«
Eigentlich will ich noch mehr über unsere Kernbotschaft sagen: das wunderbare Gefühl, alles richtig zu machen, nach dem sich letztendlich alle Eltern sehnen. Doch bevor ich all diese Gedanken loswerden kann, erfasst mich erneut dieses Wattegefühl im Schädel. Was sich jetzt definitiv komischer anhört, als es sich anfühlt!
Ich verstumme mitten im Satz, schwanke hin und her und löse in Rolf damit offenbar einen Rettungsreflex aus. Er springt auf, hechtet um den Schreibtisch herum und fängt mich gerade noch rechtzeitig auf, bevor es vor meinen Augen schwarz wird und ich umkippe.
Rolf sagt, es habe etwa zehn Sekunden gedauert, bis ich wieder zu mir kam. Ich würde ihm auch glauben, wenn er behauptet hätte, es seien zehn Stunden gewesen …
Mein erster Gedanke gilt Mocky: Mir wird doch wohl beim Fallen nicht die Kleidung verrutscht sein, sodass der künstliche Bauch zum Vorschein kam?
Offenbar nicht, denn Rolf zeigt sich ausgesprochen besorgt – nicht so sehr um mich, sondern vielmehr um mein Baby. Was mich einerseits wütend macht, andererseits aber unglaublich erleichtert.
»Du musst sofort zum Arzt«, befiehlt Rolf. In diesem Moment ist er zu einhundert Prozent mein Boss.
Ich wage nicht zu widersprechen. Selbst wenn ich wollte, ich könnte nicht: Meine Stimme versagt. Ebenso wie meine Bei-

ne und meine Fähigkeit, souverän und professionell zu wirken.

Ich nicke. »Gleich morgen früh schaue ich bei meinem Hausarzt vorbei«, hauche ich schließlich matt.

»Papperlapapp – nicht morgen früh, sondern jetzt sofort. Und du fährst nicht selbst, sondern ich chauffiere dich.«

Ich seufze, aber mir bleibt nichts anderes übrig, als zu gehorchen. Nur die Sache mit dem Fahren kann ich ihm noch ausreden. Nachdem ich ein großes Glas Wasser getrunken und mehrfach flotten Schrittes auf und ab marschiert bin, um meine Vitalfunktionen zu demonstrieren, traut mir Rolf den ungefähr fünfminütigen Weg zu. Kopfschüttelnd und widerstrebend. Aber meine Kraft kehrt zurück und mit ihr mein Dickkopf. Ich verspreche Rolf, mich umgehend in Behandlung zu begeben, und mache mich unverzüglich auf den Weg, bevor er es sich anders überlegt.

Zehn Minuten später sitze ich in meinem Auto und bin unterwegs zu Doktor Jakobsen, meiner Hausärztin. Die mir zuletzt vor drei Monaten eine Tetanus-Diphtherie-Impfung verpasst hat. Ein Ereignis, das ich in eher unguter Erinnerung behalten habe. Der Bluterguss war noch Wochen später zu sehen. Heute droht mir dieses Schicksal hoffentlich nicht. Ich bin keine Freundin ärztlicher Nadelarbeiten.

Wenigstens habe ich Glück und muss nicht lange warten. In dem Augenblick, als ich das Sprechzimmer betrete und Doktor Jakobsen mich ungläubig staunend anstarrt, überkommen mich Zweifel daran, ob das wirklich so gut war.

Hätte ich länger im Wartezimmer gesessen und mehr Zeit damit verbracht, über meinen Zustand nachzudenken, wäre womöglich die Chance dafür, noch rechtzeitig an meinen Bauch zu denken, von Minute zu Minute gestiegen.

Doch es ging einfach alles so schnell, und Mocky kam mir einfach nicht in den Sinn. Jedenfalls nicht bevor Doktor Jakobsens blutrot lackierter Fingernagel jetzt darauf deutet und sie fragt: »Wievielte Woche?«

Okay. Nichts überstürzen. Situationsanalyse: Ich könnte abhauen. Ich könnte versuchen, meinen Bauch mit der vorgehaltenen Handtasche zu verbergen. Ich könnte Darmkrämpfe simulieren, auf die Toilette flüchten und Mocky ablegen. Ich könnte …

»Dreißigste«, antworte ich etwas zu spontan. Offenbar arbeitet mein Sprechwerkzeug schneller als mein Oberstübchen. Laut Mocky-Drehbuch ist meine Antwort übrigens völlig korrekt. Heute ist Freitag, der 22. Juli. 218 Tage bis zu meinem Vierzigsten. Und knapp 50 bis zum errechneten Geburtstermin. Ehrlich gesagt: In diesem Moment *freue* ich mich unglaublich auf mein Kind!

Dann wird mir klar, dass es gar kein Kind gibt. Dass Doktor Jakobsen mich in wenigen Augenblicken ärztlich untersuchen wird. Und dass es fast so unwahrscheinlich ist wie ein Sechser im Lotto, dass sie dabei Mocky übersieht.

Streng genommen wären selbst drei Sechser in Folge noch wesentlich wahrscheinlicher …

Doktor Jakobsen konnte ich schon damals nichts vormachen, als ich mit Hilfe einer Wärmflasche das Fieberthermometer manipulierte, um die Lateinarbeit schwänzen zu können.

Auch heute spitzt meine Ärztin die Lippen und zieht die Stirn kraus. Natürlich durchschaut sie mich. Und so korrigiere ich mich sofort: »Gar keine Woche. Ich bin …«

Und da geht es schon wieder los: Den Drehschwindel bin ich schon gewohnt, ebenso das Gefühl, auf weichem Untergrund zu stehen und nicht mehr so genau zu wissen, wo oben und unten ist. Aber jetzt pocht mein Herz auch noch bis zum Hals.

Gleichzeitig habe ich das Gefühl, nicht genug Luft zu bekommen. Diese Symptome sind nicht nur höchst unangenehm, sondern auch neu. Ich schließe die Augen – und als ich sie wieder öffne, sind oben und unten nicht mehr da, wo sie vorher waren: Unten ist auf einmal hinten und oben ist vorn. Denn ich liege rücklings auf dem Teppich.

Die nächsten Minuten würde ich hier gern aussparen. Denn sie sind das Demütigendste, was ich je erlebt habe. Mein einziger Trost: Aus der Froschperspektive erkenne ich, dass Doktor Jakobsen zwei verschiedene Socken trägt. Grau mit lila Streifen links, grün mit keckem Garfield-Motiv rechts.

Eine Perspektive, die nicht ganz zu der tiefernsten Miene passt, mit der mir Doktor Jakobsen wieder auf die Beine hilft. Dann weist sie mich knapp an, den Oberkörper frei zu machen und mich auf die Untersuchungsliege zu legen.

Zutiefst beschämt gehorche ich, lege Kleidung und Bauch ab und lasse die nun folgenden Untersuchungen wortlos über mich ergehen. Meine Lungenfunktion ist bestens, mein Blutdruck ebenfalls, sogar das EKG gibt keinen Grund zur Besorgnis. Dann darf ich mich wieder anziehen und Platz nehmen.

»Was zum Teufel ist mit Ihnen los?«, fragt Doktor Jakobsen und deutet dabei auf Mocky, den ich jetzt nicht mehr unter der Bluse trage, sondern mit beiden Händen umklammere wie einen Schatz.

Sie steht auf, nimmt mir sanft, aber entschlossen das Glasfaserding ab und schaut mich dann besorgt an. Meine Hausärztin kennt mich als unkomplizierte, fröhliche und umgängliche Person. Jetzt sitze ich wie ein Häufchen Elend vor ihr.

Ein verrücktes Häufchen Elend.

Mir bleibt nichts anderes übrig, als ihr reinen Wein einzuschenken. Angefangen von dem Malheur mit dem Brandloch im Hosenanzug, der Eischeibe auf dem Bauch und dem Missverständnis, das zum Ausgangspunkt für mein Lügenmärchen wurde. Ich erzähle von meinen Versuchen, die Sache richtigzustellen, und von Rolfs Reaktion. Davon, dass ich die Chance auf ein eigenes Projekt nicht ungenutzt verstreichen lassen wollte. Und dass es irgendwann einfach kein Zurück mehr gab.

Doktor Jakobsen hört stirnrunzelnd zu. Absurderweise fällt mir just in diesem Moment auf, dass ihr stahlgrauer Pagenkopf aussieht wie ein Lampenschirm. Oder wie die Frisur eines Playmobil-Männchens.

Bevor ich darüber in Lachen ausbrechen kann, beginnt sie klackernd, ihre PC-Tastatur zu bearbeiten und mehrere Dokumente auszudrucken.

Dann verkündet sie ihr Urteil: Ich brauche eine Entspannungstherapie, findet sie. Die Schwindelgefühle kämen eindeutig – welch Überraschung – vom Schwindeln. Womit sie wortwörtlich Carlas Diagnose bestätigt.

Und das Allerwichtigste: Sie schreibt mich krank. Bis auf weiteres.

Eine Entwicklung mit weitreichenden Konsequenzen. Fangen wir mit dem Unangenehmen an: Mein Pränatal-Projekt ist damit Vergangenheit. Wahrscheinlich wird Rolf es höchstselbst zu Ende führen. Ich könnte heulen.

Aber gleichzeitig würde ich am liebsten jubeln: Denn ein Krankenschein erspart mir die unerfüllbare Aufgabe, eine gynäkologische Bestätigung meiner Schwangerschaft liefern zu müssen. Niemand wird diesen Wisch vermissen! Selbst Erika Schreiber wird mit dem gelben Zettel zufrieden sein.

Schwankend wie ein sturzbetrunkener Seemann auf Landurlaub betrete ich eine Viertelstunde später mein Haus. Dass ich zugleich schluchze und hysterisch kichere, scheint zumindest

Gorbatschow, Carlas trägen Kater, nicht zu irritieren. Er räkelt sich gähnend auf dem Sofa, ohne die alte Krawallschachtel zu beachten, mit deren Zuverlässigkeit als Dosenöffnerin er vollauf zufrieden ist.

Ganz anders Barnabas: *»Schluss mit Heulen und Zähneklappern, Mamma mia«*, krächzt er. Und bringt mich damit tatsächlich zum Schweigen.

Ja, genau, denke ich. Recht hat er, der verrückte Vogel! *Mamma mia* – das ist das Stichwort. Ich habe eine Rolle zu Ende zu spielen. Das bin ich meinem Publikum schuldig. Und meiner Karriere.

Kapitel 18

Game over

Es gibt menschliche Grundbedürfnisse, die einen so akut überkommen, dass ihre Erfüllung keinerlei Aufschub erlaubt. Nahrung zum Beispiel. Wasser. Schlaf. Zuwendung. Wärme. Und – ganz aktuell – der tiefe Wunsch nach einer Optimierung des eigenen optischen Erscheinungsbildes.

Ich stehe vor meinem Schlafzimmerspiegel und bin ganz und gar nicht erfreut über das, was ich da sehe. Zwar war ich seit meinem neunundzwanzigsten Lebensjahr nicht mehr so dünn wie heute, doch was nützt Schlankheit, wenn der Leib käsig, die Miene trübselig und das Haar zottelig ist?

»Ich sehe grauenhaft aus«, verkünde ich mit Grabesstimme. Barnabas, der auf meinem Standspiegel thront, legt sein graugefiedertes Köpfchen schief und schweigt. Was viel schlimmer ist als seine üblichen frechen Kommentare. Fast erscheint es mir, als wolle er mich schonen.

Wie tief kann man sinken? Wenn sogar ein durchgeknallter Papagei – ein Federvieh mit Persönlichkeitsstörung – Mitleid hegt …

»Das geht so nicht weiter: Ich muss hier raus«, stelle ich fest, nachdem ich gründlich über die Ursache für meinen Verfall nachgedacht habe. Seit anderthalb Wochen bin ich nun krankgeschrieben. In dieser Zeit habe ich Urömchens Haus nur verlassen, um die Morgenzeitung hereinzuholen oder Barnie und Gorbatschow in den Garten zu lassen. Ich habe gern und viel geschlafen, wenig gegessen, mich in Selbstmitleid gesuhlt, in meinen wachen Phasen sämtliche bisher auf DVD erschienenen Staffeln von *Dr. House* gesehen – und, als ich damit fertig war, auch alle Folgen von *Stromberg*.

Mit anderen Worten: Hier ist der Schlendrian eingekehrt. Und den gilt es nun zu verjagen. Dringend! Jedenfalls habe ich das heute früh beschlossen und begonnen, dem ziel- und sinnlosen Lotterleben ein Ende zu bereiten.

In den letzten drei Stunden habe ich in der Küche klar Schiff gemacht, Wäsche gewaschen, das Katzenklo gereinigt, die Fress- und Trinknäpfe meiner tierischen Mitbewohner aufgefüllt, gestaubsaugt und mir nach einem meiner Lieblingsrezepte eine köstliche Cremespeise zubereitet. Mit jeder Menge rohen Eiern und Mokkalikör, nicht zu knapp. Schließlich gibt es keinen Grund, länger darauf zu verzichten!

Doch ich mochte sie nicht, die sündige Creme. Zaghaft löffelte ich und probierte, verzog dann aber das Gesicht und wusste mit einem Mal nicht mehr, was ich an diesem penetranten, widerwärtigen Aroma jemals so geliebt habe.

Als mir klarwurde, dass mir ein Vollkornbrot mit Kräuterquark oder wenigstens ein Obstsalat mit Joghurt und Haferflocken viel lieber wäre, kullerten zwei, drei, vielleicht sogar fünf Krokodilstränen über meine Wangen.

»Friederike Engelbrecht, was ist nur aus dir geworden«, beklagte ich mein Schicksal.

Ich bin nicht mehr ich selbst.

Aber wer bin ich dann?

Inzwischen habe ich mich einigermaßen beruhigt. Der Gedanke, dass ich mir ganz einfach eine gesündere Lebensweise antrainiert und meinen Geschmackssinn entsprechend umkonditioniert habe, spendet mir Trost. Die Tränen sind versiegt, der Überlebenswille kehrt zurück.

Ich scheuche Barnie, der im Garten gerade mit erhobenem

Bein sein Geschäft verrichtet, zurück ins Haus und mache mich dann an die Arbeit.
Meine Mission: Stimmungsaufhellung.
Der erste Schritt: eine geeignete musikalische Untermalung auswählen. Ich durchforste meine CD-Sammlung und entscheide mich für Cindy Lauper. Bei *Girls Just Wanna Have Fun* singe ich laut mit, was Gorbatschow in die Flucht treibt und Barnabas zu einem Bellkonzert veranlasst.
Doch davon lasse ich mich nicht irritieren und starte Schritt Nummer zwei: die Malerarbeiten. Mit Puderquaste, Wimperntusche, Rougepinsel, Eyeliner und Lippenstift bewaffnet, mache ich mich ans Werk.
Zwanzig Minuten später begutachte ich das Resultat, das sich wirklich sehen lassen kann – und das, obwohl ich testweise alberne Grimassen ziehe.
Also kann ich jetzt zu Schritt drei übergehen: Ich öffne den Kleiderschrank. Er ist voller Schwangerschaftshängerchen und Bequemhosen. Nichts, was mich auf andere Gedanken bringen könnte oder worin meine – für meine Verhältnisse sagenhafte – Figur zur Geltung käme. Einmal abgesehen von …
Nein, Friederike, das ist nicht dein Ernst, meldet sich mein erwachsenes Ich zu Gehör.
Papperlapapp, wer fragt dich Langweilerin denn, poltert die Rebellin in mir.
Selbst die Ich-will-es-allen-recht-machen-Friederike wird übermütig und argumentiert: *Wer nicht wagt, der nicht gewinnt. Es kommt auf einen Versuch an.*
Und so lasse ich mich dazu hinreißen, ein Kleidungsstück anzuprobieren, dessen Nähte ich noch vor wenigen Wochen gesprengt hätte. Ob sich der Reißverschluss heute wohl schließen lässt? Ich atme ein, dann tief aus und starte einen Versuch …

Es passt. Es passt! Ich kann es kaum glauben: Das Brautkleid, das seit neun Jahren ungetragen ganz hinten in meinem Schrank hängt und das mich davon abhält, meinen Beinahe-Bräutigam Uli Stankowski vollends zu vergessen, sitzt wie angegossen.
Damals hatte ich mich wochenlang kasteit und gehungert, um meinen üppigen Leib einigermaßen hineinquetschen zu können. Doch so einfach wie heute ging der Reißverschluss noch nie zu!

Womöglich würde ich noch ewig vor dem Spiegel stehen und meinen Anblick in diesem traumhaften Spitzenkleid bewundern, wenn nicht just in diesem Moment das Telefon klingelte. Wahrscheinlich Rolf, der allein mit seinem (ehemals meinem) Pränatal-Projekt nicht vorankommt? Oder die heilige Johanna, die einen kostenlosen Babysitter für Noah-Mattis sucht?
Du liebe Zeit – und wenn es Cornelius ist?
Mein Herz beginnt wild zu pochen, während mein Hirn versucht, seinen knieerweichenden Anblick zu visualisieren. Doch vor lauter Aufregung gelingt nur das Phantasiebild einer Mischung von Hugh Laurie, Christoph Maria Herbst und Rolf. Kein schöner Anblick, glauben Sie mir!
»Ja, hallo«, säusele ich so heiser und verführerisch wie möglich. Es klingt etwa so, als hätte ich einen Frosch im Hals. Hoffentlich kommt mein Gekrächze in Cornelius' wohlgeformten Ohren einigermaßen erotisch an.
»Hallo, du Schwindelbaroness«, begrüßt mich Carla gut gelaunt.
Sehr lustig.
Den Zusammenhang zwischen meinem Lügenmärchen und meinen Schwindelproblemen herzustellen und immer wieder

darauf herumzureiten, bereitet ihr diebische Freude. Dann erkundigt sich meine Freundin jedoch mit angemessener Ernsthaftigkeit nach meinem Befinden. Sie findet, ich klinge »erkältet«.

So viel zu meiner erotischen Telefonstimme.

Ich räuspere mich entrüstet und behaupte, es ginge mir großartig. Dass mir die Eiercreme mit Mokkalikör nicht geschmeckt hat, verschweige ich ihr lieber. Carla hätte sofort verstanden, wie es um mich steht: besorgniserregend nämlich. Ich bin weit davon entfernt, ganz die Alte zu sein.

»Hast du deine Mockys wenigstens entsorgt?«, fragt sie.

»Klar doch«, behaupte ich – und meine damit die ersten beiden Kunstbäuche. Der dritte in Größe »8. Monat« dagegen lagert gut geschützt in der Truhe, in der ich die Bettdecken und Kopfkissen für Gäste aufbewahre.

Man weiß ja nie.

Kaum habe ich diese Teilwahrheit ausgesprochen, beginnt es vor meinen Augen zu flimmern. Ich schwanke und lasse mich auf einen Küchenstuhl sinken, um nicht umzukippen und womöglich zwischen Katzenfutternapf und Biomülleimer zu landen.

Carlas siebter Sinn verrät ihr sofort, dass mit mir etwas nicht in Ordnung ist.

»Bist du wirklich fit?«

Ich schwöre, dass dem so ist. Doch Carla ist nicht leicht zu täuschen. Gleich wird sie mich ins Kreuzverhör nehmen und aus mir herausquetschen, was mich quält, was ich als Nächstes vorhabe, wie die Entspannungstherapie läuft und ob ich bei Feronia inzwischen gestanden habe, dass die ganze Sache mit der Schwangerschaft ein *Real-Life-Experiment* war, um es einmal wohlwollend auszudrücken.

Tatsache ist, dass ich rein gar nichts in dieser Hinsicht unternommen habe: Weder habe ich einen Therapietermin vereinbart noch mit Rolf geredet. Mein Chef und die lieben Kollegen sind nach wie vor der Überzeugung, ich sei lediglich ein wenig überlastet und leide unter Schwächeanfällen. Schwangerschaftsbedingt. Sie haben mir Blumen und Konfekt geschickt und eine Genesungskarte mit Bärchenmotiv.

Bärchenmotiv, ich bitte Sie! Als mutierte jede Frau, die ein Baby erwartet, selbst zum infantilen Kindskopf.

Aber es war gut gemeint und, na ja, eine nette Geste. Wie also könnte ich darauf mit einem Ätsch-es-war-alles-nur-Theater-Outing reagieren? Das wäre nun wirklich höchst taktlos …

»Hörst du mir überhaupt noch zu?«, dringt es jetzt durch den Telefonhörer an mein Ohr.

»Sorry, Carla. Was hast du gefragt?«

»Nichts Besonderes«, antwortet sie mit gespielter Unschuld und gibt meiner dunklen Vorahnung recht, »ich wollte nur wissen, ob du Rolf schon reinen Wein eingeschenkt hast. Hast du doch sicher, oder etwa nicht?«

Oder etwa nicht trifft es ziemlich genau.

Ich zögere. Auf eine Gardinenpredigt von Carla habe ich so gar keine Lust.

Die Haustürklingel bewahrt mich vor einer ehrlichen Antwort und weiteren Verhörfragen.

»Tut mir leid, ich muss auflegen«, flöte ich, »schönen Tag noch beziehungsweise Abend. Ich melde mich bald!« – und lege auf.

Wer auch immer draußen vor der Tür steht, er kommt genau zum richtigen Moment. Selbst wenn es der Mann von der GEZ ist oder die Frau mit dem Wachturm oder die Kinder, die Geld für Zirkusponyfutter sammeln. Heute wären mir alle herzlich willkommen!

Es ist der Schornsteinfeger. Mein strahlendes Lächeln scheint ihn zu verblüffen. Jedenfalls wirkt er ein wenig aus der Fassung gebracht, als ich schwungvoll die Tür aufreiße, ihn munter hereinbitte und ihm einen Kaffee anbiete.

»Nein danke«, wehrt er ab, »ich komme ja sicher sehr ungelegen. In ein paar Minuten bin ich wieder verschwunden, versprochen«, murmelt er und macht sich auf den Weg zum Kamin.

Ich lasse ihn gewähren. Der gute Mann braucht meine Hilfe nicht und kennt sich mit der Heizungsanlage in diesem Haus besser aus, als ich es je werde.

Tatsächlich ist er heute besonders flott. Als er sich verabschiedet und ich ihm die Hand reichen will, wehrt er erschrocken ab: »Lieber nicht, sonst beschmutze ich Sie womöglich noch heute an Ihrem großen Tag.«

Heute ist Mittwoch. Unspektakulärer geht's nicht. Was für ein großer Tag?

Ich habe nicht die geringste Ahnung, wovon er redet. Erst recht nicht, als er hinzufügt: »Ich beeile mich mal lieber. Sie warten ja sicher auf den Friseur. Herzlichen Glückwunsch übrigens!«

Und schon ist er weg.

Wovon in aller Welt hat er geredet?

Bevor ich es herausfinden kann, klingelt mein Handy. »Friederike, schön, dich zu hören«, überfällt mich Gesines ewig heisere Stimme, mit der sie, anders als ich, in der Telefonerotikbranche locker durchstarten könnte, »hast du nächsten Samstag schon was vor?«

»Nächsten Samstag?«, antworte ich, um Zeit zu gewinnen, mit einer Gegenfrage, »lass mich kurz überlegen … Nein, müsste noch frei sein. Warum?«

»Wir sind dann gegen siebzehn Uhr bei dir, Doreen, Tanja, Bärbel und ich.«

»Bei mir?« Ich bin überrascht. Um nicht zu sagen: entsetzt!

»Keine Sorge, du musst gar nichts vorbereiten, wir bringen alles mit, was man braucht zur Babyshower-Party.«
Nichts vorbereiten? Gesine ist gut: Ich muss Farbe besorgen und möglichst viele Erstlingsutensilien, ich muss die Rumpelkammer ausmisten und als künftiges Kinderzimmer vorbereiten – und ich muss herausfinden, was eine Babyshower-Party ist.
Stöhnend lege ich auf. Wie soll ich das alles schaffen?
»Was hast du dir da eingebrockt«, sage ich laut zu meinem Spiegelbild – und schrecke verdutzt zurück. Denn die Frau, die mich da aus dem Garderobenspiegel anschaut, trägt ein Brautkleid.
Du liebe Zeit! Ich habe noch immer das weiße Spitzengewand mit dem tiefen Rückendekolleté an.
Okay. In Anbetracht dieser Tatsache ergeben die Kommentare des Schornsteinfegers durchaus Sinn. Er glaubt, heute sei mein Hochzeitstag. Ich bin bereits angekleidet und geschminkt – nur mit den Haaren müsste dringend noch etwas geschehen.
Und ich muss zugeben: Der gute Mann hat so was von recht! Ich weiß nun, welcher Schritt fehlt bei meinen Bemühungen, mein Erscheinungsbild und meine Stimmung zu verbessern. Ich muss zum Friseur. Sofort!
Als ich wenig später *Gypsys Schneidhaus* betrete, wird mir bewusst, dass ich zum ersten Mal seit Wochen ohne künstlichen Bauch unterwegs bin. Zu Hause habe ich ihn zwar selten getragen, aber unterwegs fühle ich mich irgendwie unvollständig ohne ihn. Fast nackt.
Gypsy, der heute einen lilafarbenen Lederanzug trägt und darunter ein Hemd in Silberbrokat, begrüßt mich mit einer herzlichen Umarmung und drei angedeuteten Luftbussis. Dann tritt er einen Schritt zurück, betrachtet meine Leibesmitte,

deutet auf den nicht vorhandenen Bauch und fragt: »Game over?«

Hätte er geahnt, was für Tränensturzbäche er damit auslösen würde, hätte er sich die Bemerkung gewiss verkniffen. Ich schluchze und schniefe, dass es eine wahre Pracht ist und sich mein mühevoll aufgetragenes Make-up-Kunstwerk in Wohlgefallen auflöst. Ich bin außer mir.

Eine Heulsuse erster Güte.

Was ist nur mit mir los? Kann man einen Glasfaserbauch tatsächlich so sehr vermissen?

Wortlos lotst mich Gypsy auf den Frisierstuhl und überreicht mir eine Familienpackung Papiertaschentücher. Während ich mich langsam beruhige, beginnt er wortlos mit seiner Arbeit. Ich wische meine Tränen ab, schneuze mich kräftig und bin unfassbar dankbar dafür, dass ich mein verquollenes Gesicht nicht im Spiegel betrachten muss. Dann schiebt der Meister mich zum Waschbecken und beginnt mit der »Wellnessbehandlung für die Haare«.

Wäre ich eine Katze, würde ich schnurren wie ein Motörchen. Was für eine wundervolle Kopfmassage!

Als der letzte Conditioner ausgespült ist und Gypsy sein Schneidwerk beginnt, bin ich tatsächlich wieder ansprechbar.

»Game over?«, wiederholt er ganz ungerührt seine Frage von vorhin und deutet mit der Schere lässig in Richtung meines Nabels.

Immerhin bin ich jetzt dazu in der Lage, ihm zu antworten.

»Ich weiß es nicht – beziehungsweise: Eigentlich bin ich noch im Spiel.«

Und während ich das sage, wird mir klar, dass ich ganz und gar nicht bereit bin, die Scheinschwangerschaftsposse zu beenden, um Carlas Wortwahl aufzunehmen. Denn die hat mir, so albern das klingt, nicht nur Spaß gemacht, sondern, ja, echte Freude. Mocky hat meinem Leben einen neuen Sinn gegeben. Oder zumindest eine Andeutung davon. Eine Andeutung, die mich neugierig gemacht hat auf mehr.

Und überhaupt: Warum sollte ich jetzt aufgeben? Dazu besteht nicht der geringste Grund. Eigentlich. Außer Doktor Jakobsen weiß niemand Bescheid. Abgesehen von den beiden, die ich höchst freiwillig eingeweiht habe: Carla – und Gypsy.

Außerdem haben sich meine Kolleginnen zur Babyshower-Party bei mir angesagt, also muss ich zumindest am Samstag meine Rolle weiterspielen. Warum also nicht noch ein paar Wochen länger?

Zwar habe ich nicht die kleinste Idee, wie ich Anfang Oktober ein Neugeborenes aus dem Hut zaubern soll, aber ich will und werde nicht so schnell aufgeben!

»Dann solltest du aufhören, ohne Bauch durch die Stadt zu laufen«, stellt Gypsy nüchtern fest, »und lieber damit anfangen, dem Nestbautrieb zu folgen.«

»Du meinst: Kinderzimmer streichen, Wiege kaufen, Strampler besorgen?«, frage ich stirnrunzelnd.

»Genau. Und dann gönnst du dir eine Auszeit. Warum machst du nicht ein paar Wochen Urlaub? Wenn du magst, nimm mein Wohnmobil.«

»Echt? Das würdest du mir leihen?« Ein wirklich generöses Angebot – ich bin überwältigt. In einem Land, in dem viele Männer nicht einmal ihre Ehefrauen ans Steuer ihrer Autos lassen, grenzt sein Vorschlag fast an ein Weltwunder. Dabei kennt er nicht einmal meinen Fahrstil. Und ich habe nicht die geringste Ahnung vom Camping!

Gypsy nickt bekräftigend, und mit einem Mal fühle ich mich voller Tatkraft und Entschlossenheit – so als hätte Gypsy nicht

nur meinem Haar, sondern auch meiner Seele eine stärkende Kur verpasst!
Was heißt *hätte?* Seine Großzügigkeit wirkt wie ein Energieschub: Kinderzimmer einrichten? Babyutensilien besorgen? Eine Babyshower-Party ausrichten? Kleinigkeit. Immerhin bleiben mir ja noch drei Tage Vorbereitungszeit …

Kapitel 19

Babyshower

In den letzten Tagen hatte ich wenig bis gar keine Gelegenheit für irgendwelche Schwindelgefühle. Im Gegenteil, ich war schwer beschäftigt. Im Vergleich dazu war meine Arbeit am Pränatal-Projekt die reinste Erholungskur!
Um Carla (und vielleicht ein wenig auch Sie) zu beeindrucken, habe ich alles bis ins letzte Detail dokumentiert. Sie müssen allerdings verzeihen – für mehr als Telegrammstil war keine Zeit.

Donnerstag, 4. August
Noch 205 Tage bis zu meinem vierzigsten Geburtstag, noch weniger als fünf Wochen bis zum »Geburtstermin«, noch zwei Tage bis zur Babyshower-Party. Was immer das sein mag. Los geht's!

7.30 Uhr
Stelle mich gleich dem absoluten Grauen und miste die Rumpelkammer aus.
»Was du heute kannst besorgen, das verschiebe nicht auf morgen«, kommentiert Barnabas.

14.47 Uhr
War zweimal auf der Mülldeponie, habe alles entsorgt. Unvorstellbar: Nichts, aber auch gar nichts von all dem Gerümpel, das ich jahrelang aufbewahrt habe, brauche ich wirklich. Weg damit!

16.03 Uhr
Wäre ich auf dem Rückweg von der Deponie gleich zum Baumarkt gefahren, hätte ich mir einen Weg gespart. Muss jetzt noch mal los und besorge Wandfarbe, Kreppklebeband, Pinsel und Farbrolle.

19.44 Uhr
Bin eben erst damit fertig geworden, die Tür- und Fensterumrandungen abzukleben. Bereue bereits meinen Entschluss, gründlich und sorgfältig vorzugehen …

23.20 Uhr
Die Kinderzimmerwände sind sonnenblumengelb! Wenigstens hoffe ich das. Morgen bei Licht kommt die Wahrheit an den Tag.

23.53 Uhr
Eben rasch eine To-do-Liste für morgen geschrieben. Noch soooo viel zu erledigen. Vielleicht sollte ich auf Gypsys Angebot mit dem Wohnmobil zurückgreifen und einfach abhauen … Da fällt mir ein: Habe bislang nur eine vage Vermutung, was genau eine Babyshower-Party ist. Sollte Genaueres darüber in Erfahrung bringen. Noch ein Punkt für die Liste.

Freitag, 5. August
Noch 204 Tage bis zu meinem vierzigsten Geburtstag und zwei Tage bis zur Party.

6.10 Uhr
Bin vor dem Wecker aufgewacht. Vor lauter Tatendrang. Beziehungsweise aus Angst, nicht rechtzeitig fertig zu werden. Üppiges Frühstück als Grundlage für den Tag: Rührei

mit Petersilie, Kräuterfrischkäse, Körnerbrot, Orangensaft. Yummie!

7.46 Uhr
Du liebe Zeit, wie sieht es denn im Kinderzimmer aus? Sämtliche Wände sind fleckig geraten. Kommt davon, wenn man bei künstlicher Beleuchtung streicht – und das auch noch in Gelb. Verschiebe weitere Pläne auf unbestimmte Zeit und versuche, zu retten, was zu retten ist.

10.12 Uhr
Wände sind perfekt gestrichen und trocknen vor sich hin, Klebebänder abgezogen und entsorgt, Fenster geputzt, Boden gesaugt. Nur ich bin voller Farbflecken. Ganz schön anstrengend, das Ganze! Wäre ich wirklich hochschwanger, bekäme ich garantiert gleich Wehen …

11.28 Uhr
Habe auf dem Dachboden brauchbare Möbel identifiziert. Eine Kommode und ein Regal. Wie durch ein Wunder ist es mir gelungen, die Teile allein hinunterzubefördern, ohne darunter begraben zu werden. Wäre dabei um ein Haar über Gorbatschow gestolpert. Neugieriger Bursche! Entdecke bei Tageslicht, dass die guten Stücke voller Spinnweben sind. Hier muss erst mal der Putzteufel ran. Gorbatschow verzieht sich, als ich den Staubsauger hole …

12.37 Uhr
Wer so hart schuftet, hat sich eine Käsepizza verdient! Nebenbei Zeitung gelesen und Babybasar ausfindig gemacht. In einer Dorfschule zwanzig Kilometer von hier. Wo mich garantiert keiner kennt. Leute, ich komme!

17.03 Uhr
Habe gewaltig zugeschlagen. Kaufrausch auf dem Babybasar – hätte nie gedacht, dass das möglich ist. Und so schweißtreibend! Kunststück, bei zweiunddreißig Grad im Schatten und gefühlten Saunatemperaturen in der Schulturnhalle ... Zum Glück habe ich in letzter Sekunde noch entschieden, Mocky umzuschnallen. Hochschwangere sind auf so einem Basar eindeutig im Vorteil: Mit so etwas wie einer Taille hätte ich diesen wunderhübschen Buggy zum Spottpreis *niemals* ergattert. So aber konnte ich ihn der mürrischen Blondine mit dem mickrigen 5.-Monats-Kugelbäuchlein vor der Nase wegschnappen.

19.10 Uhr
Der Kinderwagen steht, die Erstlingsklamotten sind ins Regal eingeräumt, die Wickeltasche ebenso, das Clownsmobile hängt an der Decke, der Autositz steht bereit. Die ehemalige Rumpelkammer beginnt, einem Kinderzimmer zu ähneln. Was noch fehlt, schreibe ich auf die Shoppingliste für morgen: Wickelauflage, Krabbeldecke, Schnuller, Windelgroßpackung, Fläschchen.

20.45 Uhr
Ich schlafe fast auf dem Sofa ein. Was mich davon abhält, ist der beunruhigende Gedanke, etwas vergessen zu haben. Etwas Wichtiges!

Es ist fast Mitternacht, als ich mit trockenem Mund erwache – den Kugelschreiber noch in der Hand, das Tagebuch auf meinem Gesicht. Nachdem ich mir in der Küche ein Glas Wasser geholt und es ausgetrunken habe, fühle ich mich besser. Aber auch hellwach. Ich schalte den Fernseher ein – das ultimative Schlafmittel.

Es läuft die millionste Wiederholung einer *Friends*-Staffel von vor zehn Jahren. Offenbar wird in dieser Folge etwas gefeiert, denn Monica und Phoebe sind in der Küche mächtig beschäftigt und die Wohnung ist unglaublich kitschig dekoriert.

Rachel bekommt allerlei Geschenke und wird dann genötigt, alberne Quizfragen über Aufzucht und Pflege von Nachwuchs zu beantworten, die enthüllen, wie grauenhaft es um ihr Wissen zu diesem Thema bestellt ist. Was schlecht ist, denn ganz offensichtlich wird sie sich in naher Zukunft genau damit beschäftigen müssen – ihr Babybauch unter dem roten Rock und dem schwarzen Oberteil ist unübersehbar.

»Grundgütiger«, stöhne ich laut auf, als mir klarwird, was da gefeiert wird: nicht Geburtstag, nicht Silvester, sondern – eine Babyshower-Party!

Ich schließe die Augen und frage mich nicht zum ersten Mal, wie es mit mir nur so weit kommen konnte. Hätte ich doch bloß auf Carla gehört und schon vor Monaten eine Fehlgeburt erfunden, bevor mir Mocky dermaßen ans Herz gewachsen ist! Oder noch besser: Ich hätte gleich damals im Meeting mit den Urschrey-Leuten für Klarheit sorgen sollen.

»Ach was, mit *Baby* meinte ich lediglich unsere *Aber-wenigstens*-Kampagne. Ich bin nicht schwanger, nur mollig«, hätte ich fröhlich ausrufen sollen. Ich hätte …

Und wieder schrecke ich auf. Im Fernsehen läuft jetzt die Wiederholung der Wiederholung eines Boxkampfes. Laut Urömchens Kuckucksuhr ist es Viertel nach drei. In der Nacht, nehme ich an. Die Tatsache, dass es draußen dunkel ist, gibt jedenfalls Anlass zu dieser Hoffnung. Ein wenig desorientiert suche ich die Fernbedienung und schalte das Gerät aus.

Noch dreizehn Stunden und fünfundvierzig Minuten bis zum Eintreffen der Gäste.

Viel Zeit!
Den größten Teil davon verschlafe ich auf dem Sofa. Als ich bestens erholt erwache, konzentriere ich mich voll auf die Partyvorbereitungen: Ich staubsauge und lüfte das Wohnzimmer, bereite eine große Platte mit köstlichen Kanapees vor, mixe für meine Gäste eine gehaltvolle Pfirsich-Caipirinha-Bowle und besorge – noch einmal maskiert mit der besagten Perücke – im Einkaufszentrum die fehlenden Erstlingsutensilien.
Wieder zu Hause, dekoriere ich die gute Stube üppig mit Luftschlangen und Girlanden, die noch von letztem Silvester übrig sind.
Es sieht scheußlich aus – mit anderen Worten: perfekt für eine Babyshower-Party!
Nach einer erfrischenden Dusche creme ich meinen ungesegneten Leib ein und freue mich über die Tatsache, dass ich meine Zehen berühren und zugleich weiteratmen kann. Das Abnehmen hat tatsächlich nicht nur optische Vorteile.
Ein Nachteil dagegen ist, dass mein BH nicht mehr sitzt. Er ist zu weit geworden – und zu leer. Mit anderen Worten: Ich brauche neue Dessous!
Ein Schicksal, das zu verkraften ist. Ich werde demnächst schön shoppen gehen und danach atemberaubend aussehen in perfekt sitzender Spitzenwäsche! Doch vorerst muss eine Notlösung her. Ich stopfe die einstmals prall gefüllten C-Körbchen mit Toilettenpapier aus – vierlagig in Gelb mit hellblauen Wölkchen darauf.
»Sieben fette Jahre, sieben magere Jahre, jawoll«, lautet Barnies Kommentar.
»Das wollen wir doch erst mal sehen«, gebe ich zurück – wild entschlossen, meine neue Figur bis ins hohe Alter zu halten! Dick war ich lange genug …

Gerade als ich mir Mocky umgeschnallt habe, klingelt es. Zum Glück noch nicht an der Haustür. Es ist das Telefon. »Kann man sich nicht mal in Ruhe anziehen?«, mosere ich vor mich hin. Am liebsten würde ich den Anruf ignorieren. Aber was, wenn es wichtig ist?

Es ist wichtig!

»Hallo, meine Schöne! Großartig, dass du da bist. Können wir uns sehen?«

Cornelius Rademacher. Er ruft an. Im ungünstigsten aller Momente!

»Oh, äh, Cornelius, ist ja nett …«, stottere ich. »Klar können wir uns, ähm, sehen. Nicht jetzt natürlich, zum Glück. Ich meine, zum Glück sicher schon bald. Irgendwann.«

Es ist eine Katastrophe.

Ich bin eine Katastrophe!

Cornelius dagegen erweist sich als perfekter Gentleman. Er überhört glatt, wie unmöglich ich mich anstelle, und setzt das Gespräch fort, als sei mein Gedruckse völlig normaler Small Talk.

»Schade, meine Liebe, ich hatte auf einen Kaffee mit dir gehofft. Kann ich dich nicht doch überreden?«

Ja. Jaaa. Ich will!

»Ein Jammer! Ausgerechnet heute Nachmittag erwarte ich Gäste«, bringe ich einigermaßen flüssig heraus. »Vielleicht morgen?«

»An sich gern, aber ich fliege morgen für eine Woche zu einem Kongress nach Florida.«

Ich schließe die Augen und versuche mich in Fernhypnose.

Frag mich, ob ich mitfliegen will. Jetzt. Los … Frag!

»Dann mach's mal gut, ich melde mich wieder!«, höre ich ihn stattdessen sagen.

Und dann meine atemlose Antwort: »Ja. Gut. Tschüss.«

Ich korrigiere: meine geistlose Antwort. Du liebe Zeit – warum versagt ausgerechnet jetzt mein Esprit?
Ein Klicken in der Leitung signalisiert das Ende des Telefonates. Ich könnte mich ohrfeigen!
»Wer weiß, ob er sich jemals wieder meldet«, klage ich verzweifelt. Barnie folgt mir ins Schlafzimmer und lauscht interessiert, wie ich die Chancen auf ein Happy End einschätze: »Ich an seiner Stelle täte es nicht. So ein Traumtyp kann jede Frau haben, jede! Auch eine, die sofort alle anderen Termine absagt für ein Treffen mit ihm. Und vor allem eine, die in ganzen Sätzen zu sprechen vermag.«
»Liebe ist sanftmütig«, krächzt Barnabas tröstend.
»Meinst du? Glaubst du, er mag mich – und meldet sich wieder?«
»Wir wissen nicht Tag noch Stunde«, orakelt mein Papagei.
»Barnie, du bist ein Schatz. Und mit Sicherheit ein verzauberter Prinz – oder ein verzauberter Philosoph«, grinse ich. Meine Laune ist schon deutlich beschwingter.
So melde ich mich mit einem fröhlichen »Friederike Engelbrecht hier, hallihallo!«, als das Telefon wenig später erneut klingelt.
»Na, dir scheint's ja besserzugehen«, bringt mich die humorlose Stimme meiner lieben Schwester wieder zurück auf den Boden der Tatsachen. Johanna meint in letzter Zeit, sich intensiv um mich kümmern zu müssen. Ihre durchschnittliche Anrufquote ist signifikant gestiegen – direkt proportional zu meiner Genervtheit. Wenn sie noch ein einziges Mal andeutet, meine Kreislaufprobleme kämen davon, dass Einsamkeit und Karriere für eine Frau einfach unnatürlich seien, beiße ich ins Telefon!
Sie scheint das zu ahnen und verkneift sich jegliche Bemerkung in dieser Richtung. Stattdessen fragt sie, ob ich heute schon etwas vorhabe.

»Burkhardt und ich wollen ins Kino gehen. Magdalena kann leider nicht babysitten, und das Nachbarsmädchen, das einspringen könnte, ist mir noch ein bisschen zu jung, um auf Noah-Mattis aufzupassen.«

»Tut mir wahnsinnig leid«, sage ich und versuche, so aufrichtig wie möglich zu klingen, »ausgerechnet heute erwarte ich Besuch.«

Stille in der Leitung. Dann ein Räuspern.

»Und … wenn ich dir den Kleinen bringe? Dann könnte Julia von nebenan auf die Großen aufpassen.«

Hält sie mich für dämlich? Diesen Plan hatte sie von Anfang an. Ich muss ihr das ausreden! Aber wie nur?

»Also, ähm, ehrlich gesagt wäre es mir lieber, du fändest einen anderen Babysitter. Sonst jederzeit gern, aber mein Besuch heute ist … na ja, irgendwie speziell«, improvisiere ich drauflos.

»Oh. Ooooooooh«, säuselt Johanna mir ins Ohr – in einem Ton, den man mindestens als »vielsagend« bezeichnen könnte, wenn nicht sogar als »bedeutungsschwanger« oder gar »lasziv«.

Du liebe Zeit! Die heilige Johanna glaubt, ich hätte ein Rendezvous!

»Haha, du hast mich durchschaut«, gehe ich spontan darauf ein. »Übrigens bin ich ziemlich in Eile, mein Besuch kommt gleich, und ich bin noch nicht umgezogen.«

»Na dann, viel Spaß!«, wünscht mir meine Schwester, die sich im Geiste wohl schon ausmalt, was ihre Brut bei meiner Hochzeit für bezaubernde Outfits tragen wird.

In diesem Punkt habe ich die Wahrheit gesagt: Es ist höchste Zeit, mich anzukleiden. Rasch streife ich smaragdgrüne Leggings und ein Schwangerschaftshängerchen in Schwarz und Gelb über, das mir hervorragend steht, und verwandele mich

damit in die patente Hochschwangere, die in einer Viertelstunde Besuch erwartet.
Die verbleibende Zeit nutze ich, um die Bowle aus dem Kühlschrank zu holen. Vorsichtig rieche ich daran – sie duftet wunderbar nach Honigmelone und Limetten, scheint mir aber recht schwach gemischt zu sein. Zu viel Mineralwasser, schätze ich, im Verhältnis zu Sekt und Feuerwasser. Kurz entschlossen füge ich noch eine halbe Flasche Rohrzuckerschnaps hinzu und rühre um – ja, jetzt ist es eine Powermischung!

Es ist Punkt siebzehn Uhr, als es klingelt.
»Hereinspaziert«, lächele ich einladend und bitte meine Kolleginnen mit einer schwungvollen Geste hinein in die gute Stube.
Die Kolleginnen – und EDV-Rüdiger.
Hat ihm keiner verraten, dass eine Babyshower-Party laut Definition eine reine Weiberfeier ist?
Doreen marschiert vorneweg, ein Tablett mit einer Torte vor sich hertragend. Erst auf den zweiten Blick erkenne ich, dass diese Torte aus Höschenwindeln besteht. Allmächtiger!
»Seid fruchtbar und mehret euch«, ruft Barnabas zur Begrüßung und erntet damit schrilles Gelächter.
Bevor er weitere Psalmen, Flüche oder entlarvende Wahrheiten von sich gibt, scheuche ich ihn ins Schlafzimmer und sperre ihn dort ein. Sicher ist sicher.
Meine Besucher haben sich zu diesem besonderen Anlass schick herausgeputzt. Gesines Rock scheint sogar noch kürzer als sonst und Tanjas Jeans enger denn je zu sein – oder liegt es etwa daran, dass ich den täglichen Anblick ihrer modischen Entgleisungen nicht mehr gewohnt bin? Die beiden überhäufen mich mit Komplimenten zu meinem erholten Aussehen und mit allerhand zauberhaft verpackten Geschenken.

Selbst EDV-Rüdiger murmelt, ich sähe gut aus, woraufhin er sofort errötet und verstummt.
Bärbel rettet die Situation, indem sie mich für die viele Mühe ausschimpft, die ich mir offenbar gegeben habe mit den Vorbereitungen.
»Das wäre doch nicht nötig gewesen«, sagt sie. »Aber jetzt ist Schluss damit! Du wirst jetzt verwöhnt.«
Sofort füllt sie fünf Bowlegläser und verteilt sie. »Ich bleibe beim Pfefferminztee«, sage ich und watschele, den schwerfälligen Gang der Hochschwangeren simulierend, zum bequemsten meiner Sessel. Meine Gäste nehmen auf dem Sofa Platz und lassen sich nicht zweimal bitten, zuzugreifen.
Innerhalb kürzester Zeit ist die Platte mit den Kanapees halb geleert. Doreen füllt sie mit Käsegebäck auf, das sie mitgebracht hat, und übernimmt die zweite Füllung der Bowlegläser.
Ich nage an einer Karotte, nippe am lauwarmen Tee und staune nicht schlecht, wie die angeschickerte Feronia-Bande mein schönes Wohnzimmer innerhalb einer knappen Stunde in ein wahres Schlachtfeld verwandelt. Bald liegen überall Luftschlangen herum, Krümel am Boden und Geschenkpapierfetzen auf dem Tisch. Ich bedanke mich artig für die netten Überraschungen: eine Babyrassel, diverse Strampler, eine Spieluhr, ein Hautöl, einen Schnuller und (von Rüdiger) einen Gutschein für Babysitter-Stunden.
Nachdem meine Besucher das Babyzimmer besichtigt und mit Ahs und Ohs kommentiert haben, zückt Tanja tatsächlich Karten mit Quizfragen. Zum Glück bin ich dank Pränatal-Projekt bestens vorbereitet und kann sogar spontan die Fragen nach den Babytiernamen beantworten.
»Wahnsinn! Keiner in der ganzen Abteilung wusste, dass ein junges Känguru *Joey* genannt wird«, staunt Gesine.

Ich lächele mütterlich und falte zufrieden die Hände über dem Bauch.

Früher als vermutet ist die Bowle ausgetrunken. Leider haben meine Besucher noch Durst. Jedenfalls machen sie noch keine Anstalten, sich zu verabschieden, und so setze ich ihnen eine Flasche Eierlikör vor.
»Jetz' wolln wer ma' wett'n, was für'n Bauchumfang du has'«, verkündet Gesine plötzlich. Dass sie klingt, als hätte sie Watte im Mund, scheint nur mir aufzufallen.
Beziehungsweise mir und EDV-Rüdiger, der sich noch immer an seinem ersten Bowleglas festhält. Offenbar hat das Losglück ihn zum Fahrer bestimmt. Oder der freiwillige Taxidienst war der Preis dafür, mit von der Partie sein zu dürfen.
»Ich glaube, wir sollten langsam …«, versucht er, dem lustigen Treiben ein humorloses Ende zu machen, doch meine Kolleginnen ignorieren ihn einfach. So wie sie es immer tun. Stattdessen beginnen sie eifrig, Toilettenpapier abzurollen und lange Stücke abzureißen. Ich begreife, dass es sich dabei um Schätzungen meinen Bauchumfang betreffend handelt, und gerate leicht in Panik. Was, wenn sie an Mocky herumfingern – und feststellen, dass er sich irgendwie unecht anfühlt?
Keiner merkt irgendetwas. Dank Eierlikör und zusätzlicher Dosis Zuckerrohrschnaps sind alle so angeheitert, dass ich Mocky sogar *über* der Kleidung tragen könnte, ohne sie stutzig zu machen.
Es werden jetzt lustige Reden geschwungen und Anekdoten aus dem Feronia-Büroalltag zum Besten gegeben, über die sich Gesine, Bärbel, Tanja und Doreen ausschütten vor Lachen.
EDV-Rüdiger grient unglücklich, während ich beginne, die leeren Gläser auf einem Tablett zu sammeln. Ein Wink mit dem Zaunpfahl, dessen Wirkung jedoch verpufft.

»Du muss' noch die Babypuppe wickeln«, verkündet Gesine jetzt, »wo hab'ch nur die Stoppuhr gelass'n?« Schwankend taucht sie in ihrer geräumigen Handtasche ab und kramt darin herum.

»Tanja, hassu die Stoppuhr geseh'n?«

Aber Tanja sieht gar nichts mehr. Außer vielleicht die Schäfchen, die sie gerade ins Traumland entführen. Sie schläft mit offenem Mund, den Kopf im Nacken. Schnarchend.

Und so bleibt mir das Puppe-wickeln-auf-Zeit-Spiel erspart. Immerhin.

»Kein Problem, das räume ich alles ganz in Ruhe auf«, versichere ich Doreen, die anstandshalber so tut, als wolle sie noch rasch wieder für Ordnung sorgen.

Tausche freiwillig Chaos und Einsamkeit gegen helfende Besucher mit Schlagseite.

Oder gegen neue Freunde … Warum nur ist Carla in Australien? Und warum habe ich keinen größeren Bekanntenkreis? Aber klar, wer immer nur arbeitet und in der knapp bemessenen Freizeit zu Hause bleibt, anstatt sich hinaus ins Leben zu wagen, den besuchen zu feuchtfröhlichen Anlässen wie diesem eben nur die lieben Arbeitskollegen.

Wenn sie doch nur endlich gehen würden!

»Sagssu uns Bescheid, wenn das Baby da is'?«, fragt Doreen, der ich gerade das leergeräumte Tablett überreiche. Die Windeltorte bleibt hier.

»Aber selbstverständlich, ich melde mich«, verspreche ich und schwindele routiniert: »Aber in der ersten Zeit möchte ich lieber noch keinen Besuch. Das müsst ihr verstehen. Ich muss mich erst einmal an die neue Situation gewöhnen.«

»Is' völlig okay für uns«, nickt Tanja, die vorübergehend wieder erwacht ist, »völlig okay. Du meld's dich, wenn du dich danach fühls'.«

Ich bin erleichtert. Mit diesem Arrangement habe ich das Problem, demnächst ein Prachtbaby vorweisen zu müssen, zwar nicht gelöst, aber doch zumindest aufgeschoben.
Erleichtert winke ich meinen davonschwankenden Besuchern hinterher. Dann lege ich mich kurz auf mein Bett, um mich von den Strapazen der vergangenen Stunden zu erholen. Was für ein verrückter Haufen! Was, wenn sie ahnten, dass es gar kein Baby gibt?
»Sie dürfen es niemals herausfinden«, presse ich hervor und setze mich wieder auf – wild entschlossen, meine Rolle bis zum Ende zu spielen.
»Wir wissen nicht Tag noch Stunde«, kommentiert Barnabas, der Vorwitzige.
»Junge, du wiederholst dich«, seufze ich und beginne mit den Aufräumarbeiten. Sie dauern bis kurz vor Mitternacht.
Unglaublich, wie viel Chaos fünf harmlose Erwachsene anrichten können.
Eine Babyshower-Party ist doch kein Kindergeburtstag, denke ich. Fragt sich nur, was schlimmer wäre.

Kapitel 20

Wählscheibenkleister

Wer schon einmal einen Anruf so sehr herbeigesehnt hat wie ich den von Cornelius Rademacher, weiß, was noch schlimmer ist als ein stummes Telefon: nämlich eines, das ständig läutet – aber leider eine Enttäuschung nach der anderen beschert …

Seit heute früh steht der Apparat nicht still. Jedes Mal, wenn mich sein Klingeln aufschreckt, fährt mein Kreislauf Achterbahn, denn ich bin für einen kurzen Augenblick ganz sicher: Das kann nur *er* sein, der Held meiner schlaflosen Nächte!

Meinen Berechnungen zufolge müsste Cornelius seit dem Wochenende zurück sein von seinem Kongress in Florida. Ich dürfte also durchaus damit rechnen, dass er sich meldet.

Aber, das wird Sie jetzt kaum überraschen, er hat es noch nicht getan. Nicht heute Morgen um halb acht, als das Telefonklingeln meinem Schönheitsschlaf ein jähes Ende bereitete. Auch nicht gegen elf, als ich mir zum zweiten Frühstück gerade einen Obstsalat zubereitete. Und erst recht nicht um kurz nach drei, während ich in eine Wiederholung der *Supernanny* vertieft war und dabei eine Menge über die kindliche Trotzphase lernte beziehungsweise darüber, wie man als souveräne Mutter auf gar keinen Fall damit umgehen sollte.

Der frühmorgendliche Anrufer war übrigens EDV-Rüdiger, der sich drucksend und stammelnd nach meinem werten Befinden erkundigte.

Die treue Seele!

Ich fürchte fast, er ist ein wenig verliebt.

Etwas wortgewandter, aber inhaltlich nahezu identisch mit Rüdigers Genesungswünschen war das Telefonat am späteren Vormittag. Rolf Segmüller bewies mehr Einfühlungsvermögen, als ich ihm je zugetraut hätte. Das muss wohl hormonell bedingt sein. Auch werdende Väter können ein sogenanntes Schwangerschaftssyndrom entwickeln. Jedenfalls las ich neulich einen Artikel darüber. Bei Rolf ist es vor allem ein Beschützerinstinkt, gepaart mit Macherqualitäten und seiner angeborenen Kompromisslosigkeit.

Rolf freute sich zu hören, dass es mir immerhin »so lala« geht, und sprach dann über seine Vaterschaftsvorbereitung. Ausführlich. Mein Chef verwendete sogar so feminine Vokabeln wie »Sinnstiftung«, »Innigkeit« und »Milchpumpe«. Wenn mir das jemand vor einem halben Jahr prophezeit hätte, ich hätte ohne zu zögern dagegengewettet. Ein ganzes Jahresgehalt.

Schließlich kam er auf das Pränatal-Projekt zu sprechen, das offenbar auch ohne mich ganz prima läuft. Immerhin wurde mein Arbeitstitel, *»Aus purer Liebe«,* zum offiziellen Kampagnenmotto erhoben, wie er mehrfach betonte. Das tröstete mich ein wenig darüber hinweg, bei Feronia nicht unersetzlich zu sein.

Ich war noch in Gedanken bei meinem Projekt, als Rolf zu seinem absoluten Lieblingsthema wechselte.

»Das mit dem Betriebskindergarten ist übrigens in trockenen Tüchern«, teilte er mir stolz mit, »er wird im Oktober eröffnet.«

Als mutmaßlich künftige Nutzerin dieser innovativen Einrichtung äußerte ich mich hocherfreut. Dann streute ich erste Verabschiedungsfloskeln ein, um das Gespräch nicht unnötig in die Länge zu dehnen. Zum Glück fiel mir noch rechtzeitig ein, dass liebe Grüße an die Frau Gemahlin angebracht wären. Charlene scheint, Rolfs Worten nach zu schließen, kurz vor der Explosion zu stehen.

»In drei Wochen ist es so weit. Genau wie bei dir.«
Richtig – Rolfs Ehefrau Nummer drei und ich sind ja gleich weit fortgeschritten in unseren Schwangerschaften – theoretisch jedenfalls …
Auch beim dritten Anrufer des Tages vor wenigen Minuten handelte es sich um einen Mann. Leider war es auch diesmal nicht der Heißersehnte. Sondern ein Callcenter-Fritze, dessen Begeisterung darüber, mich persönlich zu erreichen, ihn schier überwältigte. Er verkündete mit sich überschlagender Stimme, ich habe Anspruch auf ein Zeitschriftenabonnement, das ich jederzeit kündigen könne.
Ich sagte, ich sei Analphabetin, und legte auf, ohne auf sein Gegenargument (»Unsere Hefte werden von Lesern *aller* Glaubensgemeinschaften geliebt«) einzugehen.

Ich halte das schnurlose Telefon noch in der Hand und grübele darüber nach, was schlimmer ist – nicht lesen und schreiben zu können oder den Begriff Analphabet nicht zu kennen, als es erneut läutet.
»Wenn das nicht Doktor-Schmetterlinge-im-Bauch ist, kannst du was erleben. Dann werfe ich dich an die Wand«, brülle ich das unschuldige Telekommunikationsgerät an und fühle mich für einen Moment wie die Prinzessin aus dem Märchen »Der Froschkönig«. Ob wohl auch die holde Königstochter im Märchen unter schwärmereibedingten Stimmungsschwankungen litt?
Am Apparat meldet sich weder Cornelius noch ein verzauberter Königssohn, sondern mein Schwager Burkhardt. Der Johanna zum Essen ausführen möchte: morgen, am 18. August, ihrem Hochzeitstag. Und der sich das Geld für einen Babysitter sparen möchte.
Geizkragen!

Wenn ich nicht so gern mit meinen entzückenden Neffen und Nichten zu tun hätte, würde ich glatt behaupten, etwas anderes vorzuhaben. *Unaufschiebbar. Sehr schade.* Doch natürlich sage ich zu.

Und dann mache ich meine Drohung wahr: Kaum hat Burkhardt aufgelegt, schleudere ich mein Telefon quer durch die Küche.
Tut das gut! Ich sollte mir einen Boxsack kaufen …
Doch leider habe ich wohl die Flugbahn falsch berechnet: Mein silbergraues Gigaset knallt scheppernd gegen die Deckenlampe, deren mittleren Strahler es zerschmettert, prallt dann auf die Dunstabzugshaube, rutscht auf ihrer Metallabdeckung schräg hinab und plumpst von dort aus direkt nach unten.
Ins Spülbecken.
Ins bis zum Rand gefüllte Spülbecken.
Gluckernd verschwindet es mitsamt seinen achtzig Adressbucheinträgen und seinem Vierzehn-Tage-Standby-Akku zwischen Schaumhügeln und Geschirrbergen.
Na großartig.
Hektisch fische ich das Schnurlostelefon aus dem Wasser. Doch sämtliche Wiederbelebungsversuche bleiben erfolglos. Es ist hinüber. Mausetot.
»Verflixt!«, stöhne ich auf – und registriere, dass ich nun schon rede wie mein eigener Vogel. Aber es ist auch wirklich wie verhext: Was, wenn Cornelius jetzt anruft und ich nicht rangehen kann? Bei meinem Glück kann es sich nur noch um Sekunden handeln, bis er meine Nummer wählt …
Und da läutet es auch schon. »Drinnnnnnnng«, ertönt es hinter mir. »Dring-Dring-Drinnnnnnnng.«
Mooooment. Mein Telefon klingt völlig anders. Außerdem gibt es zurzeit überhaupt keinen Mucks mehr von sich.

»Barnie, du Gauner«, lache ich auf, als mir klarwird, wer diesen Klingelton erzeugt hat.
»Scheibenkleister, amen«, gibt der graugefiederte Flegel zurück.
Scheibenkleister, ja, genau, das ist es! Just in diesem Moment fällt mir ein, was ich außer dem Häuschen und dem Papagei noch von Urömchen geerbt habe: ihr dunkelgrünes Telefon mit der nostalgischen Wählscheibe. Das ich gerade erst neulich auf dem Dachboden gesehen habe …

Wenig später steht es vor mir auf dem Schuhschränkchen in der Diele. Ein anderer Standort kommt wegen des kurzen Kabels nicht in Frage. Hier war auch früher sein Platz, in meiner Kindheit. Damals, als ich Urömchen in den Ferien besuchte und allabendlich zu Hause anrufen durfte, um Bericht darüber zu erstatten, wie mein Tag gelaufen war. Dass Urömchen Rostige Ritter für mich gebraten, mit mir Kniffel gespielt und den Zoo besucht hatte.
In meinen frühesten Erinnerungen muss ich etwa sechs oder sieben gewesen sein. Ein kleines, rotblondes Mädchen mit dünnen Beinen und Zahnlücke. Glücklich und unbeschwert.
Nun steht dieses Mädchen, das in genau 192 Tagen vierzig Jahre alt wird, reglos da mit feuchten Augen und einem tropfnassen, hochmodernen Schnurlostelefon, das den Geist aufgegeben hat.
Stattdessen stöpsele ich den antiken Fernsprecher in die Telekombuchse, um all die wichtigen Anrufe, die zweifellos kommen werden, nicht zu verpassen.
Der Apparat schweigt mich an. Mit einem kräftigen Pusten befreie ich ihn vom Dachbodenstaub. Dann betrachte ich ihn zweifelnd. Ob er überhaupt noch funktioniert – nach all den Jahren?

Das müsste ja herauszufinden sein. Mit dem Handy wähle ich meine eigene Festnetznummer. »Drinnnnnng«, macht es, »Drinnnnnng«, und diesmal ist es nicht Barnabas, obwohl es genauso klingt.
Der antike Fernsprecher funktioniert also tatsächlich. Hm.
Ich setze einen Kaffee auf und blättere, während er durchläuft, den Anzeigenteil der Tageszeitung durch.
Cool – die haben neuerdings eine Rubrik mit dem schönen Titel »Kinderkram«. Hier werden die einschlägigen Babybasare angekündigt, gebrauchte Erstlingsausstattungen angeboten, Familienhotels angepriesen und Babysitter-Jobs vermittelt. Ich überfliege die Inserate. Mein Blick bleibt am fettgedruckten Stichwort »Massivholz-Wiege Buche antik« hängen. Dreißig Euro für so ein exklusives Möbelstück, das ist ein Schnäppchen! Immerhin handelt es sich um eine Antiquität, wie ich lese. Jugendstil. Da muss ich sofort anrufen!

Der Wählscheibenapparat ist gewöhnungsbedürftig. Es ist Jahre her, Jahrzehnte sogar, dass mir zuletzt ein Telefon ohne Tasten begegnet ist.
Die ersten Versuche scheitern: Ich rutsche mit dem Finger ab, gerate ins falsche Nummernloch, drehe die Scheibe nicht weit genug … Es gibt zahllose Möglichkeiten, sich mit diesem Ding zu verwählen. Vor allem, wenn man abwechselnd auf die Wählscheibe schaut und dann wieder auf die Zeitungsanzeige.
»Das hat keinen Sinn«, seufze ich und lerne die Nummer kurzerhand auswendig. Sie ist sechsstellig. Das ist machbar.
Der nächste Versuch gelingt. Ich presse den dunkelgrünen Hörer an mein Ohr und höre das Rufzeichen. Es ertönt einmal, zweimal, dreimal, dann ein Klicken. Anrufbeantworter: »Sie haben die Nummer von Deborah und Mats Falkenberg gewählt und leider niemanden erreicht«, teilt mir eine unter-

kühlte Frauenstimme mit. »Bitte nennen Sie Ihren Namen, Ihre Nummer und Ihr Anliegen, wir rufen Sie dann gegebenenfalls zurück.«

Gegebenenfalls, aha. Vielleicht also nicht?

»Mein Name ist Friederike Engelbrecht«, sage ich nach dem unvermeidlichen Piepton, »und ich rufe an wegen der …«

Mist – wie hieß dieses Ding noch gleich? Jugendstilbett? Weichholzwiege? Babyantiquität?

»… wegen der Annonce von heute«, beende ich meinen Satz. Dann spreche ich noch rasch meine Telefonnummer auf das Band, bitte um Rückruf – gegebenenfalls – und beende das Gespräch.

Anschließend trinke ich meinen Kaffee und erwäge für einen Moment, mich selbst bei Cornelius zu melden. Dann hätte diese elende Warterei wenigstens ein Ende. Schließlich leben wir im dritten Jahrtausend!

Andererseits: Wäre es nicht furchtbar armselig, diesem Traumtypen hinterherzulaufen – und dann womöglich abgewiesen zu werden?

Ja, das wäre richtig, richtig übel. Und kommt daher überhaupt nicht in Frage!

Wo ist nur seine Visitenkarte? In meiner Geldbörse jedenfalls nicht. In meinem Schmuckkästchen ebenso wenig, wo ich in Ermangelung wertvoller Juwelen vor allem meine ideellen Schätze aufbewahre.

Unruhig wandere ich durchs Haus und schaue mich um. Barnie marschiert hinter mir her, während Gorbatschow sich mein wankelmütiges Treiben vom Fensterbrett aus anschaut.

»Scheibenkleister, amen«, kommentiert der heute eher einfallslose Papagei.

In diesem Moment fällt mein Blick auf die Pinnwand in der Küche. Da prangt sie in ihrer vollen Schönheit: die Visitenkarte von Dr. Cornelius Rademacher, Kardiologe, mit silbrig grauer Schrift auf blütenweißem Leinenstrukturkarton.

Gerade will ich danach greifen, da signalisiert mir der noch ungewohnte Klingelton von Urömchens Telefon, dass sich das Ganze möglicherweise erledigt hat.

»Friederike Engelbrecht, hallo«, melde ich mich mit klopfendem Herzen und vor Aufregung belegter Stimme. Ich muss sie diesmal gar nicht verstellen, um etwas heiser zu wirken.

»Schönen guten Tag«, werde ich freundlich begrüßt.

Allerdings nicht von Cornelius.

»Sie hatten Ihre Nummer auf unserem Anrufbeantworter hinterlassen. Mein Name ist Mats Falkenberg.«

Nach etwa einer halben Sekunde habe ich meine Verwirrung überwunden. Der Kerl mit der Jugendstilwiege.

»Hallo Herr Falkenberg, toll, dass Sie zurückrufen. Ja, ich habe heute Ihre Anzeige gesehen und bin sehr interessiert. Ähm, sie ist doch wohl hoffentlich noch nicht vergeben?«

»Nein, noch nicht. Sie sind offen gestanden die Erste, die sich meldet«, antwortet Mats Falkenberg mit einem leisen Lachen.

»Das ist schön«, sage ich einigermaßen verwundert. Immerhin ist die Wiege supergünstig.

»Am besten kommen Sie einfach bei uns vorbei. Vielleicht sogar noch heute, wenn das passt.«

Natürlich passt das. Was sollte ich schon anderes vorhaben? Mats Falkenberg nennt mir eine Adresse in der Altstadt. Ich tippe auf eines der Gründerzeithäuser, deren Wohnungen einfach gigantisch sind. Parkett, Stuckdecken, hohe Räume, Riesenfenster – all das, was es hier in Urömchens kleinem Häuschen nicht gibt. Dafür gibt es hier jede Menge Charakter, Erinnerungen und Gemütlichkeit.

Ich schnappe meinen Autoschlüssel: »Bis gleich, ihr Lieben«, verabschiede ich mich von meinen tierischen Mitbewohnern,

»jetzt hole ich ein neues Körbchen für Gorbatschows Kissen.«

»Scheibenkleister, amen«, sagt Barnabas nun schon zum dritten Mal für heute.

»Wählscheibenkleister«, gebe ich lachend zurück.

Die Hitze im Wagen erschlägt mich fast. Am liebsten würde ich sofort wieder aussteigen und zurückkehren ins kühle Haus. Wozu brauche ich schließlich eine Wiege?

Aber ich tue es nicht. Und das hat Folgen …

Kapitel 21

Karrierepläne

Nickelbrille, verwaschene Jeans und ein weites T-Shirt mit der Aufschrift »Prototyp« lassen Mats Falkenberg auf den ersten Blick aussehen wie ein Informatik-Student, als er mir schwungvoll die Tür öffnet. In der linken Hand hält er einen angebissenen Apfel, die rechte reicht er mir zur Begrüßung.

»Frau Engelbrecht, nehme ich an? Freut mich sehr, dass Sie so spontan vorbeischauen. Aber bitte ... kommen Sie rein.«

Das Wohnzimmer, in das er mich führt, scheint so gar nicht zu seiner lässigen Art zu passen. Auch wenn ich jetzt, bei besserem Licht, ein paar Fältchen in seinem Jungengesicht entdecke und so einige graue Strähnen in seinem verwuselten Haar.

»Kaffee? Oder lieber ein Wasser?«

»Gern ein Wasser, das ist nett«, nehme ich sein Angebot dankbar an. Es ist heute extrem heiß, und die kurze Fahrt hierher kam mir vor wie ein Saunagang. Hier in der schicken Altbauwohnung ist es dagegen angenehm kühl.

Während Mats Falkenberg in der Küche verschwindet, schaue ich mich um. Alles ist elegant und hochmodern eingerichtet, mit viel Glas, Chrom und schwarzem Leder. Eine Jugendstilwiege würde den Charme des Raumes um zweihundert Prozent erhöhen, grob geschätzt ... Doch ich suche vergeblich nach dem angebotenen Kaufobjekt. Es ist nirgends zu sehen.

»Sorry, dass Sie warten mussten. Wasser mit oder ohne Kohlensäure?« Mats Falkenberg hält zwei Flaschen hoch, über deren Hals jeweils ein Glas gestülpt ist.

»Am liebsten ohne«, sage ich und beobachte, wie mein Gastgeber uns beiden aus derselben Flasche einschenkt.
Ich greife sofort zu und trinke mein Glas, ohne abzusetzen, halb leer. Tut das gut!
Mats Falkenberg grinst. »Guter Zug.«
Dann wechselt er urplötzlich das Thema.
»Haben Sie eigentlich Kinder?«
Ich fühle mich ertappt. Natürlich muss er sich fragen, was eine ganz offensichtlich nicht schwangere Enddreißigerin mit einer Babywiege anfangen will. Dass ich höchstwahrscheinlich Gorbatschows Katzenkissen darin unterbringen werde, sollte ich wohl lieber für mich behalten. Stattdessen beeile ich mich, meinen Bedarf an einer Kleinkindschlafgelegenheit zu begründen: »Ich selber zwar nicht, aber meine Schwester ist fünffache Mutter. Tja, und als Tante ist man natürlich auch eine gefragte Babysitterin. Deshalb habe ich in meinem Haus ein komplettes Kinderzimmer eingerichtet, das nahezu perfekt ausgestattet ist. Nur eine Wiege fehlt noch.«
»Das ist ja super«, strahlt Mats Falkenberg, »allerbeste Voraussetzungen. Und eine Wiege besorgen wir dann noch rechtzeitig für Sie.«
Moooment. Warum besorgen? Bin ich etwa nicht hier, um ihm eine abzukaufen?
Ich bin etwas verwirrt und schweige vorsichtshalber. Um mein Befremden zu überspielen, nippe ich an meinem Wasserglas.
In diesem Moment rauscht eine elegante Lady mit schwarzem Kurzhaarschnitt und schmalen, dunkelrot geschminkten Lippen herein. Sie trägt ein perfekt sitzendes Business-Kostüm in Anthrazit, das ihre langen, schlanken Beine auf dezente Weise zur Geltung bringt, das aber auch nicht verbergen kann, dass sie einen kugelrunden Babybauch vor sich herschiebt.

Mats Falkenberg stellt sie strahlend als »meine Frau Deborah« vor.
Deborah Falkenberg begrüßt mich mit einem stummen Nicken und schenkt mir ein kühles Lächeln, das mir trotz der Hitze das Blut in den Adern gefrieren lässt. Man könnte sagen, sie versprüht den Charme eines Flughafen-Ganzkörperscanners, so abschätzig, wie ihr Blick mich taxiert.
Dann schaut sie auf ihre ultraflache und garantiert hochpreisige Armbanduhr, nickt erneut und gibt bekannt, dass sie los muss.
»Aber willst du nicht …«, setzt ihr Mann an, doch sie ist bereits durch die Tür. Er springt auf und folgt ihr.
Irgendwas ist hier mehr als merkwürdig, so viel steht fest!
Ich bleibe allein zurück und nutze die Gelegenheit, um mir über ein paar Dinge klarzuwerden. Doch statt auf Antworten stoße ich nur auf Fragen:
Wieso in aller Welt verkaufen die Falkenbergs eine Babywiege, wenn sie doch selbst Nachwuchs erwarten?
Weshalb fragt Mats Falkenberg, ob ich Mutter bin?
Warum spricht er davon, mir eine Wiege besorgen zu wollen?
Und was in aller Welt sollte dieser verstörende Kurzauftritt der Eiskönigin Deborah Falkenberg?
Draußen im Flur höre ich ihre Stimmen, lauter jetzt und erregt. Ich stehe auf und schlendere ein wenig durch den Raum in der Hoffnung, in Türnähe vielleicht besser mitzubekommen, worum es geht. Nicht, dass ich neugierig wäre, aber immerhin habe ich das unbestimmte Gefühl, dass sich das Gespräch – um nicht zu sagen: der Streit – um mich dreht.
Vor einem gigantisch großen Fenster bleibe ich stehen und schaue versonnen hinaus. Jedenfalls würde es für jemanden, der plötzlich das Zimmer betritt, ganz danach aussehen. In

Wahrheit denke ich über die Wortfetzen nach, die von hier aus zu verstehen sind.

»... hättest dich wenigstens am ... Gespräch beteiligen können ...«

»... interessiert mich nicht die Bohne ...«

»Sollte es aber, es ist schließlich auch dein ...«

»Hauptsache, sie sieht nicht aus wie ...«

»... krankhafte Eifersucht ...«

»... keine Gefahr ... zehn Jahre älter und zwanzig Kilo schwerer als ...«

Ich habe genug gehört!

Wie krass ist das denn?

Bin ich etwa hierhergekommen, um mir von einer arroganten Ziege Beleidigungen über mein Äußeres anzuhören?

Auch wenn ihr Kommentar streng genommen gar nicht für meine Ohren bestimmt war und aus Deborah Falkenbergs Sicht einfach nur gnadenlos ehrlich ist.

Nein, eine Frau wie Friederike Engelbrecht stellt für die Eiskönigin keinerlei Gefahr dar. Ich kann ihr rein optisch nicht ansatzweise das Wasser reichen, wie mir ein Blick in den protzig gerahmten Kristallspiegel bestätigt. Daraus nämlich schaut mich eine Frau mittleren Alters an, deren strähniges Haar am Schädel klebt – was kein Wunder ist nach der Schwitzkur vorhin im Auto.

Verglichen mit der perfekten Passform von Deborah Falkenbergs exklusivem Umstands-Business-Kostüm, sehen meine verwaschenen Klamotten aus wie aus der Tonne gefischt.

Sie hängen an mir wie Säcke.

Feuchte Säcke.

Dass ich seit letztem Mai, als ich die Sommerhose und die Leinenbluse kaufte, knapp zehn Kilo abgespeckt habe, wirkt sich auf mein Erscheinungsbild nicht nur positiv aus ...

Aber: Na und? Wer gibt dieser Wildfremden das Recht, ein Urteil über mich zu fällen? Schließlich bin ich nicht beim Casting. Und sie ist nicht das Topmodel in der Jury, die über mein Schicksal entscheidet.
Wütend haste ich zurück zum Sofa, um mir meine Handtasche zu schnappen und dann umgehend zu verschwinden. Im Notfall durchs Fenster.
In der Eile fege ich die Tageszeitung von einem kleinen Beistelltischchen. Rasch hebe ich sie auf und registriere, dass die Annoncenseite aufgeschlagen ist. Unwillkürlich fällt mein Blick auf das bewusste Inserat, das mit »Massivholz-Wiege Buche antik« anfängt. Und dann auf die dazugehörige Telefonnummer.
Sie ist vierstellig.
Nicht sechsstellig?
Und was ist das überhaupt für eine Vorwahl?
Mit weichen Knien lasse ich mich auf das vortrefflich gepolsterte Sitzmöbel fallen und starre die Nummer an, als müsse sie sich augenblicklich vor meinen Augen in die Ziffernfolge verwandeln, die ich vorhin auswendig gelernt und gewählt habe. Doch sie trotzt meinem Blick und hält die Stellung.
Während draußen eine schwere Tür ins Schloss fällt, wird mir das ein oder andere klar.
Nämlich erstens: Der Inserent wohnt – mit dieser Telefonvorwahl – auf keinen Fall hier in der Stadtmitte.
Zweitens: Wer auch immer diese Anzeige aufgegeben hat – er heißt garantiert nicht Mats Falkenberg.
Und drittens: Mein Gastgeber und seine schwangere Eiskönigin hatten nie vor, mir eine Wiege zu verkaufen. Sondern …?
»Tut mir leid, Deborah ist in letzter Zeit sehr … gereizt«, sagt Mats Falkenberg, der gerade wieder den Raum betreten hat, und kratzt sich verlegen am Kopf. Fast tut er mir leid. Er ist

wirklich ein sympathischer Typ. Andererseits wird er wohl kaum mit Waffengewalt zur Ehe mit der Eiskönigin gezwungen worden sein.
Augen auf bei der Partnerwahl!
»Schon gut«, antworte ich, statt, wie geplant, einen kritischen Kurzvortrag zu halten über Höflichkeit und gutes Benehmen. Aber das würde wohl nur den Falschen treffen. Immerhin hat sich Mats Falkenberg mir gegenüber ausgesprochen zuvorkommend verhalten. Danebenbenommen hat sich nur seine Frau. Und die Sache mit der Anzeige habe ich selbst vermasselt.
Wenn ich nur wüsste, auf welches Inserat ich mich tatsächlich gemeldet habe!
Wann werde ich endlich damit aufhören, im falschen Moment die falschen Dinge zu sagen, im falschen Moment am falschen Ort zu sein und auf die falschen Fragen falsche Antworten zu geben? Es ist eine Krux …
Im Flur klingelt das Telefon. Mein Gastgeber bittet erneut um Verzeihung – er kommt aus den Entschuldigungen gar nicht mehr heraus – und verlässt den Raum, um das Gespräch anzunehmen.
Ich nutze die Gelegenheit, die restlichen Inserate zu überfliegen. Bin ich vorhin, als ich mir die Nummer einprägte, um eine Anzeige nach oben oder unten verrutscht? Habe ich mich in der Spalte vertan? Oder vielleicht sogar die verkehrte Seite aufgeschlagen? In aller Eile überfliege ich die zahlreichen Angebote und Gesuche, vom Laufrad über den Rückbildungskurs bis hin zur Selbsthilfegruppe Schreikind. Keine der Nummern kommt mir bekannt vor.
Ich brauche mehr Zeit!
Mist, Herr Falkenberg ist zurück.
»Ich sehe, Sie haben sich den Anzeigenteil vorgenommen. Am

besten besprechen wir alle Punkte nacheinander. Wobei – den Text hat meine Frau formuliert, ich sehe das Ganze viel, viel lockerer. Und, na ja, mit mir hätten Sie natürlich mehr zu tun als mit ihr. Deborah will gleich nach dem Mutterschutz zurück in ihren Job.«

»So?«, gebe ich vorsichtig zurück. Noch tappe ich im Dunkeln. Aber wenn er weiterspricht, fällt vielleicht der Groschen.

»Sie ist Wirtschaftsmathematikerin in einer Bank. In Führungsposition. Die will sie nicht aufgeben. Zumal die Sache mit Selma eher ein … Unfall war.«

Selma? Ich kenne keine Selma.

Trotzdem nicke ich ihm aufmunternd zu.

»Eigentlich wollte ich den kompletten Erziehungsurlaub nehmen, aber mehr als drei Monate sind nicht drin. Mein Forschungsantrag wurde wider Erwarten bewilligt, und die Chance darf ich meinen Doktoranden nicht vermasseln.«

Er ist also Professor, nicht Student. Wie alt muss man selbst sein, wenn man diese beiden Kategorien verwechselt?

»Verstehe«, kommentiere ich knapp.

Eine glatte Lüge. Ich begreife noch immer nicht, worauf wir da gerade zusteuern.

»Der Termin für den Kaiserschnitt ist der neunte September. Bis Mitte Dezember dauert mein Erziehungsurlaub. Danach kämen dann Sie ins Spiel.«

Ich nicke heftig. Obwohl ich völlig auf dem Schlauch stehe: Welches Spiel?

Viel interessanter erscheint mir das Datum, das da gerade genannt wurde: neunter September. Das wäre fast exakt mein Geburtstermin. Wenn ich denn schwanger wäre.

Sprich weiter, denke ich in der Hoffnung auf mehr Durchblick. Der Nicht-Wiegenverkäufer erfüllt meinen Wunsch.

»Arbeitszeiten, Spesenabrechnung, Stundensatz, über all diese

Details werden wir uns schon einig«, wirft Mats Falkenberg in den Raum, eher fragend als feststellend. »Hauptsache, unserer kleinen Selma geht es gut.«

Und so langsam reift in meinem Hinterkopf die Erkenntnis, wie das Spiel heißen könnte, dessen Regeln mir hier gerade erklärt werden.

Aber natürlich – ein Kinderspiel ...

»Sie könnten also ab Jahresende zur Verfügung stehen? Und unsere Kleine in Ihren Räumen betreuen?«

Ich habe mich nicht geirrt: Die Falkenbergs suchen eine Tagesmutter. Für ein Kind, das zum perfekten Termin das Licht der Welt erblicken wird. *Selma Falkenberg – mein Alibi-Baby!*

»Selbstverständlich«, strahle ich, »sonst hätte ich mich ja wohl kaum beworben.«

Die Gedanken rasen durch meinen Kopf: Dieses unerwartete Jobangebot kommt genau zum richtigen Zeitpunkt. Ich muss das nur ein paar Wochen – oder Tage – durchziehen, in der Feronia-Versicherung *mein Baby* vorstellen ... und schon bin ich fein raus.

»Sie ahnen gar nicht, wie erleichtert ich bin! Wissen Sie, Deborah ist manchmal schwierig im Umgang mit ... Mitarbeitern. Sie dürfen ihr das nicht übelnehmen.«

Ich winke ab. So lange werde ich diesen Job nicht ausüben, dass mir die Eiskönigin etwas anhaben könnte.

Und Mats Falkenberg? Der wird schon klarkommen. Wer das Zusammenleben mit der Eiskönigin erträgt, wird auch meinen kleinen Trick überstehen. Locker.

»Sie können sich auf mich verlassen, ich bin dabei«, verspreche ich.

Daran, dass ich bereits einen Job habe, denke ich in diesem Moment nicht. Auch nicht daran, wie ich das einmal als *mein Baby* präsentierte Kind dann wieder aus meinem Leben ver-

schwinden lassen soll. Da wird mir schon was einfallen. Momentan sehe ich vor allen Dingen die großartige Chance, den eingeschlagenen Weg weiterzugehen, ohne kurz vorm Ziel umzukehren und Rolf gestehen zu müssen, dass alles Lug und Trug war. Eine Chance, die ich mir nicht entgehen lasse!
Per Handschlag werden wir uns einig, Mats Falkenberg und ich.
»Ich freue mich wahnsinnig«, behaupte ich.
»Du sollst nicht falsch Zeugnis reden«, würde Barnie garantiert krächzen, wenn er hier wäre.
Ist er aber nicht.

Kapitel 22

Schriftverkehr

Freitag, 26. August, 8.22 Uhr MEZ
r.segmueller@feronia.de an Ricky252@online.de
Thema: Gute Besserung

Liebe Friederike,
dein ärztliches Attest war eben in der Post, vielen Dank dafür.
Wir rechnen sowieso erst nach dem Mutterschutz wieder mit dir, doch die Dauer der Krankschreibung erfüllt mich mit Sorge: Eigentlich hatte ich gehofft, es ginge dir inzwischen ein wenig besser … »Beginnendes Burn-out« – das klingt wirklich nicht gut. Pass auf dich auf!
Hast du wenigstens eine gute Hebamme? In welcher Klinik wirst du entbinden? Wenn ich irgendetwas für dich tun kann, lass es mich wissen!
Alles Gute für die nächsten Wochen und natürlich eine problemlose Geburt wünscht dir
Rolf

PS: Ein Platz im Betriebskindergarten »Feronia-Zwergenstube« ist für deinen Nachwuchs reserviert :)

Freitag, 26. August, 17.37 Uhr Sydney Ortszeit
CarlaBerthold@sydneyhome.com an Ricky252@online.de
Thema: Wie wär's mit Urlaub auf der Südhalbkugel?

Meine liebe Ricky,
die Vergehen, für die du dereinst in der Hölle schmoren wirst, häufen sich so langsam. Dass du nachts überhaupt noch gut schlafen kannst, wundert mich :)
Im Ernst: Jetzt hast du also zwei Arbeitgeber, die nichts voneinander wissen – und feierst krank, ohne es zu sein. Das ist zumindest Versicherungsbetrug …
Was hast du Doktor Jakobsen vorgespielt, damit sie deine Krankmeldung verlängert hat? Und wie willst du es schaffen, demnächst beiden Jobs parallel gerecht zu werden? Hältst du schon Ausschau nach einer Doppelgängerin? Ich bin gespannt, wie du das dann jonglierst, wenn es in ein paar Wochen so weit ist.
Bis dahin aber solltest du unbedingt Urlaub machen! Seit Monaten hockst du jetzt schon in deinem Garten – und verpasst Schwimmbad, Biergarten, Eisdiele, Picknick im Park, Open-Air-Konzerte und all die anderen wunderschönen Seiten des Sommers …
Warum kaufst du dir nicht ein Flugticket und besuchst mich hier in Sydney? Vorfrühling in Australien ist mindestens so schön wie Spätsommer in Deutschland. Wetten?!
Ich würde mich riesig freuen!
Deine Carla

Freitag, 26. August, 8.54 Uhr MEZ
Mats_Falkenberg@yahoo.com an Ricky252@online.de
Thema: Danke – und noch eine Bitte

Liebe Frau Engelbrecht,
herzlichen Dank für die ärztlichen Atteste und für Ihr Verständnis. Ich hätte sowieso nie vermutet, dass Sie unter

Tuberkulose oder Aids leiden, aber meine Frau geht nun mal gern auf Nummer sicher.
Fast ist es mir ein bisschen unangenehm, aber Deborah bittet zusätzlich noch um ein polizeiliches Führungszeugnis. Ich hoffe, Sie interpretieren das nicht als Misstrauen unsererseits. Aber es würde Deborah sehr beruhigen, wenn wir es möglichst bald bekämen.
Ich grüße Sie herzlich – auch im Namen meiner Frau.
Ihr Mats Falkenberg

Freitag, 26. August, 9.12 Uhr MEZ
Ricky252@online.de an Gypsy@Schneidhaus.de
Thema: Wohnmobil

Lieber Gypsy,
neulich hattest du erwähnt, dass ich eventuell dein Wohnmobil leihen könnte. Steht das Angebot noch? Falls nein, ist es auch kein Problem. Falls ja, würde ich sehr (!) gern darauf zurückkommen.
Ich freue mich auf deine Antwort!
Friederike

Freitag, 26. August, 9.24 Uhr MEZ
Johanna@RA_Weissgerber.de an Ricky252@online.de
Thema: Kleine Abwechslung

Liebe Friederike,
nächsten Mittwoch veranstalte ich eine Tupperparty. Möchtest du nicht auch kommen? Ein wenig Abwechslung würde dir nicht schaden, damit du auf andere Gedanken kommst.

Na, was ist? Ich lasse keine Ausrede gelten!
Johanna

Freitag, 26. August, 9.32 Uhr MEZ
Ricky252@online.de an CarlaBerthold@sydneyhome.com
Thema: Gute Idee

Liebe Carla,
das, was ein Flugticket nach Sydney kosten würde, habe ich leider bereits in ein kostspieliges Hobby investiert: für Umstandsklamotten, künstliche Bäuche und eine komplette Erstlingsausstattung.
Schade, dass aus einem Wiedersehen so bald nichts wird (wann ist dein Sabbatical endlich zu Ende?). Aber die Idee mit dem Urlaub ist super, danke für den Tipp!
Ich habe auch schon eine prima Idee für ein paar erholsame Wochen – ohne Feronia, Schwangerschaftsposse und den ganzen Rest. Und das Ganze so gut wie gratis.
Was Doktor Jakobsen betrifft, so musste ich im Grunde nur bei der Wahrheit bleiben: Ich erzählte, dass ich bei meinem Friseur einen Heulanfall erlitt, dass ich ein komplettes Kinderzimmer eingerichtet habe und dass das Kind, für das ich all dies tue, am 9. September zur Welt kommt. Angesichts dieser Symptome hielt sie mich für *nicht* geheilt!
Grinsegrüße von Ricky

Freitag, 26. August, 10.01 Uhr MEZ
Gypsy@Schneidhaus.de an Ricky252@online.de
Thema: Gute Reise!

Liebe Friederike,
ein Mann, ein Wort – das gilt sogar für Friseure :)
Wie gesagt, ich nehme mir erst im Oktober eine Auszeit, bis dahin kannst du das Wohnmobil gern haben. Sag mir einfach, wann du losfahren möchtest.
Gypsy

Freitag, 26. August, 10.08 Uhr MEZ
Ricky252@online.de an Gypsy@Schneidhaus.de
Thema: Danke, danke, danke!!!

Lieber Gypsy,
das ist super-super-super-super-supergroßzügig! Vielen Dank! Am liebsten würde ich sofort losfahren, aber ich muss vorher noch rasch eine Unterkunft für meine beiden Haustiere suchen – Barnabas, den sprechenden Papagei, und Gorbatschow, den Kater. Ich melde mich, sobald ich einen Tiersitter gefunden habe.
Liebe Grüße – und nochmals TAUSEND DANK!
Friederike

Freitag, 26. August, 19.49 Uhr Sydney Ortszeit
CarlaBerthold@sydneyhome.com an Ricky252@online.de
Thema: Was ist der Trick?

Meine liebe Friederike,
So-gut-wie-gratis-Urlaub, wo gibt's denn so was? Wirst du etwa Reisebegleiterin eines stinkreichen Managers? Oder wanderst du einfach nur quer durch Europa und ernährst dich von Beeren, Pilzen und Erbetteltem?

Bitte, verrate mir den Trick, denn mein Sparstrumpf hat sich hier in Down Under leider schneller geleert als geplant …
Was sagen eigentlich deine Arbeitgeber zu diesen Reiseplänen? Musstest du zwei Urlaubsanträge ausfüllen?
Neugierige Grüße von Carla

PS: Was ist mit Barnie und Gorbie? Die nimmst du doch sicher nicht mit, oder? Falls du noch einen Tiersitter brauchst: Ich wüsste da jemanden, der mir einen Gefallen schuldet … Mein Bruderherz. Der kann froh sein, dass ich Gorbatschow bei dir untergebracht habe während meines Sabbaticals. Aber für zwei Wochen kann er ruhig auch mal ran. Weißt du was? Ich ruf ihn gleich an. Du brauchst diese Auszeit!

Freitag, 26. August, 11.15 Uhr MEZ
Ricky252@online.de an r.segmueller@feronia.de
Thema: Keine Sorge :)

Lieber Rolf,
lieben Dank für deine Grüße. Keine Sorge, mir geht es bereits deutlich besser. Doch wegen des anhaltenden Schwindels und einiger anderer Symptome geht meine Ärztin lieber auf Nummer sicher. Ich tue dies ebenfalls und begebe mich schon nächste Woche, deutlich vor dem errechneten Termin, in eine Einrichtung, die auf Risikopatientinnen in meinem Alter spezialisiert ist. Sobald ich mit dem Baby zu Hause bin, melde ich mich bei euch.
Dir und vor allem Charlene ebenfalls alles Gute! Auf dass wir die Feronia-Zwergenstube mit Leben füllen!
Grüße von Friederike

Freitag, 26. August, 12.26 Uhr MEZ
Ricky252@online.de an CarlaBerthold@sydneyhome.com
Thema: Tiersitter?!

Liebe Carla,
meinst du, dein Bruder macht das wirklich? Genial!
Umarmung von Ricky

Freitag, 26. August, 14.41 Uhr MEZ
Mats_Falkenberg@yahoo.com an Ricky252@online.de
Thema: Erleichterte Grüße

Hallo Ricky,
nochmals vielen Dank, dass du das mit dem polizeilichen Führungszeugnis so schnell hinbekommen hast. Und für deine Geduld mit Deborah. Ich hatte schon befürchtet, dass du den Job gleich wieder kündigst, als sie dir das Büchlein mit den Hygieneregeln überreichte. Nun aber bin ich sehr optimistisch, was unsere künftige Zusammenarbeit betrifft.
Liebe Grüße von Mats

Freitag, 26. August, 15.18 Uhr MEZ
Ricky252@online.de an Mats_Falkenberg@yahoo.com
Thema: Ich drücke die Daumen!

Hallo Mats,
kein Problem, ich kenne das. Meine Schwester hat in ihrer letzten Schwangerschaft ständig geheult, wenn sie nicht gerade zickig war oder müde. Das sind die Hormone. Ich bin

sicher, dass ich mit deinen beiden Frauen gut auskommen werde.
In den nächsten zwei Wochen bin ich übrigens ständig unterwegs. Natürlich kannst du mich auf dem Handy erreichen.
Am 9. September würde ich mich über eine kurze »Selma-ist-da«-Nachricht sehr freuen. Ich drücke die Daumen, dass alles gutgeht!
Ricky

Freitag, 26. August, 16.12 Uhr MEZ
Ricky252@online.de an CarlaBerthold@sydneyhome.com
Thema: Alles durchgeplant

Liebe Carla,
das ist das Erfreuliche an einem Krankenschein: Ich muss nirgendwo Urlaub beantragen. Und da mir Doktor Jakobsen dringend Luftveränderung empfohlen hat, ist ein Urlaub sogar therapeutisch sinnvoll.
Meine Chefs wissen Bescheid, dass ich nicht da bin. Rolf vermutet mich in einer speziellen Geburtsklinik für Risikomütter. Und Mats hat andere Probleme – vor allem eines, mit dem er verheiratet ist … Er braucht mich ja sowieso erst, wenn das Baby da ist.
Allerdings grenzt es an ein Wunder, dass ich bei Deborah keinen schriftlichen Urlaubsantrag stellen musste. Nachdem ich ihr Aidstest und Führungszeugnis vorgelegt hatte, toppte sie sich selbst und erfreute mich mit einem Manifest zum Thema »Hygiene in der Tagesbetreuung«.
Die Frau hat definitiv einen an der Waffel!
Wenn Mats nicht so nett wäre und ich kein Alibikind

bräuchte, würde ich das Ganze sofort abblasen. Aber die paar Tage werde ich schon überstehen, denn meine Tagesmutter-Rolle wird definitiv ein kurzes Gastspiel.
Sobald ich Selma in der Firma als mein Baby präsentiert habe, erfinde ich irgendeinen südländischen Kindsvater, der die Frucht unserer Affäre entführt, und zwar ans andere Ende der Welt. Und schwupps – bin ich alle Sorgen los!
So, jetzt geh ich packen.
Liebe Grüße von Ricky

PS: Dein Bruder hat gerade eben angerufen. Ich kann Barnie und Gorbie noch heute Abend bei ihm vorbeibringen. Perfekt! Danke, dass du ihn überredet hast :)
PPS: Ach ja, die Lösung meines So-gut-wie-gratis-Urlaubs … Du wirst es nicht glauben, aber mein Friseur leiht mir sein Wohnmobil. Ist das cool, oder was?

Freitag, 26. August, 16.27 Uhr MEZ
Ricky252@online.de an Gypsy@Schneidhaus.de
Thema: Reisefertig!!!

Lieber Gypsy,
die Sache mit dem Tiersitter ist geklärt, hurra! Dann könnte ich ja theoretisch morgen schon losfahren. Geht das klar?
Friederike

Samstag, 27. August, 1.31 Uhr Sydney Ortszeit
CarlaBerthold@sydneyhome.com an Ricky252@online.de
Thema: Ehren-Oscar

Nachtigall, ick hör dir trapsen! Liebe Ricky, in wen hast du dich verguckt:

- in den Wohnmobilbesitzer (Achtung, er ist höchstwahrscheinlich nicht an Frauen interessiert)
- oder den werdenden Kindsvater (erhöhte Obacht, verheiratet!), den du inzwischen sogar schon duzt?
- Und was ist mit dem sagenhaft gut aussehenden Oberarzt, von dem du mir seit Wochen vorschwärmst?

Du hast ja wirklich allerhand Eisen im Feuer. Nicht zu vergessen EDV-Rüdiger, der dir sofort zu Füßen läge, wenn du nur ein Wort sagen würdest …
Aber nein, die alle sind dir nicht gut genug. Du verliebst dich Hals über Kopf in einen rassigen Südländer, der dich schwängert und dann nichts Besseres zu tun hat, als dein Baby zu entführen.
Mensch, Friederike, das ist genial!
Ich glaube fast, mit dieser Geschichte kommst du unbeschadet raus aus der Nummer. Wenn du es nicht irgendwie versaust …
Liebe Grüße von Carla (die zwar todmüde ist, dir aber vorm Einschlafen noch rasch den Ehren-Oscar für die beste Münchhausiade des Jahrhunderts verleihen muss)

Freitag, 26. August, 17.42 Uhr MEZ
Ricky252@online.de an Johanna@RA_Weissgerber.de
Thema: Abwechslung ja, aber …

Schwesterherz,
ich bin untröstlich, aber leider muss ich dir absagen. Denn schon morgen fahre ich in Erholungsurlaub. Da werde ich

garantiert auf andere Gedanken kommen. Mit etwas Glück funktioniert das auch ganz ohne Tupperware :)
Grüß mir die *Mittlere Clarissa,* den *Reismeister,* die *Gewürzriesen* und wie sie alle heißen, die von mir ungekauften Tupperschüsseln!
Reisefiebrige Grüße von Friederike

Kapitel 23

Küstenstreifen

Nach knapp zwei Wochen auf Tour habe ich mich an so einiges gewöhnt. Beispielsweise daran, aus Beifahrersitz, Esstisch und Sesseln allabendlich ein Bett zu zaubern. Oder daran, zur täglichen Körperpflege die Gemeinschaftswaschräume diverser Campingplätze aufzusuchen. Und natürlich auch an die amüsierten Blicke der anderen Verkehrsteilnehmer, wenn ich mich mit dem *Gypsymobil* in den Straßenverkehr begebe.

Denn – und das wird Sie wohl kaum überraschen – dieses Wohnmobil kommt, wie Gypsy selbst, gewissermaßen als Gesamtkunstwerk daher: Es ist kompakt (um nicht zu sagen *winzig*), dennoch erstaunlich exklusiv ausgestattet und bunt wie eine Frühlingswiese.

Wobei Sie Letzteres gern wörtlich nehmen dürfen. Gypsy hat die ehemals weiß-graue Lackierung, die ihm zu fad erschien, durch ein florales Design in sämtlichen Farben des Regenbogens ersetzt. Ein echter Hingucker.

Wenn ich also auf der Flucht wäre und inkognito bleiben wollte, wäre das *Gypsymobil* wohl nicht unbedingt das optimale Gefährt. Doch ich bin ja lediglich auf der Flucht vor den Geistern meiner eigenen Phantasie. Und die kann ich auf dieser Tour – ohne festes Ziel, nur der Nase nach – wunderbar hinter mir lassen.

Inzwischen sehe ich es fast als Glücksfall an, dass Doktor Jakobsen vor meiner Abreise ein »beginnendes Burn-out« diagnostiziert und mir »intensive Erholung« verordnet hat. Genau diesen Rat befolge ich zurzeit strikt. Mit dem Erfolg, dass nicht nur meine Schwindelanfälle wie weggeblasen sind, sondern ich mich auch zum ersten Mal seit langer Zeit wieder richtig glücklich fühle.

Das wurde mir schon ganz am Anfang meiner Reise klar, als mir eines Nachmittags an einem einsamen Strand der nordfranzösische Wind um die Nase wehte. Und urplötzlich war es mir ganz leicht ums Herz. Ja, fast hätte ich sogar geweint vor Glück!

Eine Erfahrung, die niemanden mehr erstaunte als mich selbst.

Milde und Nachsicht wurden in meinem nächsten Reiseland schwer auf die Probe gestellt. Denn es regnete vom ersten Augenblick, als ich die Grenze nach Belgien überfuhr, bis zu dem Moment, als ich das Land wieder verließ!

Ich muss zugeben: Oostende ist ein malerisches Seebad mit eleganter Strandpromenade. Und es gibt hier die köstlichsten Waffeln. Sie schmecken sogar noch, wenn der Regen sie völlig durchweicht.

Auch Brügge hat seinen Reiz. Bei Sonne wäre seine historische Altstadt mit den malerischen Grachten gewiss herrlich gewesen. Ich aber floh lieber vor einem Wolkenbruch ins Trockene: in Museen und Konditoreien.

Mein Bedarf an Kunst altflämischer Meister ist nun fürs Erste gedeckt. Ebenso mein Appetit auf Pralinen. Meine Verdauungsorgane sind einfach nichts mehr gewöhnt, schon gar keine Überdosis an Zucker. Da war es wohl unvermeidlich, dass ich mir in der Welthauptstadt der Schokolade den Magen verdarb …

Selbst Blankenberge, wo mir die besten Pommes aller Zeiten heftiges Sodbrennen bescherten, ist garantiert ein ganz wundervoller Ort. Beziehungsweise *wäre* ein wundervoller Ort, um an der belgischen Nordseeküste Urlaub zu machen. Wenn es nicht geschüttet hätte …

Mit anderen Worten: Belgien hatte eine faire Chance, mich mit seinen Sehenswürdigkeiten und seinen Kalorienbomben zu begeistern. Aber pausenlos strömender Regen und Campingurlaub sind keine optimale Kombination. Am Ende waren all meine Klamotten so feucht, dass das *Gypsymobil* von innen beschlug. Ich fror und wurde griesgrämig.

Glücksgefühle in Frankreich, schlechte Laune in Belgien – was würde mich wohl in Holland erwarten?

Es mag Zufall sein, aber kaum hatte ich die belgisch-niederländische Grenze überquert, ließ der Regen nach. Die Wolkendecke öffnete sich, und die Sonne kam heraus. Seit gestern Abend nun steht mein *Gypsymobil* in Südholland auf einem netten, *trockenen* Campingplatz, der fünf Gehminuten von einem wunderbar breiten Sandstrand entfernt liegt.

Heute früh erwache ich davon, dass mir die Sonne vorwitzig auf die Nase scheint. Ein guter Anfang!

Als ich vom Duschen zurückkomme, ist es halb zehn und schon jetzt angenehm warm. Der Tag verspricht, spätsommerlich schön zu werden. Ideales Wetter, um endlich eines der neuen Strandkleider auszuführen, die ich mir unlängst gekauft habe. Darunter trage ich – für alle Fälle – einen Badeanzug, obwohl mich die kühle Nordsee wahrscheinlich eher nicht zu einer spontanen Erfrischung verlocken wird.

Rasch packe ich eine Flasche Wasser, ein Buch, eine Strandmatte, ein Handtuch und etwas Kleingeld in meinen Rucksack, setze meine neue, ultraschicke Sonnenbrille auf und marschiere los.

Ich bin fast allein am Strand. Nur ein paar Jogger und Hundebesitzer sind um diese Zeit unterwegs.

Es ist Ebbe. Was aber hier keineswegs bedeutet, dass bis zum Horizont nichts als Matsch zu sehen wäre, nein, das Meer hat sich lediglich etwas zurückgezogen. Barfuß durchquere ich einen flachen, lauwarmen Wasserstreifen und erreiche dann eine Sandbank, die jetzt bei Niedrigwasser zum neuen Küstensaum wird.

Es ist einfach herrlich! Welle um Welle kommt angerollt, bricht sich und läuft aus, um dann im Sand zu versickern und nichts weiter als einen feinen Salzrand und ein paar winzige Ablauflöcher zu hinterlassen. Für einen Moment noch wirkt die Farbe des feuchten Sandes dunkler als die Umgebung, doch auch dieser Effekt verschwindet bald – spätestens mit der nächsten Welle, der ich hüpfend ausweiche.

Der Strand scheint endlos breit zu sein. Ich könnte ewig so weiterlaufen! Doch irgendwann gegen Mittag kehre ich um. Mein Magen knurrt inzwischen nachdrücklich, und irgendwie muss ich schließlich wieder zurückkommen zu meinem Ausgangspunkt.

Unterwegs kaufe ich mir an einem Kiosk ein Fischbrötchen und esse es rasch auf, bevor die gierigen Möwen auf die Idee kommen, mir nachzustellen.

Als ich den Ausgangspunkt meiner Wanderung wieder erreiche, ist es bereits früher Nachmittag. Die Flut kommt, und der Strandabschnitt ist jetzt belebter. Einige Mutige tollen sogar durchs Wasser, schwimmend und planschend. Ich verzichte auf dieses Vergnügen und genieße lieber die wärmenden Strahlen der Sonne. Meine Strandmatte breite ich direkt bei den Dünen aus, wo es besonders windstill und beinahe heiß ist.

In der Nähe baut ein Vater mit seiner kleinen Tochter eine Sandburg. Sie schaufeln und graben, formen und befestigen Mauern aus feuchtem Sand und verzieren sie schließlich mit

Muscheln beziehungsweise mit *mosselen,* wie ich das holländische Mädchen sagen höre.

Ob wohl auch ich jemals mit einer Tochter am Strand spielen werde?

Bald – genauer gesagt: in 169 Tagen – werde ich vierzig. Dann ist es zwar noch nicht zu spät zum Kinderkriegen, aber doch immerhin höchste Zeit, sich den passenden Partner dafür zu suchen. Oder sich zumindest darüber klarzuwerden, was man eigentlich möchte.

Halt! Keine trübseligen Gedanken an diesem wundervollen Tag!

Immerhin habe ich mich selten so wohl gefühlt wie in den letzten zwei Wochen. Und die habe ich ganz allein verbracht. Ohne Chef und Kolleginnen, ohne beste Freundin und Schwester, ohne Kerl – und nicht zuletzt auch ohne Mocky.

In diesem Augenblick bin ich so rundum zufrieden, wie man nur sein kann, wenn man sich selbst als Begleitung vollkommen genügt.

Doch dann höre ich das fröhliche Kinderlachen des holländischen Mädchens und fange sofort an zu zweifeln: Kann es nicht sein, dass Carla recht hat? Habe ich mich, wovon sie überzeugt ist, in die Rolle der Scheinschwangeren nur deshalb so hineingesteigert, weil eine kleine Familie genau das ist, was ich mir insgeheim ersehne?

Ach, ach, ach.

Um mich abzulenken, greife ich nach meinem Buch. Schon nach drei Seiten lege ich es wieder weg und schließe lieber die Augen. Ich will eigentlich gar keine Ablenkung. Der Augenblick ist perfekt so, wie er ist. Ich lausche dem Lachen des kleinen Mädchens, dem Meeresrauschen, dem Kreischen der Möwen und den Sandkörnern, die leise auf meine Strandmatte prasseln …

Schweißgebadet schrecke ich auf und reibe mir irritiert die Augen. Mein Mund ist trocken, und für einen kurzen Augenblick weiß ich nicht, wo ich bin. Ich muss wohl eingeschlafen sein, alles spricht dafür. Kein Wunder, dass mein Magen knurrt. Ich schaue auf die Uhr. Schon fast Abend. Höchste Zeit für eine Mahlzeit.

Im Strandpavillon sind die meisten Tische belegt. Ich finde einen Platz im Schatten. Gleich nebenan sitzt das Sandburg-Mädchen mit seinem Vater. Jetzt gesellt sich auch die dazugehörige Mutter hinzu, hochschwanger und bildhübsch. Eine Sekunde lang bedauere ich, Mocky nicht mitgenommen zu haben. Dann könnte ich ihr zulächeln, sie würde zurücknicken, als wären wir Schwestern im Geiste. Werdende Mütter, die heute diesen wundervollen Strandtag genossen haben.

Ich nehme die Sonnenbrille ab, um die Speisekarte besser lesen zu können. Thunfischsalat, das klingt gut.

Wo bleibt die Bedienung? Ich schaue mich um und erspähe aus den Augenwinkeln, wie sich das kleine holländische Sandburg-Mädchen schier ausschüttet vor Lachen. Die Kleine deutet in meine Richtung und bringt ihre Eltern dazu, loszuprusten, indem sie laut und deutlich *»De vrouw ziet eruit als een wasbeertje«* sagt. Dabei gluckst sie fröhlich.

Die Erwachsenen haben sich rasch wieder im Griff, das laute Lachen wird zum unterdrückten Gekicher. Dann raunt die schwangere Beinahe-Seelenverwandte:

»Ja, als een wasbeertje – alleen omgekeerd.«

Was neue Lachsalven und ein »Psssst« des Sandburg-Papis zur Folge hat.

Irritiert schaue ich mich um. Hinter mir ist niemand sonst, der gemeint sein könnte.

Ich tue so, als ob ich nichts bemerkt hätte. Obwohl ich innerlich aufgewühlt bin!

Das Niederländisch-Wörterbuch, das ich auf meinem Handy gespeichert habe, bestätigt meinen Verdacht: Man hat mich soeben als *Waschbär* bezeichnet. Beziehungsweise als »Waschbär – aber umgekehrt«. Was auch immer das bedeuten mag. Bin ich etwa behaart? Aggressiv und bissig? Behäbig und tapsig? Überhaupt: In meinem Größe-42-Kleid sehe ich heute beinahe schlank aus! Also bitte …

Endlich taucht die Kellnerin auf, und ich kann bestellen. Mit stoischer Miene notiert sie meine Wünsche, doch im Weggehen ist es vorbei mit ihrer Selbstbeherrschung, und sie kann sich ein breites Grinsen nicht länger verkneifen.

Jetzt will ich es aber wissen: Bevor der Salat kommt, gehe ich rasch auf Toilette und werfe einen prüfenden Blick in den Spiegel.

Oh! Mein! Gott!

Was ich sehe, ist einigermaßen schockierend: braungebrannte Wangen, eine knallrote Nase – und schneeweiße Ränder um die Augen herum.

Mist, das hat man nun von einer ultraschicken, riesengroßen Sonnenbrille. Oh, wie stolz war ich auf dieses übergroße Gestell im angesagten Retro-Design. Ja, meine Brille ist absolut cool, aber verheerend in ihrer Wirkung.

Zum Glück habe ich in meinem Rucksack ein kleines Necessaire mit den wichtigsten Beauty-Utensilien für unterwegs, darunter etwas Puder-Make-up. Rasch tupfe, wische und überschminke ich die Grenzen zwischen den verschiedenen Farbfeldern in meinem Gesicht. Das Resultat ist einigermaßen ansehnlich. Und wo ich schon dabei bin, trage ich auch noch etwas Mascara und Eyeliner auf.

Mit dem Resultat bin ich sehr zufrieden. Heute soll mich niemand mehr auslachen!

Als ich an meinen Tisch zurückkehre, stehen Getränk und Sa-

lat schon da. Die kichernden Holländer dagegen sind verschwunden.
Ich atme auf.
Im Grunde könnte es mir ja egal sein, was sie über mich denken. Aber lieber ist mir, dass an ihrem Tisch jetzt eine ältere Dame sitzt, die mir freundlich lächelnd zunickt und sich dann wieder in ihre Lektüre vertieft. Ohne irgendwelche Bemerkungen über meine maskenartige Gesichtsfärbung zu verlieren. Der Schminktrick scheint zu funktionieren.

Der Salat schmeckt köstlich. Beim Essen merke ich erst, wie ausgehungert und durstig ich bin. Das Wasser leere ich fast in einem Zug.
Ich habe mein Smartphone in der Hand, um einige niederländische Vokabeln im Handy-Wörterbuch nachzusehen, als das Signal für eine eingehende SMS ertönt. Neugierig lese ich die Nachricht:

HALLO SÜSSE, HABE ICH HEUTE MEHR GLÜCK? WENN DU AUCH LUST AUF EINEN KAFFEE HAST, KANN ICH IN 10 MINUTEN BEI DIR SEIN UND DICH ABHOLEN. CORNELIUS

Oh, nein … Das heiß ersehnte Lebenszeichen, da ist es! Und schon wieder im völlig unmöglichen Moment. Ausgerechnet! Nun muss ich ihn zum zweiten Mal auf einen späteren Zeitpunkt vertrösten. Würde mich nicht wundern, wenn er bald das Interesse verlöre …

SCHADE, ABER WENN DU NICHT GERADE IN SÜDHOLLAND BIST, SO WIE ICH, SCHAFFST DU ES WOHL KAUM IN 10 MINUTEN :(ABER DU WEISST JA: ALLER GUTEN

DINGE SIND DREI. BEIM NÄCHSTEN MAL KLAPPT ES BESTIMMT! LIEBE GRÜSSE VON FRIEDERIKE

Nach kurzem Zögern – ist das zu kumpelhaft, zu aufdringlich, zu emotionslos? – schicke ich die SMS ab.
Mein Herz schlägt bis zum Hals. Wenn Cornelius wüsste, wie sehr eine einzige Kurznachricht von ihm mich aufwühlt … Er schafft es quasi aus Hunderten von Kilometern Entfernung, meinen Puls zu beschleunigen, als sei ich ein Teenager.
Und dabei bin ich den Wechseljahren deutlich näher als der Pubertät, überlege ich und muss zum ersten Mal beim Gedanken an meinen bevorstehenden vierzigsten Geburtstag grinsen.
Cornelius' Antwort kommt postwendend – jedenfalls lässt der SMS-Signalton meines Handys das vermuten. Was er wohl geantwortet hat? Ich bin neugierig und lese:

SELMA FEDERICA FALKENBERG HAT VOR ZWANZIG MINUTEN IHREN ERSTEN ATEMZUG GETAN UND FREUT SICH DARAUF, DICH KENNENZULERNEN. MUTTER UND KIND SIND WOHLAUF! ICH BIN SEHR GLÜCKLICH UND HABE MICH HALS ÜBER KOPF VERLIEBT IN MEINE TOCHTER. MATS

Oh. Ooooh!
Wie konnte ich das bloß vergessen? Heute ist der 9. September, der Tag von Deborah Falkenbergs sorgfältig geplantem Kaiserschnitt.
Damit ist also auch meine Scheinschwangerschaft zu Ende. Selma ist da, und sie trägt – immerhin als Zweitnamen – die italienische Variante von Friederike.
Ich bin so gerührt! Und schreibe sofort zurück:

WILLKOMMEN AUF DIESEM PLANETEN, LIEBE SELMA FEDERICA! ICH KANN ES KAUM ERWARTEN, DIE NEUE ERDENBÜRGERIN ZU BESUCHEN. BIN NOCH IN URLAUB, ABER NÄCHSTE ODER ÜBERNÄCHSTE WOCHE WÜRDE ICH GERN VORBEIKOMMEN. PASST DAS? FRIEDERIKE

Die nächste SMS kommt wenige Sekunden später:

NA, DAS WILL ICH DOCH HOFFEN! SO SCHNELL GEBE ICH NÄMLICH NICHT AUF. ABER WENN DU MIR WIEDER EINEN KORB GIBST, MUSST DU MICH ZUR STRAFE ZUM ESSEN EINLADEN :) – C.

Ich atme auf: Cornelius ist nicht sauer. Sondern hartnäckig! Das gefällt mir.
Schon wieder eine Nachricht – diesmal mit Bild. Ein Foto von Selma.
Wie unfassbar zauberhaft!
Der dazugehörige Text ist kurz:

WANN IMMER DU MÖCHTEST. WIR FREUEN UNS! MATS

Ich spüre, wie mir die Tränen übers Gesicht laufen, doch das ist mir egal. Denn gleichzeitig strahle ich wie ein Maikäfer. Und im Überschwang der Gefühle bestelle ich einen Sekt. Schließlich gibt es etwas zu feiern!
Mein Blick ist zwar tränenverschleiert, doch es bleibt mir nicht verborgen, wie mich die ältere Dame von nebenan mit schiefem Grinsen und prüfendem Blick mustert.
»Ich darf Sekt trinken«, proste ich ihr zu, »ich bin nämlich nicht schwanger – nur dick.«

»Natürlich sind Sie das nicht – und übrigens auch ganz und gar nicht dick«, antwortet die weißhaarige Dame freundlich, »aber Sie sehen aus wie ein … Streifenhörnchen.«
»O weh, ich hätte wohl lieber auf Mascara und Eyeliner verzichten sollen«, antworte ich lachend und wische mir mit einer Serviette das Gesicht ab. Wahrscheinlich mache ich damit alles nur noch schlimmer, aber haben Sie vielleicht einen besseren Vorschlag?
»Wer nah am Wasser gebaut hat, sollte sich lieber wasserfeste Wimperntusche zulegen«, lächelt sie.
»Ja, das sollte ich wohl tun«, nicke ich zurück.
Bisher war ich nicht sonderlich sentimental. Aber liest man nicht oft, dass sich das bei den meisten Frauen ändert, sobald sie erst einmal Mutter sind?

Kapitel 24

Auf den Arm

Die Sache mit der Rührseligkeit entwickelt sich langsam zum Problem. Nicht nur vor zwei Wochen, als mich in einem holländischen Strandpavillon die Nachricht von Selmas Geburt erreichte, liefen mir Tränen der Ergriffenheit über die Wangen. Der gleiche Effekt stellt sich seither immer wieder aufs Neue ein, sobald ich mir das Foto seiner zauberhaften Tochter ansehe, das Mats mir aufs Handy geschickt hat. Und ich habe es häufig betrachtet!

Sogar als ich nach meiner Rückkehr das *Gypsymobil* zurückbrachte und danach meine beiden tierischen Mitbewohner abholte, wurde ich gefühlsduselig. Vor Carlas Bruder gelang es mir noch einigermaßen, mich zusammenzureißen, doch kaum betrat ich wieder die eigenen vier Wände, schluchzte ich laut drauflos! Gorbatschow ergriff angesichts meiner Tränen die Flucht in den Garten, Barnabas schwieg verstört und bellte nicht einmal.

Nachdem ich mich einigermaßen beruhigt hatte, rief ich bei Mats an, um einen Besuchstermin zu vereinbaren. Mitten in unserem Gespräch übermannte mich erneut die Rührung, und ich musste einen Hustenanfall simulieren, um den Kloß im Hals zu überspielen.

Das ist nicht lustig! Sondern ausgesprochen lästig. Zumal ich normalerweise kein bisschen zu übertriebener Empfindsamkeit neige. Und dabei würde ich es auch gern belassen. Denn es gefällt mir ganz und gar nicht, meinen Gefühlen dermaßen ausgeliefert zu sein. Ja, ich erkenne mich selbst fast nicht wieder.

Kaum denke ich an Mats, der gesagt hat, Selma habe sein Leben komplett verändert und ihm einen tieferen Sinn gegeben – schon bebt meine Unterlippe.
Ich treffe beim Zappen auf den *König der Löwen* – zack, breche ich in Tränen aus.
Ich rechne mir aus, dass ich heute in genau 155 Tagen vierzig werde und mit jeder Sekunde die Wahrscheinlichkeit, in diesem Leben jemals schwanger zu werden, weiter gegen null tendiert – und schon wieder ist es um mich geschehen …
Seit ich aus dem Urlaub zurück bin, habe ich in zwei Wochen so viele Papiertaschentücher verbraucht wie sonst in einer ganzen Erkältungssaison.
Nun also sitze ich im Auto unterwegs zu den Falkenbergs – und damit auf dem besten Weg zu einem weiteren Gefühlsausbruch. Die Chance darauf, dass ich in den nächsten zehn Minuten keines dieser saugfähigen Zellstoffprodukte benötigen werde, ist ausgesprochen gering. Einerseits kann ich es kaum erwarten, sie endlich zu sehen, andererseits ist mir mein tränenreiches Verhalten schon im Voraus peinlich.
Vielleicht sollte ich das Ganze abblasen und wieder nach Hause fahren? *Deal mit mir selbst: Falls ich keinen Parkplatz finde, kehre ich um!*
Natürlich entdecke ich sofort eine freie Lücke, was hier in der Altstadt ein echter Glückstreffer ist.
Na schön.
Ich schnappe die Tüte mit den Babygeschenken, steige aus, werfe die Wagentür ins Schloss, atme tief durch und marschiere los. Bevor ich es mir anders überlegen kann, drücke ich auf die Klingel mit der Aufschrift »Falkenberg«, straffe die Schultern und versuche, ganz, ganz stark zu sein. Augen zu und durch!
Es ist Deborah Falkenberg, die mir die Tür öffnet – sorgfältig

geschminkt und in einen nachtblauen Seidenkimono gewandet. Ihre langgliedrigen Finger mit den in trendigem Nude-Style lackierten Nägeln umfassen ungeschickt ein schreiendes Bündel. Sie hält es mit etwas Sicherheitsabstand von ihrem Körper weg, als handele es sich um einen undichten Müllbeutel, der ihre teure Robe beschmutzen könnte.

»Na endlich«, fährt mich die Eiskönigin unfreundlich an und drückt mir das schreiende Etwas in die Arme. »Ich bin vollkommen übernächtigt und brauche jetzt dringend einen Mittagsschlaf.«

Und *puff!* ist sämtliche Gefühlsduselei verschwunden! So habe ich mir die erste Begegnung mit Selma beileibe nicht vorgestellt. Sie plärrt mir mit der Lautstärke eines startenden Jets ins Ohr, ihr knallrotes Gesichtchen zu einer albernen Trollgrimasse verzerrt.

Hilfe! Und was mache ich jetzt mit diesem kleinen Wesen?

»Deborah, bist du verrückt? Heute ist Friederike unser Gast«, unterbricht uns Mats, der aus dem Nebenraum hastet und mir das weinende Baby abnimmt. Er wiegt Selma sanft hin und her, und bald schon hat sie sich beruhigt. Die Trollgrimasse verschwindet, und das drollige, wunderhübsche Babygesichtchen kommt wieder zum Vorschein.

»Hallo erst mal«, stammele ich, »und, ähm, herzlichen Glückwunsch.« Ich schüttele den mehr (Mats) oder weniger (Deborah) stolzen Eltern die Hand. Dass die der Eiskönigin sich mindestens so kühl anfühlt, wie ihr Blick aussieht, verwundert mich kaum.

Weil Mats mit Selma beschäftigt ist, überreiche ich Deborah meine Präsente. Sie legt sie unausgepackt und ohne sie eines weiteren Blickes zu würdigen auf eine Kommode. Dabei murmelt sie ein wenig überzeugendes »Besten Dank«, das in etwa so sehr von Herzen kommt wie der Biss einer Kobra.

Dann dreht sie sich auf dem Absatz um und marschiert wortlos davon.

»Sie ist einfach völlig fertig mit den Nerven, und Schmerzen von der OP hat sie auch noch«, entschuldigt Mats den Auftritt der Eiskönigin. Und um ihn gleich wiedergutzumachen, packt er sofort meine Geschenke aus und bedankt sich überschwenglich für die Spieluhr und das lustige Holztürschild, das ich habe anfertigen lassen. »Selmas Zimmer« steht darauf in kindlich verspielten Buchstaben.

»Möchtest du ihr das Fläschchen geben? Dann könnte ich uns in der Zwischenzeit einen Kaffee kochen«, schlägt Mats vor.

Ich strahle wie ein Honigkuchenpferd, als Mats mir dieses wunderbare, winzige Wesen in den Arm legt, das sich sofort an mich kuschelt. Dann biete ich ihr das Fläschchen an, das Mats vorbereitet hat, und Selma nuckelt es mit gesundem Appetit leer.

Rechtzeitig bevor mich der Zauber dieses Augenblicks wieder in eine sentimentale Stimmung versetzt, kommt Mats mit zwei Kaffeetassen und einem Handtuch aus der Küche.

»Jetzt muss sie ein Bäuerchen machen. Willst du? Dann solltest du dir das hier über die Schulter legen«, erklärt er und reicht es mir.

Dass der Spuckschutz aus Frottee keine übertriebene Vorsichtsmaßnahme ist, beweist Selma wenig später mit einem eindrucksvollen Rülpser, begleitet von einem Schwall Milch, der zum Glück nur das Handtuch trifft, nicht mein T-Shirt.

Während wir unsere Kaffeetassen leeren und ich Selma auf dem Arm wiege, erzählt Mats mir voller Begeisterung aus Selmas Leben. Und obwohl das erst zwei Wochen lang ist, hat er viel zu berichten: Keine ärztliche Untersuchung bleibt unerwähnt, kein nächtliches Verdauungsproblem unkommentiert, kein Foto ungezeigt. Selten habe ich einen dermaßen euphori-

schen Vater erlebt. Eins ist ganz offensichtlich: Er liebt Selma abgöttisch!
Was ich gut verstehen kann, denn sie ist absolut hinreißend. Viel knuffiger als alle Babys, die mir bisher begegnet sind. Sogar – und ich bitte Sie, das der heiligen Johanna gegenüber nie zu erwähnen! – als meine Neffen und Nichten.
Bei Mats scheint die Wirkung des Kaffees völlig zu verpuffen: Er gähnt, während er die Tassen abräumt. Sicher ist er noch übernächtigter als die Eiskönigin. Wenn ich raten sollte, wer nachts aufsteht, wenn Selma schreit, würde ich ganz gewiss nicht auf sie tippen.
Kurz entschlossen schlage ich ihm vor, einen langen Spaziergang mit Selma zu machen. Allein.
»Damit du dich auch ein wenig ausruhen kannst.«
Dankbar nimmt Mats mein Angebot an. Nachdem er Selma warm angezogen und in den Kinderwagen gepackt hat, marschiere ich los.
Es ist ein kühler, aber sonniger Herbsttag. *Und ich schwebe …*
Ja, es ist verrückt, aber in diesem Moment fühle ich mich wirklich wie eine überglückliche Mutter, die gerade mit ihrem Neugeborenen eine Runde an der frischen Luft dreht.
Die Menschen, denen ich zuerst in der Altstadt und dann im Park begegne, erwidern mein mütterlich stolzes Lächeln; mehrere ältere Frauen werfen anerkennende Blicke in den Kinderwagen.
Ich gehe ohne festes Ziel. Doch als ich mich plötzlich ganz in der Nähe des Feronia-Gebäudes befinde, materialisiert sich die Idee, die zuvor höchstens vage in meinem Hinterkopf herumgespukt ist, zu einem spontanen Plan: Ich werde meiner Abteilung einen Besuch abstatten und den real existierenden Beweis dafür liefern, dass ich einen aktiven Beitrag zum Bevölkerungswachstum geleistet habe!

Gesagt, getan. Schon im Aufzug treffe ich auf Tanja und Gesine, die eben auf dem Weg nach draußen sind, um eine Raucherpause einzulegen und dabei die Herbstsonne zu genießen. Dieser Plan wird vorerst auf Eis gelegt, denn ihre Neugier ist stärker als die Gier auf Nikotin …
Oben angekommen, ist das Hallo erst recht groß. Selma ist nicht nur eine willkommene Unterbrechung des Arbeitsalltags, sondern eine echte Sensation.
»Das muss gefeiert werden«, entscheidet Doreen spontan und ruft rasch in der Kantine an, um ein großes Tablett belegter Brötchen zu bestellen. Tanja eilt in die Küche, um Sektgläser zu holen und den Schampus zu öffnen, der dort immer im Kühlschrank bereitsteht, für alle Fälle. Man weiß ja nie, was es zu feiern gibt.
Während meine Kolleginnen umherwuseln und eine kleine, spontane Feier vorbereiten, schaue ich bei Rolf hinein, der gerade in schlechtem Englisch ein ernstes Telefonat führt.
Mal wieder mit Übersee?
Als er mich sieht, hellt sich seine Miene sofort auf.
»Sorry, I call you again later«, brüllt er in den Hörer und beendet so das Gespräch.
»Ich hab gedacht, ich schau einfach mal vorbei und stelle euch Selma vor«, sage ich. Beziehungsweise würde ich sagen, wenn ich Luft bekäme. Rolfs herzliche Umarmung ist so stürmisch, dass es mir die Sprache verschlägt.
Wenig später versammeln sich alle in der Küche, nippen am Sekt, kauen belegte Brötchen und löchern mich mit Fragen: Wie die Geburt verlaufen ist, wie groß und schwer Selma war, als sie zur Welt kam, ob sie schon durchschläft …
Ich liefere einen rundum wahrheitsgetreuen Kreißsaalbericht – einmal abgesehen davon, dass ich darin die Rolle meiner Schwester einnehme. Mein Publikum hängt an meinen

Lippen, und ich belohne es für diese Aufmerksamkeit, indem ich meinen Bericht mit allerhand charmanten Details ausschmücke und mit sämtlichen gewünschten Fakten zu Gewicht, Größe und Kopfumfang der kleinen Prinzessin spicke. Zum Glück habe ich mir gemerkt, was Mats vorhin darüber referiert hat.

Während Gesine und Tanja schließlich doch zum Rauchen verschwinden und Doreen in der Küche klar Schiff macht, begleitet mich Rolf zum Fahrstuhl.

»Bei uns ist es spätestens in drei Tagen so weit«, beantwortet er meine Frage nach seinem eigenen Nachwuchs, »Charlene ist schon zehn Tage überfällig. Wenn sich am Wochenende nichts tut, wird die Geburt am Montag eingeleitet.«

»Oh«, sage ich, weil mir nichts Klügeres einfällt, und füge etwas lahm hinzu: »Das wird schon.«

Rolf wirkt ungewöhnlich aufgeregt, als er von der bevorstehenden Entbindung spricht. Bald erfahre ich auch, warum.

»Ich habe Charlene versprochen, im Kreißsaal mit dabei zu sein. Aber so langsam bezweifele ich, dass ich das durchstehe. Was, wenn ich ohnmächtig werde?«

Aha. Daher weht der Wind. Der starke Mann hat Muffensausen!

»Ich kann dich soooo gut verstehen«, tröste ich ihn mit aufrichtiger Teilnahme, denn ich kann mich nur zu gut daran erinnern, wie panisch ich im Sommer war, als ich unverhofft zur Gebärbegleiterin meiner Schwester wurde. Deshalb kann ich ihm tatsächlich ein paar brauchbare Tipps geben: »Die beste Position für dich ist hinter ihr oder seitlich ungefähr in ihrer Kopfhöhe. Konzentriere dich auf die Atmung, aber versuche niemals, ihr kluge Ratschläge diesbezüglich zu geben. Ähm, ja, und auch sonst nicht – einfach *gar keine* Ratschläge. Halte einfach ihre Hand, massiere ihr den Rücken, wenn sie das möchte, und lass dich von ihr beschimpfen. Reagiere in jedem Fall ruhig und gelassen, als wärest du in einem Meeting – nicht im Kreißsaal. Und versuche niemals – *niemals!* –, dir vorzustellen, du wärst an ihrer Stelle!«

Rolf Segmüller nickt eifrig. Es fehlt nicht viel, und er würde sich Notizen machen.

Dann kommt der Fahrstuhl. »Fängst du eigentlich gleich nach dem Mutterschutz wieder an, oder beantragst du anschließend Erziehungsurlaub?«, will er noch wissen.

»Ich denke nicht, dass ich länger als diese acht Wochen zu Hause bleibe«, nicke ich, »Elternzeit, das ist nichts für mich. Das wird mir zu langweilig.«

»Gut so, wir brauchen dich nämlich hier«, strahlt Rolf, »und, wie gesagt, der Platz für Selma in der Feronia-Zwergenstube ist reserviert!«

Wortlos lächele ich ihm durch die sich schließende Aufzugtür zu. Ja, die Feronia-Zwergenstube. Die werde ich wohl kaum in Anspruch nehmen. In zwei Wochen läuft mein Krankenschein ab. Spätestens Ende nächster Woche sollte ich also diese Entführungsgeschichte inszenieren und dann, tief verzweifelt, aber standhaft und pflichtbewusst, meine Tätigkeit als Projektleiterin wieder aufnehmen.

Auch wenn das während des Mutterschutzes eigentlich nicht erlaubt ist. Ich werde mich da einfach durchsetzen, weil ich mich in einer Extremsituation befinde und unbedingt auf andere Gedanken kommen muss!

Mit der Zeit werde ich mir, trotz meines Unglücks, zuweilen wieder ein kleines Lächeln gestatten, aber verschlossen bleiben, sobald es um Selma geht.

Das Thema ist einfach zu schmerzhaft für mich.

Ja, das klingt glaubwürdig, oder? Auf dem Schreibtisch werde ich ein paar Fotos von meiner über alles geliebten, verschwun-

denen Tochter aufstellen und es zuweilen melancholisch-versonnen betrachten. Das ist alles.
Ende der Geschichte!
»Ist nicht persönlich gemeint«, flüstere ich Selma ins winzige Öhrchen. Sie befindet sich im Traumland und bekommt nichts mit von den skrupellosen Plänen, die ich gerade schmiede. Es geht zwar nur um ein *theoretisches* Verbrechen, aber ich kann nicht ganz verhindern, dass sich mein Gewissen regt. Ich werde wohl sentimental. Muss am Älterwerden liegen.

Gerade, als ich das Gebäude verlassen will, taucht EDV-Rüdiger wie aus dem Nichts auf und hält mir die Tür auf. Hat er etwa hier auf mich gewartet?
»Ich, ähm, hab dich vorhin durchs Fenster gesehen, als du ankamst«, stottert er verlegen, die Hände hinter dem Rücken verschränkt.
Und seitdem steht er hier, um mir aufzulauern?
»Tja, und, ähm, natürlich möchte ich dir, na ja, ähm, also – gratulieren. Herzlichen Glückwunsch!«, stößt er hervor und überreicht mir verstohlen ein Geschenk. Das muss er wohl hinter seinem Rücken verborgen gehabt haben.
»Aber Rüdiger, das musst du doch nicht tun. Du hast mir doch schon einen Gutschein für Babysitter-Stunden geschenkt«, wende ich etwas beschämt ein.
Babysitter-Stunden, die ich niemals in Anspruch nehmen werde.
»Wenn es dir nicht gefällt, kann ich es, ähm, umtauschen«, sagt Rüdiger, noch immer mit hochrotem Gesicht.
Es ist eine Digitalkamera!
»Damit du jeden Moment ihrer Entwicklung für die Ewigkeit festhalten kannst«, erklärt EDV-Rüdiger ungewöhnlich poetisch.

»Aber Rüdiger. Ich weiß gar nicht, was ich sagen soll. Das ist doch viel zu teuer! Warum machst du mir so ein großes Geschenk?«, frage ich, obwohl ich die Antwort lieber nicht hören will. Was, wenn jetzt ein Liebesgeständnis folgt? Gott bewahre!

»Na, ganz einfach: Weil deine Digitalkamera doch, ähm, kaputt ist. Hast du das nicht neulich erzählt?«

»Neulich? Das war letztes Jahr im Dezember auf der Betriebsweihnachtsfeier«, sage ich verblüfft, »und das weißt du noch?«

Rüdiger nickt stumm.

Ich fürchte, Carla hat recht. Der Kerl ist in mich verknallt.

In diesem Moment öffnet Selma die Augen und beginnt, vor sich hin zu brabbeln.

Ich sollte mich lieber beeilen, bevor sie anfängt zu schreien. Denn ich habe weder frische Windeln noch ein Fläschchen dabei.

EDV-Rüdiger beugt sich über den Kinderwagen und streichelt sanft Selmas Händchen. Ich glaube fast, er hat Tränen in den Augen, als ihre winzigen Fingerchen reflexartig nach seinem Daumen greifen.

»Na, du Kleine«, sagt er leise. Wer hätte das gedacht: Rüdiger, der Babyflüsterer!

Ich grinse noch vor mich hin, als ich wieder in die Straße einbiege, in der die Falkenbergs wohnen. Bevor ich klingele, lege ich noch rasch Rüdigers Geschenk auf den Beifahrersitz meines Autos. Um Fragen zu vermeiden.

Wieder ist es die Eiskönigin, die mir die Tür öffnet.

»Wurde aber auch Zeit. Wir haben einen Termin beim Fotografen, und Selma muss noch gewickelt werden«, verkündet sie mürrisch.

»Kein Problem, ich mach das schnell«, sagt Mats. »Nicht weg-

gehen, bin gleich zurück«, ergänzt er in meine Richtung und verschwindet mit Selma.
Es wäre wohl extrem unhöflich, entgegen seiner Bitte einfach abzuhauen, oder? Wenngleich genau das meinem tiefsten Wunsch entspricht. Wie soll ich nur die nächsten Minuten mit dieser Person überstehen? Ihre Ausstrahlung lässt mich frösteln …
»Nächstes Mal sprechen Sie bitte mit uns ab, wie lange Sie mit Selma wegbleiben. Oder Sie schalten Ihr Handy ein«, teilt sie mir mit.
Ach. Wir sind also wieder beim Sie?
Entweder ist das ihre Art, sich von Dienstboten abzugrenzen, oder sie hat schlicht vergessen, dass wir uns vor dem Urlaub auf das Du geeinigt hatten. Damals, als ich vorbeikam, um ihr mein polizeiliches Führungszeugnis zu präsentieren.
Ein paar Sekunden – gefühlt eine halbe Ewigkeit – später kommt Mats mit Selma wieder. Er hat sie schon in ihrem Babyautositz festgeschnallt, den er Deborah jetzt überreicht. Statt sich zu bedanken, verlangt sie von ihrem Mann, auch noch ihre Autoschlüssel zu suchen. Mats nickt und verschwindet erneut.
Während wir wieder auf ihn warten, stellt die Eiskönigin den Autositz samt Selma achtlos auf derselben Kommode ab, auf der sie vorhin meine Geschenke abgelegt hat, um nach einem kritischen Blick in den Garderobenspiegel ihre dezent, aber sorgfältig geschminkten Lippen nachzuziehen.
In dem Moment, als ich mich frage, warum eigentlich Mats nicht mitfahren wird und demnach offenbar auch nicht mit auf die Fotos kommt, geschieht es: Der Autositz gerät ins Wanken und sofort danach ins Rutschen.
Selma stürzt ab!
Vor Schreck stoße ich einen spitzen Schrei aus und lege eine Glanzparade hin, die jedem Torwart zur Ehre gereichen wür-

de. Und dann jaule ich auf vor Schmerz, denn ich bin mit voller Wucht auf meinen linken Arm gefallen. Er liegt in einem etwas bizarren Winkel neben meinem Körper, als gehöre er nicht wirklich dazu. Der Autositz ist direkt daraufgefallen – und darin Selma …

Kapitel 25

Verlängerung

Mir den Arm zu brechen ist das Beste, was mir passieren konnte!

Klingt zwar seltsam, ist aber so. Ehrlich!

Okay, in dem Moment, als ich mit meinem kompletten Lebendgewicht darauf stürzte, dem dann auch noch der Autositz mit Selma folgte, fand ich die Sache nicht besonders spaßig. Im Gegenteil: Es tat höllisch weh!

Als hätte der Schmerz an sich nicht genügt, kam auch noch eine grausame Ohrenfolter hinzu. Vier schrille Schreie vermischten sich miteinander zu einer Sirene des Grauens:

Ich schrie vor Schmerz, Selma, die zum Glück unverletzt blieb, vor Schreck, Mats vor Angst und Deborah vor Wut. Sie fürchtete, den Termin beim Fotografen zu verpassen.

Dass ich ihre Nachlässigkeit ausgebügelt und ihrer Tochter womöglich das *Leben gerettet* hatte, wie Mats nicht müde wurde zu betonen, tat sie mit einer gelangweilten Geste ab.

»Ach was, da wäre nicht viel passiert – sie ist ja nicht auf dem Kopf gelandet.«

Was für ein abgebrühtes Weib!

Nachdem wir uns alle einigermaßen beruhigt hatten, fuhr die Eiskönigin mit Klein Selma zum *Shooting,* während Mats mich zur Klinik brachte. Wimmernd saß ich neben ihm auf dem Beifahrersitz meines eigenen Wagens und tat mir unendlich leid. Ein wenig besser ging es mir erst, als Mats mir beruhigend die Hand auf den nicht verletzten Unterarm legte. Von da an biss ich die Zähne aufeinander, um die Schmerzen zu unterdrücken. Sie zu ignorieren gelang mir dagegen nicht. In der Klinik angekommen, verschwendete ich nicht den geringsten Gedanken daran, dass ich hier vielleicht auf Cornelius Rademacher treffen könnte. Ich hätte Cornelius Rademacher vermutlich nicht einmal *erkannt*, wenn er mit uns den Aufzug geteilt hätte, denn ich hielt die Augen geschlossen. Es kam mir so vor, als sei mein Martyrium auf diese Weise einen Tick leichter zu ertragen.

Höchstwahrscheinlich pure Einbildung. Half aber.

Wir warteten eine gefühlte Ewigkeit in der Notfallambulanz, dann noch einmal mindestens ebenso lange vor dem Röntgenraum und ein drittes Mal, bis mir endlich ein Arzt seine Diagnose mitteilte. Das heißt, *eigentlich* sprach er gar nicht mit mir. Sondern nur mit Mats.

»Na, wie hat sie das denn geschafft?«, rief er zur Begrüßung und klopfte Mats jovial auf die Schulter.

»Ich wollte bloß …«, setzte ich zu einem Erklärungsversuch an, doch Dr. Weingarth ignorierte mich vollständig. Stattdessen strich er sich schwungvoll seine gelblich weißen Altherrenlocken aus der Stirn, setzte eine hochpreisige Goldrandbrille auf die Nase und erläuterte Mats meine Röntgenbilder.

»Das Schultergelenk ist verrenkt, der Oberarm gestaucht, das Schlüsselbein und der Unterarm gebrochen. Bingo! Seltene Kombination. Da hat sie sich wohl mit Anlauf auf die Seite geworfen, haha«, amüsierte sich Dr. Weingarth über meine nicht unerheblichen Verletzungen.

Hallo? Geht's noch?

Ich litt Höllenqualen – und er lachte? Noch schlimmer: Er redete über mich, als sei ich ein hirnloser Gegenstand!

»Und was wird nun …«, versuchte ich, diesem Schnösel Informationen zu seinen Behandlungsplänen zu entlocken, doch ich schien sowohl durchsichtig als auch für seine Ohren nicht hörbar zu sein.

»Ein kleines Schusselchen, Ihre Gemahlin, was? Und Sie müssen es wohl ausbaden, mein Bester, denn in den nächsten sechs Wochen wird sie Gips tragen und weder waschen noch putzen oder kochen können.«

Was für ein Kotzbrocken!

Wenn ich nicht vor Empörung verstummt wäre, hätte ich ihm die Meinung gegeigt, diesem Doktor Blödmann.

Aber das war gar nicht notwendig, wie die tiefe Zornesfalte auf Mats Falkenbergs Stirn andeutete. Die Arme verschränkt, die Beine hüftbreit wie ein Cowboy beim Duell und die grauen Augen blitzend vor Entrüstung, baute er sich vor Dr. Weingarth auf.

»Wenn Sie vielleicht die Güte hätten, Diagnose und Therapie mit der Patientin zu besprechen? Im Übrigen ist Frau Engelbrecht weder klein noch meine Gemahlin. Ich bin lediglich der Butler und Chauffeur der gnädigen Frau. Und ich wäre Ihnen auch sehr verbunden, wenn Sie darauf verzichten könnten, sie als *Schusselchen* zu bezeichnen.«

Sie hätten das Gesicht dieses Widerlings sehen sollen! Mindestens eine halbe Minute lang blieb ihm der Mund offen stehen, und er japste nach Luft. Fast hätte man um seine Gesundheit fürchten müssen, aber immerhin waren wir in einem Krankenhaus.

Das ist jetzt drei Wochen her, inzwischen ist Mitte Oktober. Die Erinnerung an das verdatterte Gesicht von Doktor Blödmann zaubert mir auch heute noch ein breites Grinsen aufs Gesicht.

Überhaupt habe ich in letzter Zeit viel Anlass zum Grinsen. Mir geht es richtig prima! Der Gips nervt zwar ein wenig, und

darunter juckt es auch gewaltig, aber die andere Seite der Medaille ist einfach nur … großartig!
Ja, es gibt gleich mehrere Gründe dafür, warum diese Verletzung ein wahrer Glücksfall für mich ist – wenn man von den anfänglichen Schmerzen einmal absieht.
Nummer eins: Ich bin, ganz ohne Schwindelei, für weitere sechs Wochen krankgeschrieben.
Nummer zwei: Mats Falkenberg hat ein superschlechtes Gewissen, weil ich mich bei der Rettung seiner Tochter verletzt habe. Deshalb besucht er mich täglich und sorgt für mich wie eine Mutter. (Und damit meine ich keineswegs Mütter wie Deborah.) Kochen, putzen, klönen – das Komplettprogramm mit Familienanschluss. Was eigentlich hat mir im Urlaub so sehr am Alleinsein gefallen?
Nummer drei: Immer, wenn Mats bei mir aufkreuzt, hat er Selma dabei. Die goldige, knuffige, herzallerliebste Selma, die ich von Tag zu Tag mehr ins Herz schließe. Die mit ihrem Stupsnäschen, ihren blonden Flaumlöckchen und ihren blauen Knopfäuglein einfach zum Fressen süß ist …
Kaum zu glauben, dass ich Selma ohne den Unfall schon vor Wochen einem fiesen Entführer ausgeliefert hätte.
»Sie wäre doch nicht wirklich entführt worden«, versucht mich Carla wieder zur Vernunft zu bringen. Sie hat mich soeben mit einem Überraschungsanruf geweckt. Es ist gerade mal sieben Uhr morgens. In Deutschland jedenfalls. Weshalb ich noch einigermaßen verschlafen bin. In Sydney dagegen ist es bereits Cocktail-Zeit. Carla hat längst Feierabend und sorgt sich einmal wieder um mein Seelenheil.
»Hast du den Tagesmutterjob endlich abgesagt?«, will sie jetzt wissen.
Ähm. Na ja. So war das vorgesehen.
Planmäßig habe ich Selma bei Feronia präsentiert wie eine

Trophäe, und damit hätte das Märchen von der erfundenen Schwangerschaft ein würdiges Ende nehmen können. Sollen. *Müssen!*

Carla hat ja recht. Ich darf das große Finale nicht weiter hinauszögern: Je eher ich bei den Falkenbergs absage, desto eher können sie sich eine Ersatztagesmutter suchen. Und je früher ich Selma aus meinem Leben verschwinden lasse, desto leichter komme ich über ihren Verlust hinweg.

Aber, verdammt: Ich will nicht über sie hinwegkommen!

»Noch habe ich gar nichts«, gebe ich daher etwas patziger als nötig zurück. »Wer sollte mir schließlich sonst mein Mittagessen kochen, meine Wohnung saugen, die Wäsche aufhängen und mich zum Arzt chauffieren? Du bist ja schließlich am anderen Ende der Welt. Mats dagegen hat Zeit – und ein schlechtes Gewissen.«

Aber das ist nur ein Teil der Wahrheit. Gewiss hätte es sich die heilige Johanna nicht nehmen lassen, mich zu betüdeln, wenn ich ihr von meinem Armbruch erzählt hätte. Stattdessen erfand ich eine Windpocken-Epidemie bei Feronia, was sie für Wochen auf Sicherheitsabstand hält.

»Die Inkubationszeit beträgt jeweils zwei Wochen, die Ansteckungsgefahr ist hoch und die Krankheit für Säuglinge richtig gefährlich«, erklärte sie mir am Telefon wie aus der Pistole geschossen. »Da werden wir uns leider eine Weile nicht sehen können. Sicher ist sicher.«

Eine Notlüge, die verhindert, dass Johanna auf Mats und Selma trifft und alles auffliegt …

Tja, denn vor allen Dingen genieße ich das Herumalbern mit Mats, der nicht nur ein großartiger Vater ist, sondern auch ein netter Kerl und ein cooler Kumpel.

Meine Güte, was wir für einen Spaß miteinander haben! Selten habe ich mich so amüsiert wie neulich, als Mats und ich nach-

einander Selma wickelten – auf Zeit und jeweils nur mit einer Hand. Ich gewann übrigens.
Und nie zuvor musste ich so laut über das erstaunte Gesicht eines Mannes lachen wie über das von Mats Falkenberg, als ich gestern beiläufig sagte: »Ich glaube, Gorbatschow mag dich.« Ich hatte wohl vergessen zu erwähnen, wie Carlas Kater heißt …
Carla bringt mich gnadenlos wieder zurück auf den Boden der Tatsachen: »Das mit dem schlechten Gewissen wird sich ganz schnell legen, wenn er erst einmal das Lügennetz durchblickt, in dem du dich gerade wieder verstrickst. Mensch, Ricky, du hättest diese Sache beenden können, ohne dass der ganze Schwindel auffliegt. Und nun verzichtest du aus purer Sentimentalität auf diese Chance!« Carla ist regelrecht aufgebracht.
Ich aber auch. »Von Sentimentalität kann nicht die Rede sein. Ich habe schon seit Wochen nicht mehr geheult, seit *Wochen!*«
»Du? Seit wann bist du denn eine Heulsuse? Aber egal, es geht überhaupt nicht darum, ob du Tränen vergießt oder nicht, sondern darum, dass du dich an deinen eigenen Plan halten solltest. Mensch, Friederike: Du wolltest einen exotischen Vater erfinden, der dein Baby ins Ausland entführt. Das ist die eleganteste aller denkbaren Lösungen! Und gleichzeitig kündigst du diesen albernen Tagesmutterjob. Was ist denn so schwierig daran?«
»Alles!«, rufe ich verzweifelt, »alles ist so verdammt schwierig!«
»Du sollst nicht fluchen, verflixt«, kommentiert Barnie vom Lampenschirm der Stehleuchte aus.
»Ha! Sogar dein Vogel gibt mir recht«, argumentiert meine beste Freundin, die es garantiert einfach nur gut mit mir meint. Aber ich bringe es einfach nicht übers Herz, mich von Selma

zu trennen. Nicht nach all der Hilfe, die mir Mats so selbstlos angeboten hat. Und überhaupt, ich genieße es, die Kleine um mich zu haben, und freue mich regelrecht auf den neuen Job als Tagesmutter.

»Jetzt bist du endgültig übergeschnappt«, urteilt Carla, »du hast bereits einen Job, schon vergessen? Einen großartigen Job als Projektleiterin, der dir so wichtig war, dass du, um ihn zu behalten, sogar eine Schwangerschaft erfunden hast!«

Stimmt auch wieder. Aber dafür findet sich garantiert eine Lösung.

»Ricky, sieh's ein: Es ist höchste Zeit für die Wahrheit.«

Die hat gut reden. Sitzt in Australien, schlürft Cocktails und macht sich ihre Welt, widdewiddewie sie ihr gefällt …

»Pah, Wahrheit! Und wie nennst du es, eine Entführung zu erfinden? Was in aller Welt ist daran besser?«

»Du sollst nicht falsch Zeugnis reden«, mischt sich Barnabas schon wieder ein. Warum ist er nicht beim Bellen geblieben? Ich bin jetzt richtig in Fahrt.

»Überhaupt: Die Idee mit der Entführung war völlig unüberlegt von mir. Was, wenn meine Kollegen die Medien ins Spiel bringen? Und was ist mit der Polizei? Ich müsste sie wohl verständigen, man würde eine Suche starten, womöglich mit Selmas Foto … Ich werde in Aktenzeichen XY einen verzweifelten TV-Auftritt hinlegen müssen. Ist das so in etwa das, was du unter *mehr Ehrlichkeit* verstehst?«

»Dir ist heute einfach nicht zu helfen«, seufzt Carla. »Du, ich muss jetzt los, wir gehen in die Oper, und ich habe vorher noch einen Friseurtermin.«

Gute Idee! Ich sollte auch mal wieder einen Termin bei Gypsy vereinbaren. Immerhin ist er der Einzige, der mich nie belehren will.

Nachdem ich Carla hoch und heilig versprochen habe, ernst-

haft über meine Situation nachzudenken, beenden wir das Gespräch.
Wütend drehe ich mich im Bett um und versuche, wieder einzuschlafen. Es gelingt nicht. Der Streit mit Carla geht mir nicht aus dem Kopf.
Natürlich hat sie im Grunde recht: Es ist höchste Zeit für mehr Wahrheit in meinem Leben. Aber wenn ich ohnehin nur mit einer weiteren Lüge zurückfinde zu einem ehrlichen Lebenswandel – was spricht dann dagegen, diesen Schritt noch ein klein wenig hinauszuzögern? Nur noch ein paar Wochen …
Ich habe Selmas erstes Lächeln miterlebt, ein wahrhaft unvergesslicher Moment. Warum sollte ich nicht auch dabei sein dürfen, wenn sie zum ersten Mal nach einer Rassel greift, sich allein auf den Bauch drehen kann oder die ersten Zähnchen bekommt? *Warum?*
Eben. Es ist überhaupt nicht einzusehen, dass ich mich monatelang mit einem Kunstbauch herumquäle, auf Alkohol und Cremespeisen verzichte, den halben Sommer im Garten verbringe, mich nur unter einer stickigen Perücke in die Öffentlichkeit wage – und dann nicht einmal die Frucht dieser ganzen Strapazen genießen darf!
Ich stehe auf und mache mir einen Kaffee. Dann gebe ich Gorbatschows Geschnurre und Um-meine-Beine-Geschleiche nach und betätige mich als das, was ich für ihn hauptsächlich bin: als Dosenöffner. Auch Barnie bekommt seine Körner und frisches Wasser.
Und nun? Was anfangen mit dem langen Tag?
Mats und Selma kommen heute nicht. Großelternbesuch. Ich bin also allein. Theoretisch könnte ich die nächste Stunde damit verbringen, mich umständlich zu waschen und anzuziehen. Was einarmig ein zeitaufwendiges Vergnügen ist.
Aber wozu die Eile? Schließlich bin ich krankgeschrieben und

erwarte keine Gäste. Und um Johanna zu besuchen oder mich mit sonst jemandem (zum Beispiel Cornelius) zu verabreden, ist es noch zu früh, wie ein Blick auf die Uhr verrät. Viertel vor acht.

Also schlappe ich zur Haustür, hole die Zeitung rein und gehe wieder ins Bett. Gleich auf der ersten Seite des Lokalteils strahlt er mich an, mein Chef: Rolf Segmüller, frischgebackener Vater und Erfinder der ersten Betriebskindertagesstätte der Stadt, der »Feronia-Zwergenstube«.

»Aber natürlich«, murmele ich vor mich hin – und dann noch einmal deutlich lauter: »Natürlich, ja klar, das ist es!«

Die Lösung all meiner Probleme lag die ganze Zeit direkt vor meiner Nase. Ich habe sie bloß nicht gesehen!

Das Spiel geht in die Verlängerung – und ich weiß jetzt auch, wie ich das hinkriege …

Kapitel 26

Working Mum

Natürlich war Carla vollkommen gegen mein Vorhaben. Zuerst schwieg sie fassungslos, und zwar so lange, dass ich schon fürchtete, die Leitung nach Australien sei zusammengebrochen. Dann seufzte sie und verkündete, dafür werde ich dereinst noch in der Hölle schmoren.

»Gut möglich«, gab ich gut gelaunt zurück, »aber vorher schlage ich mal eben zwei Fliegen mit einer Klappe. Warum sollte ich weniger flexibel sein als andere Mütter, die bei Feronia arbeiten?«

»Weil du keine bist, sondern eine Betrügerin«, argumentierte Carla erwartungsgemäß. Doch damit überzeugte sie mich keineswegs. Stattdessen bin ich wild entschlossen, genauso vorzugehen.

Mit den Falkenbergs ist vereinbart, dass ich Selma morgens gegen halb acht abhole, um sie bei mir zu Hause zu betreuen. Was ich auch tun werde – nach Feierabend. Zwischendurch gebe ich *meine Tochter* für lumpige acht Stunden in die erfahrenen Hände des hoch professionellen Teams der betriebseigenen »Feronia-Zwergenstube«. Und nach der Arbeit bleiben mir noch ein paar Stunden mit der kleinen Zaubermaus, bevor Mats sie dann gegen sieben wieder bei mir abholt …

»Dafür gibt es sie schließlich, unsere neue Betriebs-Kita«, finde ich.

Carla findet das ganz und gar nicht.

»Diese Kita soll Eltern dabei helfen, Beruf und Familie besser miteinander zu vereinbaren. Sie ist keineswegs dazu gedacht,

kinderlosen Schwindlerinnen einen Nebenjob zu ermöglichen!«
Pfff, dass sie immer alles so krass ausdrücken muss!
Schließlich geht es mir bei alldem nur darum, mit Selma zusammen zu sein – nicht ums Geld. Ganz im Gegenteil: Meinen Tagesmutter-Verdienst werde ich nicht einmal behalten. Abgesehen vom Beitrag für die Zwergenstube will ich alles, was die Falkenbergs mir zahlen, für einen guten Zweck spenden. Und unter »gutem Zweck« verstehe ich keineswegs, wie Carla so gehässig mutmaßt, »von der Wirtschaftskrise gebeutelte Schuhgeschäfte«, sondern echte soziale Projekte: hungernde Kinder, aussterbende Tiger, frierende Obdachlose, bedrohte Regenwälder, malariainfizierte Waisen, benachteiligte Analphabeten, unterdrückte Ureinwohner ... Die Not ist groß auf diesem Planeten. Und ich gedenke, sie ein Stück weit zu lindern. Mit Selmas Hilfe.
»*Ein Stück weit zu lindern* – jetzt redest du schon wie diese unsägliche intellektuelle Betroffenheits-Schickeria, über die wir uns früher immer lustig gemacht haben«, wirft Carla mir vor.
Nicht zu Unrecht. Einst besaß ich sogar ein Faschings-T-Shirt mit der Aufschrift »Traurig, wütend und besoffen« – wobei das »s« bei »besoffen« quasi als Rotstiftkorrektur darübergeschrieben stand und das durchgestrichene »tr« aus dem ursprünglichen »betroffen« ersetzte.
Meine Güte, waren wir oberflächlich damals.
Inzwischen bin ich natürlich, dank Selma, gereifter.
»Ja, genau, unheimlich gereift: fast vierzig«, rief mir Carla gestern Abend unnötigerweise in Erinnerung. Als ob ich mir meines Geburtstags-Countdowns nicht permanent bewusst wäre! Sie könnten mich jederzeit fragen, wie viele Tage mir noch bleiben bis zu dem gefürchteten Datum, an dem ich keine

Enddreißigerin mehr bin, ich könnte es Ihnen ohne nachzudenken sagen. Wie aus der Pistole geschossen.
Auch nachts. Und natürlich, so wie jetzt gerade, gleich nach dem Aufstehen. Schlaftrunken wanke ich ins Badezimmer und begrüße die zerzauste Gestalt, die mich mit verquollenen Augen aus dem Spiegel anstarrt, mit einem behäbigen Grunzen.
Als ich wenig später mit frisch geputzten Zähnen unter die Dusche steige und das heiße Wasser aufdrehe, fühle ich mich bereits menschenähnlicher.
Seit vorgestern bin ich endlich diesen fürchterlichen Gips los und kann mich wieder uneingeschränkt der Körperhygiene widmen. Ein Genuss!
Eine Viertelstunde später – die erste Tasse Kaffee intus und vor dem Schminkspiegel mit Pinsel und Puderquaste mein dezentes Aufbrezelwerk verrichtend – fühle ich mich dem Tag gewachsen. Nicht irgendeinem Tag, wohlgemerkt! Sondern Tag zweiundachtzig vor meinem vierzigsten Geburtstag. Dem Tag, an dem Mats Falkenberg seine Elternzeit beendet und ich in mein Projektleiterinnenbüro bei Feronia zurückkehre. Zum ersten Mal seit jenem denkwürdigen Tag Ende Juli, als mich schwindelbedingte Gleichgewichtsstörungen in Rolfs Büro niederstreckten und Doktor Jakobsen mich krankschrieb.
Leider kann ich nicht gerade von mir behaupten, dem ersten Arbeitstag mit ruhiger Gelassenheit entgegenzusehen. Vielmehr fege ich hektisch durchs Haus und packe zusammen, was ich an Babyausstattung für Klein Selma in die Feronia-Zwergenstube mitbringen soll: Windeln, Schnuller, Babynahrung und zwei Wechselgarnituren »für alle Fälle«, wie mir *die Saskia* auf den Anrufbeantworter gesprochen hat.
Die Saskia ist gelernte Säuglingsschwester und Erzieherin in der Feronia-Zwergenstube. Und in dieser Funktion hat sie bereits am Freitagmittag angerufen. Ich hätte also zweieinhalb

Tage lang Zeit gehabt, ihre Nachricht abzuhören und die Babytasche in aller Ruhe zu richten. Dummerweise habe ich das Blinken des Anrufbeantworters übersehen, das offenbar ganze siebenundsechzig Stunden lang versucht hat, meine Aufmerksamkeit zu erregen.

Das habe ich nun davon, dass ich mir ein neues schnurloses Digitaltelefon mit integrierter Voicemailbox angeschafft habe. Mit Urömchens Wählscheibengerät wäre das nicht passiert. Da hätte es die Saskia noch mal versuchen müssen. Ich sollte mir dringend angewöhnen, den neuen AB regelmäßig abzuhören. Nicht, dass mir noch weitere Anrufe durch die Lappen gehen.

Womöglich einer von Cornelius! Nicht auszudenken …

Während ich also hin und her flitze, um meine Siebensachen zusammenzusuchen, streicht mir Gorbatschow um die Beine, der auf sein Frühstück hofft – ebenso wie Barnie, der auf dem Kühlschrank thront und *»Guten Morgen, liebe Sorgen«* kräht.

»Ihr geht mir heute tierisch auf den Keks, wisst ihr das?«, seufze ich, lasse mich dann aber erweichen und serviere Katerfrühstück beziehungsweise Vogelfutter.

Dann packe ich die Babyausstattung in jene Sporttasche, die ich mir vorletzten Winter zum Zwecke der regelmäßigen Leibesertüchtigung im Aerobic-Kurs des Sportvereins Rot-Weiß angeschafft habe. Sie ist so gut wie neu, stabil und pink, was mir einigermaßen passend erscheint.

»Lasset die Kindlein zu mir kommen«, kommentiert Barnie mein Treiben. Nicht zum ersten Mal erwäge ich ernsthaft, dass er wohl ein verzauberter Prinz sein müsse. Oder wenigstens ein verzauberter Spion.

Pünktlich um zwanzig nach sieben mache ich mich mit der gepackten, pinkfarbenen Babytasche auf den Weg in die Altstadt, um eine Minute vor halb acht klingele ich bei den Falkenbergs.

Mats ist schon in der Uni, teilt mir die Eiskönigin mit, die mir mit unbewegter Miene den Autositz überreicht, in dem Selma gerade selig schlummert, als sei es nichts weiter als ein Einkaufskorb oder ein Aktenkoffer voller unbedeutender Dokumente.

Wie kommt ein so netter Kerl wie Mats Falkenberg nur zu so einem gefühllosen Weib?

Weil ich mich auf keinen Fall mit Deborah unterhalten möchte (und sie sich höchstwahrscheinlich auch nicht mit mir), mache ich mich umgehend auf den Weg zum Wagen. Obwohl ich schon x-mal gesehen habe, wie der Babysitz auf dem Beifahrersitz festgeschnallt wird, brauche ich nahezu zehn Minuten, bis er richtig fixiert ist. Und zwar entgegen der Fahrtrichtung, wie Mats es mir eingetrichtert hat.

Wahnsinn, was man alles wissen muss, wenn man seine Zeit damit verbringt, für das Überleben seines Nachwuchses zu sorgen! Die heilige Johanna hat sich das quasi zur Lebensaufgabe gemacht, ihre Brut im Dschungel des modernen Vorstadtlebens vor allen nur denkbaren Gefahren zu bewahren. Sobald sie mit ihrem Nachwuchs einen Raum betritt, gleitet ihr unerbittlicher Scannerblick über alles, was sich als böse Falle entpuppen könnte: scharfe Tischkanten, spitze Messer, ungesicherte Steckdosen, verschluckbare Kleinteile. Automatisch identifiziert sie Risiken.

Mit einem Mal überkommt mich ein Hauch von Panik: Bin ich meiner Aufgabe überhaupt gewachsen?

Glücklicherweise ereilt mich dieser Gedanke, während ich an einer roten Ampel stehe. Sonst wäre ich womöglich vor Schreck mitten im fließenden Verkehr in die Eisen gestiegen.

Was, wenn Selma etwas zustößt – und ich bin schuld daran?

Himmel, was habe ich mir nur dabei gedacht, eine dermaßen große Verantwortung zu übernehmen? Und das auch noch völlig freiwillig und ohne Not! Ich muss von Sinnen gewesen sein …

»Carla hatte recht, dieser Plan ist megabescheuert«, sage ich laut.

Hinter mir ertönt eine Hupe. Es ist wieder grün. Ich fahre weiter und überlege, irgendwo zu wenden und Selma umgehend zurückzubringen. Ich erfinde eine Babyallergie oder sage schlicht die Wahrheit, was soll's. Soll die Eiskönigin mich doch hassen. Es wird sich kaum anders anfühlen als das, was sie bisher für mich empfand. Falls sie überhaupt zu Gefühlsregungen fähig ist.

Ja, ich beende die Sache. Jetzt!

Aber es ergibt sich einfach keine Gelegenheit zum Wenden. Und dann passiert es: Rolf Segmüller überholt mich, winkt mir zu und gibt mir mit einer Daumen-hoch-Geste und einer Kusshand zu verstehen, dass er sich auf den Zuwachs in der Zwergenstube freut.

Mist. Mist. Mist!

Okay. Tief Luft holen. Ich rufe mich zur Vernunft. Kopflosigkeit nützt niemandem! Und überhaupt – was soll schon großartig passieren? Im Betriebskindergarten jedenfalls weniger als bei mir zu Hause. Schließlich arbeiten dort erfahrene Fachkräfte, keine Möchtegernmütter mit Vollmeise …

Auf dem Parkplatz öffnet mein Chef mir schwungvoll die Autotür und schnallt Klein Selma fachmännisch ab. Sie strahlt ihn an, dass es eine wahre Wonne ist.

»Ist sie nicht putzig?«, platze ich stolz heraus.

»Unglaublich goldig«, bestätigt der Mann, der noch vor einem Jahr eher einen Frosch seziert als ein Baby angefasst hätte. Den

Gedanken, jemals Vokabeln wie »goldig« aus seinem Munde zu hören, hätte ich damals für jenseits alles Vorstellbaren gehalten.

Nun ja: Dass ich nach einer Scheinschwangerschaft mit einem geliehenen Baby in der Firma auftauche und es als mein eigenes ausgebe, um es im Betriebskindergarten betreuen zu lassen, wäre vor einem Jahr noch viel unfassbarer gewesen. Und im Grunde ist es das heute noch. Vollkommen abwegig.

Bester Laune überreicht mir Rolf den Autositz und eilt nun zurück zu seinem Wagen, wo Klein Valentin inzwischen erwacht ist und wie am Spieß brüllt. Erstaunlicherweise gelingt es Rolf binnen kürzester Zeit, den kleinen Mann zu beruhigen. Die späte Vaterschaft lässt ihn regelrecht aufblühen.

Wer hätte das gedacht?

Rolf schwingt sich sogar meine pinkfarbene Sporttasche über die Schulter, damit ich nur Selma tragen muss. Ich lobe Valentins hübsche Lockenpracht und sein verschmitztes Gesichtchen, worüber Rolf sich diebisch freut. Einträchtig marschieren wir mit unseren Babys nebeneinander ins Feronia-Gebäude. Und ich komme mir für einen Moment vor wie im falschen Film. Ach, was sage ich: wie in der falschen Galaxie!

Den Weg zur Feronia-Zwergenstube zeigt mir Rolf, der hier mit Sohn Valentin schon seit über einer Woche ein und aus geht. Die neue Betriebs-Kita liegt gleich neben der Kantine in der sechsten Etage.

»Na, da möchte man auch noch mal im Zwergenalter sein, was?«, strahlt Rolf stolz, als ich mich bewundernd umschaue. Man könnte fast glauben, er selbst habe die Inneneinrichtung konzipiert, die, wie ich zugeben muss, rundum gelungen ist.

»Superschön! So lichtdurchflutet und harmonisch, ich bin beeindruckt. Wer hat das geplant?«

»Charlene natürlich!«, verkündet Rolf. »Du weißt doch, dass sie Innenarchitektin ist.«

Ähm. Nein, wusste ich nicht.

Bis zu dieser Sekunde war ich der festen Überzeugung, Charlene da Silva hätte, bevor sie Frau Segmüller wurde, als professionelle Sambatänzerin gearbeitet. Und sei danach überhaupt keiner geregelten Tätigkeit mehr nachgegangen. So kann man sich irren. Und das mir: Ich, Friederike Engelbrecht, Unterzeichnerin der Aktion »Stoppt die Diskriminierung durch Blondinenwitze«, tappe voll in die Vorurteilsfalle!

Offenbar habe ich Charlene unterschätzt. Staunend blicke ich mich um: Himbeerrote Wände verleihen dem Kreativbereich, in dem gerade zwei Dreijährige einen Marienkäfer aus Pappe zusammenkleben, eine lebendige Atmosphäre. Weiter hinten entdecke ich einen Fünfjährigen in grasgrüner Latzhose. Hoch konzentriert baut er einen Turm aus Bauklötzen, der fast höher ist als er selbst. Währenddessen hat es sich ein etwa vierjähriges Zwillingspaar auf einer winzigen blaulackierten Eckbank gemütlich gemacht und verzehrt Frühstücksbananen.

Auf der linken Seite des Raumes entdecke ich eine Holzkonstruktion, die ganz offensichtlich einer Ritterburg nachempfunden ist. Über ihrem Eingang steht in großen Lettern *»Schloss Snoozelfels«* geschrieben. »Mit einer gemütlichen Matratzenlandschaft, gedämpftem Licht, beruhigenden Blau- und Grüntönen an den Wänden sowie Akzenten in fröhlichem Sonnenblumengelb wurde hier ein *Snoozel*-Bereich mit kindgemäßer Wohlfühlatmosphäre gezaubert«, erläutert mir eine herbeigeeilte Frohnatur mit Nickelbrille, roten Locken und unzähligen Sommersprossen das Konzept.

Na, das hat sie aber fein auswendig gelernt, die Saskia.

Doch wie ich von Rolf erfahre, ist das gar nicht die Saskia. Sondern die Sigrid.

Ich reime mir zusammen, dass ein *Snoozel*-Bereich wohl das ist, was in meiner eigenen Kindergartenzeit als Kuschelecke bezeichnet wurde. Klang zwar undramatischer und sah unspektakulärer aus, war aber genauso gemütlich.

Dann lasse ich mir von der Sigrid die übrigen Kitabereiche zeigen. Den Bewegungsraum, die Ruhezone, den Sanitärbereich mit Toiletten, Töpfchen und Wickelkommode, nicht zu vergessen die Zwergenküche, die Puppenstube, den Kinderwagenparkplatz und die Garderobe. Hier fehlt es an nichts! Sogar ein kleines Stehcafé ist da, in dem Eltern und Erzieherinnen sich bei einem koffeinhaltigen Heißgetränk austauschen können.

Im Stillen leiste ich Abbitte für sämtliche abfälligen Gedanken, die ich der Segmüllerin gegenüber jemals gehegt habe.

Charlene, ich habe dich unterschätzt, denke ich anerkennend.

»Ich weiß, die Abnabelung fällt den Müttern anfangs schwerer als den Kleinen«, lächelt die Sigrid mich an und nimmt mir dann sanft, aber bestimmt den Autositz ab.

»Oh, oh, das ist kein Problem«, beeile ich mich zu versichern, »ich wollte mich nur eben umschauen. Habe alles gesehen, bin schon weg.«

»Wir haben ja Ihre Durchwahl und Ihre Handynummer«, meint die Sigrid, »für alle Fälle. Ansonsten dann bis heute Nachmittag, einen schönen Arbeitstag!«

Werde ich hier gerade rauskomplimentiert?

»Ihnen auch einen schönen Tag«, sage ich noch, und schon stehe ich vor der Kita-Eingangstür, wo Rolf bereits auf mich wartet.

»Na, konntest du dich nicht trennen?«, grinst er.

Pfff. Als sei ich so eine klammernde Mutter, die nicht loslassen kann. Lächerlich.

»Überhaupt nicht, ich trenne mich ständig von Selma und

habe nicht das geringste Problem damit«, verteidige ich mich fast ein bisschen beleidigt. Doch dann muss ich selbst lachen. Soll Rolf doch glauben, ich hätte mich in eine Glucke verwandelt. Dann muss ich mir um meine Glaubwürdigkeit keine Sorgen mehr machen …

Als unser Fahrstuhl in der fünften Etage hält, werde ich mit großem Hallo begrüßt. Gesine, Tanja, Doreen, Lutz – alle sind da und klopfen mir motivierend auf die Schulter. Offenbar glauben sie, die Rückkehr ins Büro habe mich Überwindung gekostet. Wenn die wüssten, wie sehr ich mich auf meine Arbeit freue …

Auf meinem Schreibtisch stehen sogar Blumen!

»Ein Weihnachtsstern, sehr hübsch«, bedanke ich mich bei Sarah. Wie schön, dass sie offenbar noch immer meine Projektassistentin ist.

»Der Blumenstock ist von Herrn Klein«, klärt Sarah mich auf. Ich brauche ein paar Sekunden, bis mir aufgeht, dass sie von EDV-Rüdiger spricht.

Als ich spüre, dass ich erröte, wende ich mich rasch ab, um meinen Mantel an die Garderobe zu hängen.

Das darf doch nicht wahr sein. Ich erröte beim Gedanken an Rüdiger! Wenn ich Carla das erzähle, lacht sie sich tot.

Ich schüttele den höchst lächerlichen Gedanken, ich könnte EDV-Rüdiger gegenüber irgendetwas anderes als freundliches Mitleid empfinden, von mir ab und konzentriere mich auf meine Arbeit. Sarah informiert mich knapp über den aktuellen Stand des Projektes und legt mir allerhand Lesestoff vor, in den ich mich in den folgenden drei Stunden vertiefe. Ich erfahre, dass die Urschrey-Leute gerade einen TV-Spot für die Pränatal-Police drehen, parallel dazu eine Anzeigenkampagne entsteht und natürlich eine Großplakat-Adaption. Unsere

nächste Aufgabe ist es, ein Schulungskonzept für den Außendienst zu entwickeln.
Ehe ich michs versehe, ist es Zeit für die Mittagspause. Kaum zu glauben, aber ich freue mich auf das Kantinenessen. Endlich mal nicht selbst kochen!
»Musst du nicht zu deiner Kleinen rüber?«, fragt Doreen, als wir an der Essensausgabe anstehen. »Du stillst doch sicher. Sieht man dir an, du hast ganz schön abgenommen.«
»Oh! Ähm, danke. Nett, dass dir das auffällt«, stammele ich. »Das Stillen hat wirklich ganz schön gezehrt. Aber inzwischen bekommt Selma die Flasche. Es ging nicht mehr, weil …«
Na prima. Ich weiß nicht weiter.
Was in aller Welt könnte ein logischer Grund zum Abstillen sein? Können Säuglinge Allergien gegen die Milch ihrer eigenen Mutter entwickeln? Erscheint mir eher unwahrscheinlich.
Da beendet Doreen mitfühlend mein Gestotter: »Verstehe. Brustentzündung. Fiese Sache.«
»Genau, Brustentzündung«, bestätige ich rasch.
»Aber deine Figur ist wirklich … wow!«, mischt sich jetzt auch Tanja ein, die sich hinter uns angestellt hat. Lächelnd ignoriere ich ihre Wortfindungsstörungen angesichts meiner neu erworbenen Größe-42-Silhouette. Auch wenn ich in ihren Augen wohl immer noch *fett* bin. Im Vergleich zu Tanja und Victoria Beckham sind fast alle Menschen fett. Aber immerhin bin ich inzwischen schlanker als meine Intimfeindin Lydia – die Kantinenleiterin mit der platinblonden Sechzigerjahre-Hochfrisur, die mir einen giftigen Blick zuwirft und mich ansonsten ignoriert.

Der Nachmittag geht vorbei wie im Flug. Es gibt so viel aufzuarbeiten, nachzufragen, abzuhaken. Ruckzuck ist die ganze

nächste Woche verplant mit Meetings, Präsentationen und Deadlines.
Um Viertel vor vier verabschiedet sich Sarah mit einem fröhlichen: »Schönen Nikolausabend, bis morgen früh!« Erstaunt sehe ich auf die Uhr. Wahnsinn, schon so spät! Gleich ist es Zeit, Selma abzuholen. Danach verbringe ich noch ein paar Stunden mit der Kleinen, bevor ich dann endgültig Feierabend habe.
Plötzlich habe ich Lust, anschließend noch etwas Verwegenes zu unternehmen. Auszugehen, mich schick zu machen, vielleicht jemanden kennenzulernen …
Spontan wähle ich eine Telefonnummer, die ich zwar vor Monaten schon in mein Handy eingespeichert, aber noch nie angerufen habe. Plötzlich klopft mein Herz bis zum Hals. Und dann stolpert es vor Enttäuschung, als die Standardansage ertönt: »Dies ist die Mobilbox von Cornelius Rademacher. Der Teilnehmer ist momentan nicht erreichbar, Sie können jedoch eine Nachricht hinterlassen.« Außer seinem eigenen Namen, den Cornelius mit maskulinem Timbre selbst auf Band gesprochen hat, handelt es sich um eine seelenlose Automatenstimme. Noch vor dem Piepton lege ich wieder auf. Es ist wie verhext!
Auf dem Weg zur Zwergenstube grübele ich über mein armseliges Liebesleben nach. Doch als die Saskia – eine hagere Blondine mit praktischem Kurzhaarschnitt – mir Selma überreicht, die mich mit großen Kulleraugen und zahnlosem Lächeln anstrahlt, ist alles Herzeleid vergessen. Wer braucht schon einen Kerl, wenn man so ein süßes Wesen zum Liebhaben hat?
Zu Hause lege ich eine Mozart-CD ein, die, wie ich neulich in einem Elternforum las, beruhigend und harmonisierend auf Babys wirken soll. Auf Selma allerdings wirkt sie eher erregend und stimmbandstärkend.

Also schalte ich die Musik ab. Das Geschrei hört nicht auf.
Ich wechsele ihre Windel. Sie brüllt wie am Spieß.
Ich biete ihr einen Schnuller an. Ihr kleines Zuckerschnutengesichtchen läuft rot an.
Dann endlich fällt der Groschen: Madame haben Hunger!
Rasch bereite ich eine Flasche zu und mache den ultimativen Handgelenktest, ob die Milch auch nicht zu heiß ist. Selma schnappt gierig nach dem Silikonnuckel, und wenig später ist die Flasche geleert. Es folgt ein deftiger Rülpser, und schon ist die Kleine zufrieden.
Fast kommt es mir vor, als seien gerade einmal zehn Minuten vergangen, seit Selma auf meinem Arm eingeschlafen ist, als es an der Haustür klingelt. Kann das etwa schon Mats sein?
Offenbar nicht, wie ein Blick durch den Spion zeigt. Draußen steht jemand mit roter Jacke, roter Kapuze und langem, schneeweißem Bart, der das komplette Gesicht verdeckt. Was ich dagegen genau erkenne, ist ein ledergebundenes Buch, das er im Arm hält.
Grundgütiger!
Ich wusste es schon immer: Eines Nikolausabends würde er vor mir stehen, der bedrohliche Gabenbringer mit dem dicken Buch, in dem all meine Sünden verzeichnet sind.
Und dann kommt alles raus!
Zum Beispiel die Sache mit dem Spickzettel damals im schriftlichen Abitur. Den ich zwar nur in der Jeanstasche trug und niemals benutzt habe, der aber immerhin als Betrugsversuch gezählt hätte. Und dann natürlich jene Episode, als ich heimlich den Kombi meiner Eltern auslieh, während sie in Urlaub waren. Ich war erst siebzehn. Oh, ja, ich hatte mal eine schlimme Phase. Aber das ist Jahrzehnte her. Genauer gesagt mehr als zwei Jahrzehnte. Warum in aller Welt werde ich heute dafür bestraft?

Die Antwort liegt auf der Hand. Beziehungsweise auf meinem Arm: Selma!
Ich habe das verlogenste Jahr meines Lebens hinter mir. Jetzt bin ich reif. Reif für die Rute!
Es hat wohl wenig Sinn, meinem Schicksal entgehen zu wollen. Ergeben öffne ich die Tür, senke beschämt das Haupt und murmele meine letzten Worte: »Selma hat mich einfach verzaubert. Nichts auf der Welt ist süßer!«
»Na klar, mich hat sie doch auch verzaubert«, lacht Mats, schiebt die Kapuze seines roten Sweatshirts vom Kopf und streckt mir das, was ich für einen Nikolausbart gehalten habe, entgegen. »Das hier ist möglicherweise noch süßer als Selma: Zuckerwatte. Magst du?«
Wortlos trete ich einen Schritt zurück und lasse ihn eintreten. Mats folgt mir ins Wohnzimmer und lässt sich mit dem dicken Buch, das möglicherweise doch kein Sündenregister enthält, aufs Sofa fallen.
Aber was sonst?
»Hast du Lust auf Selma-Fotos aus ihrem ersten Lebensmonat? Ich habe das ganze Album dabei.«
Erleichtert lache ich auf. »O ja, hab ich. So was von!«

Kapitel 27

Kind, Karriere, Kerle

Es funktioniert.
Eigentlich erstaunlich, oder?
Ich hätte mit Carla wetten sollen! Sie hat mir prophezeit, ich würde in der Zwergenstube spätestens nach zehn Minuten durchschaut. Also von den Betreuerinnen als Betrügerin entlarvt und von Rolf in hohem Bogen gefeuert.
»Ich bitte dich. Wer soll denn darauf reinfallen? Mit falschem Bauch bist du vielleicht durchgekommen. Aber als falsche Mutter? Das sind Fachkräfte, die da in der Kita arbeiten. Die werden in null Komma nix kapieren, was Sache ist.«
Doch nichts davon ist eingetroffen. Weder nach zehn Minuten noch nach zehn Tagen. Mein Leben könnte gar nicht besser laufen.
Wenn man davon absieht, dass ich in zweiundsiebzig Tagen vierzig werde, mein Leib trotz monatelangem Verzicht auf Prosecco, Camembert und Tiramisu immer noch mehr nach Rubensfigur als nach Bikinimodel aussieht und dass mein Liebesleben praktisch nicht existiert.
Ich gebe zu: Die Sache mit dem Älterwerden ist unvermeidbar. Die einzig denkbare Alternative wäre, jung zu sterben. Was definitiv noch unangenehmer ist als ein runder Geburtstag. Und was meine Figur betrifft, so habe ich in den vergangenen Monaten immerhin so viel abgespeckt, dass meine neue Garderobe zwei Kleidergrößen kleiner ist als die zeltartigen Tuniken, unter denen ich früher meine Wonneröllchen zu verbergen pflegte.

Aber ach, die Liebe …
Am besten verscheuche ich den Gedanken an die Männerwelt, um mich stattdessen ganz auf meine Arbeit und mein Pflegekind zu konzentrieren. Und den Vater des Pflegekindes.
Nein, nicht was Sie jetzt denken!
Als Mann ist Mats für mich selbstverständlich tabu. Da bin ich kompromisslos. Verheirateten Männern gegenüber entwickele ich generell keine anderen als rein freundschaftliche Gefühle. Selbst wenn ich es wollte, ich könnte mich nicht in den Ehemann einer anderen verlieben.
»Auch nicht in Brad Pitt?«, pflegt Carla mich zu necken, wann immer ich meine Vergebene-Männer-sind-tabu-Litanei anstimme.
»In den schon gar nicht«, lautet dann meine Standardantwort, »zu gelackt, zu blond, zu verheiratet.« Davon, dass er die unvergleichliche Jennifer Aniston wegen Lippenlady Jolie verlassen hat, ganz zu schweigen. Nein, Brad Pitt wäre echt nicht mein Fall!
Sorry, wie komme ich jetzt eigentlich auf Brad Pitt?
Ach so, ja. Wegen Mats Falkenberg. Mit dem ich mich blendend verstehe. Zumal er kein bisschen blond und gelackt ist. Abends, wenn er Selma bei mir abholt, trinken wir meistens noch einen Tee miteinander. Währenddessen setze ich ihm ausführlich auseinander, was Selma tagsüber gegessen hat, wie lange ihr Mittagsschlaf dauerte und wie oft ihre Windel voll war.
Informationen, die ich zuvor meinerseits von der Saskia oder der Sigrid erfahren habe …
Dann schwärmen wir uns gegenseitig vor, wie unglaublich niedlich Klein Selmas Lächeln ist und dass sie einfach zum Fressen süß ist.
Manchmal klingelt Mats' Handy, während wir uns unterhal-

ten. Die Eiskönigin. Immer öfter wird es bei ihr im Büro später.
»Viel zu tun, wie immer vor Jahresende«, kommentiert Mats dann schulterzuckend.
Woraufhin ich ihn frage: »Lust auf ein Gläschen Rotwein?«
Und er antwortet: »Warum eigentlich nicht …«
Doch spätestens gegen sieben Uhr macht er sich auf den Weg. Selma muss schließlich noch gebadet werden und pünktlich ins Bett, damit sie morgen früh wieder frisch und munter ist, wenn ich sie abhole.
Und dann – bin ich allein. Vor mir liegt ein langer, einsamer Abend. Den ich damit verbringe, Geschirr zu spülen, dämliche Castingsendungen anzuschauen und vergeblich auf den ersehnten Anruf von Cornelius zu warten. Oder wenigstens ein Lebenszeichen von Carla.
Natürlich könnte ich auch selbst versuchen, meine beste Freundin zu erreichen. Aber das habe ich mir, ehrlich gesagt, längst abgewöhnt. Denn immer, wenn ich ihre Nummer wähle, ist sie gerade im Theater, beim Surfen, in einem wichtigen Gespräch, beim Joggen, im Kino, beim Schnorcheln …
Momentan allerdings befindet sie sich höchstwahrscheinlich im Tiefschlaf. Denn in Sydney ist es gerade fünf Uhr morgens. Die Chance auf einen Anruf von ihr steigt ab elf Uhr abends – mitteleuropäischer Zeit.
Ich blättere im Fernsehprogramm. *The Voice of Germany* läuft, erste Battle-Runde. Könnte ganz nett sein.
Gerade will ich nach der Fernbedienung greifen, als es an der Haustür klingelt.
Hat Mats etwas vergessen?
Grinsend eile ich zur Tür und öffne sie schwungvoll. Um dann verdutzt die Stirn krauszuziehen.
»Rüdiger?!«

Ich glaub's ja nicht! Was will der denn hier?
»So eine Überraschung«, ergänze ich lahm.
EDV-Rüdiger trippelt von einem Bein aufs andere.
»Ähm, hallo Friederike«, murmelt er betreten und schaut auf seine Füße.
Ich kann Ihnen versichern, dass die nicht besonders sehenswert sind. Trotzdem zieht Rüdiger es vor, weiterhin nach unten zu starren statt mir ins Gesicht. Offenbar windet er sich gerade vor Scham. Ich kann nicht länger mit ansehen, wie er sich quält, und frage, ob er hereinkommen möchte.
»Eigentlich wollte ich, ähm, fragen, ob du mitkommst. Was trinken oder so. Oder ins Kino.«
Es verwirrt mich, wie sich das Gespräch entwickelt. Es verwirrt mich sogar *sehr!* So sehr, dass ich spontan antworte: »Klar, warum nicht? Ich habe sowieso nichts Besonderes vor.«
Ricky, nein, was tust du?, verfluche ich im Stillen meine Unfähigkeit, bedauernswerte Kreaturen zu verletzen. Immerhin ist EDV-Rüdiger kein flügellahmer Schmetterling. Sondern ein Nerd in Cordhosen mit der maskulinen Ausstrahlung eines Gartenzwergs.
Als hätte er kaum gewagt, mit einer Zusage zu rechnen, verliert Rüdiger plötzlich das Interesse an seinem Schuhwerk und stiert mich ungläubig an.
»Echt? Und was ist mit Selma?«
Selma! Herrje.
Und nun? Soll EDV-Rüdiger etwa von mir denken, ich sei eine Rabenmutter, die einen Säugling einfach allein lässt, während sie in Herrenbegleitung loszieht, um sich zu amüsieren?
Schlagartig wird mir klar: Das muss eine Falle sein! Wahrscheinlich ist Rüdiger verkabelt, und alles, was ich jetzt sage, wird gegen mich verwendet, wenn mich Rolf morgen fristlos entlässt. Oder mein Chef springt gleich hinterm Busch hervor

und brüllt: »Erwischt! Du bist keine echte Mutter. Ich wusste es von Anfang an …«
Okay. Konzentriere dich, Ricky. Wo ist mein herzallerliebstes Töchterlein?
»Keine Sorge, Selma übernachtet heute bei meiner Schwester«, sprudelt es aus mir heraus, »wir wollen, dass sie sich möglichst früh an ihre Cousins und Cousinen gewöhnt, damit sie nicht so ein typisches Einzelkind wird, weißt du.«
Uff! Ein Glück, dass mir das noch rechtzeitig eingefallen ist. Rüdiger zweifelt an keiner Silbe meiner abstrusen Behauptung. Er strahlt! Dann fragt er, ob wir mit meinem Wagen fahren können. Er ist natürlich mit seinem unsäglichen Mofa unterwegs.
Alle interessanten Filme laufen bereits oder sind schon ausverkauft. Wir ergattern zwei Tickets für *Rubbeldiekatz.* Eine krasse Fehlentscheidung! Wenn ich sehen will, wie ein Mann mit Perücke, ausgestopftem BH und Frauenkleidern Karriere als Schauspielerin macht, dann schaue ich mir Dustin Hoffman in *Tootsie* an. Zum siebenundzwanzigsten Mal.
Nervös rutsche ich auf dem Kinosessel herum. Ich fühle mich aufs Unangenehmste an meine eigene Maskerade als Scheinschwangere mit Kunstbauch erinnert. Vielleicht liegt es daran, dass ich mich über den Verkleidungs-Slapstick nicht amüsieren kann?
EDV-Rüdiger teilt diese Sorgen nicht. Genüsslich trinkt er Sprite und stopft Unmengen an Popcorn in sich hinein. »Kennst du *Tootsie?*«, flüstere ich Rüdiger zu.
»Und ob! Im Vergleich dazu ist das hier purer Klamauk. Jessica Lange war einfach großartig! Dass sie für ihre Rolle als Julie Nichols einen Oscar als beste Nebendarstellerin bekommen hat, war absolut verdient«, antwortet EDV-Rüdiger wie aus der Pistole geschossen. Und ganz ohne zu stottern.

Du liebe Zeit! Sind wir etwa doch Seelenverwandte, er und ich?
Offenbar ist genau das der Fall, denn Rüdiger macht einen geradezu genialen Vorschlag: »Lass uns hier abhauen. Und stattdessen, ähm, was trinken gehen auf, äh, dem Weihnachtsmarkt.«

Während ich einen freien Stehtisch ergattere, stürzt sich Rüdiger ins Gewühl, um uns zwei Tassen Glühwein zu holen. Für einen Augenblick schließe ich die Augen und stelle mir vor, ich hätte ein Date mit EDV-Rüdiger. Dann öffne ich sie wieder und gestehe mir selbst gegenüber ein, dass unfassbarerweise genau das der Fall ist!
Wie tief kann man eigentlich sinken?
Rüdiger hat die Hälfte des Tasseninhaltes verschüttet, als er unseren Tisch erreicht. Der Glühwein ist lauwarm und viel zu süß. Da kann man fast froh sein, dass die Tasse nicht voll ist.
Das Gespräch stockt. Das Thema »*Tootsie* ist besser als *Rubbeldiekatz*« haben wir erschöpfend abgehandelt, ein neues fällt mir nicht ein. Verstohlen schaue ich auf die Uhr. Viertel vor zehn. Ich tue so, als müsse ich gähnen. Gleich werde ich vorschlagen, dass wir uns so langsam mal auf den Rückweg machen.
EDV-Rüdiger starrt wieder auf seine Schuhe. Diesmal aber nicht schweigend, sondern murmelnd. Nach einer Weile wird mir klar, dass er weder betet noch Selbstgespräche führt, sondern mit mir spricht. Über Selma.
»Dreieinhalb Monate ist sie jetzt, äh, alt, ja?«, fragt er.
Ich nicke.
»Wer hätte das gedacht, letztes Jahr um – Dingens – diese Zeit. Ähm. Auf der Weihnachtsfeier, zum Beispiel. Dass du jetzt Mutter bist.«

Ja, wer hätte das gedacht.
Ich staune über Rüdigers Gedankensprünge und frage mich, worauf um Himmels willen er hinauswill. Was soll diese ganze Lass-uns-ins-Kino-und-dann-was-trinken-gehen-Sache? Bisher dachte ich immer, er sei heimlich in mich verknallt. Aber weder im Auto noch im dunklen Kino noch im engen Gedränge hier auf dem Weihnachtsmarkt hat er mich angehimmelt oder zufällig berührt. Ich bin darüber natürlich sehr erleichtert. Aber auch sehr ratlos. Denn stattdessen redet er von Selma und der letzten Weihnachtsfeier, die für ihn doch so unrühmlich geendet hat – auf meiner Wohnzimmercouch über einer Kotzschüssel hängend. An seiner Stelle würde ich niemals wieder an diesen Tag denken wollen, viel weniger davon reden.
»Ich, ähm, äh, ähm, hab da eine Bitte. Eine vielleicht ungewöhnliche Bitte. Könnte ich eventuell ein Foto von ihr haben?«
Jetzt verstehe ich gar nichts mehr: Er hat keineswegs nach einem Foto von *mir* gefragt. Sondern …
»Ein Foto von wem?«
»Na, von Selma, ähm, natürlich«, antwortet Rüdiger mit Blick aufs Kopfsteinpflaster.
Da fällt es mir wie Schuppen von den Augen:
EDV-Rüdiger hält sich für den Vater meiner erschwindelten Tochter!
Ist das zu fassen? Aber wenn er auch nicht ganz so gut in Konversation ist, rechnen kann Rüdiger ganz hervorragend. Wäre ich also Anfang April, wie er glaubt, in der sechzehnten Schwangerschaftswoche gewesen, dann könnte es in jener Nacht nach der Betriebsweihnachtsfeier passiert sein, in der er bei mir war.
Die Gedanken rasen durch meinen Kopf. Jetzt wird mir so ei-

niges klar: Die Blumen, die Blicke, die Pralinen, der Babysitter-Gutschein, die Digitalkamera – das alles ergibt auf einmal einen Sinn.
Ich muss es ihm vorsichtig beibringen!
»Nicht weggehen«, stoße ich hervor und zwänge mich durchs Gewühl zum nächsten Getränkestand, um zwei Gläser Schnaps zu besorgen.
Wir stoßen an und trinken das Feuerwasser auf ex.
Mein lieber Scholli, was für ein Teufelszeug!
Dann lege ich beherzt meine Hand auf seine Schulter, schaue ihm tief in die Augen und schwöre bei allem, was mir heilig ist, dass er *nicht* Selmas Vater ist. Definitiv nicht. Dass er es gar nicht sein kann. Und dass er an jenem Morgen nach der Weihnachtsfeier zwar auf meinem Sofa aufgewacht ist, aber nur, weil ich ihn dort seinen Rausch habe ausschlafen lassen.
»Es ist wirklich nichts passiert?«, fragt er atemlos.
Wenn man davon absieht, dass er sich mehrfach übergeben hat …
»Nein«, bestätige ich sanft, »nicht das Geringste.«
Das muss EDV-Rüdiger jetzt erst einmal verdauen. Die Ellbogen auf den Bistrotisch gestützt, lässt er seinen Kopf in die Hände sinken und verbirgt kopfschüttelnd sein Gesicht.
Oh, Rüdiger, du musst jetzt sehr stark sein. Bitte nicht in Tränen ausbrechen!
Wenn er mir mitten auf dem Weihnachtsmarkt eine Szene macht oder einen Nervenzusammenbruch erleidet, dreh ich durch!
Doch Rüdiger weint keineswegs. Im Gegenteil: Er ist weit davon entfernt, Tränen zu vergießen. Stattdessen strahlt er über das ganze Gesicht!
»Oh, Friederike, du ahnst gar nicht, wie, ähm, glücklich du mich gerade gemacht hast«, ruft er erleichtert aus. So erleich-

tert, dass es mich fast ein wenig kränkt. Wäre es denn wirklich so furchtbar, ein Kind mit mir zu haben? Es ist ja nicht so, dass ich Unterhaltsforderungen stellen würde. Und überhaupt: Eine Nacht mit mir wäre für einen wie EDV-Rüdiger ein Hauptgewinn!

Rüdiger sieht das offenbar ein wenig anders. Denn er macht mir nun seinerseits ein Geständnis: Die Frau, in die er seit Monaten unsterblich verliebt ist, heißt Lydia.

»Lydia? Welche Lydia?«

Ich kenne keine Frau dieses Namens. Einmal abgesehen von unserem unsympathischen Kantinendragoner.

Moment.

Ich werd verrückt! Kein Wunder, dass Kantinen-Lydia mir immer so hasserfüllte Blicke zuwirft. Sie glaubt, ich wolle ihren Rüdiger? Um Himmels willen!

»Aber Rüdiger«, stammele ich, »das ist ja großartig, dass ihr … Aber warum … was hat das alles mit mir zu tun?«

Aus EDV-Rüdigers Erklärung in unzusammenhängenden Halbsätzen werde ich nicht ganz schlau. Was ich mir nach und nach zusammenreime, ist, dass er wohl sehr spezielle Moralvorstellungen hat. Und seine Angebetete ebenso. Ein uneheliches Kind würde die heile Welt der Frischverliebten ganz entschieden ins Wanken bringen.

»Ich kann doch unmöglich um ihre, ähm, Hand anhalten, wenn ich doch, äh, Dingens, anderweitige Verpflichtungen …«, stottert Rüdiger mit rotem Kopf. Offenbar verursacht schon der Gedanke an einen nicht vollzogenen, aber theoretisch möglich gewesenen Akt der Befruchtung einen Anfall von schlechtem Gewissen.

»Was meinst du mit ›Verpflichtungen‹? Was hättest du denn getan, wenn du wirklich Selmas Vater wärst?«, frage ich neugierig. Beim Gedanken daran, dass Rüdiger zumindest rein

rechnerisch mit höherer Wahrscheinlichkeit der Vater ist als ich die Mutter, muss ich fast grinsen. Denn theoretisch könnten ja er und die Eiskönigin … Doch Rüdigers Antwort erstickt mein Schmunzeln im Keim.
»Natürlich müssten wir dann heiraten. Ist doch, äh, klar.«
Allmächtiger!
Mit dem Gefühl, gerade noch mal davongekommen zu sein, atme ich tief durch.
Ich stehe und atme noch immer, als Rüdiger sich längst von mir verabschiedet hat, um Lydia zu treffen und ihr die glückliche Nachricht mitzuteilen. Vor meinem inneren Auge sehe ich sie mit wehendem Kittel auf ihn zuschweben und höre sie rufen: »Liebsterrrrr, wie herrrrrlich, dass du fürrrr mich frrrrei bist!«
Auf dem Weg zum Parkplatz kaufe ich mir gebrannte Mandeln. Ich liebe gebrannte Mandeln! Sie spenden Trost, machen zumindest für ein paar Minuten glücklich und bewahren mich vor Magersucht. Während ich eine nach der anderen knabbere, laufen mir zwei, höchstens drei Tränen über die eisigen Wangen. Das ist der kalte Wind.
Ein Leierkastenmann im Nikolauskostüm spielt ein Lied, das Urömchen früher immer gesungen hat.
»Jedes Töpfchen find' sein Deckelchen, jedes Mädchen find' sein' Schatz. Ja, zum Töpfchen gehört ein Deckelchen, und für ein Deckelchen da gibt es kein' Ersatz.«
Ich sehe mich neben Urömchen auf dem Sofa sitzen und *Kohlhiesels Töchter* im Schwarzweißfernseher schauen. Mit Liselotte Pulver, die Urömchen so sehr verehrte. Ja, das sehe ich vor mir, als sei es gestern gewesen. Sonst allerdings sehe ich recht wenig, weil meine Augen überlaufen …
»Friederike? Bist du das?«
Ich sehe zwar nicht, wer da spricht, aber die Stimme ist unverwechselbar.

Schockschwerenot!
Ich möchte im Erdboden versinken.
Nein, ich bin nur eine Doppelgängerin, eine ungeschminkte Doppelgängerin mit verheultem Gesicht, will ich antworten.
Stattdessen höre ich mich sagen: »Huch, ähm, ja, Mensch, so ein Zufall.«
Ich mag zwar ein hoffnungsloser Fall sein, und wenn's drauf ankommt, sind meine rhetorischen Fähigkeiten ungefähr auf Rüdiger-Level. Aber vielleicht bin ich gerade eben meinem Deckelchen begegnet …

Kapitel 28

Doktor No

Im Angesicht des Todes sieht man das ganze Leben noch einmal wie einen Film im Zeitraffer an sich vorüberziehen, heißt es. Was dran ist an diesem Mythos, kann ich zum Glück nicht beurteilen. Ich war noch nicht in der Verlegenheit.
Sicher ist jedoch das Gegenteil: Im Angesicht eines wahr werdenden Lebenstraumes sieht man die Gegenwart wie eine superlangsame Filmsequenz in Slow Motion!
Genauso geht es mir jetzt, als ich – endlich! – diesem unverschämt gut aussehenden Kerl gegenüberstehe, der mir schon im Teenageralter den Schlaf geraubt hat und es seit unserer Begegnung im Sommer wieder tut: Cornelius Rademacher.
In Sekundenbruchteilen registriere ich seine ultracoole Strickmütze, seinen urlaubsverdächtig dunklen Teint und die Tatsache, dass er allein unterwegs ist.
Perfekt!
Weniger perfekt ist der Look der weiblichen Hauptdarstellerin in dieser Szene: Ich bin winterlich blass, vollkommen ungeschminkt, stattdessen verheult und müsste wirklich unglaublich dringend zum Friseur!
Gefühlte fünf Stunden stehe ich wie angewurzelt da und starre Cornelius an. Wahrscheinlich würde ich immer noch dastehen und starren, wenn Cornelius mich nicht freundschaftlich umarmen und dann ausrufen würde: »Mensch, Friederike, was lange währt, wird endlich gut, was?« Dazu schenkt er mir sein blendend weißes Doktorenlächeln.
»Oh, hey, du«, antworte ich wenig einfallsreich und wische

mir verstohlen die Tränen aus den Augenwinkeln. Cornelius soll nicht sehen, dass ich geweint habe.

Eine völlig überflüssige Vorsichtsmaßnahme, wie mir rasch klar wird, denn so genau betrachtet Cornelius mich gar nicht. Vielmehr schaut er sich nachdenklich um.

»Hier ist es arg voll, oder? Ein regelrechter Volksauflauf«, befindet er. »Komm, lass uns woanders hingehen, wo man sich besser unterhalten kann.«

Ich nicke selig. Ja, mit Cornelius irgendwo hingehen und ungestört sein, das ist genau das, wovon ich seit Monaten träume!

»Wie wär's mit dem *Café Escapade?* Das ist zurzeit ziemlich angesagt«, schlägt der Kardiologe meines Vertrauens vor.

Das *Escapade?* Dieses schweineteure Schickeria-Etablissement?

Solche Läden kenne ich bisher nur von außen. Jetzt betrete ich an der Seite von Doktor Rademacher zum ersten Mal im Leben ein Lokal, in dem ein simpler Prosecco sieben Euro kostet. In der Happy Hour. Und das ist keineswegs der Preis für die ganze Flasche!

»Gelobt sei EDV-Rüdiger«, murmele ich dankbar, denn ohne dessen Spontan-Einladung hätte ich den heutigen Abend vor der Glotze verbracht. Und dort wäre ich meinem Traummann gewiss nicht über den Weg gelaufen.

Ist es nicht herrlich, was es für Zufälle gibt? Wie sich manchmal alles so wunderbar fügt? Das muss Schicksal sein!

Ohne mich zu fragen, bestellt Cornelius zwei Sekt Aperol und dazu ein paar Nachos zum Knabbern. Eigentlich habe ich nach dem zuckersüßen Glühwein und dem hastig heruntergestürzten Schnaps genug Alkohol intus, schließlich bin ich mit dem Auto unterwegs. Und gegessen habe ich heute auch nicht besonders viel. Aber ich bin viel zu hingerissen, um zu wider-

sprechen. Stattdessen nehme ich mein Schicksal an – dankbar und aufgewühlt.
Mit weichen Knien sitze ich da und hänge an Cornelius' Lippen, als würde er in Kürze die Lottozahlen vom nächsten Wochenende prophezeien.
Was er tatsächlich sagt, bekomme ich zunächst nicht wirklich mit. Mein Herz schlägt so laut, dass es seine Worte beinahe übertönt. Lediglich einige Satzfetzen dringen zu mir durch: Südafrika … Rundreise … Strand …
Zum Glück erwartet er ganz offensichtlich keine Antworten von mir, sondern bestreitet das Gespräch bislang allein. Ich nicke nur und strahle.
Das Leben ist großartig!
Nach dem ersten Sekt Aperol habe ich mich einigermaßen beruhigt. Ich kann sogar in seine betörend grauen Augen schauen, ohne laut aufzuseufzen.
Cornelius bestellt eine weitere Runde Getränke. Daraufhin zieht er sein Smartphone aus der Tasche und hantiert kurz damit herum.
Hat er nicht wunderschöne Hände?
Sieht ganz so aus, als schriebe er eine SMS. Statt es anschließend wegzustecken, präsentiert er mir anschließend strahlend das Handydisplay. »Schau mal, mein kupferbrauner neuer Liebling!«
Ich erwarte ein Welpenfoto. Oder wenigstens ein Katzenbild. Was ich jedoch zu sehen bekomme, ist: ein Geländewagen.
Hat man da noch Worte?
»Habe ich natürlich geleast, wegen der Steuer. Kann man besser absetzen«, informiert er mich, und ich schließe daraus messerscharf, dass Cornelius mir soeben allen Ernstes sein neues Kraftfahrzeug vorführt.
Ich kann mir romantischere Gesprächsthemen vorstellen.

Dass ich mich generell nicht sonderlich für PS, Zylinder, Stau-Assistenten, Subwoofer, Bordcomputer, Hubraum, Leichtmetallfelgen, Edelholzverkleidungen und Sportlenkräder interessiere, lasse ich einstweilen unerwähnt.

Cornelius dagegen platzt fast vor Stolz, als er mir begeistert all diese Details aufzählt. Und er fordert Bestätigung: »Beeindruckend, was?«

»Hm, nicht übel«, gebe ich mit so viel Begeisterung, wie ich aufbringen kann, zurück.

Eine ausgeprägte Affinität zu Technik kann man mir nicht nachsagen. Ebenso wenig wie eine Neigung zur Großspurigkeit.

Doktor Rademacher wirkt enttäuscht: *Nicht übel* liegt weit von dem entfernt, was aus seiner Sicht an Begeisterung angebracht wäre. Doch er reagiert weder beleidigt noch frustriert. Vielmehr fühlt er sich herausgefordert.

Es muss doch möglich sein, dieser Friederike Engelbrecht zu imponieren!, scheint er zu denken.

In der Tat wäre das furchtbar einfach. Wirklich: Er müsste nur ruhig dasitzen und mit mir über die alten Zeiten plaudern. Mich fragen, wie es mir so geht. Eine nette Bemerkung über mein phänomenales Gedächtnis machen, das sich noch so gut an gemeinsame Erlebnisse in der Schulzeit erinnert. Und vielleicht würde auch der ein oder andere Moment der Stille und der tiefen Blicke in die Augen nicht schaden.

Doch nichts davon geschieht. Stattdessen bekomme ich als Nächstes das Foto eines von Palmen umgebenen Swimmingpools zu sehen.

»Der Blick vom Balkon meines Eigentumappartements auf Ibiza«, prahlt Cornelius. Es fehlt nicht viel, und er würde krähen wie ein Gockel oder seinen prächtigen Federfächer präsentieren wie ein Pfau während der Balz.

Nur leider balzt Cornelius ganz und gar nicht. Vielmehr spricht er jetzt über sein Handicap.
Sofort tun mir meine spöttischen Gedanken von eben leid. Dieser Mann ist weder Gockel noch Pfau, sondern ein Mensch, der sich gerade öffnet und von seiner schwachen Seite zeigt, denke ich beschämt. Dass Cornelius eine Behinderung hat, konnte ich ja nicht ahnen. Sieht man ihm auch kein bisschen an, so durchtrainiert und vor Gesundheit strotzend, wie er daherkommt.
»Tut mir echt leid«, versichere ich aufrichtig erschüttert.
»Nun ja, immerhin bin ich kein Rabbit mehr«, schnaubt Cornelius fast ein wenig pikiert. »Wenn ich weiter an meinem Abschlag arbeite und das Putten verbessere, bin ich auf dem besten Wege, ein Bogey-Golfer zu werden. Und das ist ziemlich gut für einen Amateur.«
Bogey-Golfer? Du grüne Neune!
Golf also. Der Sport für Spaziergänger mit karierten Hosen und zu viel Kohle. Mein Mitleid hätte ich mir sparen können.
»Donnerwetter«, wäre vielleicht eine angemessene Antwort. Oder: »Wow, ich bin fasziniert!« Stattdessen aber schweige ich betreten und bringe schließlich ein teilnahmsloses Nicken zustande.
Merkt es dieser Typ nicht, wenn er seine Gesprächspartner langweilt? Ist er überhaupt dazu in der Lage, sich in andere Menschen hineinzuversetzen und sich selbst für einen kurzen Moment nicht ganz so wichtig zu nehmen?
Herr Doktor, Sie haben eine emotionale Blockade, diagnostiziere ich im Stillen und verstehe mit einem Mal, warum der schöne Cornelius in der Schulzeit zwar umschwärmt war wie ein Popstar, aber nie lange mit einem Mädchen zusammenblieb. Nicht er war es, der die Freundinnen wechselte wie die Hemden, sondern sie waren es, die recht bald das Interesse an

ihm verloren und ihn weiterreichten wie eine langweilig gewordene Trophäe.
Während mir all dies durch den Kopf schießt und meine Leidenschaft in rasantem Tempo erkaltet, wechselt der einstige Held meiner schlaflosen Nächte erneut das Thema.
Halt, falsch, ich muss mich korrigieren. Cornelius Rademacher bleibt bei seinem Lieblingsthema – sich selbst: Cornelius und sein Auto, Cornelius und sein Feriendomizil, Cornelius und sein Golf-Handicap, Cornelius und sein Lieblingswinzer, Cornelius und der Segeltörn, Cornelius und seine neue Luxusuhr, Cornelius und …
»Hallo Spatzl«, unterbricht er unvermittelt seine Selbstbeweihräucherung und nimmt huldvoll den Wangenkuss einer mageren Rothaarigen mit übertrieben geschminkten Lippen entgegen, die sich jetzt zu uns gesellt.
Seine Tochter?
Sie nickt mir vielsagend zu. *Finger weg von meinem Kerl, der gehört mir allein*, gibt mir ihr Blick unmissverständlich zu verstehen.
Alles klar. Keine Verwandtschaftsbeziehung ersten Grades!
Ich nicke zurück und sende die Botschaft: *Aber gern, den kannst du behalten. Spätestens in drei Monaten wirst du eh das Interesse an ihm verlieren.*
Voller Erstaunen registriere ich, dass ich keinerlei Eifersucht verspüre. Nichts, null, nada.
Im Gegenteil: Ich beglückwünsche mich dazu, dass nicht ich es bin, die Tag für Tag die angeberischen Tiraden des Doktor No erdulden muss, sondern dieses bedauernswerte Geschöpf.
»Das ist Milena, meine Verlobte«, stellt Cornelius seine magere Lebensabschnittsgefährtin vor.
Dann deutet er auf meine Wenigkeit und erklärt ihr: »Und das ist Friederike, eine ganz alte Schulfreundin.«

Hallo? Geht's noch?
Ganz alt, das ist ja wohl eine Unverschämtheit! Dabei ist er drei Monate älter als ich. Und das bedeutet …
»Apropos alte Schulfreunde«, lächele ich zuckersüß, »herzliche Glückwünsche nachträglich zum Vierzigsten! Na, wie ist es denn so, wenn die Drei verschwindet? Ich hab's ja noch vor mir.«
Das konnte ich mir einfach nicht verkneifen!
Sie sollten ihre Gesichter sehen! Schade, dass ich keine Kamera dabeihabe … Es ist einfach zu köstlich: Cornelius schaut drein wie ein begossener Pudel, der gerade beim Bockwurstdiebstahl ertappt wird. Und Milena-Spatzl wie ein Kind, dessen Spielzeug soeben kaputtgegangen ist.
Nun ja, *Kind* trifft es sowieso ganz gut. Vermutlich war sie maximal im Kindergartenalter, als Cornelius und ich Abitur gemacht haben. Kein Wunder, dass sie Cornelius jetzt anstarrt, als hätte er sich vor unser aller Augen in einen Zombie verwandelt. Dann krächzt sie vollkommen entsetzt:
»Ich dachte, du wärest Mitte dreißig. Aber … du bist ja älter als mein Vater!«
Volltreffer.
Ich schätze, das wird ihn das eine oder andere Armband oder Collier kosten, bis der Haussegen nicht mehr schief hängt, denke ich schadenfroh, während ich mich erhebe und bei den beiden verabschiede: »Danke für die Einladung, altes Haus«, grinse ich. »Viel Spaß noch zusammen.«
Und schon bin ich weg.

Langsam schlendere ich über den Weihnachtsmarkt in Richtung Parkplatz und weiß nicht recht, ob ich schluchzen oder schmunzeln soll. So habe ich mir unser Treffen nicht vorgestellt. Tatsächlich gelingt mir eine Mischung aus beidem, als ich an einem Kinderkarussell vorbeikomme und mir aus voll aufgedrehten Boxen *Frida Gold* entgegendröhnt:

»Wovon sollen wir träumen?«

Ja, was soll man tun, wenn ein langgehegter Wunschtraum platzt wie eine Seifenblase? *Wo führt das alles noch hin?*

Kapitel 29

Stiefmütterchen im Kreuzverhör

Es ist ein ungemütlicher Dezembersamstag. Draußen stürmt und regnet es. Vom Wetter ist also keinerlei Stimmungsaufhellung zu erwarten. Nette Mitmenschen, die mich mit Komplimenten überhäufen oder mit liebevollen Gesten verzücken könnten, sind ebenfalls außerhalb der Reichweite. Ich beschließe also, heute selbst meines Glückes Schmied zu sein, und gönne mir zum Frühstück Kakao mit Sahne, Croissants, Nuss-Nougat-Creme und Spiegeleier. Lauter Kalorienbomben. Ich vertilge alles mit Stumpf und Stiel – und vor allem ganz ohne schlechtes Gewissen. Immerhin passe ich seit vorgestern zum ersten Mal seit Jahrzehnten wieder in eine Jeans der Größe 40. Eine Stretchjeans zwar, die sicher besonders groß ausfällt, aber Größe 40 ist Größe 40!

Aus dem Radio dudelt Weihnachtskuschelrock. Als zum gefühlt hundertsten Mal in dieser Saison *Last Christmas* ertönt, schalte ich um auf einen Sender, der nur Klassik und Wortbeiträge bringt.

Aber ach: Wortbeiträge sind auch nicht mehr das, was sie mal waren! »Was sich deutsche Durchschnittsfrauen von ihren Männern zu Weihnachten wünschen« ist ein Thema, das meine Laune nicht unbedingt hebt. Muss ich doch daraus schließen, dass ich offenbar alles andere als normal bin, da ich ja nicht einmal einen Angebeteten habe, von dem ich schwärme – viel weniger einen real existierenden Partner, der mich beschenken könnte.

So werde ich mir Schmuck, Parfum, Bücher und CDs wohl

weiterhin selbst kaufen müssen. Es sei denn, das Christkind beschert mir last minute doch noch einen Traumprinzen.
Ich schalte um auf einen Oldiesender. Gerade läuft *Sound of Silence,* das passt. Ohne mein Küchenradio und Barnies *Guten Morgen, liebe Sorgen* wäre es hier geradezu unheimlich still.
Ich sehne mich danach, mit den Urschrey-Leuten die Pränatal-Kampagne zu diskutieren, mit Rolf die Fortschritte des Projektes zu analysieren, mit meinen Kolleginnen ein Kaffeepäuschen zu machen, mit Mats zu plaudern, mit Selma zu lachen. Stattdessen: nichts.
Dabei hätte ich so viel zu erzählen …
Es ist wirklich wie verhext: Immer, wenn ich das Klingeln meines Telefons herbeisehne, schweigt es beharrlich. Doch sobald ich mir ein Bad einlasse, eine warme Mahlzeit zubereite oder Geschirr spüle, kommt garantiert ein Anruf. Meistens von Carla. *Sydney calling!*
Als wollte sie meine Behauptung beweisen, ruft Carla just in dem Augenblick an, als ich anfange, meine Nägel zu lackieren. In Tannengrün. Immerhin ist morgen der vierte Advent, und ich habe sonst nicht viel dekoriert. Einmal abgesehen von den Geschenkpapierrollen, die auf dem Frühstückstisch bereitliegen, sieht es hier nicht sonderlich festlich aus. Sobald die Nägel trocken sind, will ich Weihnachtsgeschenke einpacken. Und vielleicht ein paar Grußkarten schreiben.
»Na, was treibst du denn so dieses Wochenende«, will Carla nach dem üblichen Begrüßungsgeplänkel wissen.
»Heute Abend gehe ich erst in ein Robbie-Williams-Konzert und dann auf die After-Show-Party«, gebe ich trocken zurück und bepinsele munter den Ringfingernagel, den Telefonhörer fest zwischen Kopf und Schulter geklemmt.
»Echt?«

»Natürlich nicht«, grinse ich. »Diese Weltsensation hätte ich dir garantiert nicht verschwiegen.«

»Du Nuss«, muss jetzt auch Carla lachen, »also sag, was hast du wirklich vor?«

Ich seufze. »Gar nichts. Jedenfalls nichts Besonderes. Wie jeden Abend.«

Allein macht Ausgehen keinen Spaß. Aber das Daheim-Rumsitzen wird mir auch ganz schön langweilig. Ich habe sogar ernsthaft überlegt, es doch noch mal mit dieser Aerobic-Sache zu probieren.

Doch das erwähne ich lieber nicht. Die sportverrückte Carla wäre sonst imstande, mich nach ihrer Rückkehr beim Wort zu nehmen und gnadenlos zum Training zu schleppen. So ernsthaft waren meine Überlegungen nun doch wieder nicht …

Stattdessen schwärme ich ihr von einer wundervollen Woche mit Selma vor. Von ihrem süßen Babylächeln, ihren lustigen Grimassen beim Wickeln, ihrem gesegneten Appetit.

»Du bist ein richtiges Hausmütterchen geworden«, neckt mich Carla.

Na und? Es muss ja nicht jeder auf Weltreisen stehen.

»Mag sein«, gebe ich trotzig zurück, »aber immerhin hatte ich diese Woche schon ein Date.«

»Wie bitte? Und das sagst du erst jetzt? Unfassbar …«

Ich hätte ahnen müssen, dass sie darauf anspringt wie eine ausgehungerte Löwin auf einen Batzen Frischfleisch.

»Los, wer A sagt, muss auch B sagen. Ein echtes Date?«

»Irgendwie schon. Wenn Kino mit anschließendem Glühwein auf dem Weihnachtsmarkt deinen Kriterien dafür genügen.«

Als ich Rüdigers Gestammel imitiere, bekommt Carla einen interkontinentalen Lachkrampf. Sie wiehert wie ein Zeichentrickpferd. Ich lasse mich anstecken und gluckse mit.

Es ist aber auch zu absurd, dass der Ärmste monatelang glaubte, Selmas Erzeuger zu sein! Als ob er an jenem Abend, an dem es seiner Meinung nach hätte passiert sein können, zu einer folgenreichen Paarung in der Lage gewesen wäre …
»Junge, Junge«, japst Carla, sobald sie wieder einigermaßen bei Atem ist, »das ist verrückter als alles, was man sich ausdenken könnte. Dass EDV-Rüdiger dich abblitzen lässt, ausgerechnet wegen dieser Kantinenschnepfe.«
Ähm. Habe ich mich irgendwie unklar ausgedrückt?
Natürlich hat mich Rüdiger *keineswegs* abblitzen lassen! Im Gegenteil – ich ihn! Jedenfalls *hätte* ich ihn abblitzen lassen, wenn er nicht freiwillig ein anderes Objekt seiner Begierde gewählt hätte.
Aber dass irgendein Mann, und sei es EDV-Rüdiger, diese grantige Lydia mir vorzieht, ist wenig schmeichelhaft. Und daher auch nicht gerade der lustigste Aspekt dieser Episode. Jedenfalls aus meiner Sicht. Ich bin ein wenig gekränkt, dass sich Carla ausgerechnet darüber kringelt vor Lachen.
Doch Carla macht schon wieder einen Gedankensprung.
»Apropos flirten: Gibt es irgendetwas Neues von der Doktorenfront?«
Ich stehe auf dem Schlauch: »Seit sie mir den Gips abgenommen hat, war ich nicht mehr bei Doktor Jakobsen.«
»Wer redet denn von Doktor Jakobsen? Ich meine natürlich Cornelius. Lässt er dich immer noch zappeln? Oder hat er sich endlich gemeldet, um deinen Puls zu messen?«
Ich seufze. Im Nachhinein ärgere ich mich unsäglich, dass ich so lange einem Traumbild nachgejagt bin. Wie damals mit sechzehn. Oder wie im kitschigsten aller Groschenromane!
Und dann erzähle ich Carla die Fortsetzung meiner Erlebnisse auf dem Weihnachtsmarkt. Als Cornelius Rademacher plötzlich auftauchte, kaum dass EDV-Rüdiger verschwunden war,

und meine sentimentale Stimmung erst einem verzückten Strahlen wich, dann einem Stirnrunzeln und schließlich einer unerwarteten Erkenntnis.
»Und in diesen Schnösel warst du unsterblich verknallt?«, staunt Carla, als ich geendet habe.
»Ich weiß selbst nicht mehr, was in mich gefahren ist. Wahrscheinlich sind meine Jungmädchenträume irgendwie zum Leben erwacht, als er mir plötzlich gegenüberstand. Du musst bedenken, das war direkt nach einer echten *Grenzerfahrung!* Kurz nachdem ich mit Johanna im Kreißsaal war.«
Eine schlappe Ausrede, ich weiß.
»Eigentlich war er schon in der Schulzeit ein überheblicher Kotzbrocken«, muss ich zugeben. »Im Vergleich zu Cornelius wäre sogar EDV-Rüdiger die bessere Wahl. Netter ist er auf jeden Fall.«
»Apropos nett, warum läuft da eigentlich immer noch nichts mit diesem Mats Falkenberg?«, wechselt Carla das Thema.
Diese verrückte Nudel! Hinter jeder noch so harmlosen Bemerkung vermutet sie brodelnde Emotionen. Ich mag zwar zuweilen verzweifelt sein, aber mein Leben ist nun mal keine Episode aus *Desperate Housewives!*
»CARLA! Du kennst doch meine Einstellung zu diesem Thema. Verheiratete Männer sind …«
»… tabu, ich weiß. Vor allem verheiratete Väter von Tageskindern.«
»Exakt. Und er ist für mich nichts anderes als Rolf: ein netter Arbeitgeber, mit dem ich gut klarkomme, und ein wunderbarer Vater«, stelle ich die Angelegenheit richtig.
Doch das nimmt mir Carla nicht ab.
»Warum lässt du dann kein gutes Haar an Deborah? Warum trinkst du mit Mats allabendlich Rotwein? Und warum benimmst du dich, als wolltest du Selmas Stiefmutter werden?«

Ich seufze. »Zu Frage eins: Weil die Eiskönigin so ziemlich die mieseste Ehefrau und Mutter ist, die mir je untergekommen ist. Ein hochgradig unsympathisches Weib. Zu Frage zwei: Weil wir uns nett unterhalten – über Selma, sonst nichts. Und zu Frage drei: Tue ich gar nicht. Ich nehme lediglich meinen Job als Tagesmutter ernst. Das ist rein professionell!«

»Einspruch, euer Ehren. Sagtest du nicht eben, du seist ganz verrückt nach Selma? Ich stelle fest: Das ist alles andere als eine sachlich-professionelle Haltung. Und sie hat auch nicht wirklich etwas mit Selma zu tun.«

Eben noch fühlte ich mich wie im Kreuzverhör, jetzt mutiert Frau Staatsanwältin zur Psychologin. Lächerlich!

»So? Hat es nicht? Womit denn sonst?«

Carla teilt mir ihre Diagnose mit. »Du bist zurzeit sehr enttäuscht von der Welt, von Männern im Besonderen. Und statt eines Kerls überschüttest du nun ein wehrloses Baby mit deinen Emotionen.«

Aha. Interessant.

»Du schaust zu viele Nachmittagstalkshows«, befinde ich.

»Ich habe nicht das Gefühl, dass du mich ernst nimmst«, tadelt Carla. »Beantworte mir einfach nur diese eine Frage: Wie lange soll das denn noch weitergehen?«

»Was weitergehen?« Ich habe nicht die geringste Ahnung, worauf sie nun schon wieder hinauswill.

»Na, diese ganze Situation. Der Doppeljob. Die erfundene Tochter. Diese Tagesmuttersache. Das alles. Wann soll das enden? Wenn Selma sprechen kann und dich verrät?«

Ehrlich gesagt: Darüber habe ich mir überhaupt noch keine Gedanken gemacht. Es gibt nun mal Dinge im Leben, die kann man nicht planen. Unvorhergesehen, aber unvermeidlich ist zum Beispiel, dass man sich in ein so liebreizendes Wesen wie

Klein Selma verliebt. Genau das passiert mit mir. Und ich genieße es …

»Läuft doch momentan alles ganz prima«, wehre ich ab, »warum sollte ich daran etwas ändern?«

Carla fallen mindestens tausend Gründe ein. Vor allem die Tatsache, dass früher oder später alles auffliegen könnte. Wird. *Muss!*

Die alte Leier eben. Ich lasse sie reden, mache hin und wieder »hm« und fülle – das Telefon wieder zwischen Ohr und Schulter geklemmt – das Futter für Gorbatschow in den Napf. Carlas Kater beobachtet zufrieden mein Tun und schnurrt dabei wie ein Rasenmäher.

Carla selbst setzt mir auseinander, wie ich am besten umgehend meinen Tagesmutterjob an den Nagel hänge und zeitgleich bei Feronia eine glaubhafte Erklärung für das Verschwinden meiner Tochter verbreite: »Du erfindest einfach eine unheilbare Krankheit. Eine, die Selma für immer in einem Pflegeheim verschwinden lässt. Oder du überträgst dem Kindsvater das alleinige Sorgerecht und lässt ihn dann mit Selma auswandern. Es gibt tausend Möglichkeiten!«

Ich verspreche, mir Carlas Vorschläge durch den Kopf gehen zu lassen. Dass weder die eine noch die andere Idee für mich in Frage kommt, will ich jetzt nicht mit ihr diskutieren. Sie möchte, dass ich das Spiel beende, weil sie fürchtet, ich sei dabei, mich in Mats zu verlieben. Da ist sie schief gewickelt. So was von schief sogar!

Wenigstens ist der tannengrüne Nagellack trocken, als wir unser Gespräch beenden. Wir haben fast eine ganze Stunde miteinander telefoniert! Ich kann nur hoffen, dass Carla eine Flatrate hat …

Nachdenklich beginne ich, Weihnachtsgeschenke einzupacken. Zuerst die für Johannas Familie: Kuscheltiere, Brettspiele, Actionfiguren, Bastelmaterial, Bücher.
Auch für Selma habe ich etwas besorgt: ein Kinderbesteck mit Bärchendekoration. Damit sie mich niemals vergisst.
Schließlich ist nur noch das Aftershave übrig, das ich für Mats besorgt hatte.
»Da läuft doch was zwischen euch«, würde Carla jetzt sagen.
Plötzlich bin ich völlig verunsichert: Ist mein Geschenk wirklich angemessen oder vielleicht doch zu intim? Schließlich habe ich auch nichts für Deborah besorgt.
Was auch – vielleicht ein neues Herz?
Ich seufze erneut: Nein, nicht Mats wird das Aftershave bekommen. Sondern Rolf. Sein Name steht auf dem Los, das ich fürs Weihnachtswichteln gelost habe. Und die Feronia-Weihnachtsfeier findet bereits nächsten Dienstag statt. Dann jährt sich also auch jene unsägliche Nacht, die für EDV-Rüdiger auf meinem Sofa endete.
Genau genommen hat sich meine Gastfreundschaft und meine pflegerische Betreuung des alkoholvergifteten Kollegen im Laufe des vergangenen Jahres durchaus bezahlt gemacht. Denn für die Pralinen, mit denen mich Rüdiger in den letzten Monaten überhäuft hat, muss er ein kleines Vermögen ausgegeben haben!
»Gebet, so wird euch gegeben«, äffe ich Barnabas mit krächzender Stimme nach, als ich mit dickem Filzer »Für Rolf« auf das Päckchen schreibe.
»Selig sind die Barmherzigen. Prost!«, gibt Barnie keck zurück.
Mit den Pralinen wird es wohl nun ein Ende haben, fällt mir ein. Künftig wird Rüdiger nur noch die rotwangige Lydia mästen.

»Ist auch besser für meine Linie«, stelle ich fest.

»Sehet und schmecket, verflixt!«, erinnert mich Barnie von seinem Beobachtungsposten auf der Stehlampe daran, was ich mir für heute vorgenommen habe: Genuss ohne schlechtes Gewissen. Wenn das doch so einfach wäre …

Kapitel 30

Gypsy wäscht mir den Kopf

Ich bin so dankbar, dass du mir so kurzfristig noch einen Termin geben konntest«, begrüße ich Gypsy, der mir schwungvoll die Tür zu seinem *Schneidhaus* öffnet. In der Vorweihnachtszeit ist er, wie alle Friseure, fast komplett ausgebucht. »Sorry, aber ich muss Selma mitbringen. Sie wird gleich hier abgeholt. Heute ist alles ein wenig kompliziert. Nimmst du eben das Reisebettchen und klappst es auf? Ich muss nur rasch noch mal zum Auto und die Kleine holen.«

Es ist Dienstagnachmittag im knappen Zeitfenster zwischen Feierabend und Feronia-Weihnachtsfeier. Auf der ich keinesfalls mit einer Moppfrisur aufzukreuzen gedenke, sondern mit frisch gestyltem Gypsy-Traumhaar.

Als ich wenig später mit Selma im Autositz und einem Weidenkorb voller Babyutensilien hereingehastet komme, ist von Gypsy nur die grasgrüne Samthose und ein Stück seines silbrig-grauen T-Shirts zu sehen. Die obere Körperhälfte des Meisters wird offensichtlich gerade von einem gefräßigen Killerreisebettchen verschlungen …

Ich muss mir das Lachen verkneifen. Vor wenigen Wochen noch kämpfte ich selbst damit, den Kinderwagen zusammen- und wieder aufzuklappen, den Autositz ordnungsgemäß zu befestigen und natürlich auch das Reisebettchen aufzuschlagen. Inzwischen sind mir diese Handgriffe in Fleisch und Blut übergegangen. Gypsy dagegen stellt sich offensichtlich zum ersten Mal im Leben einer solchen Herausforderung. Mit ausgesprochen mäßigem Erfolg.

»Ich mach das schnell«, schmunzele ich und befreie ihn aus den Fängen des Stoffmöbels. Keine zehn Sekunden später steht das Bettchen. Ich lege Selma hinein, decke sie mit einer leichten Wolldecke zu und gebe ihr Schnuller, Kuscheltier und Rassel zum Spielen.
Gypsy mustert mich voller Verwunderung.
»Tja, alles Übungssache«, lächele ich.
»Schätzchen, ich staune trotzdem«, sagt Gypsy stirnrunzelnd, »nämlich darüber, was du mit deinem Haar gemacht hast.«
Mit diesen Worten hält er mir den Spiegel vors Gesicht, so dass ich nicht umhinkann, mir das Elend in seinem vollen Ausmaß zu betrachten: Die Farbe ist verwaschen, der Schnitt herausgewachsen, die Frisur eine einzige Katastrophe!
»Höchste Zeit, dass ich hier bin«, gebe ich zu.
»Das kann man wohl sagen«, bestätigt Gypsy mit heiligem Ernst, »aber regelmäßige Friseurtermine sind nur die halbe Miete. Dein Haar ist glanzlos, matt, strähnig. Wann hast du zuletzt einen Conditioner verwendet? Oder eine Intensivkur gemacht?«
Ich gebe zu, weder das eine noch das andere zu besitzen, viel weniger regelmäßig anzuwenden.
»Das ist ja schlimmer, als ich befürchtet habe«, stöhnt Gypsy mit gequälter Miene, als hätte ich gerade mit dem Fingernagel über eine Schiefertafel gekratzt. »Süße, du musst schon ein wenig Zeit für dein gutes Aussehen investieren. Und zwar mit jedem Lebensjahr etwas mehr.«
Danke, dass du mich an das Ticken der biologischen Uhr und meinen bevorstehenden Geburtstag erinnerst, Gypsy: Heute in siebenundsechzig Tagen werde ich vierzig. Der Countdown läuft unaufhaltsam.
»Du hast die Wahl«, setzt mein Friseur sein Loblied auf die

Anti-Aging-Kosmetik fort, »entweder gibst du auf und läufst bald mit grauem Haar und Krähenfüßen durch die Gegend, um in Würde zu altern. Oder du beschließt, den Zeichen der Zeit die Stirn zu bieten, und zwar eine glatte, gepflegte Stirn.«

Gypsys Tonfall und Körpersprache lassen keinen Zweifel daran, welche dieser beiden Möglichkeiten in seinen Augen vollkommen lächerlich ist und daher überhaupt nicht in Frage kommt.

Okay, er hat ja recht: Natürlich möchte ich jung, frisch und gepflegt aussehen! Aber wann, bitte, soll ich mich darum noch kümmern? Immerhin habe ich – im Gegensatz zu anderen Frauen – gleich zwei Jobs statt nur einen. Und in beide hänge ich mich voll rein! Es ist ja nicht so, dass ich nichts anderes zu tun hätte, als mich zu pflegen.

»Du hast also keine Zeit für eine Haarkur, ein Peeling oder eine Gesichtsmaske?«, führt Gypsy sein Verhör fort. »Gehst du etwa gleich nach dem Sandmännchen schlafen?«

Ich muss zugeben, dass das nicht der Fall ist. Dass ich ganz im Gegenteil meine Abende bis kurz vor Mitternacht untätig vor der Glotze verbringe.

»Das sind Stunden und Aberstunden, die du in ein Beauty- und Wellnessprogramm investieren könntest«, verkündet Gypsy triumphierend. »Und ein wenig straffende Gymnastik würde auch nicht schaden«, fügt er mit einem kritischen Blick auf meine Rundungen hinzu.

Er hat ja so recht!

»Alle Menschen haben von null bis vierundzwanzig Uhr exakt gleich viel Zeit. Nur sind einige besonders gut darin, sie zu vergeuden«, informiert mich mein philosophischer Friseur. Und um mir zu beweisen, wie effizientes Zeitmanagement unter Beautyaspekten funktioniert, klatscht er mir eine dunkel-

grüne Pampe ins Gesicht, die wie eine Mischung aus Pferdeäpfeln und Kräuterzahncreme riecht.
»Eine tiefenreinigende Kampfer-Zink-Maske«, erklärt er.
Als Nächstes weist er mich an, die Augen zu schließen, und bepinselt meine Wimpern mit Färbemittel.
»Nicht blinzeln, sonst brennt es!«, warnt Gypsy.
In diesem Moment ertönt das Glockenspiel an der Eingangstür.
»Entschuldigen Sie, ich suche Friederike Engelbrecht, sie hat einen Termin bei Ihnen und ... ach, da ist ja mein kleiner Schatz. Hallo, meine Süße!«
Mats. Er will Selma abholen. Und er erkennt mich nicht!
»Frau Engelbrecht ist gerade in Behandlung«, sagt Gypsy, »wenn Sie warten wollen?«
»Lieber nicht, ich möchte eigentlich nur meine Tochter abholen. Aber ich hätte da noch eine Kleinigkeit ...«
Mats' Schritte kommen näher. Er lässt sich offenbar nicht davon abbringen, mir persönlich schöne Weihnachtsferien zu wünschen. Denn er hat die nächsten zwei Wochen Urlaub, was bedeutet, dass ich als Tagesmutter ebenfalls frei bekomme. Zum Glück sind zeitgleich Betriebsferien bei Feronia, so dass es niemandem auffallen wird, wenn ich vierzehn Tage kinderlos bin.
»Oh. Ich wusste nicht, dass Silberfolie und Matschpanade in dieser Saison angesagt sind«, begrüßt mich Mats, und ich höre seiner Stimme an, dass er über beide Ohren grinst. »Machst du dich fein für ein Date mit einem Außerirdischen?«
»Sehr lustig«, gebe ich lachend zurück. »Nein, nur für die Weihnachtsfeier von F... ähm, vom Verein. Sportverein. Mit den Gymnastikmädels.«
Er scheint mein Zögern nicht bemerkt zu haben und kennt mich auch nicht gut genug, um zu wissen, dass es in meinem

Bekanntenkreis keine *Gymnastikmädels* gibt, denn er fährt fort, sich über mein Äußeres lustig zu machen: »Weihnachtsfeier? Man könnte eher glauben, ihr hättet Fasching vorverlegt!«

»Nicht blinzeln!«, warnt mich Gypsy. »Die Farbe braucht noch zwei Minuten.«

Selten ist es mir so schwergefallen, die Augen geschlossen zu halten, zumal Mats mir jetzt ein Geschenk überreicht.

»Für mich?«

»Nur eine Kleinigkeit für die Lieblingstagesmutter meiner Lieblingstochter«, bestätigt Mats.

Hat er das nicht wunderschön gesagt?

Ich ertaste die Form des Päckchens. Fühlt sich an wie ein Buch. Ich reiße es auf und bitte Gypsy, mir den Titel zu verraten.

»*Da ist ein Haar in meinem Dreck. Eine Wurmgeschichte* von Gary Larson«, liest er vor und wird von einem schrillen Freudenschrei unterbrochen.

»Gary Larson, mein Lieblingscartoonist«, jubele ich, »woher wusstest du, dass mir dieser Band noch fehlt? Und wie hast du ihn aufgetrieben? Der ist seit Jahren vergriffen!«

»Betriebsgeheimnis«, sagt Mats.

»Nicht bewegen, nicht erschrecken, nicht zucken«, warnt Gypsy mich vor und beginnt, mit einem feuchten Schwämmchen die Wimpernfarbe zu entfernen. Ich öffne die Augen einen Moment zu früh und werde dafür mit einem brennenden Schmerz bestraft. Teufelszeug, dieses Färbemittel!

»Ich habe dich gewarnt«, tadelt Gypsy, während mir die Tränen in die Augen schießen und die schmerzenden Farbpigmente wegspülen.

Endlich kann ich wieder klar sehen. Erfreulicherweise. Denn der Anblick des grinsenden Mats mit zerzausten Haaren, der

eine fröhlich glucksende Selma auf dem Arm hält, gefällt mir ausgesprochen gut.
»Na, dann werden wir uns mal verabschieden. Schöne Feiertage, und komm gut ins neue Jahr«, sagt Mats.
»Das wünsche ich euch ebenfalls.«
Eigentlich wäre jetzt eine kameradschaftliche Umarmung angebracht, aber mit grünem Schlamm im Gesicht und Haarfarbe auf dem Kopf empfiehlt es sich, von einer derartigen Idee Abstand zu nehmen. Stattdessen streichele ich sanft über Klein Selmas Speckhändchen.
Dann assistiert ihr Mats beim Winken, was Selma fürchterlich komisch findet und sie zum Kichern bringt. Ich winke zurück, mache alberne Grimassen und kichere ebenfalls.
Erst als sich die Tür zu *Gypsys Schneidhaus* hinter den beiden schließt, wird mir so richtig klar, dass ich Selma erst in zwei Wochen wiedersehen werde. Und seufze auf.
Gypsy dirigiert mich zum Waschtisch, entfernt geschickt die Alufolienstücke und spült die Farbe sorgfältig ab. Es folgt ein Ritual mit Shampoo und warmem Wasser. Drei Mal schäumt er schweigend mein Haar ein, wäscht es wieder aus und shampooniert es erneut.
Dann behauptet er aus heiterem Himmel: »Dir ist schon klar, dass dieser Mann vollkommen vernarrt ist?«
»Bin ich selbst ja auch«, erwidere ich, »Selma ist einfach ein supersüßes Baby.«
Gypsy massiert eine cremige Substanz ein.
»Das ist eine Pflegeintensivkur für coloriertes, feines Haar«, erklärt er und ergänzt: »So eine gebe ich dir mit für zu Hause. Du wirst sehen, die wirkt Wunder!«
Ich nicke vorsichtig.
Während die Kur einwirkt, befreit Gypsy mich von der inzwischen eingetrockneten Kampfer-Zink-Maske. Mit einem hei-

ßen, feuchten Frotteetuch tupft und wischt er sie von meinem Gesicht, als modelliere er ein Kunstwerk. Ich schließe die Augen und fühle mich vollkommen entspannt!
Bis zu dem Augenblick, als er sagt: »Kein Mensch redet von Selma, meine Süße. In dich ist er vernarrt. In dich! Und du übrigens auch in ihn.«
Wie bitte?
»Da bist du leider ganz schön auf dem Holzweg«, gebe ich entrüstet zurück.
Gypsy beginnt, mit Kamm und Schere wieder Form in meine Federn zu bringen. Er lächelt milde.
»Das glaube ich ganz und gar nicht, meine Liebe. Schließlich habe ich Augen im Kopf.«
Lächerlich!
»Wir verstehen uns richtig gut. Na und? Da ist doch nichts dabei!«, verteidige ich mich. Und dann setze ich Gypsy detailliert auseinander, wie das ganze Arrangement funktioniert: Dass meine Kollegen glauben, Selma sei meine Tochter. Dass sie in der neuen Feronia-Kindertagesstätte untergebracht ist, wenn ich arbeite, während Mats und die Eiskönigin wiederum glauben, mein Job sei das Kinderhüten.
»Mir ist schon klar, dass das nicht ewig so funktionieren kann. Aber momentan läuft es perfekt für mich. Selma ist das Beste, was mir je passiert ist!«
Gypsy lässt die Schere sinken und legt mit ernster Miene den Kopf schief.
»Die Sache mit dem Kunstbauch und der Scheinschwangerschaft fand ich ja noch witzig. Und die Babyshower-Party erst … Aber das hier ist was anderes. Da kommen echte, tiefe Gefühle ins Spiel. Pass auf, dass niemand verletzt wird. Vor allem du selbst nicht!«
»Gypsy, zum dritten Mal: Da läuft nichts mit Mats! Wir sind

nur Freunde. Und lieben beide Selma. Ansonsten sind keine anderen Gefühle im Spiel!«

»Ach, und deshalb bezeichnest du seine Frau als *Eiskönigin?*«

»Wenn du dieses gefühlskalte Weib kennen würdest, dann wüsstest du, dass Eiskönigin im Grunde ein Kompliment ist.«

»Oder findest du sie womöglich nur deshalb so grässlich, weil du der Meinung bist, dass sie nicht zu Mats passt? Dass er eine bessere Partnerin verdient hat? Eine wie dich?«

Ich kann es kaum glauben, dass ich dieses Gespräch schon wieder führen muss!

Fast könnte man meinen, Carla und Gypsy hätten sich abgesprochen. Seit unserem Telefonat neulich habe ich mir Carlas Worte lange durch den Kopf gehen lassen. Und meine Emotionen beobachtet. Mit eindeutigem Resultat: Carla hat unrecht, Gypsy nun also ebenso. Meine Gefühle für Mats Falkenberg sind definitiv rein freundschaftlicher Natur! Kein Herzklopfen, wenn ich an ihn denke, kein Kribbeln im Bauch, wenn ich ihn sehe, keine Schweißausbrüche, wenn er anruft, keine Tränen der Sehnsucht, wenn er es nicht tut. Ganz anders also, als das bei Cornelius war.

Ist das nicht Beweis genug?

»Wenn ich mit Mats zusammen bin, fühle ich mich einfach nur wohl, bin locker und fröhlich«, stelle ich klar. »Da kribbelt und funkt rein gar nichts.«

»*Noch* nicht«, prophezeit mir Gypsy, »aber das wird sich bald ändern. Darauf würde ich wetten!«

Kapitel 31

Was sein muss, muss sein

Die erste Weihnachtsferienwoche verbringe ich bei der heiligen Johanna und mache alles, was man als Tante eben so tut: stundenlang *Monopoly* spielen, mich bei *Mensch ärgere dich nicht* unzählige Male rauswerfen lassen, beim Kasperletheater mit krächzender Stimme die Hexe geben, mit den Großen ins Kino gehen, mit den Kleinen in den Zirkus, Gutenachtgeschichten erfinden, Kitzelattacken über mich ergehen lassen …

Mein Schwesterherz beobachtet mein Tun mit Wohlwollen und genießt es, ein wenig Zeit für sich selbst zu haben. Einmal nimmt sie sogar ein stundenlanges Schaumbad und liest dabei einen kompletten Kriminalroman. Ein andermal hält sie ein Mittagsschläfchen, das sich bis zum frühen Abend hinzieht und aus dem sie todmüde erwacht, nur um dann gleich nach der Tagesschau wieder ins Bett zu verschwinden.

Nun, sie hat sich wirklich ein wenig Erholung verdient. Fünf Kinder im Alter zwischen sechs Monaten und zehn Jahren können zuweilen durchaus anstrengend sein. Im Gegensatz zu Johanna ist das Zusammensein mit meinen Nichten und Neffen für mich kein Alltag, sondern eine schöne Abwechslung. Und vor allem ein guter Trost – denn ich vermisse Klein Selma entsetzlich.

Wenn ich einmal am Tag in mein Häuschen fahre, um Barnie und Gorbie zu füttern, Katzenklo und Vogelkäfig sauber zu machen und den beiden frisches Wasser hinzustellen, nehme ich mir jedes Mal ein paar Minuten Zeit, um Selmas

Foto zu betrachten und mir vorzustellen, dass sie bei mir wäre.
Dann kommt Heiligabend. Vor der Bescherung liest Klärchen die Weihnachtsgeschichte vor und spielt dann zusammen mit Simon-Pascal ein Flötenduett. Ich erkenne den Weihnachtsgassenhauer *Ihr Kinderlein kommet.* Dann sagen Leon-Marcel und Sophie-Louise gemeinsam ein Gedicht auf, mein Schwager Burkhardt spielt fast fehlerfrei *Last Christmas* auf dem Klavier, und schließlich spricht die heilige Johanna ein besinnliches Gebet. Nur Baby Noah und ich bleiben verschont. Zum Glück, denn religiös-kulturelle Darbietungen gehören nicht eben zu meinem Standardrepertoire. Ich könnte höchstens ein paar Barnabas-Imitationen zum Besten geben.
Meine Geschenke dagegen kommen ausgesprochen gut an. Ich werde umarmt und geherzt und bejubelt: »Tante Fritz ist die Größte!«
Dann gibt es Würstchen mit Kartoffelsalat und, weil Weihnachten ist, Limonade für die Kinder und Bier für Burkhardt und mich. Johanna bleibt beim Stilltee, Noah-Mattis bei der Muttermilch.
»Der Alexander aus meiner Klasse hat einen Papi und einen biologischen Vater«, haut Klärchen urplötzlich heraus, »aber das Jesuskind hat nur einen Adoptivvater. Das geht doch gar nicht. Oder? So ganz ohne biologischen?«
Johanna und Burkhardt verschlägt es die Sprache. Auf einmal sind acht neugierige Kinderaugen auf mich gerichtet.
»Aber du weißt das, Tante Fritz, oder?!«
Jetzt nur nichts Falsches sagen!
Ein unbedachtes Wort und mein Image als coole, allwissende Tante ist ruiniert.
»Lasst Friederike in Ruhe essen«, mahnt Johanna, doch mein Teller ist längst leer. Schade um die schöne Ausrede.

»Ähm, tja, im Grunde geht es nicht ohne biologischen Vater, aber beim Jesuskind hat das irgendwie trotzdem funktioniert. Das nennt man auch das Weihnachtswunder«, ziehe ich mich einigermaßen geschickt aus der Affäre. Beziehungsweise reite ich mich tiefer hinein in den Schlamassel!

»Was einmal funktioniert, kann auch ein zweites Mal klappen«, bemüht Simon-Pascal, der Logiker in der Familie, die Wahrscheinlichkeitstheorie.

»Ich meine, dann könntest du doch auch ein Baby bekommen, das keinen biologischen Vater hat. Am besten gleich Zwillinge. Dann hätten wir auf einen Schlag zwei Cousins oder Cousinen.«

Hat man da noch Worte?

Was bringt man den Kindern heutzutage eigentlich im Aufklärungsunterricht bei? Familienplanung mit Hilfe künstlicher Befruchtung?

Bevor ich dazu komme, etwas einigermaßen Unverfängliches über Samenbanken und Leihmütter zu sagen, lenkt mein Schwesterherz das Gespräch auf ein weniger kniffliges Thema: das Dessert!

»Hurra, Schokoladenpudding mit Sahne«, jubeln alle, und ich atme auf.

Trotzdem geht mir der Gedanke, den mein vorwitziger Neffe in den Raum gestellt hat, nicht mehr aus dem Kopf. Denn irgendwie fühle ich mich wie eine Mutter ohne biologisches Kind. Und das ist fast noch unmöglicher als ein Kind ohne biologischen Vater!

Auf die Gefahr hin, dass ich mich wiederhole: *Ich vermisse Selma!*

Und trotzdem spüre ich, dass etwas furchtbar falsch läuft. Das ganze Lügenmärchen, das ich schon seit April durchziehe, ist … irgendwie schräg.

Carlas Frage von neulich war absolut berechtigt: Wie lange kann und will ich noch so weitermachen? Wie lange kann und will ich dieses Doppelleben aushalten? Kann und will ich es aber andererseits ertragen, Selma nie wieder zu sehen?
Ach …

Dann ist Weihnachten vorbei, und ich bin wieder zu Hause. Allein mit dem verfressenen Gorbatschow, dem stänkernden Barnabas und meinen trübseligen Gedanken.
Ich verschlinge ein Buch nach dem anderen, höre Musik, mache einsame Spaziergänge, verwöhne meine Haut mit klebrigen Schönheitsmasken und versuche verzweifelt, mich irgendwie abzulenken. Ich lese sogar die Weihnachtskarten aus dem entfernteren Verwandtschafts- und Bekanntenkreis, deren salbungsvolle Botschaften mich dazu ermuntern, in dieser »wundervollen Zeit des Jahres der Hektik und dem Stress des Alltags zu entfliehen«. Ich soll »zu mir selbst kommen«, mir Zeit für die Dinge nehmen, »die wirklich wichtig sind«, und »Energie tanken für die Herausforderungen des neuen Jahres«. Alles sehr weise. Aber in meinem Fall leider eine grobe Fehleinschätzung der Situation!
Natürlich sehe ich ein, dass der Mensch Erholungsphasen braucht. Aber zu viel Müßiggang tut auch nicht gut. Und meine Freizeit ist mir momentan eindeutig *zu* ruhig: Niemand, mit dem ich mich unterhalten kann, von Barnabas und Gorbatschow einmal abgesehen.
Carla ist noch immer in Australien. Auch mit meinen Kolleginnen kann ich nichts unternehmen, denn die glauben natürlich, dass ich mich in meinem Urlaub rund um die Uhr meinem süßen Töchterlein widme.
In den Tagen zwischen den Jahren kann ich nicht einmal die heilige Johanna heimsuchen. Über Silvester ist sie mit ihrer

ganzen Familie nach New York zum Shopping geflogen: After-Christmas-Sales. Der neueste Trend.

»Da kann man tolle Schnäppchen machen«, hat sie geschwärmt. In meinen Augen der pure Irrsinn!

Ich hatte zwar angeboten, mich um Noah-Mattis zu kümmern, aber Burkhardt sah keinen Grund für eine solche Planänderung.

»Alle Weißgerbers reisen mit, ohne Ausnahme. Das hier soll ein richtiger Familienausflug werden«, meinte er.

Familienausflug nach New York. Viel Spaß dann auch!

Johanna nickte ergeben. »Sehr lieb von dir, Friederike. Danke für dein Angebot, aber in New York leben ja schließlich auch Kleinkinder.«

Schade. Ich hätte mich gern um den kleinen Mann gekümmert. Zumal ich sonst nichts vorhabe und – hatte ich das erwähnt? – Selma mir fürchterlich fehlt. Wie überhaupt ein wenig menschlicher Zuspruch.

Ich beschließe, mir einen gemütlichen Silvesterabend zu genehmigen. Ganz allein. Im Urlaub habe ich mich doch auch nicht einsam gefühlt. Warum sollte mir das zu Hause nicht ebenso gelingen?

Ich verbringe den Abend vor dem Fernseher und ziehe mir die komplette letzte Staffel von *How I met your Mother* rein. Jede Folge begieße ich mit einem winzigen Glas Prosecco. Doch die Episoden sind kurz, und der Abend ist lang. Als es endlich Mitternacht schlägt, bin ich mehr als nur ein wenig beschwipst. Trotzdem ziehe ich durch, was ich mir vorgenommen habe: Ich schieße den *Blödmann des Jahres* ins Weltall! Eine Tradition, die ich seit Jahren pflege – seit meiner Entlobung von Herzchenkrawatten-Uli.

Dieses Jahr fällt mir die Entscheidung nicht schwer, wen es treffen soll. Mit Filzstift schreibe ich in großen Buchstaben

»Cornelius Rademacher« auf eine Silvesterrakete, stelle sie dann in eine leere Proseccoflasche und zünde sie. Barnabas bellt erschrocken auf, als die Rakete zischend in den dunklen Nachthimmel saust und dort in Form orangefarbener Sterne für immer verglüht.

»Auf Nimmerwiedersehen, Doktor No!«, rufe ich hinterher und kichere albern.

Dann sinke ich im Wohnzimmer aufs Sofa und falle umgehend in einen tiefen, traumlosen Schlaf.

Jedenfalls hätte ich gewünscht, dass er traumlos bleibt. Er ist es nicht. Vielmehr habe ich einen vollkommen unrealistischen Traum von Mats Falkenberg. Erst umarmt er mich freundschaftlich. Dann küsst er mich in den Nacken. Was dann passiert, ist nicht mehr ganz so harmlos. Ich will jetzt nicht ins Detail gehen, aber – und das erschreckt mich am meisten – ich finde es herrlich!

Doch als ich am Neujahrsmorgen mit dickem Kopf erwache, bin ich vollkommen entsetzt über mein unmoralisches Traum-Ich. Es ist schon fast Mittag. Gorbatschow streicht mir um die Beine und maunzt. In meinen Ohren dröhnt sein Futtergebettel wie eine kreischende Kreissäge.

»Als ob ein Kater im Haus nicht genügen würde«, stöhne ich und schwanke ins Bad, um mir ein, zwei Kopfschmerztabletten einzuwerfen.

Das neue Jahr fängt ja gut an!

Genauer gesagt: Es beginnt mit einem Brummschädel, leichter Übelkeit und schlechtem Gewissen. Auch wenn es nur ein Traum war: Ich habe doch glatt sämtliche Grundsätze über Bord geworfen!

»Wo bleibt mein Verheiratete-Männer-Tabu? Bin ich wirklich auf dem besten Wege, eine Ehebrecherin zu werden?«, halte ich meinem kleinlauten Spiegelbild vor.

»Du sollst nicht sündigen, amen«, kommentiert Barnabas. Kommt es mir nur so vor, oder spricht er heute wirklich doppelt so laut wie sonst? Oder ist mein Hörorgan nur doppelt so empfindlich?
Nachdem ich die Tiere gefüttert habe, schlurfe ich in Richtung Schlafzimmer, um mich wieder aufs Ohr zu legen und ganz meinem Kummer hinzugeben.

Die ersten Januartage verbringe ich mit Büßertätigkeiten und einem Reinigungsritual: Es ist höchste Zeit für einen gründlichen Hausputz. Von Keller bis Dachboden bleibt keine Staubflocke verschont! Ich sauge, kehre, wische, schrubbe, scheuere und poliere, dass die Fetzen fliegen.
Das war mal wieder bitter nötig.
Aber wenn ich ganz ehrlich bin, veranstalte ich diesen Aktionismus im Grunde nur, um mich abzulenken. Was ich dabei allerdings nicht bedacht habe: Beim Saubermachen lässt es sich prima nachdenken. Und so höre ich gar nicht mehr auf mit dem Grübeln – je intensiver ich körperlich arbeite, desto gründlicher brüte ich über meinem Dilemma.
Und dann bin ich so weit! Mein Häuschen ist blitzblank und mein Kopf glasklar:
Wie konnte ich nur die ganze Zeit so blind sein?

Es ist Sonntag. Eine Woche ist vergangen seit dem Neujahrsmorgen. Ich sitze am Frühstückstisch und starre eine von Selmas Babyrasseln an, die hier in meiner makellos sauberen Küche auf ihre Rückkehr wartet. Mein Kaffee wird kalt, während ich mit mir selbst um eine Entscheidung ringe.
Dein Tagesmutter-Ehrenkodex ist in Gefahr, warnt die Moralapostelin in mir.
Ach was, widerspricht die sorglose Friederike, *gegen eine*

harmlose Freundschaft mit Mats ist doch gar nichts einzuwenden.
Dass ich nicht lache – harmlos! Du bist auf dem besten Weg, dich in Mats zu verlieben. Wie war das noch: Verheiratete Männer sind für dich tabu? Dann beweise es!
Mein trotziges Ich leistet weiter hartnäckig Widerstand: *Aber dafür kann doch Selma nichts! Sie hängt an mir, und ich an ihr.* Aber tief in meinem Inneren keimt die Erkenntnis, dass der Kampf bereits verloren ist. Natürlich wird die Trennung hart. Aber in ein paar Wochen, Monaten oder gar Jahren würde es nur noch schlimmer.
»*Was du heute kannst besorgen, das verschiebe nicht auf morgen*«, kräht Barnabas nicht zum ersten Mal.

Es ist ein kalter Januarmorgen, genau achtundvierzig Tage vor meinem vierzigsten Geburtstag. Morgen ist der Weihnachtsurlaub vorüber, und ich gedenke, dann nur einen meiner beiden Jobs anzutreten.
Ich ziehe meinen flauschigsten Wintermantel an, dazu Mütze, Handschuhe und Schal, und mache mich auf den Weg zu den Falkenbergs. Zu Fuß. Das verschafft mir ein paar Minuten Galgenfrist.
Vielleicht habe ich Glück, und es ist Deborah Falkenberg, die mir die Tür öffnet. Und mit noch etwas mehr Glück ist Mats gar nicht zu Hause, sondern mit Selma irgendwo unterwegs. Dann könnte es mir gelingen, das, was ich zu sagen habe, ohne Tränen über die Lippen zu kriegen.
»Es tut mir wahnsinnig leid«, werde ich verkünden, »aber ich habe einen anderen, qualifizierteren Job gefunden und muss leider kündigen.«
Natürlich werde ich keinen Ton erwähnen von meinem bisherigen Doppelspiel, und erst recht nichts von meinen Ge-

fühlen. Einfach nur kündigen und fertig. Kurz und schmerzlos.
Na ja, schmerzlos ist vielleicht etwas zu optimistisch gedacht. Es wird schrecklich werden! Aber da muss ich durch!
Im Stadtpark mache ich eine kurze Pause und beobachte die Enten. Ungerührt ziehen sie ihre Kreise im bitterkalten Weiher. Ich beneide sie nicht. Aber wenn ich die Chance hätte, für die nächste Stunde meines Lebens mit einer von ihnen zu tauschen, würde ich wohl nicht lange zögern.
Dann reiße ich mich zusammen und setze meinen Weg zum Schafott fort.
Vielleicht gibt es ja doch eine Möglichkeit, mit Mats befreundet zu bleiben und Selma hin und wieder zu besuchen?
Ja, warum eigentlich nicht? Mats wird mir kaum böse sein, wenn ich die Festanstellung bei Feronia einem Tagesmutterjob vorziehe. Immerhin ahnt er nicht, dass ich dort schon längst beschäftigt bin. Und ich muss es ihm auch nicht unbedingt erzählen.
Geht es schon wieder los mit den Flunkereien?, ermahne ich mich selbst.
Es wird Sie wohl kaum verwundern, dass die innere Stimme meines Gewissens so klingt wie Carla.
Carla, die noch nichts ahnt von meiner Krise. Wir haben diese Woche nicht telefoniert, sondern nur ein paar E-Mail-Grüße hin und her geschickt. Aber heute Abend werde ich sie anrufen, und sie wird wahnsinnig stolz auf mich sein!

Mit zögernden Schritten biege ich in die verwinkelte Altstadtgasse ein, in der die Falkenbergs wohnen.
Vor der Tür halte ich noch einmal kurz inne und atme tief ein. Gleich wird sie mir gegenüberstehen, die erfolgsverwöhnte Karrierefrau mit der knabenhaften Figur, dem putzigen Vor-

zeigebaby und dem charmanten Ehemann, den sie nicht zu schätzen weiß. Die Eiskönigin. Die ich aus tiefstem Herzen verabscheue. Und doch habe ich nicht das Recht, ihr Tochter und Kerl abspenstig zu machen.

Ich drücke auf den Klingelknopf. Stille. Niemand zu Hause? Hoffentlich …

Doch dann höre ich leise Schritte. Kein Absatzgeklapper – klingt nicht nach der Eiskönigin. Also muss es Mats sein.

Das Schicksal meint es nicht gut mit mir.

Aber ich habe es wohl nicht besser verdient, schließlich habe ich es ganz schön herausgefordert, das gute, alte Schicksal.

Die Tür öffnet sich.

»Friederike, oh, wie schön«, flüstert Mats heiser, als er mich erkennt. *Dass* er überhaupt identifizieren kann, wer da vor ihm steht, ist mehr als erstaunlich, denn seine Wangen sind tränenüberströmt, seine Augen rot, seine Brillengläser beschlagen.

Woher weiß er …, denke ich, bevor mir klarwird, dass er keineswegs meine Kündigung beweint, von der er ja noch nichts ahnen kann.

»Alles in Ordnung mit Selma?«, frage ich erschrocken.

»Mit Selma? Aber ja, alles bestens«, schnieft Mats. Um dann gleich wieder loszuschluchzen: »Es ist Deborah. Sie ist weg.«

Du liebe Zeit!

»Sie kann doch nicht einfach verschwinden! Hast du die Polizei benachrichtigt?«

Unter Tränen lacht Mats heiser auf. »Du verstehst nicht: Sie ist ausgezogen und hat uns verlassen. Für immer.«

Es dauert ein paar Sekunden, bis der Sinn dieser Botschaft zu meinem Hirn durchgedrungen ist:

Die Eiskönigin ist weg.

Mats Falkenberg ist ein freier Mann.

Kapitel 32

Schnupperkurs

Mein Leben lang war ich bekennende Januarhasserin. Dass der Jahreslauf ausgerechnet mit diesem dunklen, kalten, ungemütlichen Monat beginnt, der hierzulande nicht einmal einen herzerwärmenden Feiertag zu bieten hat oder wenigstens so viel Gnade walten lässt wie der Februar und auf zwei, drei Tage verzichtet, ist natürlich psychologisch geschickt: Danach kann es nur noch aufwärts gehen. Man startet also am absoluten Nullpunkt der Behaglichkeit ins Jahr, beseelt von Optimismus und Vorfreude auf die ersten wärmenden Sonnenstrahlen.

Wenn ich nicht so entsetzlich verfroren wäre, könnten mir die armen Australier regelrecht leidtun, deren Jahresbeginn mitten im Hochsommer liegt. Und die den Gedanken ertragen müssen, dass die schönste Saison bald vorüber ist.

Carla meint zwar, ich könne mir mein Mitleid sparen, denn in Sydney sei es das ganze Jahr über einfach wundervoll. Dennoch möchte ich momentan nicht mit ihr tauschen – auch wenn in New South Wales gerade herrlichstes Strandwetter herrscht und Carla jede freie Minute am Strand verbringen kann, während ich Autoscheiben freikratze, Schnee schaufele und Salz streue.

Nein, ich möchte mit niemandem auf der Welt tauschen!

Denn ich bin so beschwingt wie noch nie zuvor in meinem Leben! Dass meine Glückssträhne ausgerechnet mit dem Unglück von Mats Falkenberg und seinem erhöhten Bedarf an emotionalem Zuspruch begann, war leider unvermeidlich.

Möglicherweise macht mich das zu einem fürchterlich schlechten Menschen, aber lag diese Entwicklung etwa in meiner Macht?
Nein, den Kummer verursacht hat allein Deborah.
Seit ihrem plötzlichen Verschwinden trauert Mats der Eiskönigin hinterher, als sei sie das liebenswerteste Geschöpf unter der Sonne. Immerhin ist er noch immer mit ihr verheiratet und hatte, wenn ich die Sache richtig deute, auch nie vor, daran etwas zu ändern. Wozu er nun, da sie ihn Knall auf Fall verlassen hat, wohl oder übel gezwungen ist.
Noch immer ist Mats ziemlich durch den Wind, begreiflicherweise. Doch so nach und nach findet er wieder zu sich selbst. Die Sorgenfalte auf seiner Stirn verschwindet langsam, und immer öfter sieht man ihn lächeln. Niemand weiß das so genau wie ich, denn inzwischen verbringen wir so viel Zeit miteinander wie irgend möglich:
Morgens fahre ich noch früher als sonst in die Altstadt, um Selma abzuholen. Damit wir alle gemeinsam frühstücken können.
»Das ist doch netter als allein, oder?«, meint Mats.
Wo er recht hat …
Abends sind wir dann bei mir und kochen zusammen. Nach dem Essen spielen wir mit Selma, machen dabei unzählige Fotos von all ihren drolligen Grimassen und baden sie schließlich gemeinsam. Dann ziehen wir ihr einen ihrer süßen, winzigen Schlafanzüge an, singen ihr zweistimmig ein Wiegenlied vor, bis sie ihre Augen schließt und sanft einschlummert. Danach betrachten wir sie noch ein Weilchen und sagen Dinge wie »Schau mal, ihre goldigen Patschhändchen« oder »Ach, ist sie nicht großartig?«.
Definitiv ist Klein Selma das Schönste, was ich je gesehen habe!
Aber ihr Erzeuger ist auch nicht übel …
Wieso habe ich das nur so lange übersehen? Seine hinreißen-

den Grübchen, sein jungenhafter Wuschelkopf, sein lässiger Gang, seine lustige Nickelbrille, sein unwiderstehliches Lachen. All das gefällt mir von Tag zu Tag besser.
Und neulich, irgendwann gegen Ende Januar, war es dann so weit: Als Mats gegen Abend an meiner Haustür klingelte, durchfuhr es mich wie ein Blitz. Ich bekam weiche Knie, und mein Herz schlug höher.
Schmetterlinge im Bauch.
»Ist er denn auch ein guter Küsser?«, fragt Carla, als wir wieder einmal telefonieren.
Typisch Carla, immer direkt und immer praktisch.
»Das ist wichtig«, verteidigt sie sich lachend, »was nützt der netteste und hübscheste Kerl, wenn er dich beim Knutschen fast verschlingt, wenn er üblen Mundgeruch hat oder nicht zärtlich genug ist?«
Tja, da hat sie natürlich recht. Aber ich kann mir nicht vorstellen, dass bei Mats einer dieser Beziehungskiller zutrifft.
»Wie, du kannst es dir nicht vorstellen?«, hakt Carla gnadenlos nach. »Habt ihr etwa noch nicht …?«
»Nein, haben wir nicht. Bisher sind wir einfach nur gute Freunde. Und das wird wohl auch bis auf weiteres so bleiben. Mats ist sozusagen noch in der Trauerphase, und ich tröste ihn. Er wird schon noch merken, dass ich die Richtige für ihn bin. Immerhin hat er schon zweimal bei mir übernachtet.«
Carla beißt sofort an: »Du bist mir ja ein Früchtchen, nicht küssen, aber …«
»Nur keine falschen Schlüsse«, lache ich, »wir haben einfach geredet und Wein getrunken und noch mehr geredet und noch mehr Wein getrunken. Und dann hat Mats eben auf dem Sofa geschlafen. Tut mir leid, wenn ich dich enttäuschen muss, aber mein amouröser Lagebericht ist zurzeit noch vollkommen jugendfrei. Wir wollen nichts überstürzen.«

Carla ist ein klein wenig enttäuscht. Sie ist keine Freundin unnötig langer Balzrituale.
Ich dagegen genieße die langsame Annäherung, die intensiven Gespräche mit Mats und, vor allem am Wochenende, die langen Spaziergänge durch den verschneiten Winterwald, Selma warm eingepackt in der behaglichen Bauchtrage, die wir abwechselnd umschnallen.
Einmal habe ich meine Handschuhe vergessen, und Mats leiht mir seine. Doch zuvor wärmt er meine eiskalten Hände mit den seinen, die wunderbar trocken und warm sind. Meine Körpertemperatur steigt umgehend von drohender Unterkühlung zu leichtem Fieber. Zum Glück trage ich einen Schal, sonst sähe man meine roten Hektikflecken am Hals.
Bei diesem Spaziergang gibt Mats zum ersten Mal etwas preis über seine Beziehung mit Deborah.
»Früher war sie ganz anders, als du sie kennengelernt hast: nicht arrogant und zickig, sondern verängstigt, verzagt, verletzlich. Und unglaublich liebebedürftig.«
Ich erfahre, dass die Eiskönigin aus sehr einfachen Verhältnissen stammt, Mats dagegen aus einer einigermaßen wohlhabenden Akademikerfamilie. Seine Mutter war Apothekerin, sein Vater Studiendirektor. Deborah hat sich wohl ihrer Herkunft geschämt und für ihre Zukunft einen unglaublichen Ehrgeiz entwickelt.
»Sie genoss es, nach der Schule mit zu uns zu kommen, wo es eine warme Mahlzeit gab, eine schön gedeckte Tafel und gesittete Tischgespräche.«
»Ihr kennt euch schon seit der Schulzeit?«, frage ich erstaunt.
Mats lacht freudlos auf: »Eigentlich seit dem Kindergarten. Aber ein Paar sind wir erst seit der Oberstufe. Beziehungsweise waren wir …«

Dann redet sich Mats das viele Auf und Ab einer langen Beziehung von der Seele.
»Sie wollte hoch hinaus«, fasse ich meine Erkenntnis beim nächsten nächtlichen Telefon mit Carla zusammen.
»Er studierte Informatik, sie Wirtschaftsmathematik. Beste Voraussetzungen für eine fett bezahlte Karriere, von der sie träumte. Aber dann schlug Mats die wissenschaftliche Laufbahn ein und wurde nur Professor.«
»*Nur?* Hey, ein Professor, der auch noch nett ist und gut aussieht, ist doch ein Hauptgewinn!«, empört sich Carla.
»So siehst du das«, bestätige ich, »und so sehe das auch ich. Nicht aber Deborah Falkenberg. Sie hatte für ihn eine Spitzenposition in der Wirtschaft vorgesehen. Und für sich selbst ebenfalls. Was dagegen ganz und gar nicht vorgesehen war, ist Selma. Die Schwangerschaft hat ihr eine Beförderung vermasselt, und das sollte ihr nicht noch mal passieren.«
»Sie ist also nur aus Karrieregründen gegangen?«
»Nicht nur: Sie hat sich einen besseren, super bezahlten Job in der Schweiz geschnappt. Und einen einflussreichen Topmanager als neuen Liebhaber. Ebenfalls dort. Mats und Selma hat sie hinter sich gelassen, genau wie ihr altes Leben – ihre Eltern, Geschwister, Freunde.«
»Pffff …« Mehr als diesen schroffen Ausdruck der Abscheu hat Carla nicht übrig für Deborah.
Umso mehr aber interessiert sie sich für Mats – und für unser neues, von Vertrauen und Ehrlichkeit geprägtes, intensives Verhältnis zueinander.
»Du hast ihm doch hoffentlich die volle Wahrheit gesagt?«, setzt mir Carla die Pistole auf die Brust. Jedenfalls empfinde ich ihre Frage so. Was höchstwahrscheinlich daran liegt, dass ich natürlich nichts dergleichen getan habe.
Soll ich Mats etwa inmitten seiner Trauerphase mit dem Ge-

ständnis, dass auch ich ihn schmählich hintergangen und benutzt habe, den Todesstoß versetzen?
Ich denke ja gar nicht daran!
»Logisch, das haben wir schon vor Wochen aus der Welt geschafft«, behaupte ich, ohne mit der Wimper zu zucken. Mit den Notlügen ist es wie mit Süßigkeiten: Hat man erst einmal die erste in den Mund genommen, könnte man endlos so weitermachen.
»Und wie hast du es Rolf beigebracht?«, hakt Carla nach.
Als ob ich es jemals wagen würde, einem aufbrausenden Vorgesetzten wie Rolf Segmüller, dem eine plötzlich erwachte Leidenschaft für Babys vollkommen den Kopf verdreht hat, zu gestehen, dass nicht nur meine Schwangerschaft erstunken und erlogen war, sondern dass ich auch das Baby einer anderen als meines ausgebe. Er würde mich in der Luft zerreißen!
»Ach, das war im Grunde ganz simpel«, improvisiere ich, »ich habe das Ganze einfach als jobrelevantes Experiment mit vollem Körpereinsatz verkauft – und Rolf war hingerissen von so viel Engagement. Er hat mir sofort verziehen.«
Das kauft sie mir nie ab!
»Super, ich bin stolz auf dich!«, gratuliert Carla mir begeistert. »Ich bin so, so froh, dass du endlich zur Vernunft gekommen bist. Es ist einfach nicht gut, so lange mit einer Lüge zu leben.«
»Du sagst es«, antworte ich. Und weil das Gespräch in eine eher unbehagliche Richtung abzudriften droht, wechsele ich das Thema und frage sie nach ihren Rückreiseplänen.
»Das dauert noch ein paar Wochen. Mein Vertrag mit der Schule läuft noch bis Mitte Februar. Danach nehme ich mir noch mindestens einen Monat Zeit, um durchs Land zu reisen, bevor ich wieder zurück ins kalte Deutschland muss. Bisher habe ich noch nicht viel mehr von Australien gesehen als die Stadt Sydney und die Strände in der Region.«

Schade. Das bedeutet leider, dass ich meinen Geburtstag Ende Februar einsam im stillen Kämmerlein verbringen muss. Denn eins ist klar: Eine Feier kommt *überhaupt* nicht in die Tüte! Ich käme mir vor wie auf meiner eigenen Beerdigung. Was sind runde Geburtstage schließlich anderes als Begräbnisse auf Raten?

Etwas ganz anderes wäre es natürlich, gemeinsam mit meiner besten Freundin die kritische Grenze zu passieren …

»Ach, Darling, daraus wird wohl nichts«, antwortet Carla munter, »aber warum nimmst du dir nicht spontan Urlaub und buchst einen Flug nach Down Under? Dann machen wir die Rundreise zu zweit. Na, wie wär's damit?«

Das klingt wahnsinnig verlockend. Wirklich! Aber ich kann mich nicht dazu durchringen, länger als zwölf Stunden von Selma und Mats getrennt zu sein.

Und es gibt noch einen weiteren Grund, der gegen eine Reise spricht: nämlich die Bewerbung, die ich gestern in den Briefkasten eingeworfen habe. *Bigfoot,* ein aufstrebender Verlag für anspruchsvolle Fantasyliteratur, sucht jemanden für die Leitung der Marketingabteilung. Eine Stelle, die wie für mich gemacht ist! Mit meiner Erfahrung als Projektleiterin bei Feronia bin ich auf jeden Fall dafür qualifiziert. Und nach so vielen Jahren im selben Unternehmen ist ein Wechsel sowieso überfällig.

Vor allem aber würde ein neuer Job die Lösung all meiner Probleme bedeuten: Bei Feronia wird niemand je erfahren, dass ich nie schwanger war und dass Selma nicht meine Tochter ist. Und Mats gegenüber kann ich vollkommen wahrheitsgemäß sagen, dass ich ein tolles, anspruchsvolles Jobangebot bekommen habe, dass wir weiterhin allerbeste Freunde bleiben, dass er nur eben eine neue Tagesmutter einstellen muss.

Mats und ich bleiben auf jeden Fall ein Team! Dazu muss ich

ja nicht zwangsläufig auf seiner Gehaltsliste stehen, im Gegenteil – wenn wir ein Paar würden, wäre es ja völlig albern, dass er mich bezahlt.
Klingt nach einem perfekten Plan, finden Sie nicht?

Auch der kälteste, dunkelste und wunderbarste Januar nimmt irgendwann ein Ende, und es wird Februar.
Mein Geburtstagsmonat.
Mats ahnt nichts davon, mit wie viel Grausen ich daran denke. Wahrscheinlich kennt er nicht einmal mein Geburtsdatum. Ich jedenfalls habe nicht mit ihm darüber gesprochen.
Vielleicht sollte ich an diesem Abend für uns zwei etwas besonders Nettes kochen? Am besten ein Menü aus lauter aphrodisierenden Lebensmitteln: als Vorspeise ein Spargelcremesüppchen, dann ein indisches Currygericht mit viel Safran und zum Nachtisch kandierte Früchte mit Schokolade. Wenn das Ganze dann Appetit auf ein wenig zwischenmenschliche Innigkeit oder gar zärtliche Leidenschaft weckt, wäre das ein Geburtstagsgeschenk ganz nach meinem Geschmack …
Ja, unter diesen sehr speziellen Voraussetzungen könnte ich mir sogar vorstellen, meinen Frieden mit der bösen Vierzig zu schließen!

Unsere Noch-nicht-Beziehung tritt in eine neue Phase, als wir uns eines Samstagabends Mitte Februar – es ist genau eine Woche vor meinem Geburtstag – zum ersten Mal einen Babysitter nehmen, um abends auszugehen. Aus verständlichen Gründen nehme ich den Gutschein von EDV-Rüdiger *nicht* in Anspruch, auf keinen Fall darf er oder sonst jemand von Feronia mit Mats zusammentreffen. Die halten doch Selma für meine Tochter und wären imstande, eine diesbezügliche Bemerkung zu machen. Was ein *Desaster* wäre!

Mats hat eine seiner Informatik-Studentinnen namens Daniela engagiert. Sie klingelt pünktlich um halb acht, Selma schlummert schon tief und fest.

»Wahrscheinlich schläft sie durch«, sagt Mats und erklärt Daniela dann, was zu tun ist, falls Selma doch aufwacht.

Dann machen wir uns auf den Weg. Zu Fuß, weil es so ein wundervoller klarer Winterabend ist. Als wir den Park durchqueren, greift Mats nach meiner Hand. Mein Herz klopft wild und stürmisch, als sei ich ein hoffnungslos verknallter Teenager. Genauso fühle ich mich auch: jung, glücklich, verliebt – und rundum wohl in meiner Haut.

Zwar habe ich, seit Mats und ich so viel Zeit miteinander verbringen, wieder ein, zwei Kilo zugenommen, aber Mats mag meine Wonneröllchen, sagt er. Vielleicht hat er einfach genug von knochig-dürren, miesepetrigen Weibern?

Ich sollte nicht zu viel über Gaumenfreuden nachdenken, denn schon knurrt mein Magen laut und vernehmlich. Das kommt davon, wenn man das Mittagessen ausfallen lässt, um abends auch wirklich genug Appetit zu haben.

»Wohin gehen wir eigentlich?«, frage ich neugierig. Hoffentlich nicht in eines dieser Schickimicki-Restaurants, in denen die Teller um ein Vielfaches größer sind als die Portionen.

»Lass dich überraschen«, lächelt Mats vielsagend und streichelt mir mit dem Daumen sanft über den Handrücken. Eine Geste, die so unschuldig wie vielversprechend ist.

Hach!

Aber ich will Sie nicht länger mit den Details meines Schwärmens und Schmachtens langweilen. Kommen wir zu Handfesterem: dem Lokal, vor dem wir jetzt angelangt sind.

»Pizza, großartige Idee«, finde ich, denn im *Da Filippo* werden auch darbende Vegetarier garantiert satt! Ich freue mich auf eine große Calzone mit Auberginen, Oliven und viel Schafskäse. Mein Magen knurrt jetzt fast ununterbrochen, und wenn ich nicht bald etwas zwischen die Zähne bekomme, werde ich unausstehlich. Ein Zustand, in dem mich Mats noch nicht kennt und am besten auch nie kennenlernen sollte, jedenfalls nicht, bevor er mir mit Haut und Haar verfallen ist.

Ich strebe schon dem Eingang zu, da hält mich Mats sanft zurück. Plötzlich stehen wir uns gegenüber, die Gesichter nur wenige Zentimeter voneinander entfernt.

Falls ich gleich ohnmächtig werde, würden Sie dann bitte den Notarzt rufen?

Spontan umarmt mich Mats und flüstert mir ins Ohr, wie gern er mich mag, wie glücklich er mit mir ist und wie sehr er meine *kompromisslose Ehrlichkeit* liebt.

Die Schmetterlinge in meinem Bauch flattern jubilierend umher – und machen bei diesem letzten Stichwort einen kollektiven Flügelschlag, der einen wirklich beunruhigenden Wirbelsturm auslöst.

»Kompromisslose Ehrlichkeit, haha, ja, das ist so eine Sache, die vielleicht gar nicht immer so gut ist«, murmele ich verlegen.

»Findest du?«, fragt Mats und schaut mir so tief in die Augen, dass mir fast wieder schwindelig wird. »Ich denke nämlich auch, dass Wahrheit völlig überbewertet wird«, lauten seine letzten Worte an mich, bevor ich mich eingehend von seinem Talent als Küsser überzeugen kann.

Ach ja – vergessen Sie die Sache mit dem Notarzt. Ich befinde mich gerade in allerbester Behandlung …

Wie auf Wolken schwebe ich hinein ins *Da Filippo.*

Das Leben ist wunder-wunder-wundervoll, und ich bin so was von verliebt!

Im Gastraum ist es halbdunkel. Lediglich Kerzen sind ange-

zündet, das allerdings auf allen Tischen. Und über der Theke ist ein Leuchtbanner gespannt, auf dem »Willkommen, Friederike« zu lesen ist.
Wie romantisch! Mats hat sich wirklich selbst übertroffen …
Wo ist er eigentlich? Verwirrt schaue ich mich um. Vergeblich.
Und so stehe ich nun also mutterseelenallein in der Dunkelheit, ohne die geringste Ahnung, was hier vorgeht. Doch so langsam keimt in mir die Befürchtung, dass es möglicherweise etwas ziemlich Unerquickliches sein könnte.

Dann passieren mehrere Dinge zugleich:
Zunächst einmal geht das Licht an, und ich begreife, dass wir hier alles andere als allein sind. Gleich danach ertönt der fürchterlichste Ausruf, den ich mir nur vorstellen kann – nämlich ein vielstimmiges »Überraschung!«.
Und schließlich wird mir klar, wen ich da vor mir habe: Oh, mein Gott. Das sind ja all meine Leute!
Immer wieder schließe ich fest die Augen und reiße sie voller Entsetzen wieder auf. Doch obwohl ich tüchtig zwinkere, will die Halluzination einfach nicht verschwinden.
Ist das etwa die verdammte Realität? O nein …
Ich erkenne die komplette Feronia-Besatzung: Doreen, Lutz, Bärbel, Gesine, Tanja – alle mit ihren Partnern. Rolf hat Charlene mitgebracht und EDV-Rüdiger seine Lydia. Direkt daneben stehen Johanna und Burkhardt. Selbst Gypsy ist gekommen! Und – das darf doch nicht wahr sein! – auch Carla.
Carla, die eigentlich in Australien auf großer Rundreise sein sollte, jetzt aber strahlend auf mich zustürmt, mich begeistert in die Arme schließt und ruft: »Glaubst du, ich lasse dich ohne zünftige Fete davonkommen? Wenn du schon deinen vierzigsten Geburtstag nicht feiern willst, dann eben einen Enddreißigerinnenabschied!«

Ich muss mich setzen! Und ich muss das Sektglas, das Mats mir in die Hand drückt, auf einen Sitz austrinken.
Puh!
Meine Gedanken rasen wie wild durch meinen Schädel. Doch sie alle bestehen nur aus einem einzigen Wort:
Katastrophe!

Kapitel 33

Stunde der Wahrheit

Schockschwerenot!
Enddreißigerinnenabschied. Wo hat man so was schon gehört?
Offenbar hat Carla sogar eigens für diesen Anlass auf ihre Begegnung mit Koalas, Kängurus und Leistenkrokodilen verzichtet.
Ich bin gerührt und entsetzt zugleich.
Hatte ich nicht klar und deutlich angekündigt, dass ich mein Älterwerden auf gar keinen Fall zu feiern gedenke? Weder an meinem Geburtstag noch an einem anderen Termin. Und schon gar nicht mit dieser Gästekonstellation!
Rolf, Mats und die heilige Johanna in einem Raum, das ist pures Dynamit! Sobald sie auf Selma zu sprechen kommen, platzt die Bombe, so viel steht fest …
Ruhig. Ganz ruhig.
Ich muss das unbedingt verhindern!
Doch zuallererst muss ich mich abregen. Sonst fange ich hier vor versammelter Mannschaft noch an zu hyperventilieren! Hat irgendwer eine Plastiktüte dabei für den Notfall?
Oder noch besser: einen Maulkorb für alle, die mein Geheimnis versehentlich ausplaudern könnten?
Wobei – genau genommen wären das so ziemlich alle Gäste.
Herrje … Das hier kann niemals gutgehen!
Wie von einem unsichtbaren Marionettenspieler dirigiert, begrüße ich die Gäste. Lächeln, Hände schütteln, herzen, Freude heucheln. Ich funktioniere per Autopilot.

Gleichzeitig sondiere ich das Terrain und analysiere fieberhaft die Lage:
Zwei Köche beginnen gerade damit, ein köstlich aussehendes italienisches Buffet aufzubauen. Erstaunt stelle ich fest, dass mein Bärenhunger von vorhin wie weggeblasen ist. Ein deftiger Schock scheint besser zu wirken als jeder Appetitzügler …
Mein Mund dagegen ist völlig ausgetrocknet. Zum Glück sorgt ein unermüdlicher Kellner dafür, dass die Prosecco-Gläser der Gäste immer wieder aufgefüllt werden.
Das ist gut! Je früher sie sich einen Rausch antrinken, desto besser. Und wenn die versammelte Gästeschar erst sternhagelvoll ist, kann im Grunde nichts mehr passieren: Denn erstens kann sich dann niemand mehr verständlich artikulieren, und zweitens wird sich, falls doch, am nächsten Tag keiner mehr daran erinnern.
Ich dagegen muss einen klaren Kopf behalten und bitte den Kellner um Orangensaft pur. Obwohl ich viel lieber nach einem dreifachen Schnaps gefragt hätte …
Während ich das Glas in einem Zug leere, beobachte ich die unvermeidliche Grüppchenbildung. Noch sind die verschiedenen Lager zum Glück nicht durchmischt, sprich: Die Feronia-Leute stehen zusammen um einen Bistrotisch und sprechen tüchtig dem Perlwein zu, während meine Schwester und ihr Mann sich soeben mit Gypsy bekannt machen. Ich erhasche seinen Blick und mache unauffällig eine »Pssst«-Geste. Gypsy nickt diskret. Er hat verstanden. Ich atme auf.
Und noch eine Beobachtung lässt mich Hoffnung schöpfen: In der Ecke packt ein braungebrannter Hüne mit blondgelockter Surferfrisur eine Gitarre aus, verkabelt sie gerade mit Verstärker und Boxen. Mats hilft ihm dabei.

Sehr gut. Musik und Alkohol sind die perfekte Kombination, um die Gäste abzulenken und entlarvende Gespräche zu vereiteln. Mit ein wenig Glück könnte die Sache gutgehen!

Als wolle er mir zustimmen, schaut Mats jetzt auf, lächelt zu mir rüber und macht eine Daumen-hoch-Geste.

Ich winke zurück und werfe ihm eine Kusshand zu.

»Na, was sagst du zu meinem Mitbringsel?«, fragt Carla breit grinsend und deutet in Richtung Musiker. »Das ist Connor, mein neuer Lover. Frisch importiert aus Sydney. Ist das ein Sahneschnittchen, oder ist das ein Sahneschnittchen?«

Auch wenn ich natürlich nur Augen für Mats habe, muss ich zugeben, dass Carla bei der Wahl ihres Sabbatical-Souvenirs einen erlesenen Geschmack bewiesen hat.

Doch ich bringe es nicht fertig, dieses Lob mit der angemessenen Begeisterung zu äußern. Wie ich generell eher verzweifelt wirke als erfreut.

Wenn dieser Abend meine gerade erblühende Beziehung mit Mats zerstört, werde ich das Carla nie verzeihen!

»Hey, Ricky, was ist denn los mit dir? Freust du dich denn gar nicht über unsere kleine Überraschungsparty?«, fragt Carla enttäuscht.

Nein. Ich freue mich nicht im Geringsten! Im Gegenteil …

Es gelingt mir, wenigstens meine aufkeimende Wut herunterzuschlucken.

»Ach, Carla. Du hast ja wirklich weder Kosten noch Mühen gescheut. Ich weiß das sehr zu schätzen. Aber, was hast du dir bei alldem bloß gedacht?«

Nun, nichts hat sie sich gedacht, jedenfalls nichts Böses: »Darling, entspann dich! Wir alle wollen dir lediglich eine Riesenfreude machen.«

»Ach ja? Und so ganz nebenbei mein Leben zerstören …«

Okay, das ist unfair. Ich bin ja selbst schuld: Schließlich habe

ich Carla im Glauben gelassen, es sei längst Schluss mit der Schwindelei.
Böse Falle!
Wie konnte ich nur meine beste Freundin belügen? Warum habe ich ihr bloß erzählt, ich hätte Rolf reinen Wein eingeschenkt und mich auch mit Mats ausgesprochen?
Späte Einsicht: Da bin ich wohl zu weit gegangen …
Carla ahnt von alldem natürlich nicht das Geringste. Etwas verdutzt über die Dramatik in meinen Worten, aber immer noch gut gelaunt, hakt sie mich unter.
»Wie meinst du das, dein Leben zerstören? Ist das jetzt die berühmte Midlife-Crisis? Wie viel Gläser Schampus hast du denn schon intus?«
Es tut mir von Herzen leid, dass ich Carla gleich bitterlich enttäuschen muss. Aber es ist wohl unumgänglich: *Wenn* mir jemand helfen kann, heute Abend den Super-GAU zu vermeiden, dann allein sie!
»Ach, Carla. Ich glaube, ich muss dir ein Geständnis machen …«
Zwei Minuten später stehen wir bibbernd draußen im Hof und rauchen. Es ist mein erster Rückfall seit einem nikotinfreien Dreivierteljahr. Entsprechend übel bekommt mir der australische Billigglimmstengel. Ich glaube, mir wird schlecht! Ich beiße die Zähne zusammen und lasse den deftigen Rüffel von Carla über mich ergehen, in dem Vokabeln wie »dusselige Kuh«, »saublöd«, »hirnverbrannt« und »unverzeihlich« zu den harmlosesten gehören, um hier einmal nur die salonfähigen Formulierungen zu zitieren.
»Da legt man eine organisatorische Meisterleistung hin, plant vom anderen Ende der Welt aus eine Überraschungsparty, ergoogelt Mats Falkenberg und gewinnt ihn als Verbündeten, überredet den coolsten Gitarristen Australiens zu einem Gra-

tis-Gig – und dann das!«, wettert sie vor sich hin. Ich nicke demütig und zittere jämmerlich.
»Willst du die Kippe nicht mehr?«, fragt Carla barsch, nachdem sie ihre Zigarette mit grimmiger Entschlossenheit zu Ende geraucht hat.
Ich schüttele den Kopf. Nach drei Zügen habe ich mehr als genug. Widerlich, dieses Zeug, einfach abscheulich! Kaum zu fassen, dass ich jahrelang behauptet habe, ich würde rauchen, weil es mir *schmeckt.*
Wortlos nimmt Carla mir die halb aufgerauchte *Brandon* aus der Hand und raucht sie schweigend weiter.
Danach hat sie einen Plan.
»Was wir brauchen, ist eine neue Tischordnung«, teilt sie mir mit. »Wir setzen die Feronia-Crew zusammen. Daneben plazieren wir uns beide und Gypsy. Als Puffer, sozusagen. Und auf der anderen Seite Mats, Johanna und Burkhardt. Nach dem Essen legt dann Connor los mit seiner Musik, die garantiert zu laut ist für lange Gespräche, und es wird getanzt. Das könnte funktionieren!«

Und das tut es – erstaunlicherweise. Trotz der etwas kritischen Situation, in die mich Mats bringt, indem er mir vor meinen lieben Kolleginnen zärtlich den Arm um die Hüften legt und mir einen liebevollen Kuss auf die Wange gibt.
»Das sind Tanja, Gesine und Doreen«, ergreife ich die Flucht nach vorn und deute auf die gaffenden Grazien, »und das hier ist Mats, Selmas Vater.«
Und bevor die drei Feronia-Naseweise nachhaken können oder Mats sich darüber wundert, woher sie Selma kennen und warum ich mit so vielen von Carlas Arbeitskollegen befreundet bin, lotse ich ihn weiter.
Uff. Gerade noch mal gutgegangen.

»Bist du so lieb und unterhältst dich beim Essen mit Johanna und Burkhardt? Die beiden haben im Sommer ihr fünftes Baby bekommen, ihr habt bestimmt unheimlich viel Gesprächsstoff.«

Mats nickt hocherfreut. Jeder Anlass, über die goldige Selma zu plaudern, ist ihm herzlich willkommen. Nun gilt es lediglich noch eine gefährliche Klippe zu umschiffen.

»Aber eine Bitte hab ich«, flüstere ich ihm ins Ohr, das ich am liebsten anknabbern würde, wenn hier nicht gerade der Notstand ausgebrochen wäre, »bist du so lieb, *nicht* zu erwähnen, dass ich Selmas Tagesmutter bin? Meine Schwester ist sonst womöglich eifersüchtig, weil ich so selten Zeit habe, ihre Kleinen zu hüten. Sie ist ein wenig … humorlos in gewisser Weise.«

Mats zeigt vollstes Verständnis: »Alles klar, du kannst dich auf mich verlassen. Wie gesagt, Ehrlichkeit wird wirklich oft überschätzt.«

Du liebe Zeit: Hat er mich etwa durchschaut?

»Wie meinst du das?«, frage ich atemlos.

»Nun, immerhin habe ich ja auch dieses kleine Fest vor dir geheim gehalten. Und es wäre nicht halb so lustig, wenn es keine Überraschung gewesen wäre.«

Das Herz, das mir eben in die Hose gerutscht ist, pocht nun wieder bis zum Hals.

»Oh. Ja. Haha, genau«, stammele ich teils erleichtert, teils erschöpft. Mehr Fröhlichkeit kann ich angesichts des drohenden Unheils nicht aufbringen. Dieser Abend wird mich ein Jahr meines Lebens kosten. Minimum!

Lügen ist ja so anstrengend!

Beim Essen kriege ich kaum einen Bissen herunter. Obwohl das mediterrane Buffet einfach großartig ist und jede Menge vegetarische Leckerbissen zu bieten hat. Doch mir ist der Appetit vollständig vergangen. Um keine Aufmerksamkeit zu erregen und – mal wieder – den Schein zu wahren, lade ich mir etwas von den eingelegten Gemüse-Antipasti auf den Teller. Lustlos knabbere ich daran herum, während ich versuche, mich auf den Small Talk meiner Gäste zu konzentrieren. Je mehr Gesprächsfetzen ich aufschnappe, desto besser kann ich abschätzen, ob an irgendeinem Tischende womöglich ein verfängliches Thema angeschnitten wird.

Doch ich verstehe fast nichts. Alle unterhalten sich angeregt, das Stimmengewirr ist undurchdringlich. Und dann fängt Connor, Carlas australisches Sahneschnittchen, auch noch an, auf seiner Gitarre zu klimpern. Ich identifiziere *Song Song Blue,* Neil Diamonds Uralt-Schmachtfetzen.

Du liebe Zeit. Wann habe ich den zuletzt gehört?

»Connor hat extra eine Set-Liste zusammengestellt, die ausschließlich aus Charthits deines Geburtsjahres besteht«, raunt mir Carla mit Stolz in der Stimme zu. Sie hat wirklich an alles gedacht.

»Hoffentlich kann er kein Deutsch«, grinse ich gequält zurück und denke mit Grausen an die Schlagerhighlights der frühen siebziger Jahre.

»Keine Sorge«, lacht Carla, »ich habe zwar versucht, ihm *Schöne Maid* und *Fiesta Mexicana* beizubringen, aber er hat sich schlicht geweigert, das zu spielen.«

Dann rammt sie mir leutselig den Ellbogen in die Rippen.

»Das war ein Scherz, Schätzchen! Mach dich locker, die Sache läuft doch ganz prima. Schau mal, die Ersten tanzen sogar schon.«

Tatsächlich: Ausgerechnet Johanna und Burkhardt sind es, die zu *Crocodile Rock* eine heiße Sohle aufs Parkett legen. Und als Connor den Les-Humphries-Gassenhauer *Mexico* anstimmt, gesellen sich auch Rolf und Charlene dazu.

Connor dreht die Anlage jetzt so auf, dass in der gemütlichen Pizzeria eine regelrechte Clubatmosphäre entsteht. Nun ja, ein Siebziger-Jahre-Club eben, nur ohne Räucherstäbchen, Lichtorgel und übervolle Aschenbecher.
Bei *Sacramento* stürmen die Feronia-Grazien die Tanzfläche, und spätestens bei *Poppa Joe* und *Beautiful Sunday* grölen alle lauthals mit.
Die Gefahr, dass in dieser Phase der Feierlichkeiten tiefschürfende Gespräche über meinen fiktiven Akt der Arterhaltung geführt werden, nähert sich allmählich dem Nullpunkt. Und ich atme vorsichtig auf.
Wenn das hier gutgeht, wird nie, nie wieder eine Lüge über meine Lippen kommen, schlage ich dem Schicksal als fairen Deal vor.
»Hey, du Nichtgeburtstagskind, betest du etwa?«, ruft Mats mir augenzwinkernd zu.
Grinsend schüttele ich den Kopf. Was streng genommen nicht als Lüge zählt.
»Und warum sitzt du als Einzige noch am Tisch?«, fragt er fröhlich und kommt auf mich zugetänzelt. »Los, lass uns auch schwofen!«
Wider Erwarten ist Mats nicht nur völlig unverkrampft, als er zu *School's Out* wild herumhüpft, sondern er beherrscht auch die klassischen Standardtänze richtig gut und beweist bei *Sacramento,* dass er exzellent führen kann.
Noch mehr erstaunt mich allerdings, dass mir das Tanzen riesigen Spaß macht! Die Panik von vorhin ist wie durch ein Wunder völlig verschwunden. Ich schwelge im Glücksgefühl vollkommener Harmonie mit mir selbst, mit der alles in allem gar nicht so üblen Gesamtsituation und vor allem mit Mats.
Nach drei Tanzrunden bin ich fast ein wenig aus der Puste.

Das grenzt ja beinahe an Sport! Zum Glück stimmt Connor jetzt einen ruhigeren Song an. Ich ziehe rasch meinen dicken Strickpulli aus, bevor ich mich im T-Shirt an Mats' muskulöse Brust werfe und diesen Kuscheltanz genieße.
Mats küsst meine Schläfe und macht mir ein Kompliment über meine – Achtung, ich zitiere wörtlich! – »phantastische Figur«. Ich muss zweimal nachfragen, bis ich glauben kann, dass ich ihn auch wirklich richtig verstanden habe. Derart motiviert, wage ich eine kleine Drehung und werde mutiger, was die Hüftbewegungen betrifft. Wenn Mats meinen Hintern erotisch findet, dann sollte ich ihm noch ein wenig Zündstoff liefern …
»Wow, du hast ja super abgenommen!«, brüllt mir Doreen im Vorbeitanzen zu.
»Danke!«, rufe ich zurück.
Rolf, der diesen lautstarken Wortwechsel offenbar mitbekommen hat, mischt sich jetzt mit einem anerkennenden »Toll siehst du aus!« ein.
Fast ist es mir peinlich, dass sich das Gespräch nun um mich und meine Gestalt dreht – auch wenn mir die im Gegensatz zu manch früheren Gelegenheiten schmeichelnden Worte natürlich runtergehen wie Öl!
»Stillen zehrt unheimlich, was, Friederike?«, hallt jetzt Charlenes Stimme durch den Raum.
Und das just in dem Moment, als Connor *One Way Wind* beendet.
Fünf Sekunden früher wäre Charlenes Bemerkung höchstwahrscheinlich untergegangen, und fünf Sekunden später hätten die ersten Akkorde von *Mamy Blue* das Gesagte ebenfalls übertönt. So aber ist sie nicht zu überhören.
Ebenso wenig Johannas überraschte Antwort: »Stillen? Friederike? Aber sie hat doch gar keine Kinder!«

Lieber Gott, falls es dich gibt, mach bitte, dass sich der Erdboden auftut und mich mit Haut und Haar verschlingt. Und falls das zu viel verlangt ist, lass mich wenigstens ohnmächtig werden! Oder schenke mir einen hundertjährigen Schlaf, wie damals bei Dornröschen.

Kapitel 34

Trostpflaster gesucht

Lügen haben kurze Beine, sagt der Volksmund. Doch was hat der schon für eine Ahnung von dem Schlamassel, in den ich da geraten bin! Meine Lügen jedenfalls hatten ganz schön lange und stämmige Beine. Und als sie dann enthüllt wurden, ergriffen sie die Flucht …

Ja, ich muss gestehen: Ich konnte den ohrenbetäubenden Tumult, den die entlarvende Äußerung der heiligen Johanna bei meiner Enddreißigerinnen-Überraschungsparty ausgelöst hat, einfach nicht länger ertragen. All dieses Geschrei und Palaver, die Vorwürfe und entsetzten Ausrufe, das war einfach zu viel für mich!

»Wie konntest du nur«, schrie man vielstimmig auf mich ein, »wie konntest du nur?«

Ja, wie konnte ich nur?

Ich brachte keine Antwort zustande, sondern stürmte kopflos auf und davon …

»I-hi-hi-hich hab doch nie beha-ha-hauptet, sch-schwanger zu sei-hei-hein«, schluchzte ich voller Selbstmitleid, als Gypsy mich wenig später nach Hause fuhr, »i-hi-hich ha-hab nur nie klargestellt, dass ich es ni-hi-hicht bi-hin.«

»Kokolores, das glaubst du doch selbst nicht«, erwiderte Gypsy liebenswürdig, so als spräche er von etwas so Harmlosem wie der Wetterlage. Wenigstens klagte er mich nicht an. Aber er beschönigte auch nichts.

»Immerhin hast du dir künstliche Bäuche umgeschnallt, eine

Babyshower-Party ausgerichtet und ein geliehenes Kind in der Zwergenstube hüten lassen, als sei es dein eigenes. Auch mit viel Wohlwollen kann man das kaum als Missverständnis auslegen.«

Ich schwieg beschämt. Die Tränen liefen mir über die Wangen. Und das tun sie seit jener Autofahrt im Grunde ununterbrochen: Wenn ich nicht gerade schlafe oder esse, vergieße ich Tränen der Wut, des Zorns, der Trauer, der Verzweiflung, der Schmach und der Hoffnungslosigkeit. Es ist ein wahres Weltwunder, dass ich im Laufe der vergangenen sieben Tage und Nächte noch nicht völlig ausgetrocknet bin!

Vor lauter Trostlosigkeit hätte ich um ein Haar völlig verschwitzt, was heute für ein Tag ist. Es ist Carla, die mich daran erinnert: »Happy Birthday, meine Liebe«, begrüßt sie mich fröhlich, als ich ihr heute Morgen saft- und kraftlos die Haustür öffne. Am liebsten wäre ich mutterseelenallein geblieben, um mich in meinem Unglück zu suhlen. Doch wenn ich ihr Läuten ignoriere, ist sie imstande, Sturm zu klingeln, und das stundenlang. Bis ich aufgebe. Was in meiner aktuellen psychischen Verfassung sowieso spätestens in drei Minuten der Fall wäre.

Nun steht sie also vor mir, strahlend und braungebrannt, mit Blumen, frischen Brötchen, Prosecco und einem riesigen Geschenkpaket. Und was mache ich? Ja, genau, Sie ahnen es sicher, ich wimmere schon wieder los.

Nun ist es also so weit. Ich bin vierzig. Vierzig und einsam, verlassen, ungeliebt, am Ende …

Carla nimmt mich tröstend in den Arm, wie immer, wenn sie in den letzten Tagen bei mir vorbeigeschaut hat. Ich fürchte, sie hat ein schlechtes Gewissen. Dabei habe ich mir den Schlamassel ganz allein eingebrockt, wenn ich ehrlich bin.

»Gib dir keine Mühe«, seufze ich, »ich bin ein Pechvogel, und

was noch schlimmer ist: Ich bin selbst schuld an meinem Unglück.«
Noch während ich das sage, wird mir bewusst, dass ich nun endgültig keine Enddreißigerin mehr bin – und dass mich diese Tatsache von all meinen derzeitigen Problemen am allerwenigsten bekümmert.
Wer hätte das gedacht?
»Hast du etwas von ihm gehört?«, fragt Carla mich nun betont beiläufig, während sie den Küchentisch für ein leckeres Geburtstagsfrühstück eindeckt, bei dem ich gewiss keinen Bissen herunterkriegen werde. Ich muss nicht nachfragen, von wem sie da spricht.
»Natürlich nicht«, erwidere ich mutlos, »für Mats Falkenberg bin ich wohl gestorben.«
»Asche zu Asche, Caramba«, kräht Barnabas. Die thematische Treffsicherheit, mit der er seine Kommentare einstreut, ist geradezu beängstigend. Entweder ist das alles ein Riesenzufall, oder er ist doch ein verzauberter Prinz, oder jemand hat ihn regelrecht dressiert, wie einen Hund, der auf ein bestimmtes Reizwort hin einen antrainierten Trick abspult.
»Einen Zehner für deine Gedanken«, lächelt Carla und drückt mir ein gefülltes Sektglas in die Hand.
Wenn ich das jetzt auf leeren Magen trinke, bin ich für den Rest des Tages zu nichts mehr zu gebrauchen.
Andererseits: Wen kümmert's?
»Behalte den Zehner, ich denke an gar nichts«, behaupte ich.
Dann stoßen wir miteinander an.
»Auf dich!«, sagt die beste aller Freundinnen und fügt hinzu: »Auf dass dir im neuen Lebensjahr mindestens so viel Schönes widerfährt, wie im letzten schiefgelaufen ist. Speziell in der vergangenen Woche.«
Carla isst lebhaft plappernd zwei Brötchen mit Butter und

Marmelade, während ich lediglich an meinem Sektglas nippe und meinen trüben Gedanken nachhänge.

»Sag mal – hörst du mir überhaupt zu?«, beklagt sich Carla auf einmal.

Ich fühle mich ertappt. Nein, ich habe kein Wort von dem gehört, was sie gesagt hat.

Stattdessen ist mir zum dreihundertfünfundneunzigsten Mal durch den Kopf gegangen, was mir während der letzten Woche an vernichtenden Schicksalsschlägen widerfahren ist. Die Chronik dieses Unheils ist übrigens komplett dokumentiert: auf meinem Anrufbeantworter. Denn natürlich nehme ich seit letzten Samstag persönlich keine Anrufe mehr entgegen …

Als mich Gypsy zu Hause absetzte, blinkte das Display der Voicemailbox schon emsig. Die ersten beiden Anrufer hatten gleich wieder aufgelegt, ohne eine Nachricht zu hinterlassen. Dann war die anklagende Stimme meiner Schwester zu hören, die mir auseinandersetzte, wie *wahnsinnig* enttäuscht sie von mir ist. Sei's drum.

Als Nächstes kam eine hektische Botschaft von Carla, die mir ihre zum Scheitern verurteilten Versuche schilderte, die aufgebrachte Meute zu beruhigen und allen weiszumachen, mein kleiner Schwindel sei doch im Grunde völlig harmlos.

Die treue Seele.

Beim lautesten Anrufer des Abends blieb kein Zweifel daran, dass Carlas Bemühungen fehlgeschlagen waren.

»Du darfst dich als *gefeuert* betrachten. Fristlos!«, hatte Rolf Segmüller auf meinen Anrufbeantworter gebrüllt und dabei schonungslos die Grenzen der Aufnahmequalität solcher Geräte demonstriert. Es folgte noch ein deftiger Schwall von Vorwürfen und Beschimpfungen, die ich Ihnen und mir an dieser Stelle erspare.

Ich verstehe ihn ja! Er ist gekränkt. Ich habe sein Vertrauen missbraucht. Kein Wunder, dass er das Hassmützchen aufsetzt. Täte ich an seiner Stelle wohl auch.
Doch an seiner Stelle wäre ich eine gutverdienende Abteilungsleiterin, keine arbeitslose Ex-Projektleiterin ohne Aussicht auf ein wohlwollendes Zeugnis.
Arbeitslos bin ich übrigens in doppeltem Sinne. Mein Job als Selmas Tagesmutter ist natürlich ebenfalls futsch. Davon gehe ich jedenfalls aus! Denn, und das ist das Allerschlimmste, auf Mats' Anruf warte ich seit einer Woche vergebens. Er lässt einfach nichts von sich hören!
Ich kann es ihm kaum verdenken, dass er nie wieder etwas mit mir zu tun haben will.
Ach …

»Ricky! Hallihallo, irgendjemand zu Hause?«, holt mich Carla jetzt wieder zurück in die Gegenwart.
»Willst du denn gar nicht dein Geschenk auspacken?«
Oh. Das Geschenk. Daran habe ich überhaupt nicht gedacht. Es ist mir eigentlich nicht danach, mich feiern und beschenken zu lassen. Aber ich möchte Carla die Freude nicht verderben. Sie gibt sich so viel Mühe damit, mich aufzuheitern …
Also ringe ich mich zu einem kleinen Lächeln durch und reiße die Verpackung auf.
»Ein … Rucksack?«
»Da staunst du, was?«, freut sich Carla über die gelungene Überraschung.
Staunen ist gar kein Ausdruck. Es ist mir völlig schleierhaft, was ich mit einem 65-Liter-Trekkingrucksack anfangen soll.
»Die Hüttentour wird sicher genial!«, schwärmt Carla, und mir schwant Übles.
»Hüttentour? Wann? Wo? Und wer?«

»Du Nudel, du hast mir wirklich kein bisschen zugehört«, lacht meine Freundin. Und schildert mir dann, was zu ihrem Geschenk alles dazugehört: nämlich eine einwöchige Dolomitentour mit Übernachtung in urigen Gebirgshütten.
»Natürlich inklusive eines zünftigen Wander-Outfits!«, jubelt Carla. »Da gehen wir demnächst mal schön shoppen.«
»Du – du bist ja total verrückt«, ist alles, was mir dazu einfällt. Ich bin mit ziemlicher Sicherheit die unsportlichste Person weit und breit. Wie kommt Carla nur auf die wahnsinnige Idee, ich könnte eine solche Tour überstehen – und womöglich sogar Gefallen daran finden?
Carla überhört meine Ironie geflissentlich.
»Ich wusste, du würdest begeistert sein«, strahlt sie und schildert mir dann den Reiseplan. Im Juni soll es losgehen. Ich atme auf: Damit bleiben mir zum Glück noch ein paar Monate zur Vorbereitung. Vielleicht sollte ich mich doch dazu durchringen, regelmäßig zum Aerobictraining zu gehen? Sonst hängt mich Carla schon in der ersten Kurve ab, und ich muss mich spätestens nach einem halben Tag von der Bergwacht mit dem Hubschrauber retten lassen.

Dann verlässt mich Carla. Für ein paar Stündchen, wie sie sagt. Das australische Sahneschnittchen lockt. Ich habe vollstes Verständnis für die junge Liebe. Doch kaum bin ich wieder allein, sacke ich in mich zusammen und widme mich ganz meinem Leid, laut vor mich hin seufzend.
»Heulen und Zähneklappern, Signora«, deklamiert mein Papagei zur Abwechslung. Um dann gleich darauf loszubellen. Der Briefträger.
Ich schlappe zur Tür. Wahrscheinlich sind es ja nur irgendwelche Geburtstagskarten von den entfernten Verwandten und Bekannten, die mir schon zu Weihnachten und Silvester so

herzerfrischende Mutmachkärtchen geschickt haben. Ich kann mir die Glückwunschtexte schon lebhaft vorstellen:
Nun bist du vierzig, Kopf hoch, die zweite Lebenshälfte ist auch nicht übel.
Na, vielen Dank auch.
Die bunten, handbeschrifteten Kuverts lege ich zunächst zur Seite. Stattdessen reiße ich neugierig den einzigen größeren Umschlag auf, der dabei ist.
»Leider haben wir uns für einen anderen Bewerber ... Anbei erhalten Sie zu unserer Entlastung Ihre Unterlagen zurück ... Viel Erfolg auf Ihrem weiteren Lebensweg ...«
Die Absage von *Bigfoot.* Der aufstrebende Verlag für Fantasyliteratur will auch künftig ohne meine Kompetenz auskommen.
Verdammt!
Wütend stampfe ich mit dem Fuß auf.
»Niemand will mich«, klage ich laut.
»Wer nicht will, der hat schon«, kommentiert Barnie.
Unwillkürlich lache ich auf. Ja, recht hat er, der verrückte Papagei. Zu viel Selbstkritik und Pessimismus ist nicht gesund.
»Selbst schuld!«, rufe ich stattdessen aus.
Pech für den Verlag. Dann kommen sie eben nicht in den Genuss meiner Motivation und Leistungsfähigkeit. Aber noch viel größeres Pech für Friederike Engelbrecht! Ein neuer Job wäre wenigstens in beruflicher Hinsicht die Lösung meiner Probleme gewesen. Aber es hat nicht sollen sein.
Okay. Was nun?
Weiter bewerben, die Hoffnung nicht verlieren, neu durchstarten, ich weiß. Das ist der große Plan. Doch ich meine eher die nähere Zukunft – heute. Der Tag, an dem ich vierzig werde. Den ich mit einem Sektfrühstück begonnen habe, das aus Sekt ohne Frühstück bestand.

Früher hätte ich meine Trostpflaster in Kühlschrank und Vorratskammer gefunden. Ich hätte mir Fertigschlagsahne aus der Dose direkt in den Mund gesprüht, Nutella aus dem Glas gelöffelt, zweihändig Chips in mich hineingestopft. Doch heute verursacht mir schon der Gedanke daran Übelkeit.
Was ist nur aus mir geworden?
Diese elende Scheinschwangerschaft hat mich völlig verändert. Ich denke, ich sollte mich einfach ein wenig hinlegen. Die Gnade des Schlafes ist das Beste, was ich erwarten kann. Nicht grübeln, nicht an Mats und Selma denken.
Gib dem Liebeskummer keine Chance.
Ja, so ein Extra-Nickerchen klingt wirklich sehr verlockend. Mit etwas Glück erwache ich erst wieder in einhundert Jahren, wenn sich kein Mensch mehr an mich und meine Schandtaten erinnert.

Kapitel 35

Wohlsein!

Aus dem erlösenden hundertjährigen Schlaf wird wohl nichts. Es ist das Telefonklingeln, das mich unsanft weckt.

Reglos bleibe ich liegen. Mir fällt niemand ein, für den sich das Aufstehen lohnen würde. Meine ehemaligen Kolleginnen und Kollegen haben mich letzte Woche zur Genüge beschimpft, auf weitere Anklagen kann ich gern verzichten. Ebenso auf die Geburtstagspredigt der heiligen Johanna. Sicher will sie mir zu meinem Ehrentag einen Vortrag halten über Verantwortung, erwachsenes Verhalten und Vertrauen, das man sich verdienen muss.

Ich will nichts davon hören.

Der Anrufbeantworter springt an. Der Apparat steht noch immer auf Mithören. Mir bleibt aber auch nichts erspart …

»Hallo, meine Süße«, höre ich Gypsys freundliche Stimme und schäme mich sofort dafür, dass ich mit seinem Anruf überhaupt nicht gerechnet habe.

»Sicher steht dir der Sinn nicht nach Feiern, aber trotzdem wünsche ich dir alles Gute zum Geburtstag«, sagt mein Retter von letzter Woche. Was für ein Glück, dass Carla und Mats die Idee hatten, ihn einzuladen!

»Wann immer dir der Sinn nach einem *Makeover* steht, lass es mich wissen. Viele Frauen wünschen sich nach größeren Veränderungen einen neuen Look. Sei es ein neuer Job, ein neuer Partner oder eine ganz neue Lebensphase. Oder auch alles zusammen. Also, wie gesagt: anderer Haarschnitt, neue Farbe,

Schmink- und Stylingberatung – du hast freie Wahl. Das ist mein Geschenk für dich. Anruf genügt.«

Der liebe, gute Gypsy! Was für eine großartige Idee! Vielleicht sollte ich es mal mit schwarzen, raspelkurzen Haaren probieren? Und einem neuen Kleidungsstil. Dann würde mich wenigstens niemand mehr erkennen …

Ich freue mich mehr über Gypsys Anruf, als ich es mir hätte vorstellen können. Immerhin zeigt er mir, dass ich doch nicht völlig allein bin auf der Welt.

Auf Gypsy kann ich mich also verlassen, auf Carla sowieso. Und nicht zuletzt auf meinen Ideenreichtum, der mich bisher in jedem Job weitergebracht hat.

Nun gut, im letzten Jahr ist ein wenig der Gaul mit mir durchgegangen … Aber warum sollte ich nicht sehr bald wieder voll durchstarten? Immerhin gibt es mehr Unternehmen auf der Welt als nur Feronia und Bigfoot.

Eine Viertelstunde später sitze ich in meiner Küche, futtere eins von Carlas Brötchen mit Tomatenscheiben auf Kräuterfrischkäse und schmiede Pläne.

Gleich nachher werde ich die Stellenanzeigen der heutigen Samstagszeitung durchforsten. Und am Montag mache ich mich in der Frühe auf den Weg zum Arbeitsamt. Wäre doch gelacht, wenn ich nicht innerhalb kürzester Zeit wieder in Lohn und Brot stünde? Immerhin bin ich qualifiziert und erfahren, außerdem sehr flexibel und völlig ungebunden. Weder ein fordernder Partner noch fiebernde, die Nächte zum Tag machende Kinder lenken mich ab. Der Traum jedes Arbeitgebers!

Und wieder fängt Barnabas an zu bellen. Wenig später klingelt das Telefon. Gespannt warte ich, wer gleich auf den Anrufbeantworter spricht.

Es ist Johanna: »Alles Gute, Ricky«, sagt sie ohne jeden Vorwurf in der Stimme, »Carla hat mir erklärt, dass du niemanden

sehen willst. Also habe ich unser Geschenk vor deine Tür gelegt, hoffentlich gefällt es dir. Und lass uns demnächst mal reden, wenn dir danach ist. Ich bin da, wenn du mich brauchst, kleine Schwester.«
Wow. Kein einziger Tadel. Ich bin beeindruckt und fast ein wenig sentimental. Neugierig hole ich ihr Päckchen rein und packe es aus. Zum Vorschein kommt ein riesengroßes Kuschelkissen in Herzform aus hellblauem Stoff mit aufgenähten bunten Schäfchen-Applikationen. Wie entzückend! Auf der beigefügten Karte steht, dass mir sämtliche Weißgerbers allzeit einen gesunden Schlaf wünschen – und genügend Kissen, selbst wenn ich mal wieder eines als Gedankenstütze aus dem Bett werfe … Gerührt davon, dass sich Johanna an meinen Tick erinnert, probiere ich das Kissen sofort aus. Es ist weich und prima formbar und wird auf der Stelle zu meinem Lieblingskissen befördert!

Ich liege auf dem Sofa und teste das Herzschäfchenkissen, als schon wieder das Telefon klingelt. Motiviert von all der Liebe und Zuwendung, die mir heute schon zuteil geworden ist, will ich es wagen, ranzugehen. Doch ich komme einen Schritt zu spät. Als ich die Stimme erkenne, die jetzt auf Band spricht, sehe ich ein, dass ich da wohl ganz schön Glück hatte.
»Alles Gute, liebe Friederike. Ich wünsche dir viel Glück im neuen Lebensjahr. Mögen deine Wünsche in Erfüllung gehen. Du weißt ja, mit vierzig ist man noch lange, lange nicht zu alt, um Mutter zu werden.«
Charlene Segmüller! Ihre Worte fühlen sich an wie ein Schlag in die Magengrube. Sicher meint sie es gut. Aber alles, was sie erreicht, ist, dass meine zaghaft wieder aufkeimende Daseinsfreude erneut der tiefen Schwermut weicht, die mich seit einer Woche fest im Griff hat.

Danke für den Hinweis, Charlene! Womöglich hätte ich es sonst vergessen: Ich bin vierzig und ohne Job, ohne Partner, ohne Selma …
Im Hintergrund ertönt Babygeschrei. Der kleine Valentin.
»Lasset die Kindlein zu mir kommen, Sapperlot«, kommentiert Barnabas. Ich glaube, auch er vermisst Selma.
»Tja. Schade, dass du offenbar nicht zu Hause bist«, spricht Charlene weiter, »ich übergeb den Hörer mal.«
Ich ahne Fürchterliches! Und behalte recht: Sie übergibt an keinen Geringeren als Rolf!
»Happy Birthday, du Hochstaplerin!«, bellt er. Ich brauche ein paar Sekunden, um zu begreifen, dass es sich bei diesem Kläffen um ein heiseres Lachen handelt.
Will er mich jetzt zu allem Elend auch noch verhöhnen?
»Also, äh, jedenfalls tut es mir leid, was ich da letzte Woche gesagt habe im ersten Zorn. Das mit der Kündigung und so – vergiss das einfach.«
Ich glaub's ja nicht!
»Tja, und ich würde mich freuen, dich am Montag wieder im Büro zu sehen. Wir brauchen dich nämlich. Dich und dein umfangreiches Wissen über die Gedanken und Gefühle werdender und frischgebackener Eltern. Großartige Recherche, voller Körpereinsatz sozusagen.« Und wieder dieses bellende Lachen.
Das ist nicht Rolf. Das kann er nicht sein! Wer von meinen Ex-Kolleginnen hat einen Stimmenimitator engagiert?
»Betrachte einfach die vergangene Woche als Sonderurlaub für besondere Leistungen. Und dafür, dass du wirklich alles auf dich genommen hast, um gute Arbeit liefern zu können. Sogar Kuhfladentee hast du getrunken, ohne zu murren.«
Unglaublich: Es ist doch Rolf! Aber woher weiß er, wie ich dieses unsägliche Gesöff genannt habe?

»Carla und ich hatten übrigens ein langes Gespräch. Und da ist mir so einiges klargeworden. Es stimmt, ich habe dich nicht zu Wort kommen lassen, als du mir die Wahrheit sagen wolltest. Und dann …«

Piiiiiiep. Die Aufnahmekapazität meines Anrufbeantworters ist erschöpft. Und ich muss mich erst mal hinsetzen.

Habe ich das eben geträumt?

Nun, das ist ja leicht zu überprüfen. Ich drücke den Wiedergabeknopf und höre mir Rolfs Nachricht noch einmal an. Und noch mal. Und dann auch noch ein drittes, viertes … und zwölftes Mal.

So unglaublich es ist: Das, was ich vorhin zu hören geglaubt habe, scheint tatsächlich das zu sein, was Rolf gesagt und, noch erstaunlicher, auch gemeint hat.

Situationsanalyse:

Ich habe wahre Freunde. Ich habe auch wieder Kollegen und einen prima Job. Ich bin vierzig, um fünfzehn Kilo schlanker als letztes Jahr um diese Zeit, und ich bin Nichtraucherin. Doch das Allerbeste: Die Menschen, die ich monatelang an der Nase herumgeführt habe, scheinen mir verziehen zu haben. Das ist alles in allem wesentlich mehr, als ich noch heute früh zu hoffen gewagt hätte!

Neues Lebensjahr, neues Glück?

Wie auch immer, ich sollte feiern, dass sich so vieles zum Guten gewendet hat. Vielleicht mit einem Gläschen Sekt? Die Flasche vom Frühstück ist noch halb voll.

Haben Sie meine Wortwahl bemerkt? Halb voll habe ich gesagt, nicht halb leer. Das Leben hat mich wieder. Wohlsein!

Übermütig trinke ich das Sektglas leer und setze es schwungvoll ab.

Dann beschließe ich, meinem Einsiedlerdasein ein Ende zu

machen und mich der Welt wieder mitzuteilen. Vor allem denjenigen, die so selbstlos zu mir halten, zu danken. Höchste Zeit dafür!
Als Erstes wähle ich Gypsys Nummer. Er ist bass erstaunt, meine Stimme zu hören.
»Auferstanden aus Ruinen?«, fragt er spöttisch.
»Ich weiß, ich habe mich wie eine störrische Diva verhalten«, lache ich, »aber mir geht's wieder gut. Ich hab mich riesig über deinen Anruf gefreut. Und das mit dem *Makeover* nehme ich gern in Anspruch!«
»Hast du zu viel Glückstee getrunken, oder woher kommt es, dass du so plötzlich deinen Frieden geschlossen hast mit der bösen Vierzig, dem Schicksal und dem ganzen Rest?«
»Ach, Gypsy«, grinse ich, »ich war wirklich albern. Die ganze letzte Woche zweifelte ich daran, jemals wieder fröhlich sein zu können – nach dem katastrophalen Ende der Party letzten Samstag. Es hätte mich nicht gewundert, wenn mir niemand je vergeben hätte! Stattdessen …«
»Stattdessen geschieht ein Wunder, und alle haben dich wieder lieb. Einfach so. Hokuspokus!«
»Würdest du mir eventuell übersetzen, was du mir da durch die Blume zu sagen versuchst?«, seufze ich. Ich mag das Gefühl nicht, auf dem Schlauch zu stehen.
»Wer, glaubst du, hat deine Schwester und deinen Chef dazu gebracht, ihre Wut verrauchen zu lassen und beide Augen zuzudrücken? Was übrigens kein leichtes Stück Arbeit war, denn da war ganz schön viel zu verzeihen.«
Ich schlucke beschämt. Aber natürlich – wie hatte ich nur glauben können, dass meine Begnadigung so aus heiterem Himmel gekommen sein könnte?
»Oh, Gypsy, ich weiß gar nicht, wie ich dir danken soll …«
»Nicht mir musst du danken«, klärt Gypsy mich auf, »son-

dern derjenigen Person, die sich seit einer Woche für dich ins Zeug legt wie sonst nur Ökoaktivisten für aussterbende Königstiger. Du kannst dich glücklich schätzen, eine so gute Freundin zu haben.«

»Carla?«

»Was dachtest du denn?«, sagt Gypsy schlicht.

Als wir auflegen, fühle ich mich wie nach einer Achterbahnfahrt inklusive Loopings.

»Du bist gebenedeit«, krächzt Barnabas, und diesmal hat er sogar recht, wenn man es wörtlich nimmt: Eine Freundin wie Carla zu haben ist wirklich Glück und Segen zugleich.

Im selben Moment klingelt es an der Haustür.

Das muss sie sein. Ob sie wohl Connor mitgebracht hat? Ich vermute eher, dass sie allein kommt und sich spätestens in einer halben Stunde wieder verabschiedet, um sich für den Rest des Abends ihrem australischen Lover zu widmen. Meinen Segen hat sie.

»Hallo Friederike. Alles Liebe zum Geburtstag.«

Sprachlos stehe ich da und starre meine Besucher an.

»Willst du uns nicht hereinbitten?«

Noch immer rühre ich mich nicht vom Fleck. Als wäre ich vollkommen paralysiert.

»Ähm, wir können natürlich auch wieder gehen, wenn wir ungelegen kommen.«

Das löst meine Erstarrung. »Nein, nein, nicht weggehen. Nur herein in die gute Stube!«

Herein in die gute Stube? Ich kann nicht glauben, dass ich das eben gesagt habe. Sätze wie diese sagen normalerweise nur ältere Damen mit Vorliebe für Häkeldeckchen, lilafarbene Haarspülung, Plüschpantoletten und Marillenlikör.

Das muss am Sekt liegen.

»Magst du auch einen?«, frage ich.
»Einen was?«, fragt Mats und stellt die Babytrage ab.
»Einen Sekt«, erkläre ich albern grinsend. Natürlich kann Mats keine Gedanken lesen.
»Schade«, antwortet Mats mit gespielter Enttäuschung, »ich hatte gehofft, du meintest einen Kuss.«
Spricht es und schreitet umgehend zur Tat.

Eine Viertelstunde später sitzen wir einträchtig nebeneinander auf dem Sofa. Mats nun tatsächlich mit einem Sektglas in der Hand, ich mit Klein Selma auf dem Schoß, die ich so sehr vermisst habe in der vergangenen Woche. Die kleine Prinzessin strahlt mich an, und ich strahle zurück.
Und dann kann ich sie nicht länger aufhalten, die Tränen, die mir in Sturzbächen über beide Wangen laufen.
»Was ist los?«, fragt Mats erschrocken.
Was los ist? Alles ist los!
Ich bin vollkommen durcheinander. Und glücklich. Und erschrocken darüber, dass ich den Gedanken schon akzeptiert hatte, Mats und Selma womöglich nie wieder treffen zu dürfen!
»Wo warst du bloß die ganze Zeit?«, ist alles, was ich herausbekomme.
»Ich musste nachdenken«, sagt Mats sanft und wischt mir die Tränen vom Gesicht. »Und ich musste eine neue Betreuung für Selma finden. Sie ist jetzt im Uni-Kinderhort untergebracht, bei den *Einsteinchen.*«
Erschrocken halte ich den Atem an. Die beiden kommen offenbar prima ohne mich klar.
»Dann brauchst du mich wohl nicht mehr?«, presse ich hervor.
»Als Tagesmutter? Nein, du solltest dich lieber auf deinen richtigen Job konzentrieren«, lacht Mats. »Aber könntest du

dir eventuell vorstellen, eine andere Rolle in unserem Leben zu übernehmen?«

Oh! Oh, ja, das kann ich mir ausgesprochen gut vorstellen!

»Du bist mir also nicht mehr böse?«, frage ich, als meine Lippen sich nach einer wunderbaren Unendlichkeit von den seinen lösen.

»Böse? Nein. Niemand weiß besser als ich, dass man aus lauter Verblendung manchmal die dümmsten Sachen macht«, lacht der wunderbarste Mann, der mir je begegnet ist, »und was man sich für einen unglaublichen Mist einbrocken kann, wenn man im falschen Moment ja sagt statt nein.«

Ich stehe auf dem Schlauch. »Wie meinst du das?«

»Nun, du hättest bei Feronia laut und deutlich nein sagen sollen, als alle glaubten, du wärest schwanger. Und ich hätte es im Standesamt tun sollen.«

»Wer ohne Sünde ist, werfe den ersten Stein, verflixt«, mischt sich Barnabas krächzend ein und bringt uns alle zum Lachen – am allermeisten Selma.

Nach einem langen, intensiven Kuss, der so gar nichts von einem freundschaftlichen Geburtstagsbussi hat, sage ich grinsend: »Einspruch, Euer Ehren. Immerhin waren es die folgenschweren Jas, die uns drei zusammengeführt haben.«

Manchmal braucht man eben einen kleinen Umweg, um zum Ziel zu kommen. Zu einem Happy End zum Beispiel. Finden Sie nicht auch?